KB053418

| A.TEMPO PREMIUM LABEL. op. 005

언니가
남자 주인공을
주워 왔다

이 책은 (주)에이템포 미디어가 저작권자와의 계약에 따라 발행한 것으로 저작권법의 보호를
받는 저작물입니다. 본서의 내용을 무단 전재 및 무단 복제하는 것을 금합니다. 작가와 협의하
여 인지는 생략합니다.

이 도서의 국립중앙도서관 출판시도서목록은 서지정보유통지원시스템 홈페이지(http://
seoji.nl.go.kr)와 국가자료공동목록시스템(www.nl.go.kr/kolisnet)에서 이용하실 수 있습니
다. (CIP제어번호: CIP2020012892)

언니가 남자주인공을 주워왔다

문시현 장편소설

I

MY SISTER PICKED UP
THE MALE LEAD

PREMIUM
LABEL

CONTENTS

언니가 남자 주인공을
주워 왔다

Romance Fantasy
crescendo

MY SISTER PICKED UP THE MALE LEAD

언니가 남자주인공을 주워왔다

I

1

언니가 남자 주인공을 주워 왔다

새가 짹짹짹 울어대는 낮이었다.

나, 에이미 라미아스가 자신의 먼 과거를 알게 되는 것은 아주 자연스러운 과정이었다. 정확히는 내가 이 세계 사람이 아니었다는 것이고, 우연히 다른 세계에서 다시 태어나 원래 세계를 까먹었다는 것이다.

'어떻게 이럴 수가 있지? 새대가리도 아니고.'

나로 말할 것 같으면 대대로 황궁 기사에 적을 둔 명망 있는 기사 가문에 둘째 딸로 태어났으며, 다섯 살이 되는 해까지 언니와 부모에게서 갖은 사랑을 받고 자랐다.

그러나 이듬해인 여섯 살 때 아버지가 권력 분쟁에 휘말려 집안이 쫄딱 망해 버렸고 겨우 살아남은 나와 언니만 외딴 숲속으로 도망쳐 거처를 마련했다.

이후로는 평화로운 일상이었다. 때문에 어느 순간부터 알게 된, 아주 먼 과거의 내가 에이미가 아닌 다른 세계의 대한민국에서 20여년을 살았다는 사소한 사실은, 나에게 큰 영향을 끼치지 못하였다.

마치 우주에 조그만 별이 생겨나는 과정처럼 시시하고 미미한 것이었고, 내가 에이미 라미아스가 아닌 다른 누군가가 되기엔 영향이 부족한 것이어서 나는 무사히 그 기억을 안고서 에이미로 남을 수 있었다.

비록 아무것도 아니었던 때로 돌아갈 수는 없으나 나는 여전히 에이미다. 그저, 이 세계가 오래전 내가 읽었던 책 속 세상이라는 것만 알았을 뿐이다.

특히 올해는 열여섯 살이 되는 생일이라서, 아주 특별한 것을 준비했다고 간밤에 언니가 말했다. 겨우 그 한마디에 떨릴 나이는 아니건만…… 콩콩 주체할 수 없이 뛰는 심장 때문에 세 시가량까지 뒤척이다 겨우 잠이 들긴 했다.

"짠, 에이미! 이것 보렴!"

"언니?"

둥근 해가 하늘 중천에 뜰 때까지 일어나지 못한 나를 위해 언니인 디아나가 등장했다. 언니는 툭 치면 떨어질 것 같은 눈동자를 데굴데굴 굴리며 으레 해왔던 것처럼 기쁘게 웃었다.

나는 눈앞에 일어난 일을 믿을 수 없었다.

"언니…… '이건' 뭐야?"

"뭐라니! 네 친구야. 친구가 필요하다고 했잖아?"

"아니, 그게 언제인데! 10년도 더 전인 여섯 살 때 일이잖아? 그보다 어디서 애를 주워 온 거야?!"

눈앞에는 일고여덟 살은 되었을까 싶은 아주 작은 소년이 있었다. 디아나는 평소 나사 하나 빠진 사람처럼 보이지만 그래도 손끝이 야

무지고 상식이 존재하는 언니였다. 적어도 웬 어린애 하나를 대뜸 주워 올 사람은 아니었다.

상식 외의 일을 저지른 언니를 바라보며 나는 의외로 침착했다. 낯선 사람은 경계하고 보는 언니가 갑자기 사람이 달라지기라도 한 것처럼 작은 꼬맹이를 주워 온다는 사실은 예정되어 있었고, 새까만 머리칼을 가진 꼬맹이의 외양이나 색은 익숙했기 때문이었다.

이건 내가 읽은 로맨스 소설 속의 한 장면이다.

아이고 하늘님. 나는 신을 찾으며 마음속으로 되는대로 성호를 그었다. 오 신이시여. 영원히 오지 않았으면 했던 날이 오고야 말았다.

저 꼬맹이는 개다. 책 속 남자 주인공인 대공.

꼬맹이가 무슨 대공이냐고? 다 사정이 있다. 지금 나는 남자 주인공이 사촌 형인 황태자의 계략에 빠져 황궁으로 가던 길에 사고로 잠시 기억을 잃고, 어느 여인에게 주워져 정성스러운 보살핌을 받게 되는 장면 속에 있는 것이다.

이베르크 공국의 주인인 대공 리녹 이베르크.

이 남자가 살아온 삶은 솔직히 데굴데굴 구르는 삶이었다. 오죽하면 작가가 남자 주인공에게 억하심정이 있나 너무 안타까워서 눈물이 찔끔 났을까.

이 남자의 삶에는 사랑이 존재하질 않았다. 그의 모친인 이베르크 공작 부인은 그를 임신했을 때 야만족 훈크족에게 납치당했었다. 이후로 공작의 작전 하에 무사히 구출되었지만…….

「저 아이가 정녕 내 아이가 맞소?」

아이가 태어난 후 공작은 아내를 의심했다. 다정하고 금실 좋던 부부관계는 그대로 끝이었다. 상처로 실어증과 함께 미쳐 버린 공작

부인은 북쪽 탑에 유폐되고, 공작은 이후 이 여인, 저 여인을 전전하며 향락을 일삼았다. 이런 상황에서 제대로 된 사랑을 받지 못한 리녹은 홀로 자랐다.

리녹은 그가 여덟 살이던 어느 날 공작이 아끼던 새를 죽였다. 책을 가지러 갔다가 시끄럽다는 이유였다. 공작의 다그침에 그는 말없이 고개를 기울였다.

「거슬려서 죽였습니다. 왜, 죽이면 안 됩니까?」

그는 소위 말하는 소시오패스였다. 타인의 감정에 공감하는 것이 힘들었으며 이해하지 못했다.

「이, 이딴 걸 낳았다니⋯⋯!」

분노한 공작의 학대는 그날부터 시작되었다. 사랑을 몰라서 배우지 못하고, 배우지 못해 베풀지 못했던 남자는 그렇게 학대 속에 자랐다. 그리고 아버지인 대공을 죽이고 자신이 대공이 되었을 때, 누구도 그에게 야만족의 피를 말하지 못했다.

그것도 그럴 것이 사람들 앞에 나타난 그는 죽은 대공과 똑같은 외모를 갖고 있었으니까. 이후 야만족과 일어난 전쟁에서 무수한 공훈을 세운 그는 제국민 중 모르는 이가 없을 정도로 명예로운 이름을 드높였다.

대공이 된 그는 사촌 형이자 이 책의 또 다른 남자 주인공인 탄시즈에게 견제를 받았다. 그러나 '미친 대공'이라는 별칭을 가진 리녹은 모든 견제를 무시한 채 황위에 관심 없다는 듯 대공저에만 머물렀다.

그리고 그때였다. 대대로 이베르크에 내려오는 마법이 발현된 것은⋯⋯. 그 마법은 일상생활을 완전히 불가능하게 했으니 차라리 저주에 가까운 것이었다.

리녹의 이야기를 듣게 된 황태자는 리녹에게 제안했다.

「그 마법을 풀어주지.」

황가에 대대로 내려오는 비밀 서고에 고대 마법에 대한 것도 있으니 풀어주겠다고, 단 리녹이 직접 황궁으로 찾아오는 것이 조건이었다.

그리고 별다른 수가 없던 리녹은 황궁으로 향하는데…….

사달은 여기서 난다. 처음부터 마법을 풀어줄 생각이 없던 황태자는 암살자를 풀어 리녹의 암살을 사주한다.

「대공을 노려라! 반드시 즉살해야 한다!」

새벽녘에 이루어진 습격은 예상외로 팽팽하게 이어졌고, 결국 날이 밝고 말았다.

「각하, 얼른 이쪽으로! 뒤는 저희가 맡겠습니다!」

낮이 되면 아이가 되고 마는 리녹은 속수무책 당하고 마는데, 이때 충성스런 기사들의 비호를 받아 가까스로 목숨만을 부지한 채 깊은 숲속으로 도망쳤다.

「어머, 이곳에 웬 아이가?」

이후 심각한 부상으로 기억을 잃고 어느 외딴 숲에 살던 여자에게 주워지는데, 그게 바로 내 언니 디아나다.

여기서 애석하게도 내 언니는 여주인공이 아니다. 주인공이면 얼마나 좋겠냐마는……. 오히려 황태자의 추격에 죽고, 그 계기로 리녹의 기억을 되찾게 해주는 인물이다. 잘 정리해서 포장하자면 잊을 수 없는 '첫사랑'이라고 할까.

디아나를 잃고 기억을 되찾은 리녹은 복수를 결심하고 수도로 올라가는데, 여기서 천재적인 마법사를 만나 사랑에 빠진다. 이 천재적인 마법사가 리녹의 마법을 풀어주는 책 속 여주인공 세레나다.

그리고 나는 훗날 재등장해서 '너 때문에 우리 언니가 죽었어!'를 외치는 조무래기 악역 되시겠다. 그래. 결론적으로 나나 언니는 남자 주인공이 각성하기 위한 밑밥에 불과하고, 언니는 남자 주인공을 주워 왔으므로 죽을 거란 얘기다.

나는 망연한 시선으로 남자 주인공을 바라봤다. 훗날 이렇게 될 줄 알았지만, 막상 보니 각오가 부족했던 것 같다.

"언니, 다시 가져다 놓고 와."

"얘는……. 애한테 무슨 그런 말을 하니?"

언니는 내가 농담하는 줄 알고 생긋 웃으며 어깨를 때리기까지 했다.

"너 어려 보여도 얘도 다 듣고 있다? 그런 말 하면 못써."

아니, 걔가 '애'가 아니니까 그렇지!

"에이미, 인사해. 오늘부터 우리 집에서 지내게 될 아이야. 안타깝게도 아무것도 기억하지 못하는 것 같더라."

"……으응."

그렇겠지. 머릴 얻어맞고 진짜로 기억을 잃었을 테니까.

"이름은 뭐라고 지을까?"

나는 입을 금붕어처럼 쩌억 열었다가 이내 닫았다.

아니, 아니지. 여기서 화를 내봐야 해결되는 일은 없다. 사실 언니가 남자 주인공을 줍기 전에 이곳을 떠나려고 얼마나 노력했는데, 씨알도 먹히지 않았지. 어르고 달래고 떼쓰고 화내도!

죽어도 벗어나지 않는 언니를 보며 결심했다. 그래, 차라리 남자 주인공한테 잘해 주자. 적당히 잘해 주다가 황태자의 추격자가 오기 전에 적당한 시기쯤에 도망가면 되지 않을까?

응? 어떻게 생각하니, 남자 주인공아.

나는 복잡한 시선으로 소년을 보다 한숨과 같이 말했다.

"그럼."

이 순간 빠져나오는 말이 거대한 흐름에 영향을 줄지 모른다. 천천히 말을 꺼내면서도 나는 여전히 망설였다. 하지만 길지는 않았다. 나는 언니의 역할을 대신해서라도 우리 언니를 살려야겠다. 마음먹었으니까.

"'녹스' 어때?"

"……."

"밤의 숲에서 주워 왔으니까."

소년이 처음으로 고개를 들었다. 나도 모르게 숨을 멈췄다. 윤기가 흐르는 새카만 머리칼과 보석같이 빛나는 자색 눈동자.

글로는 수없이 읽었지만, 실제로 보니 절절히 와닿았다. 아니, 그저 활자였던 무언가가 가슴에 콕 박히는 기분. 숨이 멎을 것같이 아름다운 외양이라더니 말도 안 되는 외모였다. 더구나 티 없이 순진한 눈동자였다.

"녹스! 좋은 이름이다. 얘, 어때? 너도 좋아?"

……끄덕. 미동도 하지 않던 소년이 고개를 끄덕였다.

나는 식은땀을 흘렸다. 소년의 눈이 꽂힐 것처럼 계속 나를 향했기 때문이었다. ……아무래도 언니를 대신해서 플래그를 꽂은 것 같은데, 이제 어떡하지? 그 순간 나는 나도 모르게 끙 한숨을 쉬었다.

'한번 뱉은 이상, 돌이킬 수 없어.'

「내 이름은 열 살일 적 스스로 지었다. 이전까지 누구도 이름을 지어주지 않았으니까.」

책 속에서 남주의 첫사랑이란 여주인공에게 아주 강력한 라이벌이었다. 아무도 이름을 지어주지 않았던 리녹에게 처음으로 이름을 지어준 사람. 죽지 않았다면 여주인공이 평생 이기지 못할 첫사랑이란 이름이었다.

나라면, 그런 첫사랑이 내 애인에게 있다면, 도무지 자신 없을 텐데 독자로 볼 때는 달랐더랬다.

「누군가가 이름을 지어주는 그 순간 온 세상이 고요해지고 그 사람만이 보였다. ……아주 옛날 일이다, 세레나.」

이처럼 리녹에게 이름은 특별한 의미였다. 그래서 나는 무심코 내가 해버린 실수를 깨닫고 낭패한 심정이 되었다. 덜컥, 이름을 짓긴 했는데 원작에 나오지 않은 이름이 나와 버렸다. 녹스라니. 이름을 너무 막 지은 건 급해서 어쩔 수가 없었다.

태양은 소리 없이 지평선을 넘어와 하늘을 벌겋게 채워가며 고개를 내밀었고 창가의 소년 위로 여린 빛이 드리웠다. 소년은 새어들어 온 빛을 받고 나보다 먼저 한낮을 맞이했다. 침을 꿀꺽 삼켰다. 이제 어떡하지?

"일단 앉자. 식사를 할 거야."

고개를 들면 둥근 해가 중천에 뜰 때까지 일어나지 못한 동생을 위해 언니가 준비한 요리 재료가 보였다. 생일 때마다 요리를 자처하곤 했던 언니는 오늘이라고 다르지 않은 차림이었다.

언니와 나는 나이 차가 많은 자매였다. 특히나 언니를 낳은 후 오랜 시간이 지나 태어난 나의 생일은 소중한 날이었고, 부모님이 돌아가신 지금에도 다르지 않았다.

언니는 나를 키우면서도 생일은 잊지 않았다. 특히 올해는 열여섯 살이 되는 생일이라서 간밤에 아주 특별한 것을 준비했다고 언니가 말했다. 그런데 그 선물이 남자 주인공이라니……

"아. 움직여. 움직일 거라니까."

나는 언니가 흔들고서야 마지못해 자리에서 일어났지만, 연신 소년을 흘끔거리기 바빴다. 언니는 리녹, 아니, 현재는 녹스가 된 소년에게 이것지깃 물어보며 쟁겄나.

"애, 넌 뭘 좋아해? 애들은 샐러드 싫어하려나? 보통 녹색 채소는 못 먹으니까. 고기! 고기는 어때?"

"……"

"흠. 고기도 별로니? 그럼 큰일인데."

"언니, 그만하고 밥부터 먹자."

"아. 그럴까? 잠시만 기다려, 얼른 상 차릴 거니까!"

어쩌다 남자 주인공과 겸상을 하게 되었나. 들리지 않을 말을 속으로 외치며 턱을 괴고 입술을 내밀어 삐죽였다. 생각할수록 우습네. 평소 아기 동물만 보면 정신 못 차리는 언니였는데, 사랑스러운 외모를 가진 녹스를 보더니 아주 물 만난 고기가 따로 없다. 이해는 하지만 남자 주인공을 우쭈쭈하는 언니를 보니 기분이 울적했다. 언니, 걔 때문에 언니가 죽거든? 한숨이 절로 나왔다.

'그러게 이사 좀 가자니까!'

언니가 내 말은 듣지 않는다는 것을 오래전에 깨달았다. 보라. 책속에서 남주를 주워 오는 언니가 정말로 남자 주인공을 주워 왔지 않은가. 1년 안에 죽을 것이다. 이제 이걸 어떡해야 할지 혼자 곰곰이 고민해야 할 판이다. 나는 불편한 표정으로 모락모락 김이 올라오는 솥을 바라봤다.

'언제까지 쳐다보는 걸까.'

사실 날 뚫어지게 쳐다보는 녹스의 시선을 피하고 싶어서 정면을 응시 중이다. 내가 왜 이름을 불렀을까. ……플래그라 해도 이건 힘든데요.

언니에게 꽂혀야 할 플래그가 내게 꽂힌 것은 분명했다. 그럼 내가 언니 역할을 하게 된다고? 남주의 첫사랑을? 단편적으로 아는, 미친 대공인 남주의 이야기가 스쳐 갔다. 생각은 공고해졌다. 남주는 저대로 두고 추격자가 나타나기 전에 무사히 도망가자.

송곳이라도 달렸는지 뾰족한 시선을 필사적으로 넘기며 애써 콧노래를 흥얼거렸다. 나는 아무것도 보지 못했다. 아무것도 보지 못했다…….

아. 하늘님! 결국 녹스의 눈을 보았다.

"왜 쳐다보는 거니?"

"……."

나는 녹스의 눈을 똑바로 마주하며 물었지만 녹스는 고운 입술을 꾹 다물었다. ……그래. 내 말도 예쁘게 씹어주실 거구나.

그사이 식사 준비를 끝낸 언니가 "짜잔" 하는 소리를 내며 손으로 식탁을 가리켰다. 나는 언니가 등을 미는 대로 이끌려 식탁 앞에 섰다.

"먹자!"

식탁 위는 내가 좋아하는 걸로 가득했다. 키위 맛이 나는 야생초 샐러드, 훈제 베이컨, 노른자 모양이 예쁜 야생 새알 프라이에 열대과일 맛이 나는 열매 포리지까지. 생일상은 하나같이 예쁘고 양이 많았다. 나는 얼른 언니를 바라보며 감탄을 토해냈다.

"와. 역시 언니야. 대단해! 우리 집 최고의 요리사다운데?"

"애는. 부끄럽게 뭘 말로 하니? 저 애가 어린애여도 다 듣고 있어."

"……아. 그래."

글쎄. 저분은 이쪽에 통 관심 없는 것 같은데.

"근데 에이미, 언니 말이야. 매해 솜씨가 나아지지 않아? 작년보다 좋은 것 같아."

애석하게도 요리 실력은 받쳐주지 않는 인니였지만 진실은 묻어두기로 했다.

"……그럼 나아졌지."

뿌듯한 얼굴로 생글생글 웃던 언니는 죽이 묻은 주걱을 들어 올려 손잡이로 내 코를 애교스럽게 콕 찍었다.

"벌써 열여섯 번째 생일이라니, 우리 예쁜이. 열여섯 번째 생일 축하해."

"고마워, 언니."

나는 진심으로 축하해 주는 언니에게 생긋 웃어 보이고는 고개를 돌렸다.

"저기, 녹스?"

"……."

조금 전부터 나만 계속 바라보고 있는 녹스에게 난감한 얼굴로 말을 걸었다. 안 그러면 얼굴에 구멍이 뚫릴 것 같았다. 같이 축하를 해주든, 그만 쳐다봐 주든 한 가지만 해줬으면 좋겠는데…….

녹스는 고개를 들어 나를 가만 바라보고 있었다. 여전히 말은 없었기에, 얼굴이 절로 찌푸려지고 말았다.

"언니, 쟤 말할 줄 아는 거 맞아?"

"응. 분명히 했는데. 기억이 아무것도 나질 않는다고."

미어캣처럼 고개를 갸웃 기울인 언니가 검지로 톡톡 상을 두드리며 녹스에게 물었다.

"으음, 녹스! 생일이 뭔지 알지?"

"……."

그러나 녹스는 대답하지 않았다. 그런 그를 바라보며 눈을 데굴데굴 굴리던 언니의 표정에 난감함이 어렸다. 언니는 어색하게 웃고는 얼른 손뼉을 쳤다.

"자자, 음식 식겠다. 얼른 먹자!"

말하고 싶은 것을 꾹 눌러 참으며 식기를 들어 수프를 한입 떠먹었다. 음, 조금 짠가? 간을 맛보며 쩝쩝 다시는데, 녹스를 챙겨주는 언니의 목소리가 들렸다.

"녹스, 짠 것은 먹지 못하니? 으음, 말을 해주면 알 텐데. 좋아할지 알 수가 없네."

"……챙기는 것도 좋지만 언니도 어서 먹어."

"아 참, 그래야지. 내 정신 좀 봐."

살뜰하게 챙기는 모습이 마치 내 어린 시절을 챙겨주던 모습 같았다. 우리 언니인데. 괜스레 질투 비슷한 감정이 일었다가도, 어린아이를 보면 이상한 호승심도 자취를 감췄다.

그래. 애랑 경쟁해서 뭐 하나.

"언니."

"응. 응응. 먹을 거야. 먹고 있어!"

언니는 그렇게 말하면서도 자기 손에 쥔 스푼을 기어이 녹스의 손에 쥐여 주었다. 그리고 그 순간이었다.

쨍그랑!

"……손대지 마."

날아간 스푼이 바닥에 떨어지고 식탁에 갑자기 싸한 분위기가 내려앉았다.

"어……."

얼떨떨한 표정의 언니는 갈 곳 없는 손을 움츠렸다. 수저를 던진 녹스는 무감한 표정인데 호의를 베푼 언니만 어쩔 줄 몰라 하는 이상한 상황이었다.

그 순간 녹스의 선명한 자색 눈동자가 나를 향했다. 나는 벌떡 일어난 녹스가 쪼르르 달려오는 모습을 멍하니 바라봤다. 내게 다가온 모습을 보고 있으려니 녹스가 작다는 것을 더욱 실감할 수 있었다.

그런데 왜 내 옷을 잡지?

"……쟤 싫어."

……으응?

이거 지금 나를 자기편이라 생각해서 잡은 거지? 나는 이루 말할 수 없는 기분에 사로잡혔다.

"내 언니인데."

"싫어."

아니, 어떡하자는 걸까.

물끄러미 내려다본 소년의 눈 속에 오묘한 것이 일렁거렸다. 예쁘기는 정말 이쁘네. 반질반질한 눈동자가 동굴 속 자수정 같은 빛을 품고 있었다. 어디 하나 이쁘지 않은 구석이 없는, 인형 같은 아이였다. 익히 알고는 있었지만 이건 그가 마법에 걸려 아이가 된 모습이었고, 이를 직접 보는 기분이 참 그랬다.

'이게 마법의 힘이구나.'

이베르크에 내려오는 고대 마법이자 주문은 대상자를 한 달에 15일 동안 아이로 만든다. 문제는 아이가 되면 정신도 어린아이가 되었다. 그러니까 지금 녹스는 몸도 마음도 일고여덟 살 아이라는 거다.

"쟤 싫다."

"나? 나 말한 거니? 너무해. 나는 네가 좋은데?"

"오지 마! 싫어! 싫다고!"

"나는 안 싫은데?"

"싫어!"

"나는 좋은데?"

"……애랑 같은 수준에 맞춰주지 마, 언니."

애가 더 경계하잖아. 봐, 경기하겠다. 나는 옷깃을 꽈악 붙들고 어딘가 애절한 눈을 하며 나를 바라보는 녹스를 응시했다.

"네가 잘못했어."

움찔. 그의 손을 떼어내고 일어난 나는 태연하게 수저를 주웠다. 총총걸음으로 걸어가서 새 수저를 녹스 자리 앞에 내려놓았다. 그러고는 그를 데려와 자리에 앉혔다. 감이지만 어쩐지 녹스가 내 말을 잘 들을 것 같은 예감이 들었다. 별 이상한 예감이 다 있네.

"스푼은 던지는 게 아니야."

"……."

그의 손을 억지로 잡은 나는 그의 검지, 중지, 약지를 차례로 접어주었다. 옜다. 이게 숟가락이라는 거란다, 남주님아.

"그렇지, 언니?"

"아…… 아! 응. 응 그렇지."

"봐. 우리 집에선 최연장자인 언니 말을 듣는 거야."

……정신마저 어린애가 되다니. 혹시 흑역사를 마구 재생산하는 저주 아니야, 이거? 그냥 보고 있어도 되는 걸까.

앞으로 미래가 걱정되는 한편, 곱씹어 볼수록 책 속에서 남자 주인공을 전부 받아준 언니는 천사가 아니었을까 감탄스럽기도 했다.

나는 녹스의 손을 움직였다.

"수저는 버리는 게 아니라 이렇게 떠먹는 거야."

"……."

여전히 모르겠다는 시선에 나는 날 물끄러미 바라보는 녹스의 손을 잡고 수프를 입 앞에 가져다 댔다. 역시 안 먹으려나? 손을 내리려는 때쯤에 뜻밖에도 그가 입을 벌렸다. 오히려 내 손을 쥐고 오물오물 먹었다.

"맛있어?"

……끄덕.

"꺄아! 세상에! 귀여워! 귀여워!"

"언니, 좀 조용히 해봐."

물끄럼. 나를 빤히 쳐다보던 소년이 음식을 향해서 손가락을 뻗었다. 마치 자기가 잘 먹는 모습을 봐달라는 듯이. 나를 향해 꼼지락거리는 소년을 바라보며 오묘한 기분이 들었다.

"에이미! 이것도, 이걸로 이것도 줘봐! 응?"

내가 주는 음식을 우물우물 먹는 녹스를 신기하게 바라보던 언니는 내 옷을 잡고 마구 졸랐다. 언니가 건네준 것은 포크였……. 아니, 잠깐만. 심지어 내가 어릴 때 쓰던 어린애용이잖아? 이 언니가 진짜 사망 플래그를 꽂네.

"아니, 애가 그런다고 먹을 리가……."

우물.

"……있네."

놀랍게도 내가 포크를 쥐여 주자 샐러드도 베이컨도 과일도 내미는 족족 먹었다. 나는 어처구니없는 상황에 기가 막혔다. ……당신 이런 캐릭터 아니잖아? 미친 대공이라며? 한때 전쟁 속 악귀의 화신이라 불리던 냉정한 대공이 포크를 쥐여 주어야 밥을 먹는단다. 이게 무슨 옥수수가 탭댄스 추는 소리야.

"세상에, 녹스가 네 말은 참 잘 듣는다. 에이미, 널 엄마라 생각하는 걸까?"

"누굴 애 엄마로 만들어. 언니 동생 이제 열여섯이거든?"

그리고 이 꼬맹이 속 알맹이는 멀쩡한 남정네거든?

언니는 얘가 말 좀 안 하고 스푼도 쥘 줄 모른다고 정말 어린애인 줄 아는 것 같다. 그래, 그렇게 생각할 수밖에 없고, 이해하는데. 자꾸 뭘 주라고 요구한다…….

잠시 넋을 뺀 사이 언니가 고개를 쑥 내밀었다.

"에이미! 아까 식사 준비 전에 창고에서 이런 걸 찾았는데, 어때? 해볼까?"

"아냐. 아냐 아냐. 하지마!"

아니, 턱받이? 미쳤어? 이 여자가 정말 나중에 큰일 나려고.

잠시 후, 길고 어색하고 숨 막히던 식사가 끝났다.

"에이미, 언니는 냇가에서 솥을 씻고 올게!"

언니가 솥을 씻으러 가고 내가 식기를 치우는 동안 녹스는 얌전히 자리에 앉아서 나를 바라봤다. ……혼란스럽다. 지금 포크에 턱받이에…… 남자 주인공이 훗날 오늘을 어떻게 기억할지 몰라서 무서웠다. 감히 어린이용 포크로 토마토를 먹게 했다. 턱받이도 채웠다. 이랬다고 훗날 기사단을 끌고 온 남자 주인공이 이 숲을 초토화시켜 놓는 건 아니겠지? 무사히 도망치더라도 미래에 무슨 보복을 당할지 모르잖아. 마구 인상을 쓸 때였다.

부스럭一. 옷깃이 잡아 당겨지는 느낌에 고개를 숙였다.

"……응?"

어느새 옷깃을 잡은 녹스가 나를 물끄러미 바라보고 있었다.

"에이미."

그제야 나는 남자 주인공에게 이름도 소개하지 않았다는 것을 알았다.

"왜?"

눈앞의 녹스는 일고여덟 살쯤 되어 보였다. 마르고 앙상한 팔을 보려니 절로 안타까운 마음이 들었다. 황태자의 습격은 매우 치밀했고 체계적이었다. 아마도 습격에서 벗어나 깊은 숲으로 오기까지 수일을 굶었을 것이다. 지금 간간이 보이는 상처도 그때 난 거겠지? 조금 안쓰러운 기분에 얼굴을 찡그렸다.

"……화났어?"

"응? 내가 왜 화를 내?"

긴 속눈썹이 내리깔린 눈이 나를 향해 들어 올려졌다.

"……."

"……나 버릴 거야?"

나도 모르게 멈칫했다. 짐짓 애절한 시선에 당황했다고 하는 게 크겠다.

"무릎 꿇으면 나 버리지 않을 거야?"

"무릎을 왜 꿇어?"

"기억 안 나. 그렇지만 어떤 사람이…… 무릎 꿇고 싹싹 빌고 맞으면 용서해 줬어."

"……."

어떤 사람. 나는 단번에 녹스 부친이자 전 이베르크 대공이라는 것을 알았다. 그의 아버지는 어린 아들을 학대하고 감금했다.

기억이 없는 중에도 마치 각인이 된 것처럼 본능적으로 떠올린 녹스가 안타까웠다. 하지만 무슨 말을 하면 좋을지 몰라 끙끙댔다. 위로에는 소질 없는데. 녹스의 머리 위로 갈 곳 잃은 손을 조심스럽게 올렸다.

"……할까?"

"아, 아, 아니!"

스스로 알아차리기도 전에 나는 거세게 고개를 저었다. 너무나 평온한 녹스의 표정에 차마 말이 나오질 않았다. 밀려오는 당황스러운 기분을 꾹 참아내며 최대한 태연하게 입을 열었다.

"하지 마."

사뭇 단호한 내 음성이 튀어 나간 것과 동시에 녹스의 말간 시선이 나를 향했다. 그가 알아듣도록 또박또박. 말이 없는 녹스 앞에 쪼그리고 앉은 나는 망설이는 얼굴로 말했다. 내가 말을 해도 되는 건지 모르겠지만.

"앞으로 누구에게도 무릎은 꿇지 마. 그러지 않아도 돼."

"……."

"내가 인상 써서 그래? 그래서 화난 줄 알았어?"

끄덕.

"너 때문이 아니야. 이건……."

말을 하려다 말고 입을 꾹 다문다. 나는 곧 얼룩덜룩한 녹스의 옷을 발견했다. 꽤 고급스러웠을 옷은 숲을 지나가며 여기로 오는 동안 더러워진 듯했다.

"아. 일단 옷부터 갈아입자, 흙이 튀었네. 갈아입을 줄 알아?"

……끄덕.

황급히 일어난 나는 방 한쪽의 옷궤를 뒤져 작아져서 입지 못하는 어린 시절 옷 중 적당한 크기의 것을 찾았다. 녹스에게 건네고 방으로 들여보냈다. 그가 사라지고 나서야 비로소 당황 어린 숨을 쉬었다.

'버릴 거냐니.'

기억이 희미하긴 하지만 주인공 녹스는 타인의 감정을 공감하지 못할 뿐 아주 냉혹하고 머리가 좋았다. 다른 이들과 말 섞기를 즐기지 않아서 그렇지, 사람을 공포에 질리게 하는 말재간을 가진 남자였다.

소년을 보면서도 책 속 광증에 빠진 미친 대공을 생각하는 건 어쩔 수 없는 일이다. 그만큼 캐릭터가 강렬했기에 그렇다. 하지만 나도 모르게 안타까운 마음이 들었다. 책 속 남자 주인공이 훗날 광증을 앓는 미친 대공이 된 것은 어린 시절에 사랑을 받지 못해서였다. 만약 지금의 리녹, 현재는 녹스인 소년에게 사랑을 베푼다면. 마법이 풀렸을 때 성인이 된 그는 책 속과 달라질까?

이때 솥을 씻으러 갔던 언니가 돌아왔다.

"에이미, 녹스는?"

"옷 갈아입으러 보냈어. 마침 내가 열 살 때 입던 바지와 셔츠가 맞을 것 같더라."

"아하. 바지가 있어서 다행이네."

나는 끄덕이며 생각에 골몰했다. 앞으로 남자 주인공과 함께 생활할 것은 자명한 일인데, 이미 집안에 들여온 이상 마음 약한 언니는 절대 버리자고 하지 않을 것이다.

차라리 남자로 변한 녹스의 모습을 보여줄까?

……아냐. 이건 뒤로 미뤄두자.

그가 어른이 되었을 때, 책 속 대공의 모습을 떠올린 나는 고개를 저었다. 역시 가장 좋은 방법은 역시 그의 어린 모습에 사랑을 베푸는 것이다. 그럼 나중에 무사히 도망쳐서 훗날 재회하더라도 해코지하지 않겠지?

"언니, 언니. 녹스에게 창고 방을 내줄 거지?"

"응. 네 방을 정돈하고 내일부터는 그 방을 녹스에게 주자. 넌 나랑 같이 자고."

"그래. 그럼 오늘 녹스는 창문도 없는 창고 방에 잔단 말이지……?"

"왜 그래? 저 방에 뭐가 있어?"

"아니야."

나는 골똘히 생각에 잠겼다. 녹스는 낮 동안 몸도 마음도 아이가 된다. 그래서 그동안은 한없이 무력해지는데, 황태자의 습격도 그때 일어났다.

이처럼 낮에는 아이의 모습이지만…… 밤이 되면 원래 그의 모습으로 돌아간다. 대공의 모습 말이다. 다시 말해 밤이 되어 원래 모습으로 돌아가면 정신 또한 어른이 된다는 소리.

생각에 미친 순간 침을 꼴깍 삼켰다.

……어쩌면 오늘 밤에 그의 또 다른 모습을 보게 될지도.

△

나는 한참 전부터 이불을 놓았다 다시 잡기를 반복하며 일어날까를 고민했다. 고민의 원인은 단연 녹스 때문이다.

'그를 보러 갈까, 아니, 그냥 모른 척 버텨볼까? 아, 안 돼.'

이불 속에 파고든 나는 중얼거렸다. 생일 밤에 이런 고민을 하게 하다니. 남자 주인공을 살짝 원망하며 곱게 매여 있던 분홍 커튼을 들어 올렸다. 이대로는 머리를 처박아도 잠으커녕 뜬눈으로 지새우고 말 거다.

스르륵. 커튼이 내려가며 동동 띄운 달을 가린다. 그래. 어차피 잠이 안 오는 거. 확인이나 해보자. 나는 푹신한 베개를 치우고 일어나 문을 열었다.

'언니는 자겠지?'

우리 집은 숲속 외딴집이라 좁은 구조 속에 언니 방과 내 방이 마주 보고 있다. 열네 살쯤부터 언니와 각방을 쓰기로 했는데, 언니는 서운해했지만 기꺼이 내 방을 꾸며주었다. 내일이면 녹스의 방이 되겠지만.

나는 방에서 여덟 걸음쯤 떨어진 창고 앞에 멈춰 섰다. 창고는 언니가 안 쓰는 연장을 담아두는 보관실로, 없는 살림이라 공간이 남아돌았다. 나무로 된 문을 앞두고 나는 좀처럼 손을 뻗지 못했는데 고민이 자리한 탓이다.

어른이 된 녹스를 보는 이유. 지금 나 스스로에게 일어난 일이 정말 책 속의 이야기인지 궁금했으니까. 정말 이 이야기가 책 속의 것일까. 사실 나는 이 방 안에 아이 모습의 그가 고스란히 있으면 좋겠다. 책 속의 불행한 미래는 믿고 싶지 않으니까. 보란 듯이 아이의 모습이 등장해서 '어, 이게 아니었잖아?' 하며, 내가 알고 있는 진실을 와장창 깨트려 줬으면 좋겠다.

'이게 현실 부정일지라도. ……정말로.'

사람은 당연한 사실을 보고 싶어지기도 한다. 이미 알고 있는 사실이지만 눈으로 확인하고서야 마음으로 비로소 받아들이는 사실도 있으니까.

'……자는 틈을 노려서 몰래 확인하면 되려나? 자칫하다 큰일 나는 건 아니겠지?'

뼈도 못 추리는 내 꼴을 상상해 보다가 침을 꼴깍 삼켰다. 현실에서 책 속 미친 인간을 보게 되면 어떤 기분일지 상상도 가지 않았다. 하지만 여기까지 와서 돌아갈 수는 없는 일. 손을 문고리에 가져다 댔을 때였다.

"에이미?"

엄마야!!

나는 비명조차 지르지 못했다. 그대로 나동그라져서는 거꾸로 보이는 언니의 모습을 확인했다.

"뭐 하는 거야? 창고에서?"

나를 내려다보는 언니는 아주 이상한 표정이었다. 나는 머쓱하게 웃었다.

"잠도 안 자고 말이지."

어깨에 걸친 숄을 고쳐 잡은 언니가 고개를 갸웃 기울였다.

"사, 산책을 해볼까 하고?"

"……산책?"

언니의 '여기서?'라는 시선에 할 말이 없어졌다. 내 앞에 쪼그린 언니는 곧 찡그린 주름을 펴며 내 이마를 톡 튕겼다.

"아. 알았다. 너, 녹스 보러 온 거지?"

"으응?"

"그 애는 푹 잠들었어. 아까 확인했는데 낮부터 잠들어서 꼼짝도 안 하고 잠만 자더라. 피곤했나 봐."

언니는 웃고 있었다.

"잠깐 언니. 확인했다고? 그러니까 녹스가 자는 걸? 언제?"

"응? 응. 아까 저녁쯤에 확인했지. 이불이 불룩하던데? 푹 자고 있어서 들어가진 않았어."

옷을 갈아입고 언니가 가져다준 담요를 덮고 꾸벅꾸벅 졸던 녹스는 기억한다. 잠에 취한 녹스를 창고로 데려다준 사람이 나니까.

"너도 참. 걱정돼서 나온 거니? 왜. 혼자 자다 무서울까 봐?"

언니는 내가 녹스를 걱정해 찾아온 거라 철석같이 믿는 것 같았다. 순조롭게 오해하는 언니는 두고서 나는 뭔가 이상한 것을 느꼈다.

'언니는 녹스의 모습을 보지 못한 건가?'

그래. 봤다면 이렇게 태연할 리 없다. 나는 얼른 문을 보았다. 창고에는 창문이 없었다. 이 때문에 들어갈 때 늘 작은 전등을 켜야 했다. 이런 이유로 언니는 녹스의 몸이 커진 것을 보지 못했거나 알아차리지 못했을 가능성이 크다.

"……언니, 확인한 게 저녁쯤이라 했지. 아직도 자?"

"응. 그러니 너도 어서 자. 애 자는 거 방해하면 못 써. 성장기 모르니? 성장기. 피로했던 모양이니까 깨우지 말자."

"아앗! 언니. 잠깐. 잠깐! 이상한 점은 없었어?"

"이상한 점이라니? 이상할 게 뭐 있어?"

고개를 갸웃 기울이는 언니의 표정을 보며 확신을 굳혔다. 언니는 못 봤다. 말한 것으로 봐서는 못 본 것이 확실하다. 도리어 이상하다는 듯 나를 바라본 언니는 곧 손뼉을 쳤다.

"창고가 너무 깜깜해서 어린아이가 무서워할까 봐 그래? 애도 참. 다 컸다니까. 다행히 녹스는 잘만 자더라. 애가 참 순해. 내일부터는 네 방을 줄 거니까 괜찮을 거야."

"아, 으응. 다행이다."

"그래그래. 너도 어서 자자. 자자."

언니가 잡은 손을 흔들흔들 움직이며 말했다. 평소 언니는 나를 아직 어린아이 취급할 때가 종종 있었는데, 지금 이 모습도 어린 시절 나를 침실로 데려다주던 것과 다른 것이 없었다.

"염려하는 마음은 알지만 깨우면 못 써."

"아니. 난······."

언니는 어린 시절 네가 얼마나 잠투정이 심한 줄 알았느냐는 얘기를 하면서 나를 밀었다. 떠밀 듯 미는 손에 말할 틈도 없이 파도에 휩쓸린 조개처럼 내 방으로 돌아가야 했다.

"언니는 안 자?"

"응? 잘 거야. 너 눕는 거 보고."

흘끗 본 언니는 내가 잘 때까지 물러서지 않을 눈이었다. 녹스를 보려면 적어도 언니를 따돌리고 봐야 할 텐데······. 이미 글렀다는 생각이 든다. 결국 포기한 나는 얌전히 침대에 누웠다.

"잘 자."

그렇게 언니가 남자 주인공을 주워 온 첫날이 지나갔다.

△

며칠이 지났다.

밤의 녹스를 확인하지 못한 채로 며칠이 아무 일도 없이 흘렀다. 그동안 이 공간에 작은 소년이 있는 모습이 점차 눈에 익었다. 아침, 점심, 저녁 세끼를 꼬박 같이 먹고 언니가 채집하러 간 동안 꼼짝없이 단둘이서 시간을 보냈으니 강제로 익숙해지고 있는 거지만.

"이 단어는 에스텔라, 별이라는 뜻이야."

지금 보는 책은 내가 열 살 때쯤 보던 것이었다. 우리 집에는 손때 묻은 책이 많은데, 책이 귀하다 보니 언니도 보고 나도 보고 반복하는 동안 이렇게 됐다. 기본 단어 위주로 간단한 내용이 담긴 동화책은 단어마다 그림도 그려져 있었다.

"······에스텔라."

내가 말한 단어가 그의 청음한 목소리로 흘러나왔다. 신기한 눈으로 그림을 바라보던 녹스가 손을 뻗었다. 뻣뻣한 재질에 놀랐는지 그림에 닿은 작은 손가락이 움츠러들었다. 그러나 신기하게 바라보는 자색 눈동자는 크게 깜빡깜빡 움직였다.

고개를 든 녹스가 나를 바라보며 손가락으로 가리켰다.

"······에이미."

"응?"

"에스텔라."

음, 앞글자가 같다는 건가? 철자를 가리키는 녹스를 보며 고개를 끄덕였다.

"……아. 그래. 둘 다 발음은 '에' 자 돌림이네. 그렇지만 나랑은 관련 없어. 얘처럼 반짝반짝 빛나지도 않고. 그렇지만 외우기는 편하겠다."

나는 거기 '에' 씨가 아니란다. 속으로 중얼거리며 바로 옆 페이지를 보았다. 옆 페이지는 루나, 달 그림이다. 발음해 주려다 말고 날 물끄러미 응시하는 녹스를 보았다.

그가 오기 전과 오고 난 후 며칠 동안 가장 크게 달라진 점은 바로 이것이다. 옆에 작은 동물 같은 소년이 붙어 있는 거.

녹스의 일상은 일어나자마자 나에게 쪼르르 달려와 찰싹 달라붙는 것으로 시작했다. 세수할 때도, 밥을 먹을 때도, 심지어 내가 집안일을 위해 움직일 때도, 빨래 바구니를 들고 가는 내 뒤를 쪼르르 쫓았다. 한번은 쫓아오지 말고 얌전히 앉아 있으라고 말해줬는데, 그랬더니…….

"……가지 마."

꼭 눈물이 떨어질 것 같은 눈으로 내가 처음 읽어줬던 책만 꼬옥 껴안고 있더라.

아니, 당신 피도, 눈물도 없는 냉혹한 인간이라며……?

얼마나 황당했던지. 결국 그날 어린아이를 혼자 내버려 뒀다고 언니에게 혼쭐나고 나는 쪼르르 쫓는 이 생물을 그대로 두게 되었다. 이게 며칠 사이 일어난 일이다.

"녹스, 녹스. 에이미의 에이미란 이름은 사랑받는 아이란 뜻이야. 귀엽고 사랑스럽지?"

"귀여워?"

"응. 부모님이 열흘 밤을 고심해서 지은 이름이야. 후후. 똥오줌을 가리지 못하던 그때도, 지금도 사랑스럽다니까."

"언니, 수업 중에 쓸데없는 사담 금지야. 방해야."

"애는. 툴툴거리기는."

나와 녹스가 공부하는 뒤에서 약초와 허브를 다듬던 언니가 방싯 웃었다. 원래 지금 언니가 하는 허브를 손질하는 일은 내 몫이었다. 언니는 채집과 사냥 전반을 맡았고 나는 주로 집안일 전반을 맡았으니까. 그런데 언니가 녹스를 가르치기를 제안하면서 일부 집안일이 언니에게 넘어갔다.

"원래 실력은 누굴 가르칠 때 가장 많이 느는 거야. 너도 공부해야지?"

언니는 녹스가 말이 없는 것은 말을 할 줄 모르기 때문이라고 생각했고, 언니의 주장으로 졸지에 남자 주인공의 가정교사가 되었다. 사실은 이 꼬맹이가 이런 단어는 모조리 섭렵하다 못해 저 사교계의 우아한 고대어 대화도 하던 남자인데 말이다.

외딴 숲에 단둘만 살았기에 언니가 내 스승이었다. 하지만 집안일과 채집 같은 일을 소홀히 할 수는 없으니 자연히 공부할 시간이 짧아졌는데 언니는 내가 녹스를 가르치게 된 게 썩 기쁜 눈치였다. 사실 책 속에서 이 역할은 언니가 맡는데 말이지.

나는 녹스를 쳐다봤다. 언니에게 다가오지 말라며 소릴 질렀던 녹스는 며칠이 지난 지금은 전보다 얌전했다. 그러나 약간만 달라졌을 뿐 경계하는 건 여전하나. 시금처럼 언니만 다가오면 긴장해서 굴러가는 눈은 당장 물러나고 싶어 하는 의지가 넘쳐 보인다.

"짠, 녹스, 이게 뭐게?"

화들짝 놀란 녹스가 내 뒤로 황급히 숨었다.

"언니, 애 놀라잖아."

"놀라잖아."

"녹스, 넌 따라 하지 말고."

숨어서 눈만 빼꼼 내민 녹스는 언니를 바라보며 미간을 찌푸렸다.

"안 먹어."

"아닌데? 녹스 안 줄 건데? 에이미 줄 거야. 자, 에이미!"

이렇다 보니 언니는 간식을 만들고도 늘 내게 건넸다. 잔뜩 기대한 얼굴로 쿠키를 건네는 언니의 얼굴이 반짝반짝했다.

'그렇게 다가가니까 애가 더 싫어하잖아.'

나는 한숨을 쉬면서도 녹스에게 쿠키를 건넸다.

"쿠키 먹을래?"

"……먹을래."

언니를 보며 잔뜩 경계하던 녹스는 언제 그랬냐는 듯 얌전히 받아서 먹었다. 작은 손이 쿠키를 쥐었다.

오물오물.

"맛있어?"

……끄덕.

나를 바라보는 눈이 푸르도록 선명했다.

탁탁탁! 오물오물 먹는 녹스를 바라보는 언니가 꺄아아 소리 없는 비명을 지르며 어깨를 두드렸다.

"에이미! 에이미! 하나 더! 하나 더 줘봐!"

"……언니."

……어깨 아프거든? 난 고개를 절레절레 흔들며 바구니 속 쿠키를 다시 건넸다.

아파. 아프다고! 하지만 아프다고 해도 소용없는, 벌써 몇 차례 반복된 일이랄까. 요 며칠 내내 이런 식이었다.

"그럼 녹스. 먹으면서 들어."

끄덕.

"밤의 숲은 동대륙에서 가장 큰 숲인데 동물도 살고, 마물도 살아. 이 중에서 마물을 사냥하면서 살아가는 사람을 마물 사냥꾼이라고 해. 그림 보이지?"

솔직히 녹스에게 이런 걸 가르치는 게 무슨 의미가 있을까 싶었지만 나는 언니가 가져온 상식 대백과사전을 부지런히 설명했다. 하루에 한 번 대륙어와 상식을 가르치는 게 내 일이었다.

"우리가 있는 곳도 밤의 숲이야."

"밤의 숲."

"응. 숲에는 조그만 마물부터 아주 위험한 마물까지 돌아다녀. 그러니까 숲에는 절대 가면 안 돼."

언니와 내가 사는 이 숲에는 마물이라는 괴물 형태를 한 생물이 함께 살았다. 옛날에 기사였던 언니는 가끔 작은 마물들을 사냥하거나 허브와 야생 채소들을 채집해 오곤 했고, 딱히 큰 능력이 없는 나는 집 밖을 벗어나지 않았다.

"여기만 안전지대거든."

대부분이 마물 서식지인 밤의 숲 사이사이에는 마물이 얼씬도 하지 않는 공간이 있었다. 이를 '안전지대'라고 불렀다. 보통은 작고 발견하기 힘들었는데, 언니와 내게는 이곳을 발견한 것이 천운이었다. 책 속의 안배가 아닐까 하지만.

그러고 보니 어린애 모습으로 숲을 돌아다녔던 녹스는 정말 대단한 거 아니야? 마물 서식지를 지나가며 이곳으로 왔다는 건데……

행운도 행운이지만, 어른 걸음으로도 움직이기 힘든 이 숲을 작은 손발로 헤쳤을 걸 생각하니 새삼 가슴이 짠해졌다.

"음, 벌써 네 시네."

"어머? 정말."

"오늘 수업은 여기서 끝!"

본래 우리는 다섯 시를 조금 넘겨서 일찍 저녁을 먹곤 했다. 그리고 요즘은 시간을 조금 당겼는데 밤이 되기 전에 녹스를 방에 들여보내기 위해서 내가 부린 꼼수였다.

사실 아직까지도 녹스의 진짜 모습을 못 봤다. 보기는커녕 방 밖으로 나서지도 못했다. 언니는 기척에 워낙 예민했는데, 밤중에 일어난 날 귀신같이 알아채고 어딜 가냐 물었던 것이다.

이러한 사정으로 어른 녹스는 머리카락도 구경 못 해봤다. 며칠이 지난 지금 아무 문제도 없다는 것이 신기하지만 말이다.

'이러다 문제가 생기는 건 아니겠지.'

정리를 위해 책을 치우는데, 이때 녹스가 책을 덮는 나를 바라봤다. 이어서 작은 손이 책등 위로 올라왔다.

"에스텔라."

"어머, 벌써 기억한 거니? 똑똑하기도 하지!"

녹스의 중얼거림에 언니가 먼저 반응했다.

"에스텔라. 나도 참 좋아하는 단어야. 우리 에이미가 나한테는 반짝반짝 빛나는 별(에스텔라) 같은 사람이거든. 녹스도 그렇지? 에이미가 좋지?"

"언니."

"그럼 이렇게 안아줘!"

"……."

언니의 물음에도 멀뚱멀뚱하게 앞만 바라보던 녹스가 처음으로 언니를 바라봤다. 녹스의 자색 눈은 꼭 햇살을 받은 보석 같았는데, 한참 나를 껴안고 버둥거리는 언니를 향했다.

"언니 그만하고. 오늘 저녁 당번은 언니야."

"흐응, 너 부끄러우니까 그러지? 부끄럼쟁이. 이래서 좋아하지만, 이리 와, 한 번 더 안아줄게!"

"됐어. 아! 아! 그만!"

언니는 잔뜩 귀찮아하는 나를 꼭 껴안고서야 저녁 준비를 하겠다며 떨어졌다. 부엌으로 가볍게 달려가는 언니를 보며 나는 헝클어진 머리를 쓸어올렸다. 어느새 녹스는 책을 껴안고 나를 빤히 쳐다보고 있었다.

"……에이미."

"응?"

망설이는 듯한 목소리에 나도 그를 보았지만, 어째서인지 입을 달싹거리던 녹스는 아무 말도 하지 않았다. 천천히 시선을 내려다본 녹스는 내가 읽어주던 책을 꽉, 껴안았다.

"……."

마치 무언가를 대신하듯이. 아주 꽈악.

△

그날 밤.

흐린 하늘빛 커튼을 걷었다. 창문 밖 하늘은 어둑어둑했고, 하나

둘씩 별이 떠 있었다. 나는 조용히 고개를 돌려 곤히 잠든 언니를 바라봤다.

'푹 자나?'

손바닥을 들어 언니 앞으로 휘적휘적 흔들었다. 평소 날쌔게 잡았던 언니는 뜻밖에 고요했다. 당연했다. 오늘 언니의 식사에 몰래 증류주를 섞었다. 식용이긴 하지만 독한 술이라 가끔 가죽 잡내를 뺄 때 한 방울씩 쓰는 것이었다. 이걸 먹었으니 평소와 다르게 깊은 잠에 빠졌을 거다.

그렇게 잠에 빠진 언니를 뒤로하고 살금살금 문을 열었다. 언니 미안. 그래도 이건 우리의 생존을 위해서야. 언니에게 작은 사과를 하며 조심스럽게 문을 닫았다. 그리고 향한 곳은 맞은편 내 방문 앞이었다. 앞에서 침을 꼴깍 삼킨 나는 첫날 문고리 앞에서 망설였던 것과 달리 바로 문고리를 잡고 돌렸다.

'나이스 타이밍.'

어릴 적에 언니 몰래 밤중 탈출해서 냉장고를 뒤진 적이 있다 보니 소리 없이 문을 열기란 식은 죽 먹기였다.

녹스가 잠든 방은 뜻밖에 서늘했다. 창문이 조금 열려 있는 것을 보았다. 녹스가 연 걸까? 무심코 고개를 돌린 나는 숨을 멈췄다.

나에게 한참은 크던 침대 위에는 커다란 남자가 새근새근 잠들어 있었다.

'……내 침대가 이렇게 작았던가?'

남자를 바라보는 동안 침대가 작아도 너무 작게 느껴졌다. 발끝에서부터 넝쿨처럼 올라간 시선이 그의 가슴 즈음에서 멈췄을 때, 나는 그곳을 한참 동안 쳐다볼 수밖에 없었다.

침대를 가득 채운 몸은 단단한 근육으로 짜여 있었다. 달빛이 남자의 온몸을 조명한 가운데 이불 밖으로 드러난 팔은 아무것도 걸치지 않은 상태였다.

깨달았다. 맙소사. 위를 전부 벗고 있는 거지?

나는 살금살금 다가갔다. 주춤주춤 가까이 가던 나는 남자의 얼굴을 확인했다.

미친. 숨을 훅 들이마셨다. 본능적인 감탄이랄지, 정녕 비속어가 절로 나올 수밖에 없었다. 길게 늘어진 속눈썹 그림자와 우뚝 솟은 콧날, 그 아래로 고집스럽게 다물린 입술…….

나는 황급히 시선을 돌렸다. 이대로 있다가는 빨려 들어갈 것 같았다. 나는 온몸을 지배한 소름을 느꼈다. 살짝 고개를 돌려 베개 위로 흩어진 새카만 머리칼을 바라보다 침을 꿀꺽 삼켰다.

옛날 동화 속 유리관에 누워 있던 공주가 생각났다. 차라리 조각상인가 싶을 정도로 아름다운 남자였다.

'화, 확인했으니 돌아가자!'

이대로 있다간 사달이 나겠다. 남자의 얼굴을 확인한 나는 나도 모르게 뻗었던 손을 황급히 내렸다. 흔들다리를 바라보듯 긴장에 사로잡힌 손에 땀이 흥건했다. 주춤거리던 몸을 얼른 돌려 빠져나갔다. 아니, 빠져나가려 했다.

탁. 붙잡힌 손이 아니었다면.

"……누구냐."

몸이 휙 돌아가고 거친 움직임에 숨이 흐트러졌다. 등으로 푹신한 매트리스가 느껴지고 다시 눈을 떴을 때 침대 위에 누워 있는 나를 느꼈다.

꿀꺽, 침이 넘어간다.

나는 두려운 시선으로 고개를 들었다. 아니, 도로록. 눈만 굴러서 올라가게 했다.

"저, 저는…… 집주인인데요……."

깜깜하여 겨우 외곽만 잡힌 남자의 얼굴이건만 진한 이목구비는 진한 이 어둠 속에서도 존재감을 드러냈다.

"……집주인?"

"네에…… 여기 주인이요……."

팔목을 잡고 있던 손이 순간적으로 느슨해졌다.

날 붙잡고 있던 녹스가 빠르게 고개를 좌우로 한 번씩 돌렸다. 이윽고 다시 내게 돌아온 녹스의 얼굴에서 나는 낭패감을 읽었다. 이내 그는 얼굴을 확 찡그리며 느슨해졌던 손에 힘을 주었다. 달빛을 등지고 있어 역광에 사로잡힌 얼굴은 잠시 잊었던 두려움을 가중시켰다.

"……여긴 어디지? 대체……."

그 순간 난 눈을 둥글게 떴다.

'설마, 밤에 깨어난 게 처음이야?'

잠이 많은 것인지 다른 이유에서인지는 몰라도, 이제야 자기 상황을 깨달은 것이 분명한 녹스는 혼란스러운 기색이었다.

생각해 보니 밤 동안 그는 지나치게 고요했다. 만약 밤중에 그가 한 번이라도 깨어났다면 한 번쯤 난동을 부리지 않았을까?

근거는 또 있었다. 어린 녹스는 며칠 동안 초저녁이면 잠이 들었다. 한 번 닫힌 방문은 우리가 잠들 때까지 한 번도 열리지 않았다. 내가 의도한 바이기도 했지만 어린 녹스가 유달리 피로해했기 때문에 언니도 이상하게 여기지 않았다. 그리고 아침이 되면 쪼르르 달려오던 녹스였다.

그럼 그동안 한 번도 깨지 않고 잤던 거란 말이다.

"왜 아무것도 기억이 나질 않지……?"

낮은 목소리를 듣는 순간 문득 한 가지 결론에 도달했다.

'잠깐, 그럼 아이일 때를 기억 못 한다는 거야?'

나는 두려움을 잊고 입을 벌렸다.

"그, 그동안 당신은 푹 잠들어 있었어요. 나는 그저 잘 지고 있는지 확인하러 온 거예요."

벗은 상체가 눈앞에 아른했다. 그에게 깔리다시피 눕혀진 자세라 민망했지만, 신경 쓸 겨를이 없었다. 여전히 두려웠지만 두려움보다도 이 상황을 어떻게 해야겠다는 생각이 먼저였다.

한 팔은 여전히 그의 손에 붙잡혀 있었다. 여기 집주인이라 했던 말은 전혀 믿지 않는 눈치다.

"일단 놓아주시면 안 될까요오."

책 속에서 녹스는 자신을 구해준 여인에게 자신의 고대 마법을 들키게 된다. 언니는 그가 신뢰하는 기사단과 소수의 가신을 제외하고 처음으로 그 모습을 알게 된 타인이었다.

사랑받지 못하고 사랑을 알지 못하는 남자가 처음 사랑을 깨닫고 배려와 이해심을 배우는 순간들. 이쯤 되면 언니가 녹스에게 얼마나 소중한 사람이었을지 짐작이 가는 부분이다.

"낯선 사람이다. 뭘 믿고 너를 놓지?"

아직 아무 상황도 알지 못하는 그가 짐승처럼 으르렁거리며 까칠하게 나오는 것도 당연한 일이다. 오히려 그가 책 속에서 저질렀던

일을 잘 아는데, 내가 생각했던 것보다 얌전한 반응인 것에 감사할
정도였다.

"여긴 어딘가."

"제 집⋯⋯."

"장소를 말하는 거다."

본래 이렇게 들키는 것도 언니의 역할이겠지만, 아무래도 나는 이
름뿐 아니라 여기에도 플래그를 꽂은 게 아닐까?

달달달 떨리는 손을 움츠리며, '호랑이 굴에 물려가도 정신만 잘
차리랬어' 하고 정신을 차리려 했다. 처신을 잘해야겠다.

나는 눈을 들었다.

"여긴 밤의 숲이에요. 밤의 숲 동쪽 안전지대."

"밤의 숲이 뭐지?"

"⋯⋯당신 기억나는 것은 있나요?"

"⋯⋯없다."

그 순간이었다.

조심스럽게 녹스를 올려다보며 그의 손가락을 붙들었다.

"그, 그래 보여요. 일단 이것부터 놓아주면 안 될까요? 녹스, 팔이
아파요."

녹스는 아무 생각 없이 잡고 있는 듯했지만, 악력이 장난 아니었
던 터라 손이 저렸다.

"⋯⋯녹스?"

"당신 이름요."

그가 멈칫했다.

머리 안에 바짝 마른 자작나무 같았던 소년이 내내 남아 있는 나

로서는 이런 커다란 사내가 된 녹스가 적응되질 않았다. 무엇보다 눈앞에서 오르락내리락하는 맨가슴이 신경 쓰여 죽을 것 같다.

이때 녹스가 손을 풀어 주었다. 순간 안심했던 마음은 곧바로 사라졌다. 그가 내 목을 잡았기 때문이었다.

"거짓말. 아무것도 생각나지 않지만······ 그 이름이 아니란 것은 알 수 있다."

"내가 지었어요."

"······내가 지었다고?"

내 목을 붙잡은 그가 낮게 그르렁거리듯 말했다. 얼굴을 내밀며 재촉하듯 묻는 녹스에게 잔뜩 긴장해서 고개를 끄덕였다. 그 순간 목을 잡은 손에서 힘이 빠졌다.

녹스의 손가락이 목 끝을 스치고 쇄골 부근을 스쳤다. 마치 야생동물이 관찰하듯 경계 어린 손길이었다. 조심스러워서 은밀하게 느껴질 정도로.

나는 어린 녹스가 언니를 대하던 태도를 떠올렸다. 지금 이 남자가 어린 녹스처럼 나를 경계하고 있음을 깨달았다. 정확하게는 어린 녹스가 언니를 경계하던 모습이 그의 뒤로 겹쳐 보였다.

"푹 잠들었다는 것은 무슨 뜻이지?"

"네? 아······ 네. 이건 그러니까, 믿기지 않으셔도······ 믿어주셔야 해요."

"믿어?"

"네. 당신은 사실······ 낮에는 어린아이의 모습을 하고 있어요. 한 요만큼? 일고여덟 살쯤 되어 보이는 모습으로요."

정말 기억 못 하는 것 맞지?

조마조마한 시선으로 녹스를 바라보며, 이곳에 며칠이나 머물고
도 그가 기억하지 못했던 이유를 설명했다.

그는 이해가 가지 않는다는 듯 인상을 찡그렸다. 하기야 낮에는
어린애로 변신한다는 말이 쉽게 믿어진다면 그게 이상한 거겠지만.

"……낮 동안에는 어린아이 모습으로 이곳에 지냈단 말인가? 지
난 며칠 동안?"

"네. 네. 제대로 들으셨습니다."

"헛소리도 가관이군."

차갑고 사나운 시선이 나를 향했다. 끕. 나도 모르게 딸꾹질이 튀
어나왔다.

"저, 정말인…… 데요. 그, 꼬맹이일 때는 저한테 찰싹 달라붙어서
밥도 먹고 포크로 토마토도…….""

"……""

"……드셨습니다."

인상에 쫄고 만 나는 극존칭을 쓰며 얼른 끄덕였다.

찡그린 얼굴보다는 그가 가진 특유의 위압감이 무서웠다. 유순한
미인처럼 보이는 이 남자가 사람 죽이는 것을 쉽게 여기는 미친 대
공이라는 것을 알았기 때문이었다.

아니, 더구나…… 이렇게 커다란 남자가 나를 덮치듯 누워 있으니
긴장을 안 하는 게 이상한 거다. 그래. 암…….

……하늘님, 살려주세요.

과거에 남자 손도 한번 제대로 잡아보지 못한 내가 남자랑 한 침
대에 누워 있다니. 무섭고 얼떨떨한 한편, 지금쯤 푹 곯아떨어졌을
언니의 옆자리가 그리워졌다.

녹스는 손가락을 꼼지락거리고 있는 나를 바라보며 눈썹을 쓱, 밀어 올렸다.

"일단 일어나라."

"네? 네. 네네!"

그가 비켜 주자 나는 곧바로 자리에서 일어났다. 아니, 일어나려 했다. 도망가려는 나를 잡은 그가 인상을 찡그렸다.

"어딜 가?"

"……네? 제, 제 방으로."

"네 말은 순 헛소리같이 느껴진다. 그건 너도 알고 있겠지?"

"그건, 그런데요……. 진짜인데요?"

"그러니까 확인해 보지."

"……네?"

어떻게 말이죠? 아니, 무엇을?

나는 눈을 동그랗게 뜨고 그를 바라봤다. 내 시선을 아랑곳하지 않고 고개를 기울인 녹스가 나를 잡았다. 전보다 약하게 내 손을 잡아당기는 녹스에게 순순히 이끌려갔다. 그의 손에 의해 침대로 앉혀 졌다.

그제야 나는 나를 바라보는 녹스의 얼굴을 선명히 볼 수 있었다. 숨을 훅 삼켰다. 나를 바라보는 눈동자는 달빛에 물든 자색이었다. 예전에 보라색은 사람을 요요히 홀리는 색이라고 했는데, 그 말이 맞는 것 같다.

새근새근 잠든 모습도 아름다웠지만, 눈을 뜬 그는 숨이 막힐 정도로 아름다웠다. 청명한 색이건만 짙은 머리 색과 대비되어 농홍한 빛을 흩뿌리는 눈동자였다.

그가 내 맞은편에 앉았을 때야 정신을 차렸다.

"그, 무엇을 확인하는데요?"

"네 말."

나는 천천히 다가오는 녹스를 바라보며 흠칫 놀랐다. 마치 배부른 짐승처럼 느린 움직임이지만 눈앞의 먹잇감을 샅샅이 훑는 것 같은 시선을 마주했기 때문이었다.

우리 언니가 너를 여기까지 데려왔다고요. 혀끝까지 올라온 말을 꾹꾹 눌렀다. 그사이 녹스가 입을 뗐다.

"그 말이 진실인지 기다려 보면 알겠지."

……네? 자체 메아리 처리된 그의 말을 필사적으로 분석하려 했다. 아니. 잠깐. 잠깐만. 나는 동그랗게 뜬 눈을 깜빡였다.

……그러니까, 밤을 함께 보내자고요? 당신이랑?

"기다려 보다니…… 요?"

손을 붙든 녹스는 지독한 무표정이었다. 날 바라보는 자색 눈에서 어렵지 않게 의심을 읽어 낸다.

"지금 내 상황에서는 네가 내게 해코지한 누군가인지, 판단할 근거가 필요하다."

"저는 결백한데요……."

"그래. 결백하다면 결백한 증거가 필요하다."

생각해 보니 '네가 의심스러워 미치겠으니 나는 널 감시할 것이다.'라고 말한 것이나 다름없는데 순간 착각을 하고 말았다.

"저길 보면 알겠지만 아침까지 얼마 남지 않았다."

나는 창문을 바라봤다. 그를 찾아간 시간은 새벽에서 꽤 많이 지난 시간이었다. 녹스의 말대로 새벽의 끝물 든 하늘이 보였다. 새벽

4시? 5시쯤 정도 됐을까? 곧 동이 틀 것 같았다.

……아하. 그럼 그때까지 같이 있자고?

화들짝 놀란 나는 얼른 거세게 고개를 저었다.

"안 돼요. 안 돼요. 안 돼요, 안 돼요! 저는 제 방으로 돌아가야 하는……."

"이대로 기다리지."

아…… 아, 안 돼. 단호한 그에게 절레절레 도리질을 쳤다. 어떻게 여기서 잔단 말인가. 잠을 자는 건 둘째치고 언니가 언제 일어날 줄 모르는데!

무엇보다 무서워서 얼른 튀고 싶은 마음이 굴뚝같았다. 그러나 무감하게 나를 쳐다보는 녹스는 나를 보내줄 생각이 없어 보였다.

"가, 가, 가야 해요."

몸을 일으켜 내 옆에 엉덩이를 붙인 그가 낮게 말했다.

"누가 보내준다고 했나?"

"……예?"

녹스가 느슨하게 잡혀 있던 손에 힘을 주었다.

……선생님, 일개 힘없는 조연 동생에게 자비를 부탁할 순 없나요? 나는 숨을 들이켜며 바짝 긴장했다.

다행히도 자세를 바꾼 녹스는 내 옆에 가만히 앉아 허리를 살짝 젖힐 뿐이었다. 그러나 좀 더 가까워진 거리에서 녹스가 몸을 붙여올수록 맨살이 그대로 느껴지는 기분이 이상했다.

"……무엇보다 좀 졸리니……."

그가 벽에 기대며 눈을 감았다. 그제야 그의 몹시도 피로한 얼굴이 눈에 들어왔다. 흐트러진 머리와 시트가 꼭 억지로 일어난 사람을 대변하는 것 같다.

생각해 보니 어린 녹스는 항상 초저녁을 앞둔 즈음에 눈을 비비곤 했는데, 나와 떨어지지 않으려 하면서도 꾸벅꾸벅 졸았다. 낮과 밤의 녹스 모두 짙은 피로를 느끼는 것처럼 보이는데, 이유가 있는 걸까. 어쩌면, 마물이 돌아다니는 숲을 오랜 시간 헤매고 다닌 피로가 쌓여서가 아닐까?

지금으로선 할 수 있는 게 없었다. 나는 눈 감은 녹스를 보며 마른침을 꼴깍 삼켰다.

"……저기, 녹스. 조금만 떨어져 주시면 안 되나요?"

"……녹스."

"네. 녹스. 조금만 옆으로……."

그가 눈만 떠서 나를 바라봤다. 그의 눈은 어린 녹스가 보이는 것과 매우 판이했다. 이게 바로 건드리면 다 죽여 버리겠다는 미친 대공표 시선인 걸까. 새파랗게 경계 어린 눈에 자칫하면 해코지당할지 모른다는 생각에 잔뜩 겁을 먹은 나는 얼른 정정했다.

"……아니, 이 자세도 나쁘지 않은 것 같습니다."

……장래에 의자가 꿈이었지. 응. 그랬던 것 같아.

녹스는 나를 빤히 응시했다. 눈동자는 마치 컬러렌즈를 낀 듯 깜깜한 이 밤에도 선명하기만 했다. 의미 모를 것이 그의 눈동자로 일렁거렸다. 조금 이상한 표정으로 나를 바라보던 녹스는 곧 고개를 숙였다.

"네 말대로라면…… 어린아이일 때도 달라붙어 있었다던데. 상관 없지 않나?"

녹스의 머리가 스르륵 떨어졌다.

"그렇게 생각하도록 해."

목덜미에서 머리카락이 느껴지는 순간 움찔했다.

'다른데. 아주 많이 다른데…….'

바짝 긴장한 내가 어찌 하든 내 어깨에 기댄 녹스는 곧 색색 숨을 고르게 쉬었다. 숨이 목덜미에 닿아 이상하고 간지러운 기분이었다.

……잠들었나?

시간이 지나가길 기다리던 내가 조심스럽게 움직여 볼 때였다.

탁.

나를 붙잡은 손에 소름이 돋았다.

"도망칠 생각은 하지 않는 게 좋아."

"……넵."

나는 단단히 붙들린 손목을 보며 얼른 고개를 끄덕였다. 내 어깨로 머리를 기댄 건 나를 좀 더 편히 감시하기 위해서였나 보다. 어깨로 흩어진 머리칼을 보며 나도 모르게 만지고 싶다는 충동을 꾹 눌러 참았다.

"……다리 저리다."

움찔.

시선이 느껴졌다. 눈을 도로록 굴리니 고개를 든 그가 가만히 나를 바라보고 있었다. 그가 눈썹을 휙 휘었다.

"다리를 펴면 된다."

"……그게. 안 되는데요……. 저려서……."

"……많이 가는군."

"네에?"

어어 하는 사이에 벽이 등에 닿았다. 그는 내 다리로 손을 가져갔다.

치마를 살짝 들쳐 올린 손은 내 발을 잡아당겨서 다리를 펴주었다.

"손이 간다고 했다."

파르르.

나를 붙잡은 남자에게서 시선을 피하며 어색하게 고개를 돌렸다. 수갑처럼 나를 붙잡은 그의 손에 내 발목이 한참 남아돌았다. 어쩐지 커다란 손에 붙잡힌 흰 발목이 부끄럽게만 느껴졌다.

"……이렇게 하면 되겠지."

"네에…… 감사합니다…….."

다리를 펴주시다니 너무나 고마운 마음이지만 다리가 저린 것 또한 당신 탓인데, 왜 당연하다는 듯이 인사를 받아들이는 얼굴인 건가요.

그러나 그러거나 말거나 옆에 자리한 녹스는 내 손목을 붙잡았다.

"네 이름이 뭐지?"

"에이미요. ……성은 없어요."

당장 커다란 손이 금방이라도 손목을 부러트릴 것 같아서 바짝 긴장됐다. 언니한테는 이른 아침에 돌아가야 하겠는데 어떡하지. 이대로 동이 틀 때까지 꼼짝 잡혀 있는 거라면……?

제발 녹스가 기절하거나 아니면 언니가 아침까지 푹 곯아떨어졌으면 좋겠다. 물론 후자는 무리인 걸 아는데 우리 언니는 말술이라 숙취도 없단 말이지.

염려하는 사이 옆에서 고운 향기가 느껴졌다. 마치 한여름 숲에 있는 듯한 청량한 치자 향이 그에게서 느껴졌다. 분 냄새가 날 것 같던 어린 녹스와는 다른 느낌이라 생소했다. 남자 주인공은 향기도 갖춘 거야? 의식하니까 더 강하게 느껴지는 것 같은데…….

그때 녹스가 천천히 중얼거렸다.

"……내 마지막 기억은 숲이었다."

내 어깨에 기댄 그에게서 흘러나온 낮고 탁한 음성은 귀에 쏙쏙 박혔다.

"네가 날 데려왔나?"

"……."

그의 질문에 대답하기 전에 난 잠시 망설였다. ……정확히는 나 말고 우리 언니가 주워 온 건데.

녹스는 숲 근처에서 황태자의 습격을 받았다. 그러니 어른일 때의 마지막 기억은 숲일 것이다. 그런데 언니가 주워 온 사실을 기억하지 못하는 걸 보아 과거뿐만 아니라 낮의 기억도 없는 것 같다.

본래 언니가 있어야 할 자리에 내가 있었다. 문득 내가 처신만 잘한다면 언니를 살릴 수 있다는 생각이 들었다.

앞으로 1년.

1년 동안만 내가 언니 대신 이 남자에게 잘해주고 맞춰주면 언니를 살릴 수 있다. 그리고 이후에는 멀리멀리 도망쳐 버리는 거다.

추적자가 쫓아오기 전까지만 이 남자의 비위를 살살 맞춰주면서 잘해주면…… 훗날 도망친 뒤에 나중에라도 전부 기억한 녹스가 조금이라도 좋게 생각해 주지 않을까?

"네. 제가 낭신을 데려왔어요."

눈을 깜빡이지 않으려 크게 뜬 나는 녹스를 바라보며 고개를 끄덕였다. 신뢰를 주려는 몸짓이 안타까울 정도로구나.

"그렇죠……. 아주 정성스럽게 돌본 사람입니다. 제가."

"……."

······음. 너무 오버했다.

이건 긴장한 탓이다. 나는 눈치 보며 침을 꼴깍 삼키면서 녹스의 답을 기다렸다. 하지만 답은 돌아오지 않았다. 대신 색색 규칙적인 소리를 들었다.

설마······.

천천히 손바닥을 그의 눈앞에 휘저어 보았다. 안 움직이네. 미동도 안 하는 걸로 보아 그는 이번에야말로 깊이 잠든 것 같았다.

끙, 한숨을 흘렸다.

'여기서 움직이면 일어나겠지?'

응. 그럴 것 같다.

의도치 않게 밤을 새우고 만 나는 먼 하늘에서 슬슬 주홍빛이 비치는 하늘을 보았다. 절로 한숨이 나오는 일이다. 언니가 일어나기 전에 방으로 돌아가야 할 텐데······. 그런데 왜 잠이 오지?

정말 졸렸다. 몸이 풀어지며 긴장이라도 풀린 건지 모르겠지만 좋지 않다. 볼을 찰싹 때리고 꼬집어도 봤지만 눈꺼풀은 천근만근이었다. 자면 안 되는데······.

그러나 저 멀리 산 너머로 떠오르는 태양의 귀퉁이를 끝으로 눈이 감겼다.

△

"에이미! 에이미!"

눈을 떴을 때, 눈 부신 빛이 쏟아진다.

깡깡깡.

왜 이리 시끄러운 걸까? 눈을 비비고 다시 떴더니 한 손에는 국자를 들고 다른 한 손은 스푼을 든 언니가 눈앞에 있었다. 깡깡깡. 소리의 주범이 저거인가 보다.

"……우으음. 언니."

"아침에 안 보여서 빨래하러 갔나. 어딜 갔나 했더니! 나 참. 너 녹스가 그렇게 좋니?"

"무슨 말이야?"

채 잠이 덜 깬 중얼거리는데, 쪼그려 앉아 나를 바라보던 언니가 국자 끝으로 내 이마를 톡톡 두드렸다. 언니는 어처구니없다는 얼굴이었다.

"세상에. 아주 이렇게 꼭 껴안고서는 언니 섭섭하려고 그러네."

"……응?"

눈을 깜빡이던 나는 뜨거운 체온이 느껴지는 곳으로 향했다. 그리고 그곳에는……. 색색 숨을 내쉬며 내게 꼭 안겨 있는 어린 녹스가 있었다. 나는 황급히 일어났다.

"언니? 잠시만. 이건 내가 설명할게."

"아휴. 농담이야. 농담. 무슨 설명을 해."

언니가 방싯 웃었다.

"아냐, 언니. 있잖아."

당황해 어버버하는 사이 못 말린다는 듯 고개를 살래살래 저은 언니가 폭탄을 터트렸다.

"못 말려 정말. 그럼 앞으로는 같이 자. 녹스랑 같이 자렴."

……뭐라고?

"둘이 같은 방 쓰렴."

"뭐라고?"

"생각해 보니 나쁘지 않은 것 같네. 녹스도 아직 어리니까 누가 옆에 있어 주면 좋아할 거야. 그렇지?"

나는 한밤중 도둑이라도 본 것처럼 벌떡 일어났다.

"무, 무슨 소리야. 언니 얘는!"

"응? 녹스는? 녹스가 왜?"

언니가 눈을 깜빡였다. 이상하다는 듯이 왼쪽으로 갸웃 기울어지는 언니의 머리를 보며 아차 싶었다. 아니, 말을 할 수는 없잖아.

"……어린애지."

"그래. 기껏해야 일고여덟 살 아이인걸."

이 꼬맹이가 어제까지 반라의 몸으로 나를 덮친 남자야!

방싯 웃는 언니에게 털어놓고 싶은 말이 목구멍까지 솟구쳤다. 속이 꼬이는 기분이었지만 아무것도 모르는 언니는 내 머리를 토닥토닥 두드렸다.

"착하다. 이렇게 아껴주고."

"……."

"언니는 네게도 동생이 생겨서 기뻐. 우리 집에 녹스가 온 지 얼마 되지 않았지만 잘 지낼 거야. 그렇지?"

"으응……."

자매지만 머리 색이 조금 다른 언니는 귤색과 석양빛이 도는 내 머리를 좋아했다. 어린 시절부터 곧잘 귀엽다며 이렇게 토닥거리곤 했다. 내 머리를 쓰다듬던 언니는 "끙차" 하는 소리와 함께 일어났다.

"그럼 얼른 아침 먹으러 와."

나는 닫히는 문을 황망히 바라봤다.

오해를 풀어 줘야겠지? 아니. 이 방에서 어떻게 자란 말이야? 언니의 말을 철회하는 게 좋겠다 싶으면서도 취소할 수 없을 거란 걸 알았다. 나는 얼굴을 부여잡고 끙 한숨을 흘렸다.

"……에이미?"

어느새 반짝 뜬 자색 눈동자가 나를 바라보고 있었다. 녹스는 내가 눈앞에 있어서인지 얼떨떨한 얼굴이었다.

"좋은 아침이야……."

소년은 눈을 깜빡거리면서도 나를 쥔 손을 놓지는 않았다. 내 옷 자락을 거머쥔 녹스를 보면서 허탈한 웃음이 터졌다.

"……왜 울어?"

"안 울어."

……언니가 너랑 합법적 동거를 허락했단다.

합방이라고 말이야.

△

대공 모습의 녹스와 첫 대면을 마치고 정신없이 반나절이 흘렀다. 제대로 잠을 자지 못한 나는 낮 동안 어딘가에 정신을 빼놓고 온 사람처럼 실수를 했다.

설거지하다 컵을 깨 먹지를 않나, 빨래하다가 물을 엎지르지 않나, 심지어 먼지를 털다 먼지떨이에 코를 얻어맞기도 하는 둥……. 결국 녹스의 수업 시간까지 정신을 빼놓는 나를 보고 언니가 물었다.

"에이미, 무슨 일 있니? 아파?"

허브가 잔뜩 담긴 바구니를 내려놓은 언니는 성큼 다가왔다.

"애가 아픈 건가?"

막 채집을 다녀온 언니의 눈에도 내가 아주 이상해 보였던 모양이다. 언니는 이마에 손을 올려 "열은 없는데." 하고 중얼거렸다.

난 언니의 손을 잡아 톡톡 두드렸다.

"열은 없어. 아픈 게 아니니까 당연하지."

"그럼 왜 그래?"

고개를 갸웃 기울인 언니가 나를 바라보며 물었다. 나는 가볍게 어깨를 으쓱였다.

"그냥 컨디션이 좀 안 좋아. 이것만 빼면 나 완전 괜찮은데?"

그러자 언니가 묘한 표정으로 나를 가리켰다.

"너 책 거꾸로 들고 있어."

"……실수야."

나는 민망한 웃음을 흘리며 얼른 책을 바로 쥐었다.

"혹시 녹스 가르치는 게 힘들어서 그러니?"

"아냐."

"열심히도 좋지만 너무 무리하지 마."

"그런 거 아니야. 컨디션 안 좋을 때도 한 번씩 있는 거지. 그보다 오늘은 조금 멀리까지 가서 허브를 가져왔나 봐? 바구니에 알텐 허브네?"

바구니 속에 가득 담긴 알텐 허브는 후추 같은 느낌이라고 할까, 바깥에서는 소위 귀하게 여겨지는 향신료였다. 자연스럽게 화제를 돌리자, 바구니를 바라본 언니도 어깨를 으쓱이며 끄덕거렸다.

"응. 외딴집에 다녀왔지 뭐니. 여전히 으스스하더라."

언니가 말한 '외딴집'이란, 이곳에서 멀지 않은 곳에 있는 또 다른

'안전지대'였다. 그곳은 옛날 마법사가 머물렀던 집으로 추정되는 곳인데, 그 집 근처에서는 다양한 야생 채소와 허브가 자랐다.

언니는 이게 마법사가 남겨놓고 간 영구 마법이라고 말했다. 그리고 인적이 드문 곳을 선호하는 마법사들은 밤의 숲 안전지대에 사는 경우가 많다는 말을 해줬다.

"꼭 망령이라도 나타날 것같이 으스스하지만 어쩌겠어? 여기만큼 채집이 쉬운 곳도 없으니까."

그렇게 말하다 말고 언니는 허리를 젖혔다. 동그란 언니의 눈이 옆으로 도로록 굴러 내 옆을 향했다.

"그보다 녹스, 에이미 뺨에 구멍 뚫리겠어."

"……."

그제야 나를 물끄러미 바라보는 녹스의 시선이 눈에 들어왔다. 옷자락을 쥔 소년이 들릴 듯 말 듯한 소리를 꺼냈다.

"에이미, 아파?"

"아니. 안 아파. 잠을 좀 못 자서 그래. 음…… 푹 자면 될걸? 다음은 이거. 이거 읽어보자."

나는 얼버무리고, 책을 펼쳤다. 오늘도 다른 날과 다르지 않은 수업 시간이었다. 다만 어제 그의 진짜 모습을 본 게 특별하다고 할까. 다행히 녹스는 책 속 그림을 가리키는 손가락에 얌전히 따랐다.

"웬투스."

"응. 그건 공기라는 뜻이야."

……이렇게 보면 정말 순하단 말이지.

전날 밤의 냉정한 눈과는 전혀 다른 눈으로 나를 보는 녹스를 바라보며 묘한 기분이 들었다. 어쩌면 좋을지 모르겠다.

책 속에서 언니는 녹스에게 무척 잘해주었다. 그런데 나는 무엇을 어떻게 잘해주어야 할지 모르겠다는 거다. 꽃이나 나무마다 기르는 방식이 다르듯이 사람을 키우고, 잘해주는 데도 여러 가지 방법이 있지 않나? 최대한 녹스의 기호에 맞춰서 잘해줘야 하는데.

나는 어느새 머리를 괴고 열심히 책을 읽는 소년을 관찰했다.

어떻게 하면 어른이 된 네 마음에 쏙 들 수 있니?

사실 어린 녹스는 눈부시게 아름다운 미소년이었다. 유리구슬같이 투명한 눈동자와 새하얀 피부가 동화책에 나온 귀공자 같다. 비록 내 낡은 옷을 입고 있지만 숨길 수 없는 귀티란 게 존재한다. 소년의 외곽에서 어렵지 않게 커진 모습을 상상했다.

'……이렇게 순하던 애가 그 크고 무섭던 남자가 되다니 참 믿기지 않네.'

수업은 일찍 파했다. 어차피 오늘 집중은 글렀으니 잘된 일이지.

"……에이미."

저녁을 차리러 간 언니를 도우러 가는데, 녹스가 슬쩍 내 옷자락을 붙들었다.

"왜?"

녹스는 어째서인지 우물쭈물하며 땅만 쳐다봤다. 배고파서 이러나 싶어 손을 조심스럽게 떼어내고 움직이려는데, 소년은 얼른 내 앞으로 쪼르르 걸어와 다시 옷자락을 붙잡았다. 그러면서 책을 쥔 다른 손을 꼼지락 움직였다.

드디어 소년의 조그만 입술이 열렸다.

"……아프지 마."

"아. 아아, 응. 고마워."

오늘도 내가 읽어준 책을 꼬옥 껴안은 녹스가 말간 눈을 깜빡였다. 그러다 결심했는지 고개를 휙 들었다.

"아프면 대신 아파줄게."

"……나 대신?"

끄덕. 소년이 고개를 끄덕였다.

"응. 아픈 거 익숙하니까."

"……왜 익숙한데?"

"모르겠이."

순간 가슴이 지끈거렸다.

그의 어린 시절이 스쳤다. 그는 친부에게서 숨 쉬듯 얻어맞았다. 어쩌면 그에게 아픔은 공기만큼 익숙한 것인지도 모른다. 그래서 기억은 사라졌지만, 본능적으로 알고 있는 걸까?

아무것도 기억하지 못하는 아이가 본능적으로 아픈 게 익숙하다고 하는 모습이 가슴 아팠다. 왜 익숙하냐고 물으니 모르겠다고 대답하는 모습이 너무 태연해서, 가엾고 안타까워서, 가슴 한구석이 따끔따끔 아팠다.

"아프지 마."

녹스는 자신이 무엇을 말한 건지 모르는 눈이었지만, 진심이 가득한 말을 모른 체할 수는 없어서 조심스럽게 끄덕였다.

△

저녁을 먹고 녹스는 초저녁 전부터 잠들었다.

새근새근 잠든 소년을 잠시 두고 집안일을 했다. 그래, 설거지하고, 빨래를 접고 온 게 잠깐이었는데……. 아니, 두 시간쯤?

낯선 이가 소년이 잠들었던 자리에 있었다.

대공 모습의 녹스였다.

나는 슬쩍 고개를 돌리고 문 앞을 확인했다. 언니는 오늘 채집의 여파로 일찍 방으로 들어간 상태였다.

일단 큰 소리를 내지 않으면 문제없겠지?

자정이 다된 시간이기는 했다. 언니를 깨우지 않게 조심해야겠다 생각하며 고개를 들었을 때였다. 어느새 창문 앞에 있던 녹스가 움직인 뒤였다.

"……어라."

커다란 그림자에 놀라서 중얼거리자, 사내의 눈이 돌아갔다. 긴 다리를 아무렇게나 뻗고, 침대에 걸터앉아 있던 녹스는 천천히 입을 열었다.

"아무래도 네 말이 사실인 모양이군."

서늘하게 빛나는 눈동자 뒤로 어깨에 걸린 달이 보였다. 펄럭펄럭, 열어놓은 창으로 커튼이 거칠게 움직였다.

그가 손을 뻗었다.

"이리 와."

꿀꺽 침을 삼키며 나는 어린 녹스의 눈을 떠올렸다.

……어째서 이렇게나 차이 나는 걸까? 소년과 남자는 같은 사람인데 왜 다른 사람처럼 보이는 걸까.

아마도 어른 모습의 그는 학대와 외면과 무시 속에 체념을 배우고 냉혹해졌기 때문일 거다. 그래서 기억을 잃은 건 두 녹스 모두 마찬가지지만, 낮의 녹스와 달리 밤의 녹스는 무척이나 냉정한 눈을 하게 된 걸지도 모른다.

본능적으로 바짝 긴장했다. 주춤 다가가던 나는 바닥의 툭 튀어나온 바구니를 보지 못하고 하마터면 미끄러질 뻔했다.

놀라라. 주륵 떨어진 팔을 붙잡아 일으켜 주는 상대를 얼떨떨하게 응시한다. 잽싼 움직임으로 나를 받아준 녹스였다.

어느새 낮은 지나가고, 창문 밖 하늘은 어둑어둑해져 하나둘씩 별이 떠 있었다.

"……가, 감사합니다…….."

녹스는 내 인사에는 아랑곳하지 않고 나를 침대에 앉혔다. 어제와 같은 구도에 나도 모르게 어제와 비슷하게 눕기라도 하는 걸까 싶어 침을 꼴깍 삼켰다. 그러나 녹스는 밀거나 당기는 대신 나를 가만히 바라봤다.

"아무래도 네 말은 그저 헛소리가 아니었던 모양이군."

"아……. 네. 네네."

……잘생긴 건 전부 옳다더니 정말이었어.

위에서 아래로 내려다보는 시선은 냉정하고 차가웠지만 동시에 저 아름다운 외모와 잘 어울려서 기분 나쁘다는 생각은 들지 않았다.

"아는 것을 전부 말해봐."

녹스의 눈치를 보며 고개를 기울였다.

"어제…… 말한 게 전부인데요……?"

그가 눈을 살짝 찌푸렸다.

"그거 말고. 네가 나를 데려올 적의 상황이라거나 이 집에서 며칠 낮 동안 내가 했던 행동이라거나. 아는 것 전반을 말하는 거다."

글쎄. 주워 오기는 언니가 주워 왔으니 내가 알 길이 없었다. 언니에게 대충 그를 데려왔을 때의 설명은 들었지만…….

난 데굴데굴 눈을 굴리며 천천히 입을 열었다.

"……음, 기억이 잘 안 나는데요? 그냥 데려오기만 해서."

"……."

"생각해 보겠습니다. 생각하면 나올 것 같네요."

녹스의 살벌한 눈을 바라보며 회개하고 마음을 고쳐먹은 나는 얼른 입을 열었다. ……수틀리면 사람 하나 해코지할 것 같은 시선과 마주하니까 없던 일도 지어낼 수 있을 것 같다.

"숲을 헤매던 당신을 데려온 게 전부예요. 당신은 아이 모습으로 혼자 헤매고 있었고요. 그때는 보통 마물이 날뛰는 만월의 시기였는데……. 언니는 당신이 살아 있는 게 기적이라 했어요."

그러고 보니 녹스가 이곳에 온 시기는 숲이 꽤나 위험했던 시기다. 녹스는 어떻게 긴 시간 동안 어린아이의 모습으로 이 숲에서 살아남은 걸까?

대공의 모습인 그는 마물이 아니라 마물 할아버지가 와도 썰어버릴 강자였다. 하지만 어린아이 모습인 그는 황태자의 습격에도 힘없이 쫓길 정도로 약했다. 강한 그의 유일한 약점이었고, 그것이 생각할수록 신기했다. 물론 책의 안배겠지만.

마법은 그를 한없이 약하게 했다. 책 속에서 녹스에게 걸린 이 주문은 녹스에게 첫사랑이란 매개를 만들어주는 동시에 여주인공과 가까워지고 사랑에 빠지는 계기였다. 녹스는 어린아이 모습의 자신을 살뜰히 챙겨주는 세레나에게서 첫사랑인 언니를 떠올리고 차츰 세레나에게 빠져들었다.

이처럼 그에게 걸린 주문이 관계로서만 드러나다 보니 어떤 메커

니즘으로 걸린 마법이냐, 어쩌다 이베르크 대공가에만 내려오느냐는 다뤄지지 않았다.

다만 어느 마법사가 걸었겠거니 하는 언급은 있었던 것 같다.

"언니? 혼자 사는 것이 아니었나."

"네. 언니랑 둘이 살아요. 그리고 평소 낮에 당신은…… 으음……. 그대로 말해도 돼요?"

"말해."

"……후회할 텐데."

"뭐?"

어린아이일 때 어떻게 생활했냐니. 이다음을 계속 말해도 될지 조심스러웠다. 그러나 찡그리는 그를 보며 잽싸게 대답해야 할 것 같았다. 파드득 고개를 저은 나는 얼른 입을 떼었다.

"낮의 당신이 무얼 하냐면…… 그냥 아이 같았어요!"

"……아이?"

"네! 나이는 일고여덟 살쯤? 아침에 일어나면 나한테 쪼르르 달려오고…… 제게 하루 종일 붙어 있어요. 저는 음…… 당신 세수도 시켜주고, 밥도 먹여주고. 아, 수저는 잡을 줄 알더라구요?"

"그래서?"

"어, 으음, 그리고 오후에는 상식을 가르치고요."

"상식?"

"언니는 말이 없는 게 말할 줄을 몰라서라고 생각해서요……."

녹스가 설핏 미간을 찌푸렸다. 방이 꽤 어두워 주름까지 세세히 보이지는 않았지만 표정이 그다지 좋지 않은 것쯤은 알 수 있었다.

"말을 모르는데, 상식이 왜 필요하지?"

"어, 음, 단어를 가르치면서 여러 가지 이야기를 해요."

"어떤 이야기?"

"동화라거나…… 음, 당신은 용이 나오는 동화를 좋아하거든요. 아. 맞아. 특히 붉은색 용을 무찌르고 싶다고 했어요."

답지 않게 신나서 볼을 발갛게 물들였을 때는 정말 귀여웠지. 나보다 언니가 더 난리였지만.

"그래서?"

"네? 아. 동화도 읽고, 가끔 언니가 노래를 가르쳐 주는데 언니가 음치라 그런지 당신도 엉터리로 부르기도 하고……."

털어놓고 보니 지나치게 솔직했던 것 같기도 한데. 하지만 적당히 숨기고 지나가기에는 나를 보던 녹스의 시선이 지나치게 살벌했다.

아니, 얘기하는 동안 더 살벌해진 것도 같은데…….

나 실수한 건가?

"어, 어쨌든 내 말 맞죠?"

"……."

나는 '당신, 기억이 없지 않으냐.' 이런 시선을 담아 쳐다봤다.

"……아니, 기억이 없으시잖아요."

사나운 시선에 얼른 얼버무리며 고개를 휙 돌렸다. 무서운 걸 어떡해? 뺨으로 시선이 따라오는 것도 모른 체했다.

……구체적으로 어린이용 포크로 토마토를 먹었다거나 턱받이를 했다거나, 오이를 먹기 싫다고 하며 밥투정을 한 일은 비밀에 부치길 잘했다.

"확실히…… 낮 동안의 기억이 없더군."

녹스가 천천히 제 얼굴을 쓸어 올리며 말했다.

"눈을 뜨니 다시 밤이었다. 앞으로도 이런 식이라면 네 말대로일 지도 모르지. 아직, 아무것도 확신할 수는 없지만."

책 속에서 녹스는 언제나 냉철한 계산과 합리적 이성을 추구했다. 전쟁에서조차 사람을 계산했던 그는 때때로 아군의 희생에 아랑곳하지 않는 냉혈한이라 욕을 먹기도 했다. 그래서일까, 기억을 잃은 이 순간에도 무섭도록 침착하고 냉정했다. 만약 나라면 그저 혼란스럽고 아무것도 생각하지 못할 텐데 말이다.

"발견되었을 때, 나는 어떤 상태였지? 심하게 다쳤다거나. 충격을 받은 상태였나?"

"음. 아니요. 심하게 다치지는 않았어요. 자잘한 생채기는 있었지만……."

황태자와 치열한 전투 속에서 녹스가 어린아이로 변한 뒤로 대공기사들은 필사적으로 그를 지켰을 것이다. 그가 심한 상처 없이 언니에게 발견된 것이 증거였다.

"그 상처마저도 숲을 헤매며 입은 상처 같았어요. 옷이야 아주 더러웠고요."

말을 마치자, 녹스는 잠시 시선을 내렸다. 곰곰이 생각에 잠겨 있던 그가 곧 침묵을 내려놓았다.

"혹시 내가 이런 모습이 된 것에 대해 아는 것이 있나?"

"네? 으음. 글쎄요. 잘은 모르겠어요. 마법에 걸렸다는 것밖에는……."

"마법?"

……아차.

"……마법! 마법 같은! 마법 같은 일이라고요. 이 세상에 그런 일을 가능하게 하는 건 마법밖에 없지 않을까요?"

무의식중에 털어놓을 뻔한 나는 필사적으로 어색하게 웃었다. 누가 봐도 티가 나는 웃음인 것 같은데 등신 같아 보여도 어쩌랴. 마법 앞에 '고대'를 붙이지 않은 것에 감사했다.

"좀 동화 같은 얘기예요. 마법이라니. 실제로 본 일이 전혀 없었던 일이라."

고대 마법이란 영역 자체가 마법사 중에서도 연륜 있는 고위 마법사나 대귀족 정도만 다루는 학문이었다. 더구나 마법 자체가 일반인에겐 생소한 것이니 외딴 숲에 사는 정체 모를 여자가 할 만한 분야가 아니었다.

"마법이라……."

그가 생각에 깊이 빠진 표정을 한 채 심각한 어조로 중얼거렸다. 이윽고 녹스가 고개를 들어 나를 바라볼 때였다.

"마법이라 하니 한 가지 질문……."

"쉿!"

나는 녹스의 입을 가로막는 것과 함께 몸을 던졌다. 그러고는 얼른 고개를 들어 방문을 쳐다봤다.

똑똑똑.

"에이미? 자니?"

별안간 언니의 목소리에 후다닥 일어난 나는 녹스의 입술을 가로막은 채, 얼른 목을 가다듬었다.

"으음…… 언니? 왜에?"

"뭐야 역시. 안 잤구나, 너?"

말소리가 들려서 와 봤어. 문고리 너머로 들려오는 언니의 명랑한 목소리는 긴장을 더욱 가중시켰다.

바보, 왜 문을 잠가두지 않았지?

언제 문이 열릴지 몰라 바짝 침이 말랐다.

"벌써 12시가 다 됐어. 너 녹스 못 자게 괴롭히는 건 아니지?"

"언니는. 내가 왜 그러겠어? 그러니까…… 음……. 녹스가 잠이 오지 않는다고 해서 책을 읽어주려던 참이었어! 최, 최근에 계속 일찍 잤잖아?"

"그래?"

"으응! 잠이 안 오는가 봐! 그렇지 녹스?"

"……."

흘끔 돌아보다 녹스와 눈이 마주쳤다. 나는 얼른 나를 빤히 바라보던 녹스의 시선을 피했다.

"흐응, 뭐 좋아. 너무 늦게까지 놀지 말고 어서 자. 알았지?"

"응!"

자박자박. 언니의 발소리가 점차 멀어지면서 쿵쿵 뛰던 심장도 차츰 안정이 되었다. 나는 그제야 고개를 들었다. 나는 나를 바라보고 있던 녹스를 보며 흠칫했다.

녹스의 입술에서 천천히 손을 떼어내며 어색한 웃음을 흘렸다.

"하, 하하하……."

"지금 본 상황을 어떻게 받아들이면 되지?"

난 내 손을 사로잡으며 묻는 녹스에게 웃음으로 얼버무리려 했지만 씨알도 안 먹힐 짓이었다. 더는 언니의 발소리가 들리지 않는 걸 확인한 나는 손을 움츠렸다.

"보다시피 언니는 몰라요. 언니에게는 비밀로 하고 있고요."

"어째서?"

입술을 가로막았던 탓에 지나치게 거리가 가까웠다.

"그건······."

등 뒤로 식은땀이 흐르는 것 같은데······.

언니의 역할을 대신하고 있는 상황이다. 대공인 그가 언니와 마주해서 다시 플래그가 꽂히기라도 하면 곤란하다는 말은 할 순 없었다. 언젠가 너 때문에 우리 언니가 죽는다고 말을 할 순 없으니까.

"언니가 모든 걸 알게 되면 당신을 쫓아낼 거예요. 여긴 여자 둘이 사는 집인데 언니는 나를 무척 아껴서 낯선 남자를 위험하게 여길 거니까요."

나는 뻔뻔히 거짓말을 하면서 몰래 입술을 축였다.

"만약 들킨다면······."

혀로 아랫입술을 쓰는데, 그의 눈이 느릿하게 내 혀의 움직임을 쫓았다.

"언니는 당신을 다시 숲으로 데려갈 건데, 나는 말릴 수 없어요. 바, 밤의 녹스라면 몰라도 낮의 녹스는 위험하겠죠?"

"협조하라는 건가?"

"그, 그런 셈이죠."

숨을 삼키며 애써 태연하게 이어 말했다.

"어때요? 당신에게도 당장의 거처는 필요하고. 나도 어린아이를 그대로 내보내고 싶지는 않아요."

"난 어린아이가 아니다."

"······지금 당신 말고, 낮의 당신요."

일단 녹스에게도 안전한 거처와 안정적인 식사가 필요했다. 우리 집은 지금 그의 상황에서 최선의 선택이었고. 제 발로 나가지는 못할 거다. 이 숲이 아이일 때의 그에게 위험하다는 것을 지금의 그도 알 테니까.

나는 녹스가 거부할 수 없는 제안을 놓으며 살살 이끌었고 녹스는 못 이긴 척 끌려가 주었다. 아니, 그렇게 보였다. 나를 잡았던 깍지를 풀며 그가 내 손끝을 무심히 잡았다가 놓았다.

"⋯⋯확실히 내가 거부할 수 있는 제안이 아니군."

그리 말하며 그가 내 얼굴을 샅샅이 훑는 것이 느껴졌다.

"녹스?"

"⋯⋯녹스."

내 중얼거림을 따라 녹스가 중얼거렸다. 황홀하게 아름다운 사람이 중얼거리니 그냥 내뱉은 단어도 성서의 신성한 구절처럼 느껴졌다. 곧 그가 내 손을 붙잡았다. 거세게 잡힌 것도 아닌데도 왜일까, 나는 그에게 사로잡힌 것처럼 움직이지 못했다.

"좋아. 의심 가는 것이 많지만. 그렇게 하지."

"⋯⋯."

"그런데, 괜찮나?"

"네? 으, 뭐가요?"

흠칫 놀라 뒤로 물러나는 날 보며 그가 낮게 웃었다. 녹스는 입꼬리를 쓱 끌어올리며 얼굴을 붙였다.

"나와 한방을 쓴다면서."

그의 말에 꿀 먹은 벙어리가 되었다.

⋯⋯어떡해. 언니랑 대화하는 걸 듣고 눈치챈 거지? 언니가 오해하고 있는 사실을 바로 눈치채다니 머리 회전이 빠르구나. 아니, 그

걸 듣고 모르면 이상한 건가?

군이 직시하고 싶지 않았던, 외면하고 싶던 사실을 지적받았다. 나는 곤란한 시선만 데굴데굴 굴렸다.

"음, 음, 사실 저기 창고 방이 있는데 저길 쓰면……."

"네 언니가 언제 올 줄 알고?"

"……."

……그건 그래. 조금 전처럼 불쑥 언니가 나타났을 때 얼른 얼버무릴 내가 없으면 곤란하겠지? 그나저나 분명 내 도움을 받는 건 이 남자인데 어쩐지 그는 이 당황스러운 상황에 아무렇지 않은 것처럼 느껴졌다.

"왜 그렇게 태연해요?"

"태연하지 않은데."

"……어딜 봐서……."

"안 자나?"

"네? 네에?"

툴툴거리다 말고 화들짝 놀랐다. 놀라는 걸로도 모자라 펄쩍 뒤로 뛰었는데, 녹스가 붙잡아 더는 물러나지 못했다.

나를 슥 한번 보던 녹스는 내 손을 놓고 시트를 들어 올리며 침대를 살폈다.

"……침대가 좁지 않으려나 모르겠군."

"불편해도 차, 참아야죠."

"그런가."

하기야 대공저에 있을 으리으리한 침대에 비하면 마구간에 깔린 짚만도 못한 거겠지만, 뜻밖에 녹스는 불평 없이 누워 있었다.

이상하네. 보통 몸이 기억하지 않나?

좋은 걸 입고, 먹고 자랐을 거라고 생각하던 나는 문득 녹스의 어두운 어린 시절을 깨닫고 입을 꾹 다물었다.

"그만 자지. 피곤하니……."

먼저 잠이 든 건 어제와 같이 녹스였다.

잠이 온다고? 여기서 자야 한다니?

나는 나를 등지고 누운 남자의 등을 한참 바라보다가 슬며시 누웠다.

……잘하는 걸까.

앞으로 남아 있을 긴 밤들이 걱정되는 밤이었다.

△

며칠이 흘렀다.

시간은 쏜살같이 흘러 남자 주인공이 우리 집에 온 지도 열흘이었다. 차츰차츰 익숙해지던 소년의 모습은 어느새 공기처럼 자연스럽게 느껴졌다. 이제는 빨래 바구니를 든 뒤로 작은 그림자가 쫄래쫄래 따라와도 당황하지 않게 되었다.

낮의 소년에 이처럼 익숙해졌으니 밤의 남자에게도 익숙해지면 좋으련만. 애석하게도 아직까지 그렇지는 못했다. 밤마다 마주하는 눈동자를 볼 때마다 식은밤이 줄줄 흐르는 건 여전했다.

참 이상하게 당장 때리지도, 죽이지도 않는 남자를 무서워하는 이유가 뭘까 생각해 보면 역시 사람을 주눅 들게 만드는 눈동자때문이었다.

예전에 누군가 눈은 사람을 투영하는 거울이라 했는데, 그 말이 맞는 것 같다. 한국에서도 범죄자의 눈은 흐리멍덩하고 맛이 갔다거나 초점이 나갔다고 하지 않던가. 이젠 기억이 가물가물하지만.

그렇다고 녹스의 눈이 범죄자의 눈이란 건 아니고……. 날것에 가까운 짐승의 눈이랄까. 배가 불러도 사자는 사자. 사자가 가젤을 바라볼 때 가젤은 겁먹지 않겠는가. 무척이나 살벌하다는 거다. 아무것도 하지 않아도 기죽게 만드는 눈이었다.

더구나 책 속 그의 모습을 겹쳐서 보며 나는 자연히 녹스 앞에 납작 엎드렸다. 그런데 한편으로 이 남자는 이를 당연하게 여기지 않던가.

"나간다고요? 안 돼요. 밤의 숲에는 마물이 나온다니까?"

"……."

"……요."

오늘도 괜히 쫄아서 한 번이라도 반말해 보기에 실패한 나는 고개를 돌리고 속으로 구시렁댔다.

조금 전 녹스가 돌연 숲에 들어가 보고 싶다고 말을 꺼냈고, 식겁한 내가 그를 말리던 참이었다.

"하긴 무기 하나 없이는 힘든가."

"무기가 있어도 힘들지 않을까요? 녹스는 기억이 없잖아요. 흐음. 검을 휘두르는 것도 기억이 아닌가……. 아니다. 몸이 기억하나?"

그가 고개를 기울였다.

"검? 꼭 내가 검을 다룬다는 것처럼 말을 하는군."

"네? 아…… 하하하."

실수할 뻔했다.

"왠지 그러지 않을까 한 거죠. 덩치가 크잖아요?"

"덩치가 크다고 꼭 검을 휘두르는 건 아니지. 하지만…… 일리는 있군."

"하하하. 그, 그죠?"

나는 최대한 귀엽게 고개를 갸웃하며 말실수할 뻔한 것을 얼버 무렸다. 무의식중에 자꾸만 투머치한 정보들이 튀어나온단 말이 야……. 요 입. 요 망할 입.

"확실히 몸 곳곳에 체계적으로 근육이 잡혀 있다. 나는 검을 배웠 던 사람일지도 모르겠어. ……용병인가? 기사?"

"……저기, 옷 좀 입고 얘기하면 안 될까요?"

"맞는 옷이 없지 않나."

"……그건 그렇지만……."

……반쯤 벗고 있는 몸을 보게 된 내 눈도 생각해 주면 안 되는 걸 까. 현재 녹스는 반쯤 벗고 있었는데, 대화할 때마다 번번이 눈 둘 곳이 없어 곤란했다. 그가 움직일 때마다 상체로 꽉 짜여 있는 근육 이 미세하게 움직이는 것을 볼 때마다 사람 몸이 얼마나 솔직한지 침이 꿀꺽 넘어간단 말이다.

화보 속 연예인들의 예쁜 근육을 보는 것과는 달랐다. 잘 익은 살 결이 정말로 세월을 차근차근 쌓아서 만든 느낌. 옛날 영화 속 검투 사들이 이런 근육이었을까 싶다.

더구나 군데군데 보이는 흉터는 징그럽기는커녕 움직일 때 묘하 게 섹시하다고 할까, 가끔 맨살이 닿아 얼굴을 붉힐 때가 한두 번이 아니었다.

……그나마 바지를 입고 있어 주는 거에 감사해야 할까.

현재 녹스가 입고 있는 바지는 언니가 그를 발견할 때 입고 있던 옷이었다. 나중에서야 알게 된 것인데, 녹스가 처음에 입고 있던 옷은 무슨 처리를 한 것인지 그의 몸 상태에 맞게 변형되는 기능이 있었다. 게다가 빨지 않아도 깨끗했다. 아마도 대공이었던 만큼 아주 비싸고 대단한 옷을 입었던 게 아닐까?

덕분에 언니 앞에서만 내 옷을 빌려 입고 밤이면 자신의 옷을 입기로 했다. 문제는 그가 입고 왔던 상의는 훼손이 심해서 입지 못했는데, 그래서 밤마다 반라의 남자 주인공을 마주한다는 거다.

"……내 눈 두 짝에게 사과하세요. 보기 좋은 게 다가 아니란 말이에요……."

"뭐?"

"……난 시집도 못 가봤는데……!"

번듯한 애인 하나 만들지 못해서 손 한번 못 잡아봤는데, 처음 보는 복근이 남자 주인공의 것이라 그림의 떡이잖아.

녹스는 입을 가로막고 우는 시늉을 하는 나를 이상한 표정으로 바라봤다.

"그럼 눈을 가리던지."

"그건! 싫어요."

불편하다곤 했지, 싫다고는 안 했다? 나는 단호할 땐 단호한 여자.

"……."

이미 며칠간 한두 번 이런 것이 아니었다. 녹스는 질린다는 듯 얼떨떨하게 고개를 저었다.

곧 목을 가다듬은 그가 말했다.

"아무튼 할 얘기가 있다."

"뭔데요?"

"이 집에 마법 관련 책이 있는가?"

"마법이요? 없을 걸……요……?"

나는 고개를 갸웃했다.

"마법사가 없을뿐더러 그런 책들은 아주 비싸요. 아니, 책 자체가 비싼걸요?"

언니는 한 달에 한 번 정도 숲을 빠져나가 숲 외곽에 있는 외딴 마을에 다녀오곤 했다. 그곳에 사는 마물 사냥꾼이나 행상인에게 책이나 각종 생필품들을 구하기 위해서였다.

그러나 숲을 지나는 여정이 위험해서 나는 함께 갈 수 없었고 가져올 수 있는 물건도 한계가 있었다. 특히나 책은, 비싼 축에 들었다. 우리 집에 있는 책이 대부분 낡고 손때가 많은 이유도 이 때문이었다.

"마법사도 구하기 힘든 것이 마법 책인데, 어떻게 구하겠어요. 그런데 이건 왜요?"

"지금 내 상태를 알아보고 싶어서다."

"아……. 마법?"

"그래. 네 말대로 마법 말고는 설명되지 않는 현상이니."

밤의 녹스는 여전히 자신이 어린아이가 된다는 것에 회의를 느끼는 것처럼 보였다. 하지만 전보다 믿는 것 같았다. 진지하게 고민하던 그를 보며 나도 함께 고민에 빠졌다.

"방법이 없을지 한번 알아볼게요."

남자 주인공의 마법은 아주 뒤에 가서 주인공 세레나를 만나서야 풀리게 되지만…….

당장 어쩌지 못하는 그가 안타까웠다. 기억도 없이 밤에만 일어나는데, 그 시간마저도 방에 갇힌 거잖아? 짠한 마음이 들었다.

내가 크게 도움 줄 만한 것은 없겠지만…….

"외딴집에는 아마 마법사가 살았을 거야, 에이미. 신기하지?"

불현듯 언니의 말이 떠올랐다.

"……아!!"

녹스가 손뼉을 치는 나를 바라봤다.

"왜 그러지?"

"아, 녹스! 저…… 잘하면 마법 서적을 구할 수 있을지도 몰라요."

"어디서?"

"방법을 알 것 같아요. 일단 정확해지면 알려 줄게요!"

혹시라도 내가 생각했던 것이 옳아서 녹스의 몸과 관련된 책을 구하게 되면 마법은 풀지 못하더라도 답답함은 풀리지 않을까?

그렇게 되면 기쁠 것 같다. 나는 방법을 찾아 너무 기쁜 나머지 언니에게 하듯이 녹스의 손을 붙잡고 붕붕붕 흔들었다.

"만약 방법을 가져와 주면 고마워해야 해요. 알았죠? 노려보지 말고!"

눈을 깜빡거리며 기쁘게 재잘거리는데, 녹스의 표정이 조금 이상했다. 왜 뚫어지게 쳐다보는 거지? 무섭게…….

눈앞에서 재잘거리던 내가 입을 다물자 그는 그제야 느리게 눈을 깜빡였다. 마치 깜빡이는 것을 잊었다는 것처럼.

"녹스?"

"……아. 그래."

그가 알겠다며 천천히 머리를 끄덕였다. 조금 전까지 묘한 표정은 온데간데없이 사라져 그저 잘못 봤나 싶었다.

△

"외딴집? 마법사의 집 맞아."

다음날 언니가 흔쾌하게 답변했다. 본래 이야기하길 좋아하는 언니는 자신이 잘 아는 주제가 나오자 쾌활한 목소리로 설명했다.

"에이미 네게도 한번 얘기해 줬던 것 같아. 음, 아닌가? 아무튼 채집하며 탐방했던 적이 있었는데, 마법사의 집이 맞더라. 곳곳에 그려지다 만 마법 수식이나 마법진, 서적도 남아 있었으니까."

"서적이면 마법책 말하는 거야? 막, 마법에 대해 이거저거 적혀 있는 거?"

"그렇지? 잘은 모르지만 마법에 대한 책은 특별 품목으로 취급하니까. 아주 귀하겠지?"

외딴집에 대해서는 오래전부터 언니에게 들어서 잘 알았다. 언니는 늘 숲에 대한 전설이나 민화 혹은 실제로 있던 이야기를 해주었고 외딴집에 대한 것도 그중 하나였다.

그러나 서적에 대한 얘기는 오늘이 처음이었는데, 물어보길 잘한 것 같다.

"그럼 외딴집은 또 다른 '안전지대'니까 여기서 멀겠다, 그치?"

"멀지는 않아. 찾아가기도 쉬워."

"그래?"

"우리 집 앞의 치자나무 알지? 거기서 10시 방향으로 쭉 걷기만 하면 나오거든. 운이 좋다면 마물을 전혀 보지 않고 도착하기도 해."

"……그래?"

"가면 된다, 안 된다?"

방싯 웃던 언니가 손가락으로 이마를 톡톡 튕겼다. 나를 잘 안다는 시선에 나도 모르게 움찔했다.

"가고 싶어도 조금만 참아. 위험한 마물을 볼 가능성이 보지 않을 가능성보다 현저히 높다는 걸 명심해. 언니는 네가 다치는 건 싫어."

항상 명랑하게 생글생글 웃던 언니의 얼굴이 흐려졌다. 언니가 이런 표정을 할 때는 늘 돌아가신 부모님을 떠올릴 때다.

오래전, 권력 분쟁에 휘말린 부모님께선 우리 단둘만 도망치게 했고 언니는 어린 나를 건사하기 위해 수많은 고생을 거쳤다. 현재 사는 집을 발견하기까지 거친 일들이 아직도 생생하게 남아 있다.

그래서 나는 언니가 남자 주인공을 데려와서 결국 첫사랑으로 죽는 역할이라는 것을 알았을 때 싫었다. 고생한 언니가 어째서 죽기까지 해야 하나 화가 나고, 안타까웠으니까.

"걱정하지 마, 언니. 위험해지지 않을게."

언니의 손은 따뜻했다. 양손으로 언니의 손을 꼬옥 붙잡고 고개를 끄덕끄덕하며 말했다.

"약속했잖아?"

"우리, 오래오래 행복하기로 말이지?"

"응."

이내 원래의 밝고 따뜻한 웃음으로 돌아온 언니의 시선이 내 옆을 향했다. 언니는 들고 있던 바구니를 바구니 속 허브가 튀어 나갈 정도로 흔들었다.

"녹스도 함께 행복해지면 좋겠다. 나랑 에이미랑 같이."

그 말에 어린 녹스가 눈을 크게 깜빡였다. 여전히 언니 말에 대꾸도 하지 않는 녹스이지만 처음처럼 내 뒤에 숨어 바라보는 대신 언니를 물끄러미 응시했다.

……끄덕.

녹스의 대답에 언니의 눈이 동그랗게 뜨이는 것도 잠시 언니가 활짝 웃었다. 아주 기쁘다는 듯이.

"이런, 이제 그만 나가 봐야겠다."

"아, 응. 오늘 다녀오는 거지?"

"응. 맞아. 이번에 마물 사냥꾼 무리가 조금 일찍 들어온다고 해서 맞춰서 가게 된 건 말해줬지?"

"응. 조심해서 다녀와."

"3일쯤 돌아오지 않을 거야. 사람이 올 일은 없겠지만 혹시 오더라도 문을 열어주지는 마."

"응."

"최대한 일찍 올게."

"아냐, 무리하지는 마. 마을에서 푹 쉬고 맛있는 것도 먹고 와."

오늘은 마침 언니가 숲 외곽 마을에 다녀오는 날이었는데, 거리가 거리인지라 보통 언니는 한번 나가면 3일 정도 뒤에 들어오곤 했다.

부모님을 일찍 여읜 언니는 늘 마물보다 무서운 게 사람이라고 말했다. 나 홀로 집을 지키는 동안 위협이 될 만한 요소가 없다는 얘기. 마물이 들어올 수 없는 이 안전지대는 마물이 아니라면 무서워할 것이 없었다.

"얘는. 네가 없는데 어떻게 편히 쉬겠어. 더구나 이제 귀여운 녹스도 없는데!"

무척이나 아쉬운 표정의 언니는 아침부터 만든 간식을 마구 녹스에게 건넸다.

"녹스, 이것도 받아. 요것도 받으렴!"

녹스가 기겁해서 내 등 뒤로 숨거나 말거나 언니는 "이것도 먹어
봐야 해?" 하며 사탕을 마구 내밀었다.

그런 언니의 얼굴이 매우 기뻐 보였다.

"그만해. 그러다 녹스가 또 싫어한다?"

억지로 둘을 떼어놓고서야 언니는 곧 눈물을 머금고 다녀오겠다
며 손을 흔들었다.

안전지대의 경계인 우리 집 울타리까지 언니를 배웅하고 돌아오
며 내게 딱 달라붙어 걷는 녹스에게 시선을 주었다.

"3일간은 우리 둘이 지내겠네."

"……응."

"그럼 책 읽으러 갈까?"

집으로 들어온 우리는 식탁에 마주 앉았다.

보통 수업은 단어를 배우는 시간과 상식을 배우는 시간으로 나뉘
었다. 기본 단어 책은 녹스가 동화책 사이에서 하나 고르곤 했는데
오늘도 녹스가 상기된 얼굴로 책을 가져왔다.

"어디 보자. 아. 오늘은 백작 투툴루 시리즈네?"

끄덕.

백작 투툴루 시리즈는 백작 투툴루가 저택으로 돌아다니며 저택
속 물건을 살펴본다는 내용이었다. 보통 귀족 가에서 어린아이를 가
르칠 때 쓰이곤 했다.

나도 아주 어릴 적에 읽은 적 있는데, 이 책은 언니가 우연히 행상
인에게서 돈을 주고 사 온 것이었다.

"이건 고대어로 루멘이라 읽어. 촛불이라는 뜻이야. 그리고 이건 체리올라레, 촛대."

"루멘."

"응."

힌창 설명을 잇는데, 주인공인 투툴루 백작이 현관을 지나 저택의 앞으로 나간 그림이 펼쳐졌다. 나는 팔을 활짝 편 투툴루 백작 앞의 커다란 저택을 가리켰다.

"아이데스는 집이란 뜻이야. 이렇게 커다란 집은 아울라나 페나 테스라고 하기도 해. '저택'이란 뜻이지."

끄덕.

온순하게 끄덕이는 녹스를 바라보다 문득, 말이 먼저 튀어 나갔다.

"녹스, 넌 아울라나 페나테스에 살았을까?"

아마도 그렇겠지? 대공의 저택이라면 이 그림보다 훨씬 거대하고 화려할 것이 분명하다.

책 속에서 그려졌던 대공 저택을 상상해 보았다. 상상했던 공간에 는 세레나가 머물렀던 동안 친절했던 새벽 기사단 '룩스'가 있었다. 그들은 대공이 사랑한 여자에게 지극정성이었지. 기사단이 나오는 장면도 재미가 쏠쏠했던 것 같다.

나는 나를 물끄러미 바라보는 어린 녹스를 보며 작게 웃었다.

"그랬을 것 같다. 녹스는 귀공자 같거든."

"……귀공자?"

"응. 잘생기고 품위 있고. 나중에 크면 아주 대단한 사람이 될 것 같은? 아무튼 그래."

이건 사실이지만 말이야.

나는 턱을 괴고 눈을 깜빡이는 커다란 자색 눈동자를 응시했다.
지금은 갓 태어난 오리처럼 나를 졸졸 따르곤 하지만 언젠가 우린
헤어지고 주인공 세레나의 뒤를 따르겠지?

"언젠가 녹스는 진짜 집으로 돌아갈 거야."

"……진짜 집?"

"응. 녹스의 진짜 가족이 있는 곳."

녹스의 친부는 이미 죽었고 정신이 온전치 못한 모친은 아직도 북
쪽 탑에서 나오지 못했다. 그의 가정사를 떠올리자 씁쓸해졌다.

남자 주인공에게 가족은 없지만 아끼던 기사단은 있었으니 가족
같은 존재이지 않을까? 지금쯤 엄청 찾고 있을지도 모른다.

"……."

드르륵.

의자를 박차고 쪼르르 달려온 녹스가 내 치맛자락을 붙잡았다.

"……싫어."

"녹스?"

"싫어."

고개를 든 소년이 나를 보았을 때, 나도 모르게 멈칫했다. 무슨 말
을 하면 좋을지 몰라 망설여졌다. 그사이 녹스는 고집스러운 손으로
나를 붙들었다.

결국 나는 난감한 웃음으로 답을 대신했다.

"녹스, 사탕 먹을래? 아…… 언니가 만들어둔 쿠키가 있었지. 가
져올게!"

녹스를 들어 의자에 앉혀놓고 부엌으로 달려간 나는 마음이 편치
않았다. 집에 관해서 예민한 녹스를 간과했던 것 같다. 미안한 마음

도 함께 들었다.

밤의 녹스가 무서워 여전히 그의 눈치를 보지만 그렇다고 상처를 주고 싶지는 않았다. 가뜩이나 상처 많은 사람이니까.

얼른 맛있는 거라도 먹여야겠다. 씁쓸하게 중얼거리며 찬장을 열 때였다.

쨍그랑. 귀가 찢어질 것처럼 날카로운 소리에 찬장을 붙잡다 말고 나는 얼른 녹스에게로 달려갔다.

"녹스!"

식탁 앞에서 사색이 된 얼굴로 깨진 컵을 드는 녹스의 손을 얼른 붙잡았다.

"괜찮아? 다친 곳은?"

녹스가 나와 깨진 컵을 번갈아 보았다. 녹스의 얼굴은 새하얗게 질려 있었다. 파들파들 떠는 손이 고스란히 느껴졌다.

"……에이미."

"잠깐, 너 피나잖아! 지, 지혈! 아니, 붕대인가?"

손바닥 틈에 깨진 유리 조각이 다닥다닥 박혀 있었다. 깜짝 놀란 나는 얼른 약초를 챙기려 일어났다. 그러나 녹스가 파르르 떠는 손으로 날 붙잡았다.

"안 아파."

누가 봐도 아파 보이는 몰골을 한 소년의 중얼거림에 나는 멈출 수밖에 없었다.

"안 아프다고? 피가 철철 흐르는데?"

"안 아파."

녹스의 시선이 데구루루 굴러 피가 줄줄 새는 자신의 상처를 향했다. 그는 멍하니 제 상처를 바라만 보았는데, 그의 시선은 무엇이 잘 못되었느냐는 듯 무구하고 맑았다.

"거짓말."

사람이 아프지 않을 수는 없다. 아픔에 무뎌질 수는 있어도.

나는 마구 찡그리며 말했다.

"아프면 아프다고 하는 거야. 참는 게 아니야."

"……참아?"

"그래. 지금 네가 하고 있는 거."

어린 시절, 그의 부친은 소년이 아프지 않다고 말할 때까지 때리게 했다. 하인의 손을 빌리기도 했지만 직접 손을 쓰기도 했다.

녹스가 타인의 감정에 공감하지 못하는 것은 이처럼 부친이 그의 감정을 죽여 버렸기 때문이다.

"나도 다치면 아프고 너도 아파."

"……."

"이건 당연한 거야, 녹스. 이럴 때 누구나 아파."

오늘따라 바짝 마른 나뭇가지 같은 그의 팔목에 시선이 갔다.

어린 녹스는 온순하고 얌전해 보였지만 이런 부분에서 어긋나 있음을 느낀다. 이미 이 어린 나이에 아버지의 학대를 거쳤다는 증거였다. 아마 그의 지금 나이쯤이 학대의 시작이자 최고로 심했을 때일 거다.

이렇게 작고 어린아이 어디가 때릴 곳이 있다고…….

손을 물끄러미 바라보던 녹스가 천천히 고개를 들었다. 나를 바라보는 시선은 여전히 맑았지만 조금 흔들린 것처럼 보였다.

"……그럼 새도 아파?"

"······응. 아파."

나는 녹스가 말한 새가 무엇인지 바로 알았다. 그가 죽였던 아버지의 새를 말하는 것이리라.

내 말에 바로 어쩔 줄 몰라 하는 녹스를 보았다. 누구도 알려 주지 않았던 거다.

이렇게 하면 안 된다.

다치면 아프다.

슬프고 외롭다.

모든 이들이 그에게 아주 기본적인 것조차도 알려 주지 않았다. 그래서 대공의 모습인 그는 그렇게나 차가운 시선을 가졌던 것일까.

"······녹스, 뭔가 기억났어?"

도리도리.

"그냥 생각이 났어."

"새가?"

끄덕끄덕.

끄덕이는 소년을 바라보며 나는 피가 흐르는 손바닥을 내 소매로 덮었다.

"그래. 그렇구나. 얼른 치료하자."

하얀 옷은 붉은 꽃잎이 떨어지듯 물들었다.

"그리고 잊지 마, 녹스. 다치면 아프다는 거. 녹스도 나도 새도. 알았지?"

"······끄덕.

소년의 고개가 가만히 끄덕여졌다. 이리 말했음에도 여전히 제 상처를 무심히 바라보는 어린 녹스가 안타깝고 마음이 아팠다.

"이거 만지지 마. 얼른 붕대랑 약초 가져올게."

"응."

나는 몰랐지만, 내가 황급히 붕대를 가지러 간 사이 녹스가 조금 달라진 시선으로 나를 향하고 있었다.

△

"다쳤더군."

그날 밤. 녹스가 제 손을 들어 올리며 말했다. 겹겹이 둘러 감은 붕대가 쭉욱 늘어나 있었다. 신축성 덕분에 끊어지지는 않은 모양이다.

"어어. 풀지 말아요. 약 발라뒀단 말이에요!"

"……."

그 말에 그가 눈썹을 살짝 휘었지만 붕대를 풀던 손은 멈춰 주었다. 그런 그에게로 쪼르르 달려간 나는 철푸덕 앞에 엉덩이를 깔고 앉았다.

"다시 갈아 줄게요. 불편할 것 같으니까. 음…… 그럼 아침에 또 갈아 주어야 하나? 너무 자주 갈아도 안 좋은데."

"됐다."

그가 붙잡힌 손을 치워내면서 말했다. 유리 조각이 박혔던 손이 마법처럼 나은 것도 아니고 아직 욱신욱신 아플 것인데, 그는 무심한 표정이었다.

"아직 아플 건데요……."

"아프지 않다."

"그거 말버릇이에요? 입버릇?"

"뭐?"

"아니, 낮이든 밤이든 아프지 않다, 아프지 않다 그러니까요."

나는 반은 한숨, 반은 뚱한 표정으로 반문했다.

"고통을 느끼지 못하는 것도 아닌데 아프지 않을 리가 있냐구요."

흘끗 붕대 감은 손을 바라봤다.

"참으면 병나는 것도 모르나."

어쩜 자기 손인데 이렇게 무심하게 볼까.

시선을 알아챘는지 그가 툭 말을 던졌다.

"중상은 아닌 데다 중병에 걸린 것도 아니니. 참지 못할 일은 아니지."

역시나 그리 말하는 그의 표정은 무표정에 가깝다. 아름답지만 꼭 조각 같다.

"참는 게 익숙해요?"

그의 시선이 느리게 돌아갔다.

"글쎄. 기억하는 게 없으니. 모를 일이지. 하지만 익숙한 느낌이다."

……익숙하다고?

비록 얼굴이 비슷해도 낮의 녹스와 밤의 녹스가 다른 사람처럼 느껴졌는데, 자기 상처를 바라보는 얼굴만큼은 같은 사람 같았다.

아니, 사람이 아프지 않을 리가 있냐고요.

구시렁거리는 얼굴로 시선이 닿는 것이 느껴졌지만, 모른 체했다. 불만은 쏟아내도 아직은 무섭단 말이지. 그렇게 시선을 한참 피해 있다가 됐다 싶을 때쯤에 슬그머니 고개를 돌려 입을 열었다.

"그보다 그저께 얘기했던 마법 서적 말인데요. 구할 방법을 알아 냈어요."

그의 시선이 나를 향했다.

"음, 그 책이 녹스의 몸과 관련된 것인지는 모르겠지만……."

한번 들어나 보자는 시선에 나는 말을 하기에 앞서 자리에서 일어났다.

"일단 설명하기 전에 보여줄 게 있어요. 이리로요."

"……나간다고?"

좀처럼 표정이 변하지 않던 그가 옅게 찌푸렸다.

하기야 줄곧 언니 때문에 이 방에 갇혀 있다시피 했던 그였다. 이상하게 여길 만했다.

"언니가 잠시 외출했어요. 한 3일간 돌아오지 않을 거예요."

"외출……."

"네. 그동안 답답했죠? 말은 안 했지만 그럴 것 같아서요. 아직 집 구경도 못 했는데 이참에 집 구경이나 해요."

"구경?"

"나갈 수는 없으니까요?"

낮보다는 밤에 활동하는 마물이 많다. 그래서 숲에 익숙한 언니조차도 밤에 나가는 것은 최소한으로 줄이곤 했다.

"여기예요."

나는 녹스에게 언니 방을 제외한 집 구석구석을 보여주었다. 사실 집이 좁아서 언니 방과 내 방을 제외하면 거실과 부엌을 보여준 게 거진 다였지만. 창고를 들리고 마지막으로 정원으로 나왔다.

"여기는 정원 겸 텃밭이에요. 여기서 간단한 채소들을 길러 먹어요. 기를 수 없는 건 숲에서 언니가 채집해 오고요."

"네 언니는 마물이 날뛴다는 숲에 다닐 정도로 실력자인가 보군."

"네. 맞아요. 뭐랬더라? 언니는 예전에 무슨 기사였다고 했어요."

어릴 적에 잠시 들었던 호칭이라 잊었지만 언니는 꽤 괜찮은 기사였다고 한다. 집안이 몰락하며 창창하던 언니의 미래는 그대로 사라졌지만.

나도 안타깝게 생각하는 부분이라 표정이 썩 좋지 않았다.

"언니는 마물 상대에도 능해요. 중급 이상 마물은 언니 혼자서도 어쩌지 못하지만요. 아, 잠시만 기다려 주세요! 뭐 좀 가져올게요. 여기 있어요!"

얼른 쪼르르 달려간 나는 창고에서 예정했던 물건을 꺼내왔다. 창고에는 언니가 쓰지 않는 물건들을 보관해 두곤 했는데, 이 장검도 그중 하나였다.

"이건 언니가 숲에서 주워 온 건데, 너무 길어서 언니한테는 맞지 않다고 하더라구요. 혹시 녹스에게는 맞지 않을까요?"

"······확실히 큰 검이긴 한데 내가 검을 다뤘는지 기억나지 않는데."

"으음, 한번 휘둘러 보면 어때요? 몸이 기억하지 않을까요······?"

말은 이렇게 했지만 나도 확신하지는 못한 상태였다.

그러나 이내 검을 잡고 붕 휘두르는 녹스의 모습을 보며 생각을 고쳐먹었다.

"······검 모른다면서요?"

"모르는데."

그가 검을 다룬 모습은 단 한 합이었지만 검을 전혀 모르는 내가 봐도 정제되고 안정된 자세였다. 검을 휘두른 본인조차 놀란 표정인 걸 보니 예상하지 못한 일인 듯했다.

······절대 까불지 말아야지. 그렇게 결심하며 나는 검 앞에 쪼그려 앉았다.

"검 날은 들어요?"

"대충."

"창고에 오래 있던 거라 녹은 안 슬었을지 모르겠어요. 으음, 이걸 머리카락을 올려서 알아보던가……."

손가락으로 검을 톡톡 두드려 보았다. 정수리로 그의 시선이 닿았지만 모른 척했다. 언니가 창고에 있는 것들도 쓸만하다 했는데 말이지. 괜찮으려나. 검날을 튕겨보다가 얼른 머리카락을 뽑아보았다. 그런데 너무 촐싹댔던 걸까?

"아야……."

머리카락만 올려놓는다는 것이 잘못해서 손바닥을 스쳐 피를 보고 말았다. 피가 줄줄 새는 손바닥을 보며 울상을 지었다.

"……아파요."

"……가지가지 하는군."

그는 표정 없이 나를 바라봤다. 상처를 보는 그는 제 다친 손을 바라보는 것처럼 감흥 없는 눈이었다.

"……그게 아픈 사람한테 할 말입니까?"

"그 정도면 작은 상처 아닌가?"

내가 아프든 아프지 않든 상관없는 눈에 왈칵 설움이 차올라서 따박따박 따졌다.

"아니죠. 봐요. 이렇게 작게 상처만 나도 나는 아파 죽겠는데 유리가 다닥다닥 박힌 상처가 어떻게 아프지 않을 수가 있어요……."

"이해는 하려 해보겠다만 굳이 날 보며 얘기하는 이유가 뭐지?"

"손 아프면 말하시라구요. 사람이 아프면 아프다 얘길 해야지."

"……아프지 않은 걸 그렇게 얘기하지. 그럼 뭐라고 하나?"

"고집은……."

"뭐?"

"아이고오, 아파라!"

녹스가 무어라 하기 전에 "아이고"를 외치며 얼른 고개를 돌렸다. 지혈. 지혈을 하자. 나는 코를 훌쩍이며 왼쪽 소매로 오른손을 꾹욱 쥐었다. 많이 베이진 않으니 이 정도로 지혈이 될 것 같았…… 는데?

"어……."

"왜 그러지?"

"피가 안 멈춰요. 어떡해요?"

"……."

아미를 찌푸린 녹스가 쪼그려 앉아 내 손목을 쥐었다. 그가 손목을 잡을 때 움찔했지만 설마 무슨 짓을 하겠냐 싶어서 그가 하는 행동을 가만히 지켜봤다.

내 손바닥을 물끄러미 보던 그는 곧이 손을 입으로 가져갔다.

응?

"자, 잠깐…… 뭐하시는 거예요?!"

"……조용히 해주겠나. 귀가 아프군."

"아, 아니."

할짝. 푹신하고 말캉한 것이 손바닥에 닿았을 때, 그것이 녹스의 혀라는 걸 깨닫기까지는 5초도 걸리지 않았다. 화들짝 놀라 손을 빼내려고 했지만 녹스의 힘이 더 강했다.

"가만있어."

"으, 아아……."

"정말 손이 많이 가는군."

……아니, 여기서도 침이 만병통치약이야? 손바닥을 핥는 모습에서 눈을 떼어내지 못했다.

"으웃."

입술의 감촉이 고스란히 느껴지는 손바닥에서 시선을 피하던 나는 나를 바라보고 있던 녹스와 시선이 마주쳤다. 그의 눈동자는 마치 짐승의 것처럼 살벌하지만 한편으로 빨려 들 듯 아름다웠다.

"되, 되, 된 거죠? 그럼."

얼른 손을 가져왔다.

녹스가 핥아준 덕인지는 모르겠지만 피가 멎었다.

그러나 나는 이미 다른 곳에 피가 잔뜩 몰렸는데 어떡하죠…….

입술을 축이는 녹스에게서 고개를 휙 돌렸다. 주변이 깜깜해서 정말 다행이었지, 아니면 잔뜩 달아오른 얼굴을 들켰을 테니 말이다.

"그, 서…… 적을 얻을 방법 말인데요."

"듣고 있다."

"집에서 나가 멀지 않은 곳에 또 다른 '안전지대'가 있어요. 그곳에 외딴집이 있는데 그곳이 마법사의 집이었어요. 서적이 있을지도 몰라요."

"그렇군."

슬그머니 고개를 돌린 나는 그를 바라보며 말했다.

"갈 거예요?"

"가라고 알려준 것이 아닌가?"

나는 얼떨떨한 얼굴로 고개를 끄덕였다.

"그렇지만 위험한데도? 밤이라 깜깜하고 마물도 많고 가려면 역시 밤보다는 낮이 좋을 건데……."

"낮은 내가 갈 수 없지."

"그럼 차라리 내가 다녀올까요? 으음, 낮이 그나마 안전할지도 모르고……."

"나를 위해 그렇게까지 할 이유가 있나?"

나지막한 그의 말에 나는 눈을 동그랗게 뜨며 반문했다.

"네? 하지만 답답하잖아요."

"……."

마물이 곳곳에 도사리는 숲이었다. 밤에 더 많은 마물이 돌아다녔지만, 낮이라고 마물이 돌아다니지 않는 것은 아니다. 부디 안전하게 있어 달라는 언니의 말이 마음에 걸렸다.

"왜 어린아이가 되는지 이유도 모르고. 기억도 없고. 자신이 누구인지도 이름조차 모르는 상황이잖아요. 나라면 되게 답답할 것 같은데……."

"그럼, 밤에 가는 수밖에 없군."

담담하게 말하던 그는 어째서인지 나를 물끄러미 내려다봤다.

지금까지 그저 무감하던 시선에 무언가 서려 있다고 느낀 건 착각인 걸까? 어쨌거나 그가 가겠다고 한다면 말릴 수는 없었다.

"……돌아올 거예요?"

"돌아와야지. 돌아올 곳이 이곳밖에 없지 않은가."

그 말을 한 녹스의 눈에서 알 수 없는 것이 일렁거렸는데, 달빛 아래서 더욱 빛을 발하는 녹스의 눈동자가 집요해서 쳐다보기가 힘들었다. 시선을 피하자 그의 머리카락이 흔들렸다. 결국, 못내 염려하는 티를 버리지 못하고 끄응 숨만 내쉬며 그의 옷자락을 잡았다.

"역시 위험한데……."

언니가 다녀올 수 있는 공간이라면 언니보다 강한 녹스에게는 문제없을지도 모른다. 그러나 기억을 잃었다는 점이 마음에 걸린다. 아무리 몸이 기억한다지만 실력이 온전할 때만 못할지도 모르고……. 언니에게 말을 해서 함께 다녀오는 편이 나을까?

그렇게 할 수 없다는 걸 알면서도 끙끙댈 때였다. 녹스가 옷자락을 쥔 나의 손을 떼어냈다. 그는 자신의 손에 내 손을 걸쳐 잡고는 나를 응시했다.

"에이미."

16년을 들었던 이름이 낯설게 느껴졌다. 짐승의 것처럼 빛나는 눈동자가 달빛을 배경으로 나른하게 나를 담고 있었다. 깜빡이며 그를 바라보는 그 순간 줄곧 표정 없던 얼굴에 입술이 휘어졌다.

"함께 가겠나?"

"숲에 가는 것이요?"

"그래."

"저는 아무 도움이 되지 못할 텐데요……?"

이 남자가 지금 진심인가? 나를 숲에 데려가겠다니. 도움은커녕 짐 덩어리를 하나 안고 가는 것이나 다름없을 텐데?

아니. 잠시만 있어 보자.

나는 곧 그것이 아님을 알아차렸다.

"에이미, 이 그림 보이지? 우리 이 그림들을 잘 외워두자. 이 숲에서 주의해야 할 마물들이야."

나는 언니처럼 검술을 배우지도 못한, 지극히 평범한 몸이었다. 내가 여섯 살 즈음에 이미 열여덟 살의 꽤 괜찮은 기사로 이름을 알렸던 언니와 비교하기에는 무리가 있지만, 숲에 살아서 체력만 조금 좋은 편일 거다. 열일곱 살에 대공직에 올라 거대한 전쟁을 지휘했던 녹스와 비교해도 부족한 건 마찬가지였고.

그러나 나는 마물 준전문가인 언니에게 여러 가지를 배웠다. 언니와 함께 이 숲을 돌아다녀 본 적 있고 공부하기도 했다. 이 숲은 마물 외에도 주의힐 것이 많았다. 반면 이 숲은 초행인 녹스가 이를 알 리 없을 거고 말이다.

'독초도 많고 마물과 특이한 야생동물도 많아.'

언니와 내가 삶의 터전을 일군 밤의 숲은 동물도 식물도 특이한 점이 많았다. 검을 잘 휘두른다고 수월하게 여길 정도로 만만한 곳이 아니었다. 녹스가 아무리 남자 주인공이라지만 다치지 않으리라는 법은 없다. 불사신은 아닐 테니 말이다.

"조금 전 말 취소할게요. 생각해 보니 녹스는 저 숲을 전혀 모르네요."

"그건 늘 집안에서만 생활하는 듯한 너도 마찬가지 아닌가?"

"최소한 저 숲에서 살아남을 확률은 녹스보다 제가 높을 것 같아요. 그리고 언니와 함께 숲을 돌아다녀 본 적 있거든요?"

입을 삐죽이며 녹스를 흘끗 흘겨본 나는 마지막에 가서는 얼른 눈을 깔았다.

"그리고 말이에요, 함께 가자고 했으면서."

나는 쫄았어도 할 말은 하는 여자. 우물쭈물했지만 말을 멈추지는 않았다.

"부탁하는 입장이면 말도 좀 곱게 써야 하고 그러지 않아요?"

분명 언니와 나는 녹스를 구했고, 정성스럽게 입히고 먹일 뿐 아니라 머무르게 해주는 은인인데 말이다.

물론 언니야 밤의 녹스를 모른다고 하지만, 그가 처음에 위협적으

로 나왔던 것도 아무것도 기억하지 못했기 때문이라 하지만. 이젠
아닌 것이다.

난 부루퉁한 얼굴로 고개를 들었다.

"그런가?"

나를 물끄러미 응시하던 녹스는 천천히 고개를 기울였다. 그런 그
의 눈은 알아들은 것 같기도 아무것도 모르겠다고 말을 하는 것 같
기도 했다.

"네. 부탁할 때는 부탁하는 성의를 보여 봐요."

"어떻게 말이지?"

"공손하게, 부탁합니다. 정도는……."

너무 세게 나갔나 싶지만 언제까지고 쫄아 있을 수는 없는 노릇이
지. 근데 그가 기억을 떠올리면 어떡하지? 전부 기억하고 뒤끝이라
도 가지면?

잠깐 오싹해졌다.

"아뇨, 잠깐. 잠깐. 그냥 잊어주세요. 농이었어요."

그러나 녹스는 알 수 없는 얼굴로 나를 응시하고 있었다.

헉. 설마 화 난건 아니겠지?

움찔. 제 발 저린 내가 슬그머니 뒤로 발을 뺄 때였다. 발을 옮기던
나는 그대로 눈을 동그랗게 떴다.

"녹스?"

커다란 몸이 천천히 기울어졌다. 그의 상체가 내 쪽으로 숙여진
탓에 나는 그의 얼굴을 좀 더 자세히 볼 수 있었다.

"함께해 주시겠습니까, 레이디."

숨 막히도록 아름다운 얼굴로 달빛이 떨어졌다. 나는 얼떨떨한 얼

굴로 멍청히 입을 벌렸다.

"네, 네에?"

"네가 보던 책에 이리 적혀 있더군."

"아. 봤어요?"

내 방 탁상에 두고 온 소설이 생각났다. 언니가 어렵게 구해다 준 것으로 평범한 연애 소설이었다. 볼 것이 없어 종종 반복해서 읽었지만.

안 치워둔 모양이네. 그나저나 대뜸 레이디라 불러서 놀랐잖아.

……기억을 되찾은 줄 알았네.

"이 정도면 됐지 않나?"

표정 없이 나를 응시하는 녹스를 바라보며 어쩌면 그가 훗날 대공이 되었을 때 이런 느낌이겠거니 싶었다.

나는 얼른 고개를 끄덕였다.

"네. 아주 됐어요. 그러니까, 조금 떨어져 주실래요?"

선생님 얼굴은 심장에 아주 좋지 않습니다. 아주요.

"그런데 네가 숲에서 할 수 있는 일이 있나?"

녹스는 함께 가자 해놓고선 대뜸 다른 말을 던졌다. 이 사람이? 방금까지 같이 가자 꼬셔놓고는.

"당연하죠. 저건 제가 거의 평생 살아온 밤의 숲이에요. 저 숲에서 제가 도움이 될 거예요. 아마도 아주 많이?"

"네 손은 마물은커녕 벌레 하나도 때려잡지 못할 것 같은데."

"……벌레는 잡을 수 있거든요? 제가 녹스보다 검을 잘 다루지는 못하겠지만 최소한 독이나 환각을 보지 않게 하거나 마물의 약점을 알려 줄 수는 있을걸요? 설마 길잡이 하나 없이 무식하게 나가려고 했던 건 아니죠?”

“무식하게?”

“……잘못 들으셨나 봐요. 유식하게, 라고 말했는데.”

나는 얼른 도로록 눈을 굴리고 초점을 흐렸다.

그래. 이게 맞지. 잠깐 간덩이가 입으로 튀어나왔었나 보다.

……그런데 어쩌다 녹스에게 열심히 주장하고 있게 된 거지?

내 쓸모를 열심히 증명하고 있었다는 걸 깨달은 나는 곧바로 미간을 찌푸렸다. 사실 같이 가는 쪽보다 안 가는 쪽이 안전하고 언니와 약속을 지키는 일인데 왜 망설이고 있을까. 고민은 길지 않았다.

“내일 도전해 봐요. 저도 조사해 볼 것이 있으니까.”

나는 엉덩이를 툭툭 털며 일어났다. 녹스의 시선이 나를 쫓아왔다.

“혹시 과거의 나는 너와 아는 사이였나?”

“아니요. 처음 봐요.”

아마도 이 숲에 들어오지 않았다면 평생 보지 않을 사이였지 아마……. 원작 때문에 불가능한 가정이긴 하지만.

녹스가 이어서 물었다.

“그럼 너는 누구에게나 이렇게 대가 없이 도움을 주나?”

“으음…… 아닐걸요? 일단은 녹스 말고 다른 사람을 본 적이 없는데요…….”

얼어붙은 것처럼 새파란 그의 시선에서 내가 보인 호의가 영 이해되지 않는다는 뜻이 고스란히 느껴지는 듯했다.

“아무튼 그런 건 아니고 그냥…… 녹스 혼자 보내면 마음이 편치 않을 것 같아요.”

나는 그의 시선을 피하며 뺨을 긁적이고는 어색하게 웃었다.

"인생은 혼자 사는 게 아니라고 하잖아요?"

"나와 반대 생각을 갖고 있군."

"왜요, 인생은 함께 사는 거죠."

그러자 녹스는 잠시 나를 바라보며 입술을 다물었다. 꼭 고민하는 기색이었다. 그러더니 천천히 입술을 열었다.

"그건, 네 인생에 나를 들이겠다는 건가?"

……아니, 그 말이 어떻게 그 말이 되죠?

녹스가 꺼낸 말이 어찌 들으면 묘한 뉘앙스로 느껴져 난감한 웃음을 지었다. 누구에게나라고 말할 수 있을 만큼 지난 10년간 사람을 만나본 게 아니라서 말을 할 순 없지만, 녹스에게는 마음이 쓰였다.

"대답이 없군."

"하하…… 침묵도 때론 대답이 되지 않겠어요?"

녹스는 그런 나를 한참을 바라보다가 이내 고개를 돌렸다.

검을 휘둘러 보는 걸로 보아 동의한 거라고 생각해도 되겠지? 음, 내가 가겠다 나서긴 했지만, 기껏 남이 위험을 받아들여 주겠다는데 반응이 너무 태연한 거 아닌가? 보통은 위험하다거나 괜찮겠냐고 한 번쯤 물어볼 텐데 말이다.

이득을 먼저 추구하는 녹스의 모습은 기억을 잃었음에도 책 속에서 알던 모습과 비슷했다. 다만 광기라거나 미친 사람이 보일법한 행동은 하지 않았다. 언제 무서워질지 모르겠단 말이지……. 꼭 건드리면 펑 터질 것 같은 폭탄을 품은 풍선을 보는 느낌이다.

"이제 그만 들어갈까요? 곧 날이 밝을 것 같아요."

하늘은 짙은 밤을 지나 연한 하늘빛을 품은 새벽녘이었다. 한 시간 내로 해가 뜰 것 같다. 녹스 또한 같은 의견인지 얌전히 나를 쫓아왔다. 집안으로 들어선 나는 녹스와 갈라섰다.

문을 열고 들어가려는데 녹스가 내 손을 잡았다.

"……어딜 가지?"

"제 방에요."

"네 방은 여기일 텐데."

그가 가리킨 방은 녹스와 내가 함께 쓰는 방이었다. 끼익 열린 문을 보며 나는 난감히 눈을 굴렸다.

"저는 언니 방에서 잘 건데요……."

"왜지?"

"그거야. 언니가 없으니까…… 굳이 같이 방을 쓸 이유가 없지 않나요?"

나는 녹스를 바라봤다. 겉옷을 벗어 어깨에 걸쳐 둔 그는 가슴과 복근을 그대로 드러내고 있었다. 이미 덥다고 한차례 벗은 뒤였다는 거다.

'지금 녹스가 열아홉 살이던가.'

도드라진 윤곽을 드러낸 몸은 언제 봐도 적응이 되질 않았다. 이대로 방에 함께 들어가면 녹스의 반쯤 벗은 모습을 계속 보게 될 텐데…… 보기는 좋지만 숙면에는 좋지 않다. 맨살을 드러낸 남자가 새근새근 잠든 옆에서 깊은 잠을 취하는 게 이상한 거지.

낮 동안에 꾸벅꾸벅 조는 일이 늘어났는데, 저 남자의 탓이 크다.

"저기, 저는 푹 자고 싶어요."

"네 잠을 방해한 기억은 없는데."

성큼 걸어온 녹스가 문고리를 잡았다. 철컥, 열렸던 언니 방문이 닫혔다.

"왜, 왜, 왜 이러세요?"

"납득하게 설명해."

"······제가 숙면을 취하는 것에 납득 가는 설명을 해야 하나요?"

"내 옆에서는 왜 못 자지?"

"예?"

······아니 선생님, 반쯤 벗은 선생님 옆에서 어떻게 편히 자요?

이마를 덮은 검은 머리카락 아래로 녹스의 눈동자가 고스란히 보였다. 그는 설명을 들을 때까지 비킬 생각이 없어 보였다. 아니, 왜 이런 데 엄한 고집을 보이는 건지 알 수 없었다.

"갈게요. 갈 테니까 얼른 가서 주무세요."

"간다면서 왜 여기 있지?"

"······제 방에 간다고 안 했는데요."

언니 방에 간다는 말이었지.

가만히 고개를 들었다. 녹스는 내가 올려다볼 정도로 컸고, 그의 그림자는 그의 몸만큼이나 커다랬다.

"함께 침대를 쓰면 녹스도 불편하지 않아요? 제 침대가 큰 편은 아닌데······."

나는 알 수 없는 얼굴로 그를 바라보며 말했다.

"······."

그러자 한순간 녹스의 눈이 사나워졌다. 꼭 눈앞에서 고기를 빼앗긴 늑대처럼 사나운 시선이다. 내 어깨가 절로 움츠러들었다.

"그래."

그가 붙잡고 있던 문고리에서 힘이 스르륵 빠졌다.

"······알았다."

녹스는 어째서인지 못마땅한 표정으로 나를 바라보다가 돌아섰다. 워낙 표정이 드문 얼굴이라 순간 지나갔던 불만이 고스란히 느껴졌다.

불만? 불만이라고? 왜?

고개를 갸웃하던 나는 멀어지는 그를 향해 말했다.

"좋은 밤 보내세요."

"……병 주고 약 주는군."

그가 영문 모를 말을 해서 의아했지만, 곧 방으로 들어가며 잊어버렸다.

△

짹짹짹.

날이 밝았다. 이미 아침이 가까운 시간에 잠들었던 나는 언니도 없겠다 오전 늦게까지 여유를 만끽했다. 잠은 깼지만 이불이 좋아 눈을 감고 있었다. 문이 열리는 소리가 들릴 때까지도 눈은 뜨지 않았다.

탁탁.

"……."

비로소 눈을 떴을 때, 그림자처럼 새카만 실뭉치가 보였다. 다시 보니 작은 머리통이었다. 커다랗고 말간 눈을 깜빡이는 녹스가 눈앞에 있었다.

"으응, 녹스……?"

녹스가 멈칫하더니 시트를 붙잡았다.

"에이미. 에이미."

"왜 그래?"

다급하게 나를 부르는 그의 음성이 꼭 목마른 사람처럼 조급했다. 시트를 잡고도 마음이 놓이지 않는 건지 녹스는 천을 잡은 채로 우물쭈물 입술을 깨물었다가 놓았다. 소년의 행동을 바라보던 나는 알아차렸다.

"아침에 내가 없어서 그래?"

"……."

잔뜩 울상을 지은 얼굴이 끄덕여지는 모습은 솔직하게 말해서 귀여웠다. 나는 어느새 베개에 턱을 괴고 소년을 바라봤다. 흐뭇한 미소가 입술에 걸렸다.

"어젠 언니 방에서 잤어. 언니가 없으니까."

너를 피해서 말이야.

"밤에도 딱 지금의 반만 귀여워지면 좋은데."

"……?"

아니다. 귀엽다는 말은 어울리지 않으려나. 나는 녹스의 손에서 시트를 떼어주고, 그대로 일어났다.

"아침 먹을까?"

"응."

커튼을 걷어내고, 나른하게 기지개를 켜는 동안 녹스는 나를 쪼르르 쫓아왔다.

"오늘은 뭐가 좋아? 허브 샌드위치? 새알 프라이? 줄곧 채소만 먹었으니 햄이 좋으려나……."

"다 좋아."

얼른 끄덕인 녹스가 내 오른쪽으로 와서 손가락을 붙잡았다. 평소 옷자락만 겨우 붙잡던 녹스가 손을 잡아서 놀랐다.

"에이미."

좀처럼 살갗이 닿지 않던 사이였기에 아기처럼 조그만 손이 생소하게 느껴졌다.

"응?"

우물쭈물하던 녹스가 고개를 숙이며 조그만 목소리로 말했다.

"……나 버리지 마."

나는 손끝에 매달린 작은 손을 가만히 바라봤다.

이걸 말하려고 이렇게나 망설였던 걸까?

그리 어려운 말도 아니건만 조급한 손과 작은 음성이었다. 곧 밀려오는 안타까움과 안쓰러움에 난감히 웃었다.

"안 버려. 그리고 있잖아, 녹스."

참 이상하지. 지금 이렇게 올려다보는 얼굴이 꼭 어젯밤에 혼자 자라 말했을 때 못마땅해하던 남자의 얼굴과 겹쳐 보이다니.

나는 쪼그려 앉아서 소년을 바라봤다.

"녹스에게는 진짜 '집'이 있을지도 모른다고 했잖아."

"……응."

"그곳에는 녹스를 소중히 여기는 사람이 있을지도 몰라."

가족에게 버림받았던 남자 주인공은 많은 사람에게 환영받지 못했다. 그러나 모든 사람이 그를 싫어한 것은 아니었다. 그가 이끄는 새벽 기사단 '룩스'는 그를 목숨처럼 따랐다. 책 속에서도 사라진 그를 가장 열심히 찾던 이들이었다.

"지금은 아무것도 기억 못하는 녹스가 언젠가 집에 대한 것을 기억했을 때. 많은 것이 달라질지도 몰라."

"……."

지금은 어린 녹스도, 열아홉 대공 모습의 녹스도, 아무것도 기억하지 못한다. 내가 도망칠 때에는 기억을 찾겠지.

하지만 되도록 내가 사라진 뒤에 기억을 찾아줬으면 좋겠다. 내가 사라진 걸 알았을 때 그가 나와 언니를 그저 스쳐 가는 과거, 추억으로만 여겨주면 좋겠다.

"녹스가 모든 것을 되찾은 그때에도 여전히 이곳에 머물고 싶다면 그때 가서 내게 말해줘."

그런 일은 없을 거야.

이 남자가 자신을 죽이려 한 황태자가 저지른 일을 그냥 두고 볼 리가 없었다. 책 속에서처럼 복수를 결심하고 수도로 올라가겠지. 언니가 죽지 않아도 남자 주인공은 자길 죽이려 한 황태자를 그냥 두지 않을 거다.

"……말하면 여기 있어도 돼?"

버려진다는 건 서로가 필요한 관계일 때의 얘기지, 나와 녹스의 관계는 언젠가 헤어지게 될 관계다.

짠하고 안쓰러운 마음에 조금씩 녹스가 차지하는 자리가 늘어났다. 그럼에도 언젠가 우리가 헤어지는 건 달라지지 않을 거다. 추적자의 손에 언니가 죽는 것보다 도망치는 게 훨씬 나으니까.

……보답하지 못해 미안해, 남자 주인공님. 그렇지만 당신은 훨씬 좋은 사람들을 만날 거야.

언젠가 녹스로부터 도망가는 건 당연한 수순이다. 만약 바랄 수 있다면 여기서 조금이나마 좋은 기억을 가지길 바랄 뿐.

"……정말?"

"응."

아무것도 모르는 녹스는 손을 꼬옥 붙잡고 아주 작게 웃었다. 새하얀 뺨에 동백꽃처럼 홍조가 피어났다.

깊지도 얕지도 않은 정을 주기 위해서는 대체 어떻게 해야 할까?

그런 소년을 보며 나는 태연히 웃으려고 애를 썼다. 그러고는 망설이다가 조심스럽게 녹스의 머리를 쓰다듬었다.

폭신.

……무슨 머리가 이렇게 폭신해? 나도 모르게 문질문질 흐트러뜨리자 기분 좋은 듯 눈 감은 녹스가 소리 내어 웃었다.

"얼른 밥 먹자."

"……응."

밥을 먹은 뒤 우리 일과는 평소와 조금 다르게 흘러갔다. 보통은 집안일을 하거나 녹스의 수업을 봐주곤 했는데, 오늘은 녹스의 공부를 봐주는 대신 나도 옆에서 책을 펼쳤다.

「마물대도감」이라 쓰인 책을 신기하게 바라보던 녹스는 곧 나처럼 공부에 열중했다. 자세까지 따라 한다고 짧은 다리까지 꼬았다.

그런 그가 귀여워 살짝 웃었다.

△

반나절이 순식간에 지나갔다.

달이 뜬 깜깜한 시간, 녹스는 장검을 한창 바라보고 있었다.

"검을 손질하는 방법이 생각나요?"

"모른다."

그는 잘 모른다고 하면서도 꽤 능숙한 손으로 검날을 만지고 있었는데, 숫돌을 건넨 나는 그저 신기하게 그를 바라볼 뿐이었다. 주긴 했지만 이렇게 잘 쓸 줄은 몰랐기 때문이었다.

"몰랐다고 하기에는 숫돌을 나루는 게 능숙한데요? 언니가 하는 거랑 비슷해요."

"그런가. 정말 잘 모른다. 대충 이렇지 않을까 싶은 거지."

······이런 것도 몸에 배는 걸까?

검을 손질하는 남자를 바라보며 나는 문득 낮의 소년을 떠올렸다. 시간이 지날수록 남자와 소년을 따로 바라보게 된다.

어린 녹스는 말수가 적지만 도저히 이 냉정한 시선을 가진 남자처럼 보이지 않았고. 반면에 소름이 오소소 돋게 하는 시선을 가진 밤의 남자는 잘 움츠러들고 눈치를 보는 소년처럼 보이지 않았다.

나는 아마 상대적으로 불편하고 무서운 지금 녹스보다 낮의 녹스를 편하게 느끼는 걸지도 모르겠다.

"다 됐어요?"

"그래."

손질을 끝내고 한 손에 검을 든 녹스가 내 옆에 섰다. 우리 집으로 들어오는 문은 하나밖에 없었으므로 나는 그를 울타리로 데려갔다.

"어디로 가야 하냐면 이 길로 쭉 가면 나오는 치자나무에서 10시 방향이에요. 일직선으로 10분쯤 걸어가면 외딴집이 나와요."

"생각보다 가깝군."

"글쎄요. 실제로는 다를걸요? 숲에서의 일직선은 평지에서와 달라서 실제로 나무를 피해서 걸으면 10분보다는 더 걸릴 거예요."

나는 그리 말하며 언니가 해줬던 말을 떠올렸다.

"언니는 혹시나 길을 잃을까 봐 중간중간 흰 천을 묶어뒀어요. 가는 길에 마물만 마주치지 않는다면 순조로운 길일 거예요."

"그런가."

"하지만 조심할 건 마물만이 아니에요. 외딴집으로 가는 길에 독초가 있거든요."

테테스라고 이 독초의 열매는 사람이 지나갈 때 터진다. 번식을 위해서 씨앗을 퍼트리는데, 이때 튀어나오는 연기와 액체가 심각한 독이다. 어린 시절 이 집을 찾으며 나와 언니를 톡톡히 고생시킨 열매였다.

"이건 가면서 알려 드릴게요. 가요."

울타리의 문을 열고 녹스가 먼저 빠져나갔다. 나는 한걸음 내딛기 전 깜깜한 숲을 보며 침을 꼴깍 삼키고 나서야 발걸음을 디뎠다. 그러고는 빵빵하게 맨 가방을 꼭 쥐었다.

언니, 염려하지 마. 위험한 일은 하지 않을게.

언니는 늘 나를 걱정했지만, 약초와 식물에 관한 지식은 내가 언니보다 더 해박했다. 언니도 인정했으나 숲이 너무 위험해서 좀처럼 함께 나가려 하지 않았던 것뿐.

생각보다 빠르게 치자나무를 찾아냈다. 녹스는 밤눈이 밝았다. 기억만 잃었지, 몸은 그대로여서인가. 하긴 그의 원래 능력을 생각해 보면 몸으로 하는 건 웬만하면 다 잘했던 것 같다.

"으스스하네요."

나는 깜깜한 옹이구멍 같은 숲길을 바라보며 중얼거렸다.

"밤이니까."

"……녹스는 무섭지 않아요?"

"무섭지 않다."

"와…… 부럽네요. 난 저 깜깜한 구멍에서 귀신이 튀어나오면 어쩌나 싶어서 너무 무서운데."

"귀신?"

반문하던 녹스가 나를 바라봤다.

"진짜 무서운 건 죽은 것이 아니다. 죽은 것은 아무것도 하지 못한다."

"아하…… 응? 녹스 혹시, 뭐가 생각난 거예요?"

그의 눈동자가 달빛 아래 잘 닦인 조약돌처럼 빛났다. 그가 고개를 저었다.

"아니, 문득 생각났을 뿐이다. 너무 단편적이라 금방 사라졌지만."

……아니 잠깐. 뭔가 생각이 났다니? 살짝 식은땀이 흘렀다.

그러나 동요하지 않은 척 태연하게 고개를 돌렸다.

에이 설마. 이렇게 빨리 기억을 찾을 리는 없고 몇 장면이 생각났던 걸 거다.

하지만 마음에 걸리는 불안감에 한마디를 더 붙이려 했다.

"녹스……."

"쉿."

녹스가 어깨를 붙잡고 얼른 나를 잡아당겼다.

"뭔가 있다."

"아……."

끼이이룩. 고요하던 숲에 흡사 새의 울음소리 같은 소리가 들렸다. 그의 말처럼 수풀 맞은편에 뭔가 있는 것 같았다.

밤의 숲에서 이런 비명을 지를만한 것은 역시 하나밖에 없었다.

나는 가방을 붙잡고 침착하게 말했다.

"이건 글리루스(Gllylus)예요."

"글리루스?"

"새의 날개와 사자의 머리를 가진 마물이에요. 녹스, 어서 검을 꺼내주세요! 그리고 검 휘두르기 전에 제 말 잘 들어요. 우리 목표는 외딴집이지 마물 퇴치가 아니에요."

나는 그의 옷자락을 붙들며 빠르게 설명했다. 글리루스라면 언니와 함께 있을 때도 몇 번 본 적 있는 마물이었다. 다행히 그리 강하거나 성가신 능력을 가진 마물은 아니었다.

"녹스는 아직 검에 완전히 능숙하지 않으니까, 제가 신호할 때 검을 휘두르는 거예요. 할 수 있겠어요?"

"알겠다."

이 순간에도 냉정하게 눈을 가라앉힌 녹스는 침착했다. 문득 대단하다고 느끼며 나는 수풀을 바라봤다.

파스스스슷.

별안간 나무를 헤치고 나타난 것은 역시나 글리루스였다. 사자의 머리를 가진 새들은 총 세 마리로 각기 색이 조금씩 달랐는데, 이 어둠에 묻히기 좋게 전부 암청색 계열이었다.

끼에에엑. 끼룩.

기이한 새 음성을 우렁차게 외친 글리루스들이 달려왔다. 나는 얼른 가방 속에 넣었던 손을 꺼냈다.

끼이이익!!

내가 던진 가루에 맞은 글리루스가 비명을 질렀다.

"지금이에요!"

놀랍게도 녹스의 검은 신속하고 정확했다. 기대하지도 않았건만 내가 원했던 부분을 정확히 노렸다.

공중에 흩뿌려진 액체는 녹색이었다. 뚝뚝 떨어지는 액체를 피해 나는 그의 옷자락을 붙잡고 달렸다.

"이쪽이에요!"

언니가 달아둔 표시 덕분에 방향을 찾는 것은 어렵지 않았다. 언니의 꼼꼼함이 무척이나 감사해지는 순간이었다.

"아까 던진 건 뭐지?"

"타르로 가루! 날개 가진 마물들에게 치명적인 가루예요. 일시적이긴 하지만요."

"달려야겠군."

정답!

평소 마물 사냥을 나가는 언니를 위해 사냥 도구를 만드는 건 주로 나였는데, 이건 마물 견제용으로 울타리 주변에 뿌리기도 했다.

"효과가 어느 정도일지 몰라도…… 아마 잠시간은 꼼짝 못 할 거예요."

"아닌 것 같다."

"네?"

나는 곧 녹스가 한 말의 의미를 깨달았다. 눈앞에는 글리루스 두 마리가 있었다. 그리고 흔들리는 수풀 속에 하나. 이윽고 양옆에서 나타난 것까지 총 일곱 마리가 위협적으로 울었다.

"위험하군."

등 뒤로 식은땀이 흘렀다.

"밤에는 마물이 더 강해져, 에이미."

그제야 언니의 말을 떠올린 나는 낭패한 기분으로 마물을 응시했다. 강해진다는 게 가루에도 내성이 생기는 거였어?

꼼짝없이 포위당했다. 그러나 글리루스들은 경계할 뿐 섣불리 다가오지 않았다. 조금 전에 뿌렸던 가루 때문인 것 같았다.

"녹스, 어떨 것 같아요."

"저걸 쉽게 쓰러트리는 방법이 있나?"

나는 글리루스를 바라보며 망설이다 말했다.

"글리루스는…… 위협적으로 보이지만 사실 썩 강한 마물은 아니에요. 혹시 보여요? 사자 머리의 이마에 붉은 보석이 붙어 있을 거예요. 혹시 휘두를 때 그걸 조준할 수 있겠어요?"

"노력해 보지."

그때였다. 위협적으로 날아온 글리루스가 녹스가 휘두른 검에 맞고 바닥으로 패대기쳐졌다. 바닥에 떨어진 마물은 꼼짝하지 못하고 그대로 죽었는데, 나는 정확히 깨진 붉은 보석을 보며 소름이 오소소 돋았다.

……기억 잃은 것 맞아?

그러나 일격에 동강 낸 녹스의 표정은 좋지 못했다.

"아무래도 이 이상은 무리인 것 같다."

"네? 잘 싸우는 거 아니에요?"

"그게 문제가 아니다. 소리가 더 들려오고 있어."

그의 말과 동시에 숲에서 괴상한 비명 소리가 터졌다. 앞에서 뒤에서 그리고 옆에서 일시에 터진 소리, 전부 글리루스의 울음소리다. 저걸 전부 상대하게 되면…… 등골이 오싹했다.

"아직 소리가 완전히 가깝지 않다. 우리가 가야 할 방향이 어디지?"

"저, 저기, 흰색 천 보여요? 저기예요. 5분 정도 달리면 될 거예요!"

"꽉 잡아라."

"네?"

그 순간 나를 번쩍 안아 든 녹스가 그대로 달렸다. 사람 하나 들고 날리는 그는 무척이나 빨랐다. 다행히도 내가 가리킨 방향에서는 글리루스가 나타나지 않았다. 대신 뒤로 수십 마리의 글리루스가 우릴 쫓았다.

마침 안겨 있는 내게는 똑똑히 보였다.

"녹스, 녹스, 여기서 오른쪽요!"

"알았다."

숨 한 번 헐떡이지 않고 달리는 녹스는 꼭 늑대 같았다. 나는 떨어지지 않기 위해 그의 옷자락을 잡아당겼다. 눈앞에는 울창한 나무숲이 있었고 멀지 않은 곳에 나와 언니가 사는 곳 같이 아담한 집이 보였다.

그러나 안전지대가 어디서부터 시작되는지 알 수 없었는데, 섣불리 멈췄다가는 위험했다. 주변을 살피던 나는 전방에 보이는 가시나무를 발견하고 녹스를 불렀다.

"녹스 저기, 11시 방향 나무에서 나무를 한 바퀴만 돌아줘요."

"뭐?"

"괜찮아요. 이대로 들어가면 위험할 수도 있어요. 자, 잠시면 돼요!"

녹스가 빠르게 달리며 마치 급커브를 도는 레이싱 자동차처럼 멋지게 나무를 빙글 돌았다. 그리고 나는 뾰족한 나무에 재빨리 가방을 걸어 터지게 했다.

펑!

녹스가 빙글 한 바퀴를 전부 돈 순간 글리루스들의 추적도 코앞이었다.

끼이이이익!

그러나 날카로운 발톱은 우리에게 닿지 못하고 그대로 바닥으로 떨어졌다. 글리루스들은 바닥에서 괴로워했다.

재빠르게 글리루스 무리를 벗어난 녹스가 외딴집 울타리 안으로 들어왔다. 나는 이 집 또한 울타리부터가 '안전지대'라는 것을 알았다.

끼익, 끼이이익!

미처 들어오지 못한 글리루스들의 소름 끼치는 비명이 멀지 않은 곳에서 들려왔다. 나는 비명을 배경으로 숨을 몰아쉬었다.

"하아. 하아."

……나를 안고 달린 건 녹스인데 왜 내가 심장이 뛰는지 모를 일이다.

"세상에, 놀라라! 녹스 괜찮아요?"

"……보다시피 멀쩡하다."

고개를 든 나는 바로 앞에 있는 그의 얼굴을 보며 멈칫했다. 하지만 피할 곳은 없었다. 여전히 품에 안겨 있기 때문이었다. 어째서인지 그는 나를 놔주지 않았다. 내려주는 대신 허리를 강하게 파고드는 단단한 팔을 느꼈다.

나는 그대로 고개를 숙여 그를 쳐다보지 못했다.

"미안해요……. 나 때문에 더 위험해진 것 같아요."

"왜 사과하지?"

"네?"

"넌 내게 위험하다고 경고했다. 이건 경고했던 일의 일환 아닌가."

그는 내가 사과하는 이유를 이해하지 못한 것처럼 보였다.

이 남자가 타인의 감정에 무디다는 것을 떠올렸다. 감정이 거세되고 논리와 이성으로만 움직이는 남자, 그러나 왜인지 차분하던 녹스의 음성에는 조금 묘한 것이 담겨 있었다.

"그러는 너는 왜 연고 하나 없는 타인을 돕지?"

"그건……."

"안타까워서, 불쌍해서라는 말은 위험에 빠지게 할 동기가 되지 못한다."

그의 손이 내 턱을 들어 올렸다. 여전히 눈을 보지 못하던 나는 그의 눈동자를 마주했다. 달빛 아래 보석가루를 뿌린 것처럼 요요한 눈동자였다.

"눈을 뜬 순간부터 내게 호의를 베풀었지. 나는 이해할 수 없다."

나른하게 감겼다 뜬 눈에 내가 고스란히 담겼다. 단단한 팔이 나를 붙들고, 다리는 굵은 허벅지에 갇혀 어디에도 피할 곳이 없었다.

그저 집요할 정도로 나를 쫓는 눈동자에 어깨를 움츠렸다. 그의 손이 거칠지 않게 턱을 쓸었다.

그가 나지막하게 물었다.

"혹시 넌 나라서 도와주는 건가?"

"네?"

무슨 말인지 몰라 눈을 크게 깜빡이며 바라보자 그는 조금 다르게 말했다.

"난 네게 특별하냐고 물었다."

무심하지만 집요한 시선이 꼭 곁에 있어도 되냐는 소년의 눈과 겹쳐 보였다.

특별하냐니…….

나는 가만히 입술을 다물었다. 마치 이렇게 하면 녹스의 대답을 찾을 수 있을 것처럼 그의 미간을 시선으로 더듬었다. 너무 놀라서 잠시 동안 이 차가운 시선이 무섭지 않았다.

당연하겠지만 녹스는 특별하다. 그는 이 세계의 남자 주인공이니까, 세상은 그를 중심으로 돌아간다. 그가 사라진 대공령은 발칵 뒤집혔을 것이고, 황태자는 녹스가 없어서 축제를 벌이고 있을 것이다. 그뿐일까. 그는 수많은 군사를 이끌며 북쪽 최전방을 지키는 지휘관이었다.

이처럼 녹스를 좋아하든 좋아하지 않든 그의 빈자리를 느끼는 사람이 이렇게 많으며, 하나같이 강력한 영향력을 가진 이들뿐인데 특별하지 않을 수가 있을까?

"당연…… 히 특별해요."

"……."

"홀로 숲에 남겨져 헤매다 발견된 어린아이에게 마음이 쓰이지 않을 수가 있나요?"

머뭇머뭇 말을 꺼내면서 나는 시선을 피해 데구루루 눈을 내리감았다. 마지막으로 본 그의 표정은 조금 살벌했던 것 같다.

"물론 밤에 갑자기 커졌을 때는 놀랐지만……."

넌 남자 주인공이고 너 때문에 우리 언니가 죽었어, 라고 말할 수는 없다. 어느 날 누군가가 "여기는 어떤 책 속 세상이고 넌 그 책 속의 주인공이야."라고 말했을 때 그 사람을 미친 사람 취급하지 않을 자신이 없다.

그러니 말해봐야 미친 사람 취급이나 받지 않을까? 녹스는 특히 이성적인 성격이라 믿을 것 같진 않다.

자꾸만 내려가는 고개가 녹스의 손에 다시 올라갔다. 나를 붙잡은 녹스가 나와 눈을 마주쳤다.

"……커져서 놀랐다."

"네."

"그것뿐인가?"

녹스의 눈동자는 동굴 속 자수정처럼 이 어둠 속에서도 선명하게 보였다. 고개를 갸웃하며 그를 응시했다.

"그럼 뭐가 더 있어야 하나요?"

놓아주질 않으니 체념이나 하자.

얌전히 그를 바라보고 있자 그의 표정이 미묘하게 변했다. 눈을 가늘게 좁혔다가 입술을 달싹였다가…….

"됐다."

어째서 마구 찡그리는 것인지 모르겠다.

꼭 마구 엉킨 실을 눈앞에 둔 사람처럼 얼굴을 쓸어내린 녹스였지만, 나를 풀어줬을 때는 언제 그랬냐는 듯 아무렇지 않은 표정으로 돌아갔다.

"일단 도착했으니 네가 말한 서적이란 걸 찾지."

"아…… 네네!"

성큼 걸어가는 그의 뒷모습을 얼른 쫓았다. 그러나 외딴집 정문에 도착할 때까지 거리는 좀처럼 좁혀지지 않았다.

음, 보폭 차이가 크네? 문득 어린 녹스가 나를 쫓는 기분이 이랬을까 싶었다.

외딴집의 넓이는 우리 집과 크게 다르지 않았다. 하기야 안전지대

크기에는 한계가 있을 테니 무턱대고 크게 지을 수도 없을 것이다. 단층 구조인 우리 집에 비해 한층 더 있다는 점에서는 조금 낫지만.

'언니가 말한 텃밭이 저건가?'

야생 허브가 곳곳에 있었다. 낮에 왔다면 정신없이 채집했을지도 모르겠다. 다 가져와도 보관할 곳이 없어 곤란했겠지만······. 살림을 꾸리는 입장에서 식자재는 얼마나 있던 부족하게 느껴진단 말이지.

끼이익. 문을 열자 먼지가 풀풀 피어올랐다.

언니가 때때로 마법사의 집에는 안쪽 공간을 엄청 크게 만들어주는 확장 마법이나 공간 왜곡 마법이 걸려 있다고 했지만 이 집은 아닌 모양이었다.

"먼지가 엄청나네요."

"오랫동안 쓰지 않은 모양이군."

"네. 최소한 8년은 쓰지 않았을걸요? 언니가 이곳을 발견했을 때부터 비어 있었거든요."

우리가 들어온 곳은 거실인지 가재도구에는 뽀얗게 먼지가 쌓여 있었다. 마법사의 집에는 청결 마법이 걸려 있을지도 모른다고 하더니 어째 하나같이 틀린 것을 보아 정말 버려진 집이구나 싶었다.

1층은 부엌과 거실이 전부였다. 2층으로 올라가자 그곳엔 서재와 침실, 그리고 창고로 보이는 방이 있었는데, 전부 문이 활짝 열려 있었다.

"일단, 가까운 곳부터 볼까요?"

"그러지."

가장 먼저 침실로 들어갔다. 그러나 침대와 작은 탁상 말고는 아무것도 없었다. 커튼에는 구멍이 뚫려 있었는데 일부러 뚫어둔 건지 사고로 뚫리고 귀찮아서 그대로 둔 것인지 모를 형태였다. 책은커녕 먼지뿐이란 것을 알고 다음 방으로 향했다.

다음으로 들어간 창고 또한 마찬가지였다. 그곳에는 책이 아닌 각종 가재도구가 쌓여 있었는데, 중간중간 실험실에 쓰일 법한 비커 같은 도구들도 보였다.

"녹스, 이거 뭐라고 적어둔 것인지 보여요? 전 읽을 수가 없어요."

"언어라기보다는 수식 같군."

복잡한 수식이 적혀 있는 게 단순한 그릇은 아닌 것 같지? 상상력을 더해 예상해 보자면 아무래도 마법 도구로 추정되는 것이 함께 있는 것 같은데.

어차피 수식을 알아도 쓸 수 없는 데다 여기에 대해 전혀 몰라서 그대로 두고 문을 닫았다.

"마지막으로 서고네요. 여기에 없을 수가 없겠어요."

나는 평온한 녹스와 달리 전보다 신중한 표정으로 반쯤 열려 있던 문을 활짝 열렸다.

"콜록, 콜록!"

"……창문부터 열지."

"네, 네! 콜록!"

서재에는 전과 비교할 수 없을 정도로 먼지가 자욱했다. 더구나 창문이 다른 방보다 훨씬 작았다. 이대로 가다가는 재채기로 죽을 것 같으니 빨리 조사하고 나가야겠다.

얼른 소매로 코를 부여잡고 방을 살펴보았다.

"의외로 책이 많지는 않는데요?"

생각 외로 텅텅 빈 책꽂이를 보면서 말했다. 군데군데 제목을 읽어보니 소설책이나 역사책들도 섞여 있었는데, 여기서 골라내는 일은 어렵지 않을 것 같다. 녹스의 도움을 받아 책을 모조리 꺼내서 분류하고 나자 예상대로 남은 책은 겨우 세 권이었다.

"……적어 보이긴 했는데 딱 세 권만 있을 줄은 몰랐네요."

"이곳을 떠난 마법사가 챙겨갔을지도 모르지."

"아! 그럴 수도 있겠네요."

고개를 끄덕이며 세 권의 책 중에 고심했다. 책이 많이 쌓여 있었어도 고민했을 것이다. 사실 돌아가는 길에 챙길 수 있는 양에는 한계가 있었다. 더구나 이 두께를 보아서는 한 권 정도나 가져갈 수 있을까?

"어느 것으로 가져가죠? 전부 제목이 그럴싸한데요."

"……뭐? 이게 무슨 말인지 읽을 수 있나?"

"……네? 네네. 보이긴 하는데요……."

나는 녹스가 든 책을 보며 눈을 깜빡거렸다. 그가 찌푸린 영문을 몰라 책과 그의 얼굴을 번갈아 보며 고개를 갸웃하는 수밖에 없었다.

"그거, 「주문의 기원」이라고 적혀 있는데요……? 왜 그러세요?"

"나는 읽을 수 없다."

"네?"

나는 눈을 동그랗게 뜨며 책을 가리켰다.

이게 보이지 않는다고?

다시 한번 선명한 글귀를 보던 나는 곧 이유를 알아차렸다.

"*에이미는 굉장히 빨리 배우네?*"

내게 언어를 가르친 사람은 언니였다. 기본 대륙어와 외국어 수업을 받았는데, 사실 언니에게 말하지 못했지만 나는 언니가 뜻을 말해 주기 전부터 글을 읽을 수 있었다. 언제부터인가 하면…….

이곳이 책 속 세상임을 알게 된 날부터다.

"어머나, 책을 읽고 루체브어를 알았다고? 우리 에이미 똑똑한 것 좀 봐!"

언니가 알려 주는 글뿐만 아니라 처음 보는 생소한 언어들도 막힘 없이 읽혔다. 언니가 말하기도 전에 어려운 외국 단어를 읽었다가 알았다.

"고대문자가 간간이 섞인 것 같은데, 어떻게 읽을 수 있지?"

"아, 이 문자요? 그럼 이거 낮의 녹스도 몇몇 단어는 읽을 수 있을 거예요."

"무슨 말이지?"

"응? 모르셨어요? 말한 것 같은데……? 낮의 녹스에게 글을 가르치는 게 저인데요."

"고대어를?"

그의 고개가 살짝 돌아간다. 뭐하러 쓸데없는 짓을 했느냐는 시선에 괜히 움츠러들었다.

"어, 대륙어 가르치는 김에요?"

……심심풀이 삼아 가르쳤는데.

나야 술술 읽히니 이게 잘 안 쓰이는 언어인지 어찌 알았으랴. 언니야 내가 어떤 글을 떼든 "와, 똑똑하다 우리 에이미!" 하고 말았으니…….

아무튼 어떤 원리로 이렇게 된 것인지 몰라도 이 책은 생소한 단어로 적혀 있고, 나는 녹스가 읽기 어려운 말도 읽을 수 있는 모양이다. 시험 삼아 다른 단어도 읽어주자 녹스는 나를 잠시 알 수 없는 표정으로 보다가 곧 고개를 끄덕였다.

"이걸 가져가는 것이 낫겠군."

나머지 책 제목까지 들은 녹스는 가장 처음 들었던 책을 골랐다. 두께가 꽤 두꺼워서 내가 들려면 껴안아야 했다.

"책을 감쌀 것을 가져오지."

조금 전에 방에서 천을 보았다며 녹스가 잠시 자릴 비웠다. 그 사이 나는 책을 내려다봤다. 책은 두툼했는데, 책등이 조금 구부러진 것을 본 나는 그 부분을 펼쳤다.

툭.

"이건 뭐지? 목걸이?"

바닥에 떨어진 것을 주웠다. 아마도 이걸 중간에 책갈피처럼 끼워 둬서 책이 불룩했던 모양이다.

"「마타리」라고 적혀 있네?"

납작한 판금에는 기묘한 모양이 그려져 있었는데 꼭 박쥐를 거꾸로 겹쳐놓은 것 같은 느낌이었다. 잠시 바라보고 있는데 반짝 빛이 반짝거렸다.

휘이잉.

그 순간 눈 부신 빛이 터져 눈앞을 가득 메웠다. 놀란 나는 목걸이를 떨어트렸지만, 희미해진 빛이 손등을 감싼 뒤였다.

"……뭐, 뭐야?"

빛은 그대로 사라졌다.

사라진 자리를 얼떨떨하게 봤다. 방금 빛은 뭐였던 거지?

이 책 속에서 나온 거라면 책과 관련된 물건인지도 모른다는 생각이 들었다. 나는 천천히 목걸이를 주머니에 집어넣었다. 그와 동시에 녹스가 다시 돌아왔다.

"무슨 일이지?"

"아니……, 아무것도 아니에요."

빛이 꽤 번쩍번쩍했던 것 같은데 녹스는 보지 못한 걸까? 슬며시 눈지를 살피는데, 녹스는 내게서 책을 빼앗았다.

"어라, 제가 들어도 되는데요."

"……."

그는 대답 대신 고개를 들어 하늘을 바라봤다.

"언제 날이 밝을지 모르니 얼른 돌아가는 게 좋겠다."

"아…… 그, 그러고 보니 시간이 얼마나 흘렀죠?"

창문 너머로 옅어진 하늘이 보였다. 확실히 새벽녘이었다. 지금 바로 달려가면 늦지는 않을 듯했다. 남은 책들은 다음으로 기약하고 다시 현관으로 내려왔을 때였다.

끼이이익.

우리는 입술을 꾹 다물거나 벌렸다.

"……."

"……어쩌죠?"

글리루스가 울타리 주변에 몰려 있었다. 믿고 싶지 않을 만큼 새까맣게 모여든 채다. 끼이이익. 소름 끼치는 울음 합창에 나도 모르게 녹스의 옷자락을 붙잡았다.

"……저기, 혹시 마물을 끌어들이는 능력이라도 있으세요?"

"……그런 능력은 처음 듣는데."

"잘 생각해 보세요. 기억을 잃어서 기억 못하는 걸지도 몰라요."

"잘은 모르겠지만 그런 능력은 없을 것 같다."

"으엉, 언니랑 다닐 때는 이런 일이 한 번도 없었단 말이에요."

내가 알기로도 녹스에게 마물을 끌어들이는 능력은 없다. 그런데, 저 까맣게 몰린 글리루스는 뭐란 말이냐. 서로를 마주한 우리는 약속이라도 한 듯 침묵을 지켰다. 하지만 이대로 외딴집에서 시간을 죽일 수는 없는 일이었다.

녹스는 일출과 함께 어린아이가 된다. 녹스의 주기가 언제까지인지는 모르지만 기억하기로 오늘이 끝은 아니었다. 설사 잘못 아는 거라고 해도 막연한 것을 믿고 여기 머무를 수도 없는 노릇이었다.

여기에는 식량이 없다. 지천으로 널린 허브가 있지만 작은 우물이 있는 우리 집과 다르게 식수를 구할 곳이 없다.

"하루 정도 기다리고 돌아가면 어떤가?"

"아뇨."

나는 단호하게 고개를 저었다.

"여기서 버텨야 체력만 빠질걸요. 고로 우리는 꼭 여기서 빠져나가야 해요."

"방법이 있나?"

그리 물으면서 녹스는 검을 쥐었다. 하지만 녹스가 아무리 대단하다고 해도 기억을 잃은 상태에서 저 많은 수를 상대하긴 힘들 듯싶었다.

유심히 정원을 돌아보던 나는 울타리 안쪽에서 뭔가를 발견했다. 얼른 그곳으로 달려가 붉은 꽃을 바라봤다.

"녹스, 숲에는 독초가 있다는 말 기억하세요? 이게 바로 그거예요. 테테스!"

나를 쫓아온 녹스에게 꽃을 가리키며 말했다. 붉은 꽃 옆에는 새빨간 열매가 열려 있었다.

"테테스가 터지면서 나오는 액체나 연기는 인간에게나 마물에게 나 치명적이에요."

"네가 던졌던 가루보다 말인가?"

"네. 그게 일시적이라면 이건 진짜 독이에요. 열매에 가까이 가지 마세요. 충격에 터지거든요."

"저걸 이용할 생각이라면, 어떻게 가져올 거지?"

곰곰이 고민하던 나는 조심스럽게 물었다.

"혹시 충격을 주지 않고 가지를 잘라낼 수 있겠어요?"

장작을 팰 때 정확한 중심에 꽂아 넣을수록, 도끼가 빠를수록 한 번에 쪼개진다. 검에 대해 모르지만 잎이 흔들리지 않고 가지만 잘 라내는 게 어려운 일이라는 것을 알았다.

탁.

"이 정도면 되나?"

그러나 녹스는 말이 끝나기도 전에 가지를 내밀었다.

……이게 가능해?

"검 다루는 것도 기, 기억 안 난다고 하지 않았어요?"

"안 나는데."

……기억 안 난다는 사람이 검을 이렇게 잘 다룬다고? 어렵지 않 게 가지를 잘라낸 그를 경악하게 바라보며 입을 뻐끔거렸다.

"다만, 검을 휘두를수록 요령이 생각나는 것 같다."

그 말을 들은 나는 멈칫했다. 이건 좀 위험한 것 같은데…….

단기 기억상실증에 걸린 사람에게는 그 사람과 갔던 곳, 먹었던 것, 보았던 것을 보여주며 스스로 기억하게끔 돕는다고 했다. 지금 내가 그에게 검을 준 건 그것과 같은 일인 것 같다. 뒤늦게 실수를 깨달은 나는 사색이 된 얼굴로 가지를 건네받았다.

지금 나 내 무덤을 파고 있는 건 아니겠지? 하지만 당장 이쪽에 신경 쓸 때가 아니었다. 일단은 나중에 생각하자.

"여기 입구는 이쪽에 하나. 저쪽에 하나예요."

나는 가지가 흔들리지 않게 조심스럽게 걸어서 울타리 앞에 도착했다.

"다행히 글리루스는 이쪽 입구에만 몰려 있으니까, 그리고 녹스, 그쪽에 돌 보이죠? 커다란 돌 좀 들어줄래요?"

머리통만 한 돌을 들어 올린 녹스가 나를 쳐다봤다.

"신호하면 그걸 여기 보이는 납작한 돌에 던지세요. 던지고 저쪽 입구로 달리는 거예요."

"돌은 왜 던지지?"

"글리루스는 후각과 청각이 발달한 마물이에요. 후각은 이 테테스가 마비시켜 줄 테지만 청각은 그렇지 않으니까요."

본디 새는 청각이 발달했다. 하지만 사자 머리를 가진 글리루스는 후각까지 발달한 마물이었는데, 만약 이 테테스 틈에서 살아남은 것들이 소리를 듣고 쫓아올지 모를 일이었다.

"아주 커다란 소리가 나게 던져 주세요."

돌의 쓰임을 이해한 녹스가 고개를 끄덕였다.

나는 심호흡과 함께 거꾸로 셋을 셌다. 그리고 하나가 된 순간, 열매를 잡아 글리루스가 있는 쪽으로 던졌다. 본래 직접 손을 대선 안 되는 열매지만 급해서 어쩔 수 없었다.

끼이이익. 기괴한 비명 소리가 온 숲을 울렸다.

"녹스, 지금!"

쾅! 녹스가 온 힘을 다해 던진 돌은 산산 조각났다. 그러나 효과는 굉장했다. 아니, 사람이 얼마나 힘이 센 거야? 내 귀까지 웅웅 울리는 기분에 잠시 휘청거렸다.

"꽉 붙잡아라! 아까처럼."

"네?"

녹스가 나를 휙 들어 올렸다. 그러고는 품에 안고 다른 입구로 달렸다. 다행스럽게도 작전은 훌륭하게 성공했는지 우릴 쫓는 글리루스는 없었다.

"어느 방향이지? 입구가 바뀌었을 텐데 기억하나?"

"여기서 오른쪽요!"

"확실한가?"

"네! 믿어요. 조금 전에 길을 외웠어요!"

나는 녹스 품에 안겨서 시시각각 경악을 느꼈다.

아니, 이게 사람이 할 수 있는 능력이야?

녹스는 나와 책까지 안고서 조금도 느려지지 않았다. 이쯤 되면 짐승의 체력보다 더 좋은 것 같다.

원작 속에서 뛰어난 검사를 소드 익스퍼트라고 하는데, 이들 대부분 마나라는 힘을 자유자재로 이용할 수 있다고 한다. 당연하지만 녹스는 마나를 다루는 뛰어난 검사였다.

이 힘으로 더욱 강한 근력과 체력을 가지게 된다더니 지금 그 힘을 익히 실감했다.

한참을 달렸을 때였다. 이윽고 숲 사이로 익숙한 울타리가 보였다. 반가움에 몸을 살짝 일으키는 순간 녹스가 나를 불렀다.

"에이미, 움직이지 마라. ……뒤에 뭔가 쫓아오고 있다."

"네?!"

황급히 돌아보자 뒤를 쫓는 글리루스가 보였다.

마물들은 테테스로부터 완전히 자유롭지는 못한 듯 날개를 절거나 한쪽 눈을 찡그리고 있었는데, 검붉은 눈에는 대신 전에 없던 독기가 보였다.

"약이 잔뜩 오, 오른 것 같아요."

날아오는 글리루스들이 테테스에 중독된 것을 확인했다.

"버티기만 하면 유리해요. 아니면 그전에 울타리 안에 도착하거나……!"

"……더 빨리 달리면 좋겠지만, 여기서 더 빠르게는 무리다."

테테스의 독은 몸에 침투해서 마비시킨다. 시시각각 마비되는 중인 저 글리루스들은 얼마 지나지 않아 바닥에 떨어질 게 분명했다.

하지만 거리가 멀지 않았다. 바로 그때 녹스가 돌연 멈춰 섰다.

"에이미, 앞에서 온다!"

눈앞에 글리루스 두 마리를 본 녹스는 얼른 검을 들어 올렸다. 그러나 한 손으로 두 마리를 일격에 베어버린 그에게서 처음으로 작은 신음이 터져 나왔다.

돌아보자 쫓아온 글리루스가 코앞에 있었다.

"……안 되겠군. 꽉 붙잡아라."

"네? 윽, 자, 잠깐!"

온 힘을 다해 달린 녹스가 검으로 울타리를 부쉈다.

콰지직. 콰드득! 나무판자를 덧댄 울타리가 힘없이 무너지며 우린 땅에 등을 박았다.

끼이이익. 등 뒤로 우릴 놓친 글리루스의 울음소리가 거대하게 울려 퍼졌지만 여기까지 닿지는 못했다.

하아. 하아. 고요한 정원에 숨넘어가는 소리만 가득했다. 나는 오르락내리락 가파르게 움직이는 가슴 위에서 고개를 들었다.

색색 거칠고 낮은 숨소리가 귀를 간지럽혔다. 뚝, 땀방울이 매끄러운 그의 턱 끝에서 떨어졌다. 일어나려 했지만 그럴 수 없어 가만있었다. 여전히 나를 단단히 붙잡은 팔 때문이었다.

"⋯⋯성공했군."

"⋯⋯네에. 다신 못 할 짓이었지만요."

나는 첫날처럼 녹스의 아래 깔린 채로 그를 올려다보았다. 그의 어깨 너머로 조금씩 뻗어가는 주홍빛이 보였다. 아슬아슬하게 시간을 맞췄나 보다.

"저, 녹스⋯⋯ 다친 곳은 없어요⋯⋯?"

"글쎄. 난 비교적 멀쩡한 것 같은데, 오히려 내가 물을 말인 것 같군."

그의 손이 조심스럽게 내 손등을 잡았다. 손을 돌리자 벌겋게 까지고 부풀어 오른 손바닥이 드러났다. 테테스 열매를 맨손으로 붙잡았기 때문이었다.

"아, 이거. 으음. 별로 아프지 않아요."

나는 얼른 그에게서 손을 숨기며 어색하게 웃었다. 그러나 이미 상처를 전부 확인한 그는 표정이 좋지 않았다.

잠시간 흐르는 침묵 속에서 괜한 눈치가 보여 눈을 데구루루 굴릴 때였다.

"이렇게까지 하면서⋯⋯."

"녹스?"

그가 잠시 숨을 멈췄다.

"내가 네게 특별하지 않다 말할 건가?"

음, 어, 하고 중얼거리는 동안 고개가 절로 내려갔다. 연보랏빛 시선이 나를 꿰뚫는 것 같았기 때문이었다.

그 말은 꼭 그가 대공임을 알고 있는 점을 꼬집는 것 같아 나는 뜨끔한 속을 숨기며 얼른 입을 열었다.

"그러니까 이미 전 특별하다고 말…… 했는데요…….."

"낮에는 어린아이가 되는 신기한 인간 정도로 말인가? 그런 뜻이 아니란 걸 알리라 생각하는데."

……오늘따라 꽉 찬 직구가 휙휙 날아오는 것 같은데 왜 이러는 걸까.

그런 뜻이 아니라면 어떤 뜻인데요, 하고 물어보려는 찰나 그의 머리가 먼저 내려왔다.

"에이미, 나는 어린아이가 아니다."

가까운 그의 숨소리에 숨을 삼켰다.

"어, 어린아이가 아니죠. 나, 나도 알아요."

조금만 움직여도 코가 부딪칠 것 같은 거리였다.

……어째서 한참 뛰어온 남자에게서 단내가 나는지 모를 일이다. 피하려고 애를 써도 착 가라앉은 눈이 나를 사로잡은 채 놓아주지 않았다.

"넌 성인 남자를 주웠다. 그렇지 않나?"

"어, 음 네…… 그렇죠. 성인. 성인은 맞지만……."

"그래. 난 낮처럼 어린아이가 아니다. 네가 말하는 낮의 모습이란 것도 기억하지 못한다."

무슨 대답이 듣고 싶은 걸까? 그가 내게 이러는 이유를 알 수 없었다. 애초에 고맙다는 인사 한 번을 못 들었지.

보통 숲에서 주워 온 사람에게 감사함을 느끼는 건 당연한 일이다. 그러나 감정에 무딘 그에게 인사를 들을 거라곤 생각하지 않았다. 기억이 있었다면 원하는 보상을 말해보라고 할 남자였다.

그런 그가 바라는 것이 쉽사리 짐작 가지 않았다.

"저…… 녹스가 하고 싶은 말이 무엇인지 잘…… 모르겠어요. 그냥 시원하게 얘기해 주면 안 돼요?"

"바라는 것이라…….”

용기 내어 그를 보았을 때, 나는 금방 후회했다. 나를 바라보던 그가 고개를 나른하게 기울여 귀로 속삭였다.

"오늘은 내 옆에서 자라."

"네, 네, 네네?!"

눈을 동그랗게 뜨고 잘못 들었나 싶었지만 진심 어린 그의 눈을 바라본 순간 모두 사라졌다. 그제야 실마리를 잡아채고 경악했다.

"……침대가 넓다."

"……제 침대는 절대 넓지 않아요. 자, 잠깐."

나는 가까이 다가온 그를 피해 고개를 빼며 말했다.

"내가 널 볼 수 있는 시간은 밤뿐이다. 왜 피하는 거지?"

"제, 제가 언제 피했어요? 아니 그보다 얼굴이 너무 가까운 것 같은데…… 당신 뺨이 좀 빨갛네요?"

"……아무것도 아니다. 조금 다쳤을 뿐.”

"조금?"

"중요한 건 이게 아니다."

"아니! 많이 중요한데요."

"에이미."

······무슨 말을 하려고 무표정을 하고 살벌하게 바라보는 거야?

"기억을 잃은 내가 유일하게 아는 사람은 너뿐이다."

잘생긴 얼굴이 가까워지고 나는 뒤로 거리를 넓혔다.

"몰랐나? 모른다고 할 건가?"

"······."

그러나 그와 거리가 점차 좁혀졌다.

"아무것도 하지 않을 테니····· 옆에서 자라."

코끝이 닿고 마침내 더 가까워지는 그 순간, 녹스가 힘없이 축 늘어졌다.

"녹스? 녹스! 정신 차려 봐요!"

어쩐지 눈에 초점이 없더라니! 힘이 없던 거였어?

나는 커다란 몸 사이에서 끙끙대며 빠져나왔다. 곧 알아차렸다. 녹스의 체온은 비정상적으로 높았다. 줄곧 나를 들고 뛰어서라고 생각했지만, 그의 등을 보는 순간 커다란 상처 때문이란 걸 알았다.

"······발톱 자국."

마지막 순간 우리를 쫓았던 글리루스들을 생각했다. 단순한 발톱 자국으로 열이 오르지 않는다. 테테스에 중독된 글리루스였으니 녹스에게도 일부 중독된 것이 틀림없다.

"······조금 다친 거라면서요."

들리지 않을 말을 중얼거렸다.

어딜 봐서 조금이야?

나는 황급히 자리에서 일어나 그의 이마를 짚었다. 호흡과 맥박도

체크했다. 상태를 아는 건 어렵지 않았다. 오래전 언니가 이 독으로 앓아누운 적이 있기 때문이었다. 얼른 그를 안쪽으로 옮겨야 했다.

내가 그의 몸을 낑낑 돌리는 동안 외딴집에서 가져온 책과 주머니에서 빠져나간 목걸이가 아무렇게나 뒹굴었다. 아랑곳하지 않고 그를 뒤집은 나는 난감함에 봉착했다.

이제 어떻게 집에 데려가지? 아무리 힘을 줘도 내가 그를 들기란 무리였다.

"그, 그래, 어린아이 모습이 되면……."

나는 멈칫했다. 어느새 환하게 밝은 하늘을 봤기 때문이었다.

"아침?"

아침 7시? 8시? 적어도 녹스가 변신하고도 한참은 남을 시간이었다.

"왜…… 여전히 이 모습인 거야?"

녹스가 변하지 않는다. 그의 손을 잡고 있던 나는 흔들리는 시선으로 그를 응시했다.

……설마 주기가 끝난 건가?

아니다. 그럴 리가 없는데.

하지만 만약 그런 거라면 앞으로가 큰일이었다. 곧 언니가 돌아올 텐데 언니에겐 무어라 설명하지? 언젠가 올 줄은 알았지만 이렇게 빠를 줄은 몰라서 '차라리 내내 반은 어린아이였으면 좋을 텐데.'까지 생각했을 때였다.

"어……?"

어느새 손을 떼고 머리를 부여잡고 있던 나는 멍하니 앞을 바라봤다.

사아아―.

……녹스가 다시 어린아이가 되었다?

그가 변하는 것을 목격한 것은 처음이었다. 점차 작아지며 어린아이 크기에서 멈췄고, 그가 상체에 걸쳤던 천은 이불처럼 커졌다. 어느새 작은 손과 작은 머리로 색색 숨을 쉬는 소년을 바라보며 입을 벌렸다.

나는 내 손을 바라봤다.

"조, 조금 전까지 손을 붙잡고 있었지……. 설마."

색색 잠든 아이를 보던 나는 떨리는 손으로 그의 손을 잡았다.

뭐, 뭐야. 아무 일도 없잖아?

안심하며 손을 떼어냈다.

빛이 쨍쨍한 하늘이었다. 이상한 일이었다. 왜 그가 일출이 지나고도 변하지 않았던 거지? 분명 아침이 되고도 한참 지나간 시간이었는데…….

쓰러진 아이를 보며 황망히 중얼거렸다.

"……대체 뭐였지?"

왜 아침이 지나서 아이가 된 거야?

△

아스토포 이베르크.

리녹의 부친이 가진 이름.

어릴 적, 언제나 여자를 옆에 끼고 저택을 활보했던 그의 아버지는 어린 아들을 발견하면 서슴없이 걷어찼다.

"개새끼."

아스토포 이베르크에게 그는 태어날 때부터 눈엣가시였다.

퍽! 퍼억.

사물을 구분할 때부터 폭력이 시작됐다. 글자보다 주먹을 먼저 배웠다. 매일매일이 걷어차이고 주먹으로 얻어맞는 날이었지만 고통은 어느 순간부터 잊혔다.

배고플 때는 찌꺼기 같은 음식이 주어시고, 옷도 하인들보다도 못한 넝마가 입혀졌다. 정돈하지 못한 머리는 엉켜 있었지만 아버지는 누구도 그에게 신경 쓰지 못하게 했다.

"공작님, 소공작에게 이름을 지어주셔야 하지 않겠습니까⋯⋯?"

열 살이 되는 해, 소년은 그제야 자신에게 이름이 없다는 것을 알았다. 그러나 대공에게 이름을 짓자고 제안한 늙은 집사는 끔찍한 폭력을 이기지 못하고 죽었다.

불쌍한 노인의 시체를 바라보던 아이는 아버지의 서재로 달려가서 책을 펼쳤다.

'이름.'

꽃도, 나무도, 하인도 하녀도 모두 이름이 있구나. 왜 나만 없지?

그만 없어서 이상했다.

"개새끼에게 지어줄 이름은 없다."

울컥. 그는 눈으로 차오른 액체의 이름을 알지 못했다. 가슴이 송곳으로 찌른 듯 따끔한 이유 또한 모른다. 기다리면 차차 나아질 고통이었다. 그는 무뎌졌다.

그래 이름. 누군가 아버지가 주는 것이라고 했지만 아무것도 주지 않은 아버지가 이제 와서 줄 것 같지 않았다. 그래서 그는 스스로 이름을 지었다.

리녹.

리녹. 리녹. 리녹.

신나서 이름을 불러보던 어린 그는 마지막으로 갈수록 울상을 지었다. 그가 스스로 지은 이름에서는 쓴맛이 났다.

꼭 누군가 앞에 있어 줘야 할 것 같았다. 눈앞이 텅 빈 기분.

영문을 몰랐다. 그는 서러움도, 슬픔도, 아픔도 몰랐다. 아버지에게 두들겨 맞은 하인들이 왜 우는지 이해하지 못했다. 피가 뚝뚝 흘러도 아픈 줄 몰랐다.

그래서 애타게 바라던 이름을 가지게 되었을 때 심장 부근이 콕콕 쑤시듯이 아픈 것이 어떤 영문인지 모르겠다고 생각했다.

그는 몰랐지만, 이것은 허무함이었다.

그렇게 소년은 자라서 청년이 되었다. 어느새 모든 이들은 무감하고 냉혹하며 자신의 성공을 위해 뭐든지 쉽게 밟아버리는 그를 미친 사람이라고 했다.

그런 그를 만들었던 아스토포 이베르크 대공. 그의 아버지는 리녹의 손에 생을 마칠 때까지 단 한 번도 그의 이름을 부르지 않았다.

"너는 내 자식이 아니다."

아스토포는 그에게 악마의 씨앗이라고 했다.

"넌 이베르크를 멸망시킬 거다, 개새끼."

항상 언젠가 이베르크를 싹 다 멸망시키고 말 거라며 저주를 퍼부었다. ……그 씨앗의 눈동자 색은 아버지를 꼭 닮았는데도.

"짐승만도 못한 놈 같으니. 끝내 네가 내 목을 물어뜯는구나?"

마지막 순간 아버지의 복부에 검을 찌를 때까지도 아쉬움은 없었다. 생각보다 쉽게 공작가를 손에 넣어서 지루하다 여겼을 뿐이었다. 그러나 몇 년 뒤 황태자의 습격을 받고 암살자의 검 등에 맞아 머리에 거센 충격을 받은 리녹은 이 모든 것을 기억하지 못했다.

눈을 뜨니, 눈앞에 낯선 소녀가 있었다.

여긴 어디지? 왜 여기 있는가?

깜깜했지만 환한 대낮과 다르지 않게 선명히 보였다. 그래서 자신의 앞에 제압당한 소녀가 태양처럼 밝은 주황빛 머리칼과 동그란 눈동자를 가졌다는 것을 알았다.

"저, 저는…… 집주인인데요……."

색이 연한 분홍빛 입술은 오물거리며 나지막한 음성을 토했다.

"일단 이것부터 놓아주면 안 될까요? 녹스, 팔이 아파요."

"……녹스?"

다시 말하지만, 리녹은 아무것도 기억하지 못했다.

"당신 이름요."

그러나 소녀가 오물거리며 말한 그 순간 그를 지배했던 장면이 있었다.

"개새끼에게 이름은 필요 없다."

제게 발길질하던 남자. 그 남자의 목소리가 똑똑하게 뇌리를 스쳤다. 아. 나는 이름이 필요 없던 삶을 살았던가?

아무것도 떠오르지 않는데 무의식중에도 허무함이 생생했다.

"내가 지었어요."

"……네가 지었다고?"

그는 곧 인정했다. 그저 누군가가 임의로 지어준 이름에 자신이 기뻐하고 있다는 것을.

빛이 은하수처럼 흘렀다. 흘러서 향한 곳은 소녀였다.

"……저기, 녹스. 조금만 떨어져 주시면 안 되나요?"

"……녹스."

그는 무척이나, 이름을 갈구하는 삶을 살았던 것 같다. 그래. 분명했다. 그에게는 이름이 필요했다.

리녹은 텅 빈 머리로 눈앞을 응시했다.

"난 네게 특별하냐고 물었다."

무의식은 그를 흔들었다. 평생을 고독하게 살아온 리녹에게 필요했던 것을 채워준 사람이 눈앞에 있다.

이유는 몰라도 쭉 필요했던 것을 그에게 줬다면, 놓치지 말라. 가져라. 충동은 그를 부채질했다. 잘은 모르지만 예전의 자신은 이런 때 손에 넣었을 인간이었을 것이다.

리녹은 눈을 꾹 감았다.

갖고 싶다니. 이것을 무어라 부르면 좋을지 모르겠지만, 이기적이고 비정상적이었다.

하지만 그것이 왜? 한편으로 그의 또 다른 자신이 속삭였다. 비정상적이라 생각했지만 그렇다고 바로잡을 생각은 없었다.

오직 밤에만 볼 수 있었던 점에 더욱 목이 말랐다. 반으로 줄여진 그의 세상은 반 동안 볼 수 있는 것을 더욱 빛나게 했다.

그에게 에이미는 숲에서 줍게 된 아이라 특별하다고 말했지만, 그 말로는 채워지지 않았다. 그래서 글리루스의 추적을 따돌린 끝에 그는 말해보았다.

"나는 어린아이가 아니다."

조금만 움직여도 코가 부딪칠 것 같은 거리였다. 눈이 가물가물했지만 도리어 다른 감각이 선명해졌다. 소녀를 잡은 손에서 심장이 쿵쿵 뛰는 맥박이 느껴졌다. 색색 소녀의 숨결이 느껴졌다.

그는 갈구했다. 기억하지 않아도 과거의 자신이 무언가를 갈구했음을 알았다. 온전한 감정이 갖고 싶다. 거리를 두고 꺼리는 것이 아니라 바라보고 듣고 말하는 것. 설명할 수 없는 충동이 따랐다.

기억이 없기 때문에 이 온기에 맹목적이었다.

"어, 어린아이가 아니죠. 나, 나도 알아요."

"넌 성인 남자를 주웠다. 그렇지 않나?"

"어, 음 네…… 그렇죠. 성인. 성인은 맞지만……."

"그래. 난 낮처럼 어린아이가 아니다. 네가 말하는 낮의 모습이란 것도 기억하지 못하고."

그는 녹스라는 이름에 친숙해진 자신을 느꼈다. 어젯밤, 단 하루였음에도 불구하고 소녀가 자리를 비운 침대에서 부재가 느껴졌다.

그가 살짝 웃었다.

더 손을 잡아주었으면 좋겠다. 눈을 떴을 때 옆에 있었으면 좋겠다. 단지 이름을 지어주었을 뿐인데, 오로지 밤에만 볼 수 있는 사람을 조금씩 맹목적으로 따르게 되었음을 알았다. 그는 굶주린 짐승처럼 소녀가 주는 정을 받아먹었다.

"기억을 잃은 내가 유일하게 아는 사람은 너뿐이다. 몰랐나? 모른다고 할 건가?"

기억나지 않는 과거의 자신은 욕심나는 것은 전부 가지면서 살아왔을 것 같다는 생각이 들었다.

"아무것도 하지 않을 테니…… 옆에서 자라."

지금 기억을 잃기 전의 자신이 갈구하던 것을 채울 수 있을지도 모른다.

그는 영리했다. 냉정하고 영리했다. 기억하지 못했지만, 늑대처럼 한번 문 것을 놓지 않는 성정은 기억을 잃어서도 여전했다.

'왜 나는 네게 이끌리지?'

그래. 영문을 알 수 없다. 오로지 밤에만 볼 수 있는 소녀를 보고 싶은 마음은.

"*개새끼에게 이름은 필요 없다.*"

기억은 잃었지만 가끔 이런 목소리가 들렸다. 진흙을 뭉쳐 놓은 것처럼 진득진득하며 늪처럼 깊은 목소리. 너무나 생생해서 머리가 지끈거리는 목소리.

이것을 잊게 해주는 것이 소녀가 부르는 이름이었다.

기지개를 켠 늑대가 먹이를 바라보듯 리녹은 소녀를 바라보며 천천히 하나씩 되새겼다.

'놓치지 않겠다.'

사라진 기억 대신 그가 가진 본능부터 깨어났다. 조금씩, 욕심나는 것을 향해서 그는 한 걸음씩 다가갔다.

이끌리는 이유는 모른다.

그러나 이끌림은 진짜였다.

MY SISTER PICKED UP THE MALE LEAD

개와 늑대 사이

II

2

개와 늑대 사이

이게 뭐야?

이게 정말로 뭘까. 나는 뺨을 부여잡고 큰 고민에 빠졌다. 눈앞에는 외딴집에서 가져온 책이 아무렇게나 펼쳐져 있었다.

"뭐냔 말이지…… 대체."

목걸이를 만지작거렸다. 분명 잘못 본 게 아니라면 오늘 아침 녹스는 일출이 훨씬 지나고 어린아이의 모습이 되었다.

"있을 수 없는 일인데."

이것만은 분명히 기억한다. 마법은 일출과 일몰 정확한 시간에 맞춰서 그를 변하게 했다. 그래시 여주인공과 한창 썸을 타는 동안에 변하기도 하고 황태자와 중요한 대결을 앞두고 변하기도 했다. 세레나가 마법을 풀기까지 일부러 그를 곤란에 빠트렸나 싶을 정도였다.

그러니까 녹스가 성년인 채 아침을 맞이하는 건 있을 수 없는 일이다. 그럼 왜?

마지막으로 그의 손을 잡았던 것이 왜 이렇게 찝찝하냔 말이다.

설마 손을 잡아서는 아니겠지? 그럴 리가 없어. 외딴집에서 본 새하얀 빛은? 아니야. 아닐 거야. 그러나 어쩐지 분기를 잘못 택한 책 속 주인공처럼 불안하단 말이지.

의심스러운 것은 이 목걸이다. 분명 별안간 나타났던 그 흰빛을 무시할 수는 없었다. 하지만 어떤 영문으로 나타났단 말인가? 머리가 터질 것같이 고민했다.

"……에이미?"

그때 자그만 손이 나를 잡아당겼다. 시선 끝에 걸린 손가락을 보며 화들짝 놀랐다.

"녹스! 일어났어?"

녹스가 대답하지 못하고 고개를 끄덕거렸다. 색색. 한눈에 봐도 숨이 거칠었다. 얼른 이마의 수건을 적셔 꾹 짜고 다시 이마 위로 올려주었다.

"녹스, 오늘은 녹스가 많이 아파."

"……아파?"

유리에 베이고도 아픈 줄 모르던 녹스였다. 나는 녹스에게 차근차근 그의 상태를 설명해 주었다. 그는 전부 다 알아듣는 눈치는 아니었지만, 내 눈을 바라보며 천천히 끄덕였다.

"아파……."

"응. 아파. 그러니까 누워서 한숨 푹 자자. 알았지?"

예상한 일이었지만 녹스는 꼼짝없이 앓아누웠다. 대공 모습으로 감당이 안 돼서 기절까지 했던 상처인데, 소년의 모습에 더 부담되는 건 당연했다.

오늘 아침 피가 줄줄 새는 상처를 닦으며 얼마나 식겁했던지.

언니를 치료했던 기억이 없었다면 곤혹스러웠겠지.

"녹스, 불편한 데는 없어? 등이나 손이나…… 응?"

"……."

절레절레.

모르겠다는 건지 없다는 건지 모르겠다. 솔직하게 이럴 때면 최소한 툭툭 하고 싶은 말은 던지던 대공 모습의 녹스가 나을지도 모르겠다. 자신이 왜 다친 것인지도 아픈 줄도 모른 채 말간 눈만 깜빡이는 모습이 안쓰러우니 말이다.

탁.

"……어디 가?"

"응? 아…… 수건도 새것으로 갈고, 죽도 가져오려고. 잠시만 기다려."

"……."

"녹스? 이거 놔줘야 가는데."

도리도리.

색색. 숨을 몰아쉬면서도 녹스는 옷자락을 놓지 않았다.

"가지 마."

……왜 사람 마음 약해지게 이런 눈으로 나를 보는 걸까. 당장 어디 도망가겠다는 것도 아니고 요 앞 부엌에 다녀온다는 건데. 꼭 자기를 버리는 주인 보듯이 하니 가슴 한구석이 콕콕 찔린다고 말해줄 수도 없고.

뺨을 긁적이던 나는 곧 시트를 정돈했다. 시트째로 녹스를 들어 올렸다.

"윽. 이건 무거운가, 가벼운가? 어린애를 안아본 적이 없어서 모르겠네."

"에이미?"

"응. 움직이지 마. 상처 덧날지도 몰라. 사실 이렇게 움직이는 것
도 안 되는데."

끙. 나는 숨을 내쉬며 부엌으로 향했다.

옛날에 친구가 키우던 강아지가 방에 혼자만 두면 끙끙대서 화장
실에 갈 때조차도 문을 닫지 못했다던데, 이 얘기 어째서 지금 떠오
르는지 모를 일이다.

"내가 애를 키우는 건지 강아지를 키우는 건지……."

……갸웃.

아니, 지금 이 모습이나 언니를 보며 경계하던 모습은 꼭 고양이
가 털 세우는 모습 같기도 하던데.

과연 그가 갯과인가, 고양잇과인가 고민하다가 문득, 대공 모습의
녹스를 떠올리고는 결론을 내렸다. 그래. ……짐승 과라 해두자.

"오늘 아침은 죽이야. 허브를 넣고 보글보글 끓인 죽. 죽 먹어봤어?"

절레절레.

녹스는 여전히 아무것도 기억하지 못하는 모양이다. 이 나이 때
음식이라기보단 먹고 남은 찌꺼기로 만든 죽을 먹은 걸로 아는데.

여기다 죽을 주려 하니 잠시 죄책감이 들었다. 다 나으면 꼭 맛난
것으로 만들어줘야지.

등을 다친 녹스는 팔을 쓰는 것도 힘들어 보였다. 그래서 내가 대
신 한 숟가락씩 떠먹여 주었다.

"맛있어?"

"……응."

여전히 시트에 둘둘 감겨 있는 녹스는 나와 눈을 마주치고는 수줍은지 고개를 아래로 내렸다. 분홍빛으로 물든 귀가 보였다.

"에이미."

"응."

"……계속 아팠으면 좋겠어."

"응? 왜?"

아픈 게 뭐가 좋다고? 이해하지 못해 고개를 기울이는데, 녹스가 내 새끼손가락을 잡고 작게 속삭였다.

"계속, 계속 옆에 있으니까."

"……."

"에이미가."

빛을 받아 반짝거리는 눈동자가 오롯이 나를 담았다.

"……계속 옆에 있어 주면 안 돼?"

……어쩐지 갈수록 낮이나 밤이나 녹스의 꽉 찬 직구가 느는 것처럼 느껴지는데 착각일까?

나는 볼을 붉게 물들인 소년을 바라보며 난감히 시선을 흘리다가 입술을 떼어냈다. 시선은 어느새 모락모락 연기 나는 솥을 향한 채였다.

"……더 줄까?"

잘 먹는 것 같아서 다행이라 여기고 국자로 손을 뻗을 때였다. 녹스가 내 손을 잡았다.

"……에이미, 다쳤어?"

녹스가 내 손바닥을 바라보면서 말했다.

"응? 으응? 아…… 조금? 어젯밤에 어딜 좀 다녀왔거든."

"······어디에?"

"응. 별것 아니야. 그냥 밤 산책하다가."

나는 자그만 그의 손에서 손을 떼어냈다. 이어 벌떡 일어난 나는 얼른 솥에서 한 그릇 가득 떠왔다.

그러나 녹스는 모락모락 김이 나는 그릇에는 시선도 주지 않았다. 오히려 자수정처럼 밝은색의 시선은 오롯하게 나를 향했다.

달그락. 수저를 만진 녹스가 천천히 입을 열었다.

"밤에도 아프고, 매일매일 아프면······."

"응?"

"그럼 에이미는 안 아파?"

긴장한 듯 작게 숨을 내쉬며 녹스가 속삭였다. 그러는 동안 소년의 시선은 나와 내 손을 번갈아 향했다.

"음, 그러니까 그 말은 녹스 보느라 아무 데도 가지 말고 다치지 말라는 거야?"

끄덕.

나는 데굴데굴 시선을 굴리며 살짝 젖은 소년의 이마에 눈을 두었다.

"그런 거라면 걱정하지 않아도 돼. 앞으로는 이런 일 없을 거거든."

외딴집에 한 번 다녀왔지만, 거기 남아 있는 두 권의 책은 역사책이나 다름없었으니 도움 될 만한 건 가져온 책 하나뿐이다. 앞으로 거기 다시 갈 일은 없지 않을까?

그렇게 생각한 나는 가볍게 말했다.

"이번엔 특별히 도와주려고 나간 거야."

"특별히?"

순간이지만 녹스의 얼굴이 찌푸려졌다. 왜인지 조금 전보다 뚱해 보이는 얼굴인데, 영문을 알 수 없어서 고개를 갸웃했다.

그러나 다행히도 이후 녹스는 남은 죽을 남김없이 먹었다. 침묵하긴 했어도 내가 내미는 약마저 군말 없이 삼켰다.

"이거 꽤 써서 언니도 우는 소리 많이 했는데. 대단하다, 녹스."

"······잘했어?"

"응. 잘했어. 얼른 낫자."

난 쪼그려 앉아서 녹스의 새 옷 단추를 채워주며 나지막하게 웃었다. 열로 발개진 소년의 얼굴을 보고 있으려니 꼭꼭 숨겨둔 진심이 나도 모르게 밖으로 나왔다.

"사실은 네가 아파서 마음이 편치 않아."

녹스 혼자 달렸다면, 손발이 자유로웠다면. 이렇게 다치지는 않았을 거란 생각을 조금 했다. 능력이 없는 것을 탓해본 적은 없는데, 안색이 새파래져서 다친 사람을 보는 건 언제나 기분이 울적하다. 나를 위해 사냥과 채집을 담당한 언니를 볼 때 그랬듯이.

"그러니까 아프지 마."

아이가 우물쭈물하는가 싶더니 살며시 손을 뻗었다.

"에이미도."

내 옷자락을 꼬옥 붙든 녹스가 조심스럽게 고개를 들었다.

"아프지 마."

그러고는 뺨을 살짝 물들였다.

"······내가 대신 아파줄래."

잠시 멈칫한 나는 얼른 입을 축였다.

"아니야. 녹스가 대신 아파줄 일 없게 우리 같이 아프지 말자."

······끄덕.

아직 한낮이었지만, 더 움직이게 두는 것보다 한잠 재우는 편이
좋겠지?

녹스는 얌전히 침대에 누웠다. 대신 손가락으로 나를 꼬옥 붙들었
는데, 나는 전처럼 손가락을 떼어내는 대신 침대 옆에 걸터앉았다.

"잘 때까지 옆에 있어 줄게."

"응. 그런데, 에이미."

"응?"

"지금 자고 밤에는 안 자면 안 돼?"

응? 나는 눈을 동그랗게 뜨고 녹스를 바라봤다.

녹스는 말간 눈으로 나를 쳐다보면서 고집스럽게 입을 꾹 다물었
다. 꼭 허락받지 못할까 봐 안절부절못하는 모습이었다.

"왜?"

나는 의문과 함께 반문했다.

"밤에도 에이미랑 같이 있을래."

그 말에 나는 차마 대답하지 못했다.

……이미 같이 있는데?

"안 자면 안 돼?"

"아니, 안 될 건 없는데…… 아니. 아마 안 될 거야."

"왜?"

"밤에는 음, 으음…… 밤에는 할 일이 있거든."

차마 "대공 모습의 너를 본단다. 그리고 반라의 모습이지."라고
말할 수는 없어서 얼버무렸다.

말을 해도 크게 상관은 없지만 열로 펄펄 끓는 아이에게 당장 충
격적인 진실을 말할 만큼 정이 없지는 않다. 말하더라도 받아들일

수 있을 때 해야지.

뺨을 긁적일 때였다. 입술을 꾹 다물었던 녹스가 조심스럽게 말했다. 꼭 내가 버리기라도 할 것 같다는 듯이 나를 꽉 붙잡으면서.

"밤에는 누구 보러 가?"

"으응? 어어. 본다면 보는 거긴 한데······."

얼떨결에 사실을 말했을 때였다.

녹스의 시선이 나를 똑바로 향했다.

"밤에 누굴 보러 가는데?"

······너요.

△

해 질 무렵, 온 가구를 주홍색으로 물들인 태양이 녹스를 눕힌 침대까지 스며들었다. 색색. 업어 가도 모를 것처럼 잠든 아이는 아주 작은 숨소리를 냈다. 팔랑팔랑. 아이의 옆에서 책장이 넘어간다. 나는 책을 보다 말고 고개를 들었다.

'슬슬 저녁 준비를 해야 할 것 같은데.'

그렇지만 이 손을 놓으면 깨고 말겠지?

한쪽 소매는 녹스가 꽉 쥐고 있었다. 이미 몇 번 떨어트리려고 할 때마다 거짓말처럼 눈을 떴다. 한없이 약해 보이는 소년이라도 남자 주인공은 남자 주인공인 걸까. 어디 가냐며 울상을 짓는 아이를 떨어트려 놓고 갈 수는 없었다.

큰일이네. 빨래도 하고 마른 천도 접고 설거지도 하고 저녁도 만들고, 미리 내일 아침거리를 손질해야 하는데······.

끙. 숨을 참으며 여덟 번째로 탈출 시도를 해보기로 한 나는 손가락을 살살 돌려보았다.

약 기운 때문일까? 아니면 이젠 안심하고 푹 잠든 걸까.

'……빠졌다!'

베개 위에 아이의 조그만 손을 조심스럽게 올려놓았다. 푹 잠든 녹스가 깨어나지 않게 살금살금 걸어 조용히 문을 닫았다.

"후…… 하…….”

문을 닫는 데 성공한 나는 등을 기대며 숨을 내쉬었다.

언제 날이 저물 때가 된 걸까? 시간이 후딱 지나간 것인지 창문으로 막 서산을 넘어가는 해가 보였다. 어제 녹스가 다친 순간부터 시간이 아주 빠르게 지나간 기분이다.

나는 오래전, 부모님을 잃고 언니와 함께 정착한 뒤로 이곳에서 거의 나가지 않았다. 답답하지는 않았다. 집 안에만 있는 것에 갑갑함을 느끼는 편은 아니었고 이 숲이 위험한 건 알고 있었으니까. 무엇보다 내가 지루함을 느끼지 않은 데는 언니의 노력도 있기 때문일 거다.

이처럼 내 삶은 언제나 평화로웠는데 녹스 한 사람이 나타난 이후로 통돌이 속에서 데굴데굴 굴러가는 기분이다. 언니를 대신해서 플래그를 꽂은 것을 후회하지는 않는데, 세상은 어떻게 흐르고 있는지 궁금은 하다고 할까.

녹스가 사라지고 발칵 뒤집힌 대공령은 모든 수를 동원해서 그를 찾으러 나선다. 여기에는 녹스가 가장 아끼는 새벽 기사단 '룩스'가 가장 적극적이었는데, 아주 유능한 이들임에도 불구하고 황태자가 이끄는 황실 기사단보다 한 발짝 늦게 도착하고 만다.

새벽 기사단이 도착했을 때, 녹스는 죽어버린 여인 앞에 황망히 서 있었다. 그 여인이 바로 녹스의 첫사랑이자 내 언니인 디아나였다.

「내 첫 눈물은 그날 흘렀어.」

녹스가 얼마나 언니를 좋아했는지 알 수 있는 대목이지만 이 상황에서는 녹스가 그렇게 할지 의문이다. 뭐 황실 기사단이 먼저 들이닥치기 전에 얼른 자리를 피할 거지만.

일단은 황실 기사단의 추격이 개시되었는지 알아볼 수단이 필요한데……. 반평생을 숲에 갇혀 있다 보니 영 생각나질 않는다. 약간의 실마리만 있어도 책 속 내용을 바탕으로 추론해 볼 텐데.

언니가 돌아오면 한번 물어볼까?

막 빨래를 개어놓고, 다시 방 안으로 들어갔을 때, 나는 흠칫했다.

"언제 일어났어요?"

어느새 밤이 찾아온 하늘을 배경으로 앉아 있는 대공 모습의 녹스였다.

"방금."

"아……."

녹스가 나를 향해 손을 내밀었다.

"널 찾고 있었다."

이리 오라는 손에, 나는 살금살금 다가가다 말고 멈칫했다.

가만, 나 너무 얌전하게 말 듣고 있는 것 아니야? 처음 살벌한 시선에 쫄아서 길들여진 게 분명했다. 하지만 가지 않을 수는 없으니 침대에 주춤 걸터앉았다.

"어딜 갔었지?"

"제가 어딜 갔겠어요. 쭉 집 안에 있었지. 밀린 일을 하다가 왔어요. 저녁도 만들고, 아침거리도 손질해 놓고. 아. 배 안 고파요?"

"아직. 안 고프다."

어째 어디 갔냐고 묻는 건 아이일 때랑 똑같네. 내가 도망가면 어딜 가겠다고. 언니도 아직 오지 않았는데 말이지.

녹스가 나를 바라보며 인상을 썼다.

"······멀다."

"네?"

"왜 멀리 앉았지?"

"그야····· 아니. 이게 뭐가 멀다는 거예요?"

"멀어."

사실 어제 피를 철철 흘리는 모습을 봐서인가 괜히 신경 쓰이는 기분에 조금 멀리 앉긴 했다. 그래 봐야 침대 모서리쯤?

이게 대체 뭐가 먼 것이냐고 입을 열려는 그때, 나는 단단한 팔에 쭈욱 딸려갔다. 허리에 팔을 휘감은 녹스가 고개를 기울였다.

"저기서는 네 얼굴이 보이지 않아."

아니, 어제부터 알아봤지만 힘이 무식하게, 아니, 비정상적이게 세다. 익히 아는 능력이지만 직접 체험하니까 생각보다 더 대단한 것 같다.

나는 침을 꼴깍 삼키면서 조심스럽게 그를 쳐다보면서 입술을 열었다.

"놀랐잖아요. 이렇게 사람 막····· 허락도 없이 건드리고 그러면 안 돼····· 요·····."

"그런가? 몰랐다."

나는 찌푸리며 고개를 갸웃했다.

"몰랐다니…… 상식인데요?"

"기억이 없잖나."

……어쩐지 이 대꾸가 뻔뻔하게 느껴지는 건 내 착각일까? 녹스를 유심히 바라보던 나는 미묘하게 달라진 점을 발견했다.

사실 대공 모습의 녹스는 뭐라고 할까, 절뚝이는 늑대 같았다. 본디 늑대란 동물은 절대 길들일 수 없는 동물이라고들 하는데, 그것처럼 녹스는 자리를 내어줘도 늘 경계를 지우지 못하는 것처럼 보였다. 남자 주인공의 성장 배경을 아는 나로서는 그럴 수도 있다고 생각했다. 오히려 살갑게 굴었으면 이상했을 거니까.

그런데 지금, 손꼽아 말을 할 수 없지만 기분이 이상했다.

"저…… 오늘따라 왜 이렇게 살가워요?"

나는 조심스럽게 손을 뻗어 그의 이마를 짚었다. 그가 잠시 움찔하는 게 느껴졌지만, 내 손을 쳐내지는 않았다. 열이 덜 떨어졌나?

"열이 나진 않는데."

"아프지 않다."

끙, 어제보다 좋아 보이긴 하는데…… 그럼 아프지도 않은데 왜지? 아프면 아파서 평소에 안 하던 짓을 한다 싶을 텐데, 녹스의 눈은 평소와 다름없이 평온했다. 오히려 나를 감싸고 있는 팔이 무척 어색하게 느껴졌다.

"끄응, 그러니까 사람에게 손을 댈 때는 미리 허락을 받는 게 상식이에요."

"상식."

"네, 상식."

잠시 할 말을 찾지 못하는 동안 녹스가 나를 물끄러미 응시했다.

"몰랐군."

이제 아셨으니까 이것 좀 놓아주시면 안 될까요, 하고 얼른 물으려 하는데 녹스가 더 빨랐다.

"앞으로 네가 가르쳐 주면 되지 않나."

"……네?"

"데려오면서…… 이런 각오도 하지 않았나."

아니, 누가 각오씩이나 하면서 데려와요? 아니, 그보다 무슨 각오? 덥석덥석 안길 각오?

솔직히 말하자면 기분은 나쁘지 않은데. 그래. 탄탄한 근육이나 말랑말랑한 살갗이나 다 좋은데…… 좋아서 문제다. 눈 둘 곳이 없다고! 지금도 그렇다. 숨결이 닿아 귀가 몹시도 간지러웠다.

"……그, 어, 누구도 우연히 데려온 어린아이가 밤에 반쯤 벗은 남자가 될 거란 생각은 안 할 것 같은데요…….."

나는 이미 했었지만.

"그럼 앞으로 적응해야겠군."

"……."

……그러니까, 오늘따라 왜 이렇게 적극적인 것이냐고. 착각이 아니었다. 나는 그의 가슴을 쭉쭉 밀어내며 고개를 뒤로 물렸다.

"그…… 저녁! 저녁을 먹는 게 좋겠어요! 암. 약을 먹으려면 꼭 먹어야겠어요! 지금 당장 준비할게요. 조금만 기다리세요. 그럼."

"그럴 필요 없다. 데려다주지."

"네?"

녹스가 나를 안은 채로 벌떡 일어났다.

"잠깐만요!"

어제도 느꼈지만 무슨 깃털 안듯이 나를 가볍게 들고 가는데, 모든 남자가 녹스와 같다면 다이어트 욕구도 들지 않을지도 모른다.

아니, 그보다 3분 전에 접촉에는 허락을 받는 게 상식이라고 말했는데? 기억을 잃었다고 똑똑한 남자가 바보가 되는 건 아니다. 이 남자, 지금 일부러 흘린 게 틀림없다.

"아픈 사람이 왜 사람을 들어요? 내, 내려주세요!"

"그렇게 흔들면 더 아프다."

멈칫. 손이 저절로 멈췄다.

"……뭐야, 아깐 안 아프다면서요?"

"아픈 것 같군. 아마 조금 전부터?"

"……."

……그 말을 믿으라는 걸까? 이렇게 태연한 얼굴로 말을 하면서?

혼란스러운 눈으로 녹스를 응시하는 동안, 부엌에 도착한 녹스는 나를 내려놓았다. 문제는 식탁에 내려놓았다는 거다.

부엌 한쪽에는 녹스를 위해 만들어 놓은 죽이 모락모락 김을 피워냈다. 혹시나 저녁쯤에 일어나지 않을까 싶어서 미리 데워둔 거였지.

어쨌거나 부엌에 왔으니 그에게 주어야겠다 생각하고 물었다.

"죽 먹어도 괜찮아요?"

"낮에도 저건 먹었나?"

"네? 네."

어째서인지 솥을 바라보던 녹스가 잠깐 눈을 좁혔다. 불편해 보이는 기색이었는데, 나는 혹시나 그가 과거를 기억한 것은 아닌가 조마조마한 눈으로 바라봤다.

녹스가 가장 싫어했던 음식은 죽이었으니까. 그래서 혹시 몰라 다른 것도 만들어놓긴 했지만.

"죽은 별로예요? 다른 걸로 줄까요? 스튜도 있고, 베이컨도 있고. 아, 조금만 기다리면 샌드위치도."

"아니다. 싫지 않아."

"아. 다행이다. 소화에는 죽이 가장 좋거든요. 낮의 녹스도 잘 먹어줘서 기쁘더라구요."

"낮의 내가?"

"네? 네. 약초를 넣었으니까 회복에는 좋을 거예요."

화색을 띠며 그를 바라봤다. 그러자 그는 나를 물끄러미 바라보며 물었다.

"어떻게 먹었지?"

"네? 그야 죽이니까…… 제가 한 숟가락씩 떠먹여서 줬는데…… 요?"

얼떨결에 필요 이상의 말을 하고 만 나는 영문을 몰라 그를 응시했다. 그러나 왜인지 미간을 찌푸리던 녹스는 툭 내던졌다.

"그렇게 먹지."

"예?"

"먹여달라고 했다."

나는 황급히 그를 멈춰 세우고 말을 이었다.

"아니. 무슨 소리세요. 낮의 녹스는 팔을 움직이지 못했어요."

"팔을 못 쓴다."

선생님, 아까 저 옮겼잖아요?

조금 전까지 나를 번쩍 안아 올린 사람이 뻔뻔하게 요구했다. 무어라 반항하려던 나는 그의 살벌한 시선에 움찔하고 말았다.

"설마, 낮의 나는 되고 지금의 나는 안 되는 이유가 있나?"

이유고 뭐고. 이렇게 가까이서 말하면 있던 말도 도망가겠는데요.

나는 숨을 삼키며 일단 고개부터 끄덕였다. 그리고 얼른 식탁 위에서 내려와 솥으로 달려갔다.

달그락. 녹스의 앞에 죽과 수저를 놓을 때까지도 진짜 떠먹여 줘야 하겠냐고 생각했다.

"그, 녹스 농담이……."

"아니다."

"아니겠죠. 네. 아니실 거예요. 암."

입은 알겠노라 했지만 행동이 쉽사리 나오지 않았다. 모락모락 김이 나는 그릇을 들고 어쩌지도 못하는 사이에 녹스가 나를 다시 한번 들어 올렸다. 식탁에 걸터앉게 된 나는 눈을 깜빡였다.

"눈높이가 맞지 않아서."

"아……."

그럼 의자에 앉으면 되지 않냐고 했지만 크기에 생각이 미쳤다. 하기야 이 식탁은 녹스가 쓰기에 작긴 했다. 좀 요상한 자세이긴 했지만 나는 수저를 크게 떠서 후후 불었다. 그때까지도 나를 빤히 보는 녹스 때문에 식은땀이 흘렀다.

녹스가 입을 벌려 수저를 삼켰다. 목젖이 꿀꺽 움직이는 것이 어찌 이렇게 야릇하게 보이는 건지 모르겠다. 아마도 반라의 모습이 주는 효과일 거다.

세상에. 사지 멀쩡한 남자가 내 양옆으로 팔을 짚고 입만 벌려 밥을 받아먹다니. 나는 눈 둘 곳이 없어 숨만 꼴딱꼴딱 삼켰다.

"……맛있어요?"

"맛있다."

이 시간이 얼른 끝나길 바라며 나는 아무 말이나 주워 삼켰다.

"그, 그러고 보니 내일쯤에 언니가 돌아올 것 같아요."

"그런가."

"네. 언니가 분명 맛있는 걸 많이 가져올 거예요. 가끔 새 옷을 가져오기도 하고. 항상 뭘 그리 많이 가져오는지…… 꼭 산타클로스 같아요."

언니 얘기에 조금씩 이 요상한 상황에도 적응이 되며, 수저 뜨는 게 덜 어색해졌다. 언니가 어서 돌아오는 편이 내 심신에 이로울 것 같다. 낮이나 밤이나. 묘하게 직구를 던지고 불쑥 가까워지는 녹스와 둘이 있는 편보다는.

"언니가 어서 오면 좋겠네요."

"글쎄. 나와 의견이 다르군."

"네?"

녹스는 더 대답하는 대신 시선을 아래로 내렸다. 뭘까? 나는 그에게서 시선을 떼어내며 하늘을 바라봤다. 내일쯤이면 언니도 올 것 같고. 언니는 보통 마을로 향할 때 사냥을 하면서 일직선보다 이리저리 돌아서 가기 때문에 이틀 정도 걸리곤 했다. 대신 돌아올 때는 짐 때문에 직선으로 쭉 걸어온다고 했고.

지금쯤이면 마을에 도착했으려나?

△

"디아나!"

디아나가 고개를 돌렸을 때, 상인 한스가 그녀 앞에 도달하며 숨을 몰아쉬었다.

"이게 어떻게 된 일이냐!"

한스는 무척이나 반가운 얼굴로 인사를 건넸다.

"오랜만이구나. 거의 두 달 만이지?"

"네. 오랜만이에요. 그동안 잘 지내셨죠?"

밤의 숲 근처 외딴 마을. 한스는 작은 식료품 가게의 주인이었다. 벌써 20년 넘게 가게를 운영하고 있는 그는 이 마을에서 모르는 사람이 없었다.

"그동안 안 보여서 놀랐다고."

"지난달에는 조금 아파서 건너뛰었어요."

외딴 마을의 식료품점에서는 식료품뿐 아니라 유용한 생필품이나 사냥 도구를 같이 팔았다. 약 10년 전부터 이 마을을 들르곤 하는 디아나 또한 그의 단골손님이었다.

"저런, 아팠다고? 지금은 괜찮은 거야?"

디아나는 잠시 고민에 잠겼다.

사실대로 말하자면 디아나는 사람을 곧잘 경계하는 편이었다. 불신은 권력 분쟁으로 부모님을 잃고 하나뿐인 여동생을 홀로 돌보게 된 날부터였다. 특히나 아버지는 친한 친우에게 배신당했던 터라 편견인 줄 알면서도 같은 나이대의 중년이 좋게 보이지 않았다.

하지만 디아나가 이 식료품점을 들른 지도 벌써 10년이었다. 그녀는 한스가 눈에 보이는 살벌한 흉터와 우락부락한 모습과는 순진한 사람이며 정이 많은 사람이란 걸 알았다.

디아나는 방싯 웃었다.

"사실 아픈 건 제가 아니라…… 제 동생이었어요."

"동생? 동생이라고?"

한스가 눈을 동그랗게 떴다. 눈 감은 건가 싶을 정도로 작은 눈이 크게 뜨여진 모습이었다.

"이런, 내 머리가 갑자기 나빠진 게 아니라면 처음 듣는 것 같은데."

"네. 실은 제게 나이 차가 조금 나는 동생이 있어요."

차분하게 미소한 디아나가 설명했다.

"동생이 몸이 약해서 밖으로 나오진 못하고, 한 번씩 병치레를 하곤 해요."

"이거야 원. 전혀 몰랐구나. 어쩐지 평소에 아르핌 약초를 필요 이상으로 사 가더라니."

아르핌 약초는 대표적인 감기 치료제 및 해열제에 쓰이는 약초였다. 뒷머리를 긁적이던 한스는 곧 아무렇지 않게 수긍한 얼굴이었다. 밤의 숲 외딴 마을을 들르는 손님들에게는 각자의 사정이 있는 법이었다.

디아나는 올해로 스물여덟 살이 된 처녀였지만 검을 웬만한 마물 사냥꾼보다 잘 다뤘다. 가끔 마물의 가죽이나 이마 보석을 들고 오는 것으로 어중이떠중이가 아님은 알 수 있지만, 어쩌다 깊은 숲까지 내몰리게 되었는지는 몰랐다.

물론 아무리 뛰어나다 하여도 먼 마을에 딸을 두고 온 한스로서는 아빠 같은 마음으로서 걱정이 되지 않을 수 없었다.

"그나저나 요즘도 마물 사냥을 다니는 중이야?"

"네. 왜 그러세요?"

"다름이 아니라 마음에 걸리는 것이 있어서 말이지."

"사냥은 가끔 하급 마물이 보일 때만 하곤 해요. 마음에 걸리는 것이라뇨?"

"잘은 모르겠지만 요 최근에 수십 명의 사내 무리가 여길 지나갔
거든? 말은 안 했지만 말이야, 나는 보는 눈이 좋아. 용병으로 굴러
먹던 세월이 여기 담겨 있단 말이지."

한스가 솥뚜껑 같은 손을 붕붕 저으며 말했다.

"아무튼 그건 기사단이었어. 기사단! 믿어져?"

"세상에…… 기사단이요?"

디아나가 큰 눈을 깜빡거렸다.

"그래! 어째서 정체를 숨기기 급급했는지 몰라도 번쩍번쩍한 검
을 가릴 생각도 없어 보였단 말이지? 드래곤이 새겨진 메달은 황실
을 상징하는데 말이야."

한스는 한 박자 입을 꾹 다물었다가 속닥속닥 이어 말했다.

"분명 내가 본 건 '용이 새겨진 붉은 메달'이었다니까!"

심각한 표정을 한 한스는 나름의 추측한 것을 털어놨다.

"혹시 곧 황실 차원에서 대대적인 마물 토벌이 있는 것이 아닐까?
왜 전전대 황제 폐하께서도 한 번 그런 적이 있다고 하던데. 아무튼
간에 기사단이 들쑤시고 나면 마물 생태가 한번 싹 뒤바뀔 텐데 조
금 걱정이구나."

미물들의 생태는 생각히는 것만큼 간단히지 않다. 이들은 각기 미
묘한 균형을 이루며 경계를 나눠서 흩어져 있는데, 기사단과 같이
강력한 세력이 한번 뒤집고 나면 생태 구도가 바뀐다. 이를테면 쫓
기게 된 마물 종이 숲 근처까지 내려올지도 모를 일이다.

"음, 그렇겠어요."

디아나가 걱정스러운 표정으로 고개를 끄덕였다.

"그래. 언제 시작할지 모르니 항상 조심하거라. 알았지? 뭣하면 마을까지 내려와도 좋고."

"그러고 싶지만 아마 동생이 숲 외곽으로 오기 전에 지칠 거예요. 많이 약하거든요."

그런 약한 동생과 함께 어쩌다 숲에서 살게 되었냐는 질문이 차올랐지만 한스는 질문 대신 커다란 봉투를 건넸다. 디아나가 구매한 물품들이었다.

"자, 아르핌 약초는 많이 넣었다."

그가 굳이 사정을 파헤치지 않는 건 이 마을의 규칙이었다. 떳떳한 자들이 밤의 숲까지 오는 일은 없는 법이니.

"항상 고맙습니다."

밝은 다갈색 머리에 단정한 이목구비를 가진 디아나는 미인이라 자부할 법했다. 그러나 생글생글 웃는 얼굴은 좀처럼 경계를 푸는 법이 없었다. 한스만 해도 저 경계를 푸는 데 10년이 걸리지 않았던가.

"무슨 사정이 있는 건지 원……."

멀어지는 디아나의 뒷모습을 보던 한스가 뒷머리를 긁적였다.

한편, 홀로 걷던 디아나는 물품을 뒤적이며 빠진 것은 없는지 점검했다. 그러다 디아나는 누군가와 부딪쳤다.

"이익, 뭐야!"

"아, 어머. 괜찮으세요?"

남자는 부딪친 사람이 퍽 여리게 보이는 여자라는 것을 확인하고 성질을 부렸다.

"뭐야. 아가씨 눈 좀 똑바로 떠? 엉?"

"제가 앞을 못 봤나 봐요. 죄송합니다."

쌍방과실임에도 디아나는 순순히 사과했다.

하나 여기서 그치지 않고, 남자가 디아나의 어깨를 잡아 돌렸다.

억지로 돌려지는 어깨에 디아나의 표정이 설핏 굳어졌다.

"음, 가만있어 보자. 꽤 미인인데 그래? 이걸로 사과가 되겠어?"

남자는 디아나의 얼굴을 확인하고 반반한 미녀, 아니, 보기 드문 미녀라는 것을 확신했다.

그가 히죽히죽 웃었다.

"고분고분하게 사과해 봐. 응? 아니면 사근사근하게 나 좀 따라올 텐가?"

밤의 숲 마을 특징상 젊은 여성이 드물었다. 있더라도 이 바닥에 10년은 뒹군 용병이나 마물 사냥꾼이라 섣불리 건드리면 안 될 사람이었지만 눈앞에 보이는 여자는 달랐다.

하나로 묶인 밝은 갈색 머리와 단정한 생김새는 꼭 수를 놓는 수녀원 여자들처럼 보였다. 남자가 그리 생각하고 디아나의 손목을 붙잡았을 때, 붕. 그의 몸이 반 바퀴 굴렀다.

"악! 이게 무슨 짓이야!"

남자는 이 근처에서 유명한 용병단의 일원이었다. 유명세라는 게 악명으로 쌓은 것이 더 커서 이곳에 머무른 지 오래되지 않았지만, 이들의 패악에 주민들이 쉬쉬하며 피할 정도였다.

그런 용병단의 일원이 고작 여자 하나의 손에 날아가다니 치욕스러운 일이었다. 그러나 부딪친 곳이 아파 꼼짝할 수 없어서 이만 부득 갈았다.

"죄송해요! 죄송합니다! 사과의 표시로 바닥에는 곱게 눕혀 드렸어요. 앞으로는 착하게 사세요!"

방싯 웃는 디아나가 얼떨떨한 남자를 버려두고 돌아섰다.

그 모습을 멀리서 바라보던 한스가 쯧쯧 혀를 찼다. 한 번씩 이 동네의 질 나쁜 양아치 같은 이들이 디아나를 보고 시비를 걸곤 하지만, 보시다시피 비슷한 꼴을 당하곤 했다.

한참을 걷던 디아나는 고개를 들어 새파란 하늘을 바라봤다.

"약초는 이 정도면 되겠지?"

집에 군식구가 하나 더 들었다.

먹는 입이 늘면 들어가는 돈도 늘지만, 디아나가 모아둔 돈은 아직 끄떡없었다. 식구가 늘어서 즐거운 디아나였다.

"흥흥, 얼른 돌아가야겠다. 에이미랑 녹스가 기다리고 있으니까."

어느새 조금 전의 남자를 잊어버리고는 봉투를 고쳐 안던 디아나는 문득, 한 가지에 골몰했다. 단아한 이마가 곧 찌푸려졌다. 조금 전 한스의 말에서 마음에 걸리는 점이 있기 때문이었다.

'드래곤이 새겨진 붉은 메달.'

한때 기사에 몸담았던 이라면 모를 리가 없는 물건이다. 드래곤은 황실을 상징하는 동물이다. 그런 메달을 쥔 사람, 그건 황족 본인이거나 본인이 직접 일임할 만큼 높은 지위라는 소리다.

메달이 어떤 색이냐에 따라 상징하는 사람이 다르다. 이를테면 황금색은 황제를 상징하고 녹색은 황후를 상징한다. 그리고…….

'붉은색.'

피처럼 붉은색이라면, 분명 '황태자'를 상징하는 색이다.

수도에는 적지 않은 수의 기사단이 있지만 이 중에서 황태자를 따르는 기사단은 한 곳뿐이다.

"황실 기사단이 이곳에 온다고? 별일이네."

그녀의 표정이 곧 심각해졌다.

△

하루가 후딱 흘렀다.

언니가 3일쯤 오지 않는 건 익숙한 일이었는데, 이상하게도 이번 만은 아주 길게 느껴진다. 아마도 이건……. 녹스 때문이겠지?

나는 눈을 도로록 굴려 열심히 책을 읽고 있는 소년을 응시했다. 오늘은 혼자 책을 읽게 시키고 나중에 시험을 본다고 했는데 아주 열심이었다.

시험은 농담이었는데…….

이제 와서 사실을 말하기가 머쓱해졌다.

대공 모습의 녹스와 달리 아이인 녹스는 여전히 미열이 있었다. 하기야 테테르의 독은 오래도록 괴롭히는 것으로도 유명했고, 쉽게 사라지는 것이 아니었다.

조금 나아 보여도 무리하면 금방 열이 오른다. 그럴 것이다.

"녹스, 조금이라도 아프면 얘기하기다?"

끄덕.

염려되는 마음에 오늘도 그냥 눕혀놓고 싶었지만, 녹스가 나와 떨어지려 하지 않아서 중간점을 찾은 게 가만히 앉아서 책을 읽는 것이다. 나는 옆에서 밀린 집안일이나 할 일을 좀 하고.

책을 열심히 읽는 녹스를 내버려 두고 나도 책에 시선을 두었다. 지금 읽고 있는 책은 외딴집에서 가져온 책이었다. 어제는 낮이고 밤이고 병간호를 하느라 미처 보지 못했는데, 오늘은 밤의 녹스에게 읽어주기 전에 한번 살펴볼 요량으로 펼쳤다.

그래. 펼친 것까지는 좋았는데······.

이게 대체 무슨 말이지?

나는 곧 마법이라는 학문을 실감했다.

'순 알아들을 수 없는 말이잖아? 전공 서적도 아니고.'

난 어떤 언어든 막힘없이 읽을 수 있다. 모든 문자를 읽을 수 있지만 이해는 내 몫이다. 이를테면 '카드뮴'이라는 단어를 읽을 수는 있지만 이게 주기율표의 원소 중 하나다. 흰색 금속이라 하는 것은 사전 지식이 있어야 이해할 수 있단 말이다.

그러니 전문용어로 잔뜩 장식된 전공 서적을 읽을 수 없는 건 당연했다. 요는 이 책이 바로 그 전공 서적이란 말이다. 겨우 읽을 수 있었던 것은 서문(序文) 정도였다.

「모든 주문은 기원이다. 주문을 걸고 주문을 풀어내는 것. 시작과 끝은 바라는 것에서 시작한다.」

자신이 대마법사라고 하는 저자가 열심히 주장하는 것은 이렇다. 간절히 바라는 것이 실현된 것이 마법이고, 마법사는 특별한 힘을 가진 소원을 이루는 자들이라고.

그러니까 불덩이가 생기게 해주세요, 하고 바라면 생겨나고, 없어지게 해주세요, 하고 바라면 사라진다는 거지?

이 소원을 마법의 언어로 풀어쓴 게 마법진이고 수식이라는데······. 이 책이 과연 녹스의 마법과 관련 있기는 한 걸까?

하기야 녹스가 걸린 마법은 고대 주문인데, 이렇게 쉽게 실마리가 잡히면 이상할 거다.

나는 깔끔히 포기하고 책장만 넘겨봤다. 그림이라도 한번 볼까?

그러던 중 낯익은 그림을 발견했다.

"어라, 이건……."

외딴 방에서 주운 목걸이에 있던 문양이잖아? 얼른 목걸이를 가져왔다.

"「마타리」……. 아직 정체가 밝혀지지 않은 고대 주문. 여기서는 자세히 밝힐 수 없다?"

응? 한 줄이 끝이야?

분명 외딴 방에서 보았던 흰빛에 대한 단서가 있을까 싶어 뒤져보았지만 한 문장이 전부였다. 더 뒤져 보고서야 '이 책에는 실을 수 없다.' 는 각주를 겨우 찾았지만 도움이 되지 않았다.

고대 주문. 고대 주문? 녹스에게 걸린 주문도 고대 주문 아니었나? 나는 미간을 찌푸리며 목걸이를 든 손을 폈다가 쥐었다. 손등을 보았지만 뭐가 보이지 않았다.

당연한가…… 이거 영, 감이 좋지 않은데…….

"……에이미."

그 순간 녹스가 나를 잡아당겼다. 나는 얼른 목걸이에서 시선을 떼어냈다.

"응? 왜 녹스?"

그가 얼른 솥을 가리켰다. 솥이 팔팔 끓고 있었다.

내 정신 좀 봐! 얼른 달려가서 불을 끄고 솥 안을 확인하자, 다행히 메뉴는 타지 않고 멀쩡했다. 고소한 냄새가 부엌을 가득 메웠다. 나는 턱 끝을 긁적였다. 이대로 책을 더 보기엔 글렀지?

"녹스, 그만하고 점심 먹을까?"

"응."

평화로운 오후가 쏜살같이 지나갔다.

오늘 반나절 동안 한 것이라고는 빨래 개기, 청소, 점심 준비와 녹스가 책 읽는 것을 봐주는 것밖에 없는 것 같은데. 시간은 어느새 별이 뜬 저녁이었다.

이런 걸 보면 묘하달까. 늘 평화롭던 하루에 녹스란 태풍이 끼어든 것만으로도 시간이 바람처럼 빠르게 스쳐 가는 것 같다.

잠시 빨래를 널고 왔을 뿐인데, 대공 모습이 된 녹스가 있었다.

"잠깐 빨래 널러 다녀왔는데, 언제 변하셨어요?"

"나야 모르지. 그런데 이 시간에 빨래를 너나?"

"아, 오늘 조금 늦게 빨래를 삶았거든요. 음, 날이 따뜻해서 낮쯤에는 마르지 않을까 해요."

"그런가."

"아, 맞아. 녹스, 이 책 말인데요."

늘어진 일과는 낮의 녹스와 함께 앉아 전공책 같은 책을 읽느라 시간을 뺏긴 탓이다. 머리에 쥐 내리는 줄 알았지.

속으로 투덜투덜하며 나는 녹스 앞에 책을 내려놓았다.

"오늘 낮에 잠깐 읽어봤는데……. 음. 좋은 소식은 아니에요. 이책을 읽을 수가 없었거든요."

"읽지 못했다고?"

"네. 정확히는 이해하지 못했어요. 녹스에게 뭔가 도움이 될까 했는데, 도움은커녕 무슨 말을 하는 건지 모르겠거든요. 읽을 수 있는게 전부는 아니었어요."

읽을 수 있다고 자신만만했는데.

나는 마지막에 가서는 어느새 시무룩한 얼굴로 중얼거렸다. 그러고는 고개를 들어 책을 콕콕 가리켰다.

"나는 이해하지 못하고 녹스는 읽지 못하니까. 일단 소리 내서 읽어줄게요."

"네가 이해하지 못한 것을 내가 이해할 것 같지는 않은데."

"혹시 모르잖아요?"

지식 양은 나보다 녹스가 훨씬 나을 테니 말이다. 물론 그가 기억을 잃기 전의 지식들을 그대로 가지고 있다는 가정하에서 말이지만.

그렇게 녹스에게 소리 내어 몇 부분을 읽어 주었지만 결과는 녹스가 예상한 대로였다. 그가 고개를 저어 보였다.

"역시 모르겠다."

"아…… 혹시 도움이 될지도 모를 단서였는데. 역시 제가 이해할 수 있었다면 좋았을 거예요."

"나는 너를 탓하지 않았다. 네 잘못도 아니지."

"그래도……."

안타까운 마음에 나도 모르게 새무룩한 표정으로 입술을 내밀고 한숨을 푹 쉬었다. 아쉬운 마음은 한숨에도 그대로 전해졌다.

나는 책등을 쓸었다. 그런 나를 바라보던 녹스의 손이 올라왔다.

푹신.

나는 눈을 깜빡였다. 머리 위로 올라온 그의 손이 무척이나 어색하게 느껴졌다. 녹스도 어색한지 잠깐 표정을 굳혔지만 떼어내지는 않았다.

"……아, 허락이 먼저였던가. 네 머리를 만져 봐도 되겠나?"

"이미 올려놓고 허락을 구하기엔 늦지 않았을까요?"

"그럼 다시 묻지. 네 머리를 만져도 되나?"

그러니까 이미 머리를 쥐고 말하는 게 아니라니까요.

그렇지만 나는 천천히 고개를 끄덕였다.

"누가 내 머리를 이렇게 쓰다듬었던 것 같다."

"누가요?"

"기억나지 않는다. 하지만 조금 나이가 있는…… 여성이었던 것 같다."

혹시 녹스의 모친인가? 그러나 나는 고개를 저었다. 녹스의 모친, 전 공작 부인은 오래전에 미쳐서 북쪽 탑에 유배되었을 테니까.

그렇지만 단 한 번도 녹스와 마주치지 않았을까?

그의 손이 정수리를 스쳐 천천히 아래로 내려왔다. 조심스럽게 귀 옆을 들어 올려 머리칼을 잡았다. 퍽 부드러운 손에 귀가 간질간질 했다.

"저기, 더 기억나는 건 없어요?"

"없다."

고개를 살짝 젓는 그를 보며 나는 안심하는 한편 조금 안쓰러운 마음이 들었다. 기억을 잃는다는 건 결국 삶의 일부, 나아가 전부를 도려낸 것과 같다. 물론 유쾌하지 않고 힘들고 아픈 기억이었을 테지만 그사이 있었을 좋은 기억마저 전부 사라진 것이니까.

이 순간에도 녹스를 찾고 있을 그의 충성스러운 사람들이 있겠지.

"얼른 기억나면 좋겠네요. 돌아가야 하잖아요."

그 순간 녹스가 멈칫했다.

"……돌아가?"

"네. 녹스가 원래 살던 곳으로요?"

"내가 원래 살던 곳이 어디지?"

"네네? 그거야 대…… 가 아니라 저는 모르죠."

하마터면 대공가라 말할 뻔했다.

"하지만 녹스에게도 돌아갈 곳이 있지 않을까요? 하늘에서 뚝 떨어진 게 아니라면……."

무섭도록 굳은 그의 눈을 바라보며 나는 첫날을 떠올렸다. 자색 눈동자는 서리가 낀 것처럼 차가웠다.

"어떻게 확신하지? 내게 돌아갈 곳이 있을지 어떻게 알지?"

"어…… 어어. 확신하는 건 아니고 그, 그렇지 않을까."

"내가 돌아갔으면 좋겠나?"

"……."

꿀꺽. 숨을 삼켰다.

어느새 내 손을 잡고 있는 녹스가 나를 내려다보고 있었다. 아무 말도 할 수 없었다. 자칫 잘못 말을 했다간 그대로 나를 잡아먹을 것 같았으니까.

"저, 녹스…… 이건 어디까지나 만약의 가정이니까요."

"만약?"

"네. 만약. 녹스에게 돌아갈 곳이 있다면요."

"그래. 그럼 돌아갈 곳이 없다면?"

그 순간 어어, 소리와 함께 등이 푹신한 매트리스에 닿았다. 몸을 기울인 녹스가 집요한 시선으로 나를 응시했다. 눈앞에서 보기 좋게 붉은 그의 입술이 천천히 열렸다.

"내가 머무를 곳은 이곳인가?"

나는 그렇다고도 그렇지 않다고도 말하지 못한 채 녹스를 멍하니 올려다봤다. 달빛이 그의 눈에 스몄다. ……여기서 어떤 대답을 하든 녹스는 신경 쓰지 않을 것이란 생각이 들었다.

"그건……."

바로 그때, 나는 그의 손을 뿌리치고 벌떡 일어났다.

그와 동시에 바라본 문 뒤에서 와장창. 쾅! 커다란 소리가 들렸다. 녹스와 나는 서로를 마주했다.

"현관 쪽이에요."

"가보지."

"가, 같이 가요!"

집이 좁아 현관문까지 금방이었다.

"녹스, 녹스는 여기 잠시 숨어 있다가 수상한 사람이면 도와줘요. 분명 여자 홀로 있다는 것을 알면 방심할 거예요."

"……알겠다."

지난 10년간 이런 일이 없지는 않았다. 그러니까 낯선 방문자가 새벽에 방문하는 일 말이다.

침을 꿀꺽 삼킨 나는 현관의 문을 열었다. 끼이익. 낡은 문이 소름 끼치는 소리와 함께 열리고…….

털썩. 누군가 문 앞에 쓰러졌다.

"언니?"

쓰러진 사람을 본 나는 눈을 동그랗게 떴다. 얼른 숨을 몰아쉬는 언니를 부축했다.

"어떻게 된 거야?"

"안녕 에이미. 별것 아니고 좀 뛰었더니."

언니가 숨을 몰아쉬었다.

"뛰다니? 이 새벽에?"

"응. 설명할 시간이 부족하네. 잘 들어 에이미. 일단 녹스 데리고 지하실에 숨자. 방법은 알지?"

"어, 언니는?"

"나가서 따돌리고 올 거야."

"따돌려? 누굴?!"

"얘기하자면 긴데, 마을에서 시비가 붙었던 무리 같아. 날 미행한 듯해. 일단 네가 걱정돼서 달려왔지만……."

언니는 단 한 번도 새벽에 귀가한 적이 없었다. 천천히 살펴보던 나는 언니의 어깨에 묻은 피를 보고 그대로 굳었다.

언니가 검을 쥐었다 펴며 말했다.

"이 숲에 질 나쁜 침입자가 있어."

침입자? 그 순간 가장 먼저 황실 기사단을 떠올렸다.

황태자의 기사단.

통칭 붉은 드래곤 기사단.

유치한 이름과는 달리 잔인한 손속을 자랑하며 지나간 자리엔 아무것도 남지 않았다. 설마 그들이 이곳에 온 거야?

"어, 언니, 누구야? 언니를 쫓아왔다던 사람!"

이럴 리가 없는데…… 녹스는 자신을 구해준 여인과 최소 1년을 함께 보냈다. 그가 '그리운 1년'이라 종종 표현한 것으로 봐서는 정확히는 아니더라도 얼추 비슷한 기간일 것이다.

하지만 아직은 채 한 달도 되지 않았는데?

"용병이야."

"용병?"

"응. 외곽 마을에 잠시 머무르던 용병단. 마물 사냥을 주로 하는 용병단은 아닌 것 같았는데…… 아무튼 설명할 시간이 없다. 에이미, 녹스와 함께 숨어."

언니가 벌떡 일어났다.

"어, 언니. 조심해……!"

가는 언니의 옷자락을 붙들고 말했다. 언니는 나를 한번 보다가 씩 웃었다.

"나 못 믿니? 이곳에서 10년이나 널 키운 게 누구라 생각해, 에이미? 사람은 마물보다 무섭지 않아."

"……적어도 이 숲에서는?"

"응."

언니가 내 머리를 부드럽게 쓰다듬고는 돌아섰다. 언니의 뒷모습이 금세 울타리 너머로 사라졌다. 나가는 모습을 한두 번 본 것은 아니지만 볼 때마다 염려가 되는 건 어쩔 수 없다. 입술을 깨물며 일어났다.

"녹스."

숨어 있던 녹스가 모습을 드러냈다.

언니는 기척에 아주 예민했다. 이건 지난 10년간 나를 키우며 이 숲에서 살아남기 위해 갈고 닦은 감각이었는데, 나는 조금 전의 언니가 다급했다는 것을 알았다. 편안한 척했지만, 숨어 있던 녹스를 알아차리지 못할 정도로 급했던 거다.

아니면, 녹스의 기척을 숨기는 능력이 뛰어난 것일지도 모르지만 어느 쪽이든 중요한 것은 언니가 그들을 따돌리러 갔다는 사실이다.

"언니가 '그들'이라고 했어요. 숫자가 많은 거예요."

"그런 것 같군."

"네?"

가만히 내 어깨를 잡은 녹스는 먼 곳을 향했는데, 그 순간 그의 눈이 먼 곳을 바라보는 매처럼 가늘게 좁혀졌다.

"이곳으로 오는 기척이 있다."

"네? 그게 느껴져요? 아니, 아니아니. 몇 명인지 알겠어요?"

"……잘은 모르겠다. 하지만 최소 세 명 이상."

언니는 분명 침입자들을 따돌리러 갔다. 나는 얼굴을 심가하게 군혔다. 숲의 지리를 훤히 아는 언니가 따돌리는 데 실패할 리가 없는데. 침입자가 언니 예상 이상으로 많았다는 얘기가 된다. 나는 생각할 틈도 없이 녹스의 손을 붙잡았다.

"녹스, 가요. 뭉그적거릴 때가 아니에요!"

"간다니, 어딜 말이지?"

"언니가 얘기한 것 못 들었어요? 우린 숨어야 해요."

녹스의 손을 잡아당겼지만 뜻밖에 그의 몸은 꿈쩍도 하지 않았다. 다급하건만 오히려 그는 알 수 없다는 얼굴로 나를 보았다.

"설마 맞서려고요?"

"그럼 안 되나?"

"안 돼요! 녹스, 지금 자기 상태는 아는 거예요? 녹스는 아직 테테스에 중독된 상태예요!"

"난 아프지 않다."

"그 독을 우습게 보지 말아요!"

나는 그의 손을 잡은 채 매섭게 말했다.

"지금은 괜찮은 것처럼 보이겠죠. 녹스가 고통에 무디니까 더욱!"

그는 고통에 무뎌서 잘 모르는 모양이지만 나는 이 독의 무서움을 너무나 잘 알았다. 언젠가 언니가 꼬박 한 달을 앓았을 정도로 해독이 쉽지 않은 독이었고, 낮의 녹스가 미열을 달고 있던 이유가 여기 있다. 그런 만큼 멀쩡해 보이는 그라도 다시 발열할지 모를 일이다. 움직여선 안 된다.

"하지만 심하게 움직이면 발열이 시작될 거예요. 내 말 들어요. 응?"

"에이미."

"나아가던 상처가 터지고 남아 있던 독이 활성화될 거예요. 간접적인 중독이라 그렇지. 보통은 혈관에 침투해 마비를 일으키고 심하면 기절하고 죽는 독이라고요. 모르겠어요?"

"에이미!"

그가 내 손을 붙잡아 내렸다. 나는 그제야 내가 하얗게 되도록 머리카락을 잡았음을 알았다.

"……심각한 독이라는 건 알겠다. 하지만 넌 네 언니는 걱정되지 않나? 홀로 많은 수를 상대하러 갔을 텐데."

"……걱정돼요."

나는 입술을 꾹 깨물었다. 걱정되지 않을 수가 있을까. 하지만.

"하지만 걱정하지 않아요. 언니는 강해요. 난 알아요."

지난 세월 동안 언니를 보아온 나는 안다. 언니는 무사히 돌아올 거라는 걸. 문제는 아직 회복하지 못한 녹스다.

"나는 언니가 무사하리라고 믿어요. 지금 문제는 나와 녹스예요. 언니가 말한 것처럼 이 집에 숨을 공간이 있어요. 거기로 잠시 몸을 피해요."

"네 언니는 낮의 나를 말했다. 아닌가? 그 공간이 내가 들어갈 만큼 큰가?"

"……."

나를 바라보던 녹스가 천천히 검을 그러모아 쥐었다.

"아무리 봐도 작은 집에 내가 숨을 만한 공간은 없어 보이는데."

그 순간 울타리 쪽에서 소란스러운 소리가 들렸다. 그는 내 손을 떼어내 놓고 검을 한곳으로 향했다.

"그리고 이미 늦은 것 같군."

와그작. 울타리를 부수고 들어온 침입자들이 보였다. 나는 하나같이 우락부락한 덩치를 가진 사내들을 바라보며 인상을 찡그렸다.

낭패감이 파도처럼 넘실거렸다.

"얼른 숲으로 피하면……."

"마물이 가득한 숲으로 말인가?"

"여기까지 온 걸 보면 저쪽이 처리했거나 몰았을 가능성이 커요."

그러나 고집스러운 그의 눈은 나를 향하지 않았다. 이미 사내들은 우리를 보았으니까. 나도 알고 있었다. 무려 다섯이나 되는 남자들을 완전히 따돌리고 도망가는 것은 불가능하다는 것을.

눈을 흘끗 돌렸다. 여기서 녹스가 본래 실력의 반이라도 꺼낼 수 있으면 좋지 않을까 생각했지만…….

"저기다. 저기에 사람이 있는데?"

"이야, 여기 계집애가 하나 더 있었군? 우리가 쫓던 계집이랑 다른 년인데?"

"자매인 것 같은데. 비슷하게 생겼잖아. 도망간 년이 더 반반하니 예쁜 것 같은데."

정원에는 기분 나쁜 웃음이 가득했다. 침입자들의 실력은 밤의 숲 깊은 곳까지 찾은 것으로 보아 만만찮을 것이다.

"뭐 어느 쪽이든 우리 용병단을 우습게 만든 꼴을 톡톡히 갚아줘 야지."

어째서 용병단이 이곳까지 찾아온 것인지는 모르겠지만 기분 나쁜 이유만은 알겠다. 나를 보는 시선에 비웃음이 조롱이 가득했다. 숫자이든 실력이든 믿고 있는 것이다.

"맥아터 그 자식은 한낱 계집애한테 얻어맞고 와서는 일을 귀찮게 해."

"맥아터뿐이었냐? 씩씩대면서 쫓아간 놈들 전부 두들겨 맞고 왔잖아. 계집에게 절대 무시당하고는 못 사는 두목이 길길이 날뛸 만하지."

"옛날에 여기사한테 차였다고 했나? 하여간 귀찮은 일에는 난리라니까. 뭐 간만에 어린 계집애랑 놀아주는 것도 나쁘지 않겠지만."

"낄낄낄. 그렇게 말하니까 너 진짜 못된 새끼 같다."

그들은 조롱하려는 의도로 녹스를 빼놓고 말을 하는 듯했다.

조용히 눈을 굴리던 나는 정원 한쪽에 모아둔 포대를 보았다. 흰 포말 가루는 마물에게만큼은 아니지만 사람에게도 효과가 있을 거다. 나는 녹스의 뒤에서 속삭였다.

"녹스, 조금만 버텨줄 수 있겠어요? 저기 보이는 저 가루, 저 사람들에게 뿌리면 잠시지만 마비될 거예요."

"……얼마나 필요하지?"

녹스에게 침착하게 시간을 말하던 그때였다. 우릴 보며 낄낄대던 남자 중 하나가 손가락을 치켜들었다.

"어이, 언제까지 겁에 질려 있을 거야?"

한눈에 봐도 야비를 얼굴에 써놓은 것 같은 남자가 히죽히죽 웃었다. 사내가 만든 손의 제스처는 아마 전에 살던 세계였다면 아주 심한 욕에 속했을 성적인 표현이었다.

"두고 봐, 저 계집애를 발가벗겨 버릴 거라니까?"

툭. 녹스의 손을 잡고 있던 내 손이 억지로 떨어져 나갔다.

내가 본 것은 커다란 뒷모습뿐이었지만, 무어라 형언할 수 없는 기분이 들었다.

"에이미, 가루를 맞으면 마비된다고 했나?"

"네, 네네? 맞아요. 그러니까 5분, 5분 정도만 시간을……."

"꼭 살려둘 필요는 없지 않나?"

"네? 자, 잠깐만. 녹스!"

이미 녹스가 검을 들고 성큼 걸어 나간 뒤였다. 나는 어쩌지도 못하고 그의 뒷모습을 보다가 얼른 포대가 있는 쪽으로 뛰었다.

저 몸 상태로는 결코 오래 움직이지 못할 거야. 그러니까 얼른 저 포대 중 하나를 던져 사태를 막는 게 중요하다.

'가루, 라테 가루가 이 중 어느 것이었지?'

숨을 몰아쉬며 마비 가루를 골라내는데, 오른쪽에서 심상찮은 소리가 들렸다.

쉬이익. 단 한 번도 날붙이가 바람을 가르는 소리를 듣지 못했는데, 이 순간 신명하게 구분 지어졌다. 포대를 든 채로 고개를 돌린 나는 멍하니 입을 벌렸다.

"……."

나는 소리 없이 피투성이가 된 광경을 바라봤다.

녹스는 대공이었다. 그것도 어린 나이에 전쟁터에서 구르고 구른 진창의 지휘관. 그가 뒤집어썼던 피가 결코 적지 않았다.

그 수많은 생명을 딛고 살아남은 그는 강했다. 그래, 책 속에서 남자 주인공은 누구보다 강했다.

알고 있다. 녹스는 강했다. 가장 강한 사람이니까.

하지만 원작 속 기억을 잃은 그는 완전하지 않다고 했다. 원래 실력의 반도 내지 못한다고 했으니까 무리가 아닐까? 하는 생각이 들었다.

도망이 어렵다면 이 사람들을 얼른 꼼짝 못하게 해야겠다 생각했지만⋯⋯.

그는 기억을 잃고 불완전한 몸으로도 이 사내들 정도는 쉽사리 '처리'해 버릴 실력이 있었던 거다.

잘못 판단했던 거다.

"에이미."

마지막 사내 앞에서 녹스가 고개를 들었다. 달빛 아래 그의 눈이 짐승처럼 새파랬다.

"드, 듣고 있어요."

"이제 어떡하면 되지?"

"그, 그, 사내들요? 아⋯⋯."

나는 얼른 정신을 차리려 고개를 붕붕 저었다.

"묶어두거나, 묻어두는 게 좋겠어요. 언니가 올 때까지요."

언니가 이상하게 생각할 것을 알았지만 내 입은 아무 말이나 주워삼켰다.

뚝뚝. 검 끝에서 떨어지는 핏방울을 망연히 응시하며 입술을 달싹였다.

"⋯⋯언니랑 같이 마물의 사체를 처리한 적 있어요. 털도 수거하고요. 뒤뜰 쪽에 처리하는 곳이 있어요."

힘없이 축 늘어진 사내들을 옮기는 것은 어렵지 않았다.

녹스가 말없이 사내들을 들어 올려 묶거나 뒤뜰로 데려다 놓는 동안 나는 떨지 않으려 애썼다.

언니가 오면 뭐라고 하지? 아니, 잠시 동안 저들을 숨길 수가 있을까? 필사적으로 다른 것을 생각하는 동안에 한 가지는 잊을 수 있다.

하지만 녹스가 내 손을 덥석 붙잡았을 때 나는 움찔하고 말았다.

"떨고 있다."

"네? 네…… 아. 네. 그렇네요? 이상하네. 왜 떨고 있…… 지……?"

그러게. 다섯 사람을 베어버리고도 평온한 이 남자가 책 속 남자 주인공이며, 기억을 잃었지만 본질은 미친 대공인 것을 몰랐던 것도 아닌데.

나는 어색하게 웃으려 애썼다. 하지만 그는 짐승 같은 감각으로 나를 금방 읽어냈다.

"내가 두렵나?"

"……네?"

"방금 조금이지만 떠올랐다. ……내가 검을 들면, 누군가는 지금 너처럼 쳐다봤던 것 같다. 욕도 했던 것 같군."

나를 단단히 붙잡은 손은 놓아주지 않을 것 같았다. 그래서 나의 떨림이 이 손을 통해 전달되었으리라. 나는 떨림에도 불구하고 손을 다부지게 꼬옥 쥐었다. 그러고는 고개를 들었다.

"나를 지켜준 사람에게 두려움을 느끼는 건 예의가 아니에요."

"……."

녹스가 잔인하고 잔혹한 사람이란 것을 알고 있었다. 그래서 언젠가 나도 그렇게 될까 봐 두려워서 움츠러들지 않았던가.

입술을 꾹 깨물었다. 하지만 그가 검을 향한 곳은 내가 아니라 나를 노리던 적이었다.

"그러니까 무섭지 않아요."

"……."

……이건 익숙하지 않아서일 뿐이야.

처음 마물을 잡던 날 언니는 울었다. 구슬피 울던 언니의 피투성이 손을 잡듯이 나는 그의 손을 맞잡았다. 그가 움찔하는 것 같았다.

이번 떨림은 그에게서 온 것이라는 것을 확신할 때, 그의 자색 시선이 나를 향했다.

"……넌 피하지 않는군. '그들'처럼."

"네. '그들'이 누굴 말씀하시는진 모르지만요. 혹시 기억이 났나요?"

"아니. 아주 조금, 지나갔을 뿐이다."

손을 마주 잡은 채 한 걸음 다가온 그가 천천히 허리를 숙였다.

"……만져도 되나?"

나는 침을 살짝 삼키며 눈을 굴렸다. 가까워질 듯한 거리가 긴장감을 자아냈는데, 꼭 우리 너머로 짐승을 길들이는 듯한 기분에 사로잡혔다.

나는 그와 맞잡은 손을 바라보며 입을 열었다.

"그러니까 미리 손을 잡고 물어보는 것이 아니라고 했잖아요……."

"손이 아니다."

"네?"

"손이, 아니라고 했다."

그의 손이 천천히 뺨을 잡았다.

"여기."

거친 손끝을 느끼며 주춤 물러났지만, 그 걸음만큼 그가 좁혔다.

조금씩 조금씩 내려가던 손이 마침내 멈춘 곳은.

"……만져도 되나?"

입술이었다.

입술을 더듬는 손을 느낀 순간 나는 화들짝 놀라 떨어졌다.

"마, 만지긴 왜 만져요. 아니……."

녹스가 날 꽉 붙들고 있어서 더는 물러날 수 없었지만 대신 손등으로 입술을 가리고 고개를 돌렸다. 꼭 보호하지 않으면 큰일이 날 것만 같아서 차마 손을 떼지 못했다.

그러나 나를 쫓아오는 시선을 느낀 난 하는 수 없이 이어 말했다.

"입술은 왜요?"

"……안 된다고 하면 그럼 머리카락은?"

"안 돼요. 왜 만지려는 건데요?"

"……허락받으면 된다고 하지 않았나."

나는 곁눈질로 녹스를 보고 움찔하고 말았다. 이 상황에서 너무 단호했나? 그런데 내 몸인데 그러지 못할 건 뭔가.

가뜩이나 긴장하고 있던 상황에서 녹스가 상식이 결여된 사람이란 걸 잊고 더 단호하게 나가긴 했지만. 이 상황에서 얌전히 알았다고 하는 게 더 이상하잖아.

"그러니까 그 허락이 무조건 떨어지는 게 아니라니까요."

녹스가 눈가를 씰룩였다. 그는 나를 꾹 쥐었다가 놓았는데 조금 불만 어린 얼굴인 것처럼 보였다.

"……어렵다."

"원래 사람은 어려운 거예요."

"쉬워질 수는 없나?"

사람이 쉬웠다면 세상 누가 고민하겠나.

그런 생각을 하며 고개를 저었다.

"어렵게 여겨주세요. 고민할수록 녹스는 신중해지고, 소중한 사람을 얻을 테니까요."

"너와의 관계에도 해당하는 말인가?"

"네? ……어, 글쎄요."

오래오래 어려운 사이 하면 안 될까요?

그를 바라보는 것이 힘들게 느껴진 나는 괜히 눈을 도로록 굴리며 시선을 피했다. 가까워져 달라 조르는 건 녹스이건만, 어째서 내가 변명하듯 얼굴을 돌리는 건지 모를 일이다.

계속 뒤뜰에 있을 수는 없어서 정원 쪽으로 나온 나는 그에게 손수건을 건넸다.

"닦으세요."

손수건을 바라보는 녹스는 불만 있는 얼굴인 듯싶었다. 미묘하게 굳은 얼굴이 신경 쓰여서 계속 흘끗흘끗 훔쳐봤다.

"잠시 여기 앉아 있어요."

"어딜 가지?"

"정원에 흙을 덮고 올게요. 저대로 둘 수는 없어서요."

"……."

정원에는 아직 흩뿌려진 피가 남아 있었다. 언니가 오면 놀랄지도 모르니, 얼른 처리하는 것이 좋다.

물론 나보다 감각이 예민한 언니에게 금방 들킬지도 모르지만.

일단은 잠시 동안이라도 숨기는 편이 좋을 것 같다. 한 번에 많은 일이 일어나서 정리할 시간이 필요하니까.

그리 생각하면서 일어나려는데 녹스는 날 놓아주지 않았다.

"에이미."

언제부터 나를 이렇게 그윽하게 쳐다봤지?

본디 눈빛이 참 차가운 남자였다. 그래서 처음 대공 모습의 그를 보았을 때 상상 속에서 툭 튀어나온 것 같다고 생각했다. 기억을 잃었지만 잔혹함을 품고 있다고 생각하니 두렵기도 했다.

"……여기 있어라."

하지만 이처럼 아름다운 남자가 이렇게 쳐다보면 할 말을 잃고 말았다.

"가지 마."

"어디 안 가요. 녹스가 보는 저기, 저 정원에 갈 거니까. 잠시만 이 손을 좀."

"너를 바라보고 있으면, 줄곧 드는 생각이 있다."

한층 더 낮아진 그의 목소리가 어두운 정원을 울렸다.

"사실 나는."

나는 그의 목소리에서 미묘한 것을 알아챘는데, 그것이 무엇이 모르겠냐는 생각이 들었다. 나는 그의 얼굴을 바라봤다. 푸른 새벽 속 반쪽만 보이던 얼굴이 가까워지고, 그의 눈이 앞에 있었다.

"낮의 너를 보고 싶다."

선연한 달빛 아래서 흩어진 내 머리칼이 흔들렸다. 천천히 손을 뻗은 녹스는 흩날리는 내 머리칼 중에 일부를 잡았다.

"……."

그 순간 나는 날 향해 '에스텔라'하고 중얼거리던 낮의 소년을 떠올렸다.

"네 머리칼은 이 밤에도 빛이 나더군. 꼭 별처럼."

그날 그때처럼 올곧이 나를 향한 자색 시선이 있었다. 다른 점이 있다면 날것에 가까운 이 시선이 더욱 깊고 훨씬 집요하다는 것이었다.

"제, 제 머리카락은! 밝은 곳에서 보면 그리 예쁘지 않아요. 낮에 봐도 지금이랑 같고…… 노, 녹스의 상상이 그렇게 만든 거예요."

"에이미."

"어, 언니 머리 색이 더 예쁘다고 생각해요……. 하, 하하."

"그런가. 난 잘 모르겠다."

"녹스는 우리 언니를 제대로 본 적이 없잖아요?"

"있더라도 같을 거다."

녹스의 팔이 허리를 파고들었다. 귀로 낮은 목소리가 파고들었다.

"내가 바라보는 것은 너다."

단단히 감기는 그의 손에 움찔했을 땐 이미 나는 그의 너른 가슴 속에 있었다.

"……그러니 피하지 마라."

소름 끼칠 정도로 낮은 음성에 나는 나도 모르게 그의 가슴에 손을 댔다가 화들짝 놀라며 떼어냈다. 고개를 숙였지만 스스로도 눈이 잘게 떨리는 것을 느꼈다.

머리칼 끝을 만지작거리던 손이 차근차근 올라와서는 뒷머리에서 목덜미를 조심스럽게 스쳤다. 조심스럽지만 거친 손길은 꼭 커다란 짐승이 툭툭 공을 건드려 보는 것처럼 느껴졌다. 만약 이 손끝에서 발톱이 툭 튀어나오면 놀라겠지만 그런 일은 일어나지 않았다.

그 순간 나는 묘한 기시감을 느꼈다.

나를 꽉 잡은 그와 초점을 잃은 그의 시선이 꼭 어디선가 느껴본 장면 같다는 생각을 했을 때.

나는 무너지는 그를 받아냈다.

"녹스!"

무거워진 그의 몸을 이겨내지 못하고 주저앉았지만 아주 쓰러지지는 않았다. 손을 뻗은 녹스가 안간힘을 쓰고 자신의 몸을 지탱했기 때문이었다.

"왜 그래요?"

"하아, 별것 아니다……."

뚝뚝 떨어지는 식은땀을 바라보며 나는 어디서 이를 보았는지 떠올렸다. 얼마 전 글리루스의 추격에서 돌아왔을 때다.

얼른 그의 이마를 짚었다.

"설마 고통을 참고 용병들을 상대했던 거예요?"

"……."

녹스의 몸은 불덩이처럼 뜨거웠다. 뺨에 닿은 손끝이 그리 뜨겁지 않아서 몰랐던 거다. 한번 쓰러지자 그의 숨도 덩달아 가빠졌는데, 나는 그가 한계에 달했음을 알았다. 한계에 달할 때까지 움직이고 참았다는 것도.

"뭐랬어요!"

절박한 음성이 튀어 나갔다.

"열이, 열이 오를 거라고 했잖아요!"

"그랬…… 었지."

"무모하다고. 말했잖아요. 그런데 어째서!"

"그냥…… 둘 수는 없지 않나."

그 상황에서 녹스가 나서지 않고 해결할 방법이 있었을까?

아니, 없었을 거다. 그의 말은 틀린 것이 없다.

그런데도 나는 차오르는 안쓰러움을 어찌할 길이 없어 입술을 깨물었다. 나는 그의 손을 뿌리치고 얼른 그를 똑바로 눕혔다. 일단은 열을 떨어트리는 일이 먼저였다.

"기다려요!"

부엌으로 달려가서 차가운 물과 수건을 가져온 나는 하나를 그의 머리 위에 올리고 다른 수건으로 그의 얼굴과 몸을 닦았다.

"으윽……."

흉터가 가득한 맨가슴을 닦아줄 때 움찔했지만 잠시였다. 하나하나 신경 쓸 겨를이 없었다.

그동안 녹스는 초점을 잃은 눈동자로 나를 바라봤다. 잠시 떴던 눈동자는 느리게 다시 감기를 반복했다.

"리녹!"

그동안에도 그는 꼭 놓으면 큰일이라도 나는 듯이 절대 내 손을 놓지 않았다. 실수로 그의 이름을 잘못 불렀지만 인지할 새가 없었다. 그를 살펴봐야 했으니까.

자색 시선이 느리게 움직이는 건 간간이 나를 확인하는 것 같았다.

"녹스, 녹스. 정신을 잃으면 안 돼요. 응? 내 말 들려요? 이 독은 열이 심하면 환각을 보게 해요!"

테테스가 다시 번진 것이 분명했다. 열이 심해지면 환각을 본다. 심하면 헛소리를 하기도 하는데, 강한 환각은 이 독의 특징이었다.

"……괜찮다."

"괜찮기는 뭐가 괜찮아요! 아주 입버릇이지. 아프지 않은 사람이…… 어디 있어요…….."

마지막으로 갈수록 울먹임이 번졌다.

아니야, 안 돼. 약해질 때가 아니야. 다시 눈감은 그를 보며 얼른 수건에 물을 적시던 그때였다.

하늘을 바라보던 나는 입을 벌렸다.

"아침?"

주변이 언제 이렇게 밝아졌지?

한 치 앞도 보이지 않던 밤이 아니었다. 아스라한 새벽마저 지나 하늘에 피어나는 태양을 수놓는 빛이 보였다.

정원을 바라보던 나는 흠칫했다. 그에게만 오롯이 집중하느라 미처 하늘을 보지 못했다. 어째서야?

지금 비치는 태양은 이미 산을 넘어 있었다. 분명 일출은 이미 지난 뒤였는데, 어째서? 이해할 수 없는 이 상황에 입을 뻐끔거렸다.

녹스의 눈이 천천히 뜨였다.

"……해가 떴군."

아침의 태양 아래서 날 바라보는 깊은 눈을 본 순간 낭패감을 느꼈다.

"에이미, 이건 혹시 네기 말한 환각인가?"

그의 부름에 어쩌지도 못하고 수건을 꽉 쥐던 나는 그를 돌아보며 어색하게 웃었다. 속으로는 끊임없이 의문이 들었지만 당장은 열이 펄펄 끓는 남자 주인공이 먼저였다.

"한숨 자요."

"……너는."

그에게서 떨어지는 땀을 열심히 닦아내는 동안에도 그의 손은 나를 잡고 있었다.

"네. 일어나도 있을게요. 제가 어디 가겠어요?"

"……."

그가 나를 잡고 있지 않은 손을 뻗었을 때, 손끝이 뺨에 살짝 닿았다. 초점 잃은 자색 눈동자가 나를 물끄러미 바라봤다. 천천히 미끄러지듯 떨어진 그의 손이 머리끝을 툭 건드렸다.

"……낮에 뜬 별 같군."

이를 마지막으로 중얼거린 그가 눈을 감았다.

나는 눈 감은 그를 툭 건드려 보았다. 잠든 것인지 기절한 것인지 몰라도 다시 눈을 뜨지는 않았다.

"대체 방금 건."

그제야 몰려오는 당혹감에 입술을 깨물었다. 쓰러진 것보다 더 큰 문제는 따로 있었다. 열이 떨어질 것 같지 않았다.

테테스 독은 중독되는 단계가 있는데 해독은 이 역순으로 돌아온다. 오래전 언니가 이 독에 크게 앓았을 때, 언니 또한 차근차근 단계를 밟으며 나았다.

중요한 것은 해독 중간에 다시 열이 올라선 안 됐다. 그럼 몸속의 독이 더욱 날뛰거나 변질된다고 적혀 있었으니까.

'안 돼.'

좀 더 절박하게 말렸어야 했다. 지금 거친 숨을 내뱉는 그는 그저 남자 주인공이라 괜찮겠지 싶었던 내 안일함 때문이다. 품속에서 점차 열이 더 오르는 그를 바라보며 덜컥 겁이 났다.

"……일어나 봐요. 리녹. 리녹. 일어나 봐요."

나도 모르게 그의 진짜 이름을 불렀다.

어떡하지? 어떡해? 당신은 여기 누워 있으면 안 되는 사람이란 말이야. 집 안에 약초가 널려 있었지만 이제 와서 먹인다고 달라지지 않을 것임을 알았다.

아니, 뜨거워진 체온이 나를 붙잡고 있었다. 되든 안 되든 움직여 보는 것이 좋을 것 같은데 잠시라도 눈을 비우면 그가 정말로 잘못될 것 같아서 다리가 꼼짝하지 않았다.

사…… 람이 이렇게 열이 끓을 수 있나? 점점 뜨거워지는 체온은 궁지에 몰린 내게 좋지 않은 상상만 불러일으켰다.

마침내 최악의 가정까지 생각했을 때 나는 다급히 그의 손을 끌어안았다.

"리녹, 리녹 일어나 봐요. 여기서 누워 있으면 안 돼요. 리녹. 리녹!"

그의 뜨거운 체온에 정신이 팔려서 몰랐다. 뜨끈하게 피가 배어 나오는 다리를 보는 순간, 그가 중독됐을 뿐만 아니라 다쳤다는 것도 알게 됐다.

'이 고통을 전부 참고 있었단 말이야?'

나도 모르게 울컥 차오르는 안타까움에 그의 손을 더 꽉 쥐었다. 일어나. 일어나게 해주세요. 일어나게 해주세요…….

간질히 바라던 그때였다.

그의 몸이 움찔했다. 그가 움직인 줄로 알고 황급히 고개를 들었을 때 나는 눈을 동그랗게 떴다.

"뭐야…… 상처가……."

상처가 낫고 있어?

어느새 환히 밝은 밖이라 똑똑히 보였다. 마치 시계태엽을 거꾸로 돌린 것처럼 살갗이 서로 붙어가며 자리를 잡아가고 있었다. 말끔하게 나은 상처는 흉터조차 남기지 않았다. 잘못 본 것이 아니었다.

뿐만이 아니라 나는 붙잡은 손에서 점차 열이 내려가는 것을 느꼈는데, 이를 증명하듯 숨 또한 제자리를 찾아가는 것이 느껴졌다.

얼떨떨한 얼굴로 천천히 손을 내려다봤다.

화아아앗.

내 손등에 새겨진 문양은 낯설면서도 익숙한 것이었다.

'책과 목걸이에서 보았던 문양이 왜 손등에서 보였던 거지?'

타투를 새겨놓은 듯 새까맣던 문양이 사라지는 데는 3초도 걸리지 않았다. 기화하듯 피어오른 새하얀 빛과 함께.

나는 눈앞에 색색 숨을 몰아쉬는 작은 소년을 보았다. 아이의 모습이지만 상처 하나 없이 깨끗한 몸……. 그 순간 시야가 아찔했다.

'숨이 차.'

나는 마치 백 미터 달리기를 마친 사람처럼 숨이 모자라 조금 전의 녹스처럼 숨을 거칠게 내쉬었다.

숨이 거칠었지만, 생각만은 또렷했다. 그리고 알았다. ……이번엔 똑똑히 봤다.

"……나 때문이었어?"

아침인데도 어른이 된 몸. 그리고 깨끗해진 몸.

나는 황망히 중얼거리면서 아이를 바라봤다.

△

언니는 아침이 되어서야 돌아왔다.

"으음, 열이 내리질 않네."

언니가 염려스러운 얼굴로 얼굴을 짚었다. 손이 지나가는 자리마다 서늘한 느낌에 눈이 스르륵 감겼다.

"이게 무슨 일이니, 네가 몸살이라니."

당연하겠지만 녹스는 깔끔히 나았다. 도리어 아픈 쪽은 나였다. 사람이 큰일을 겪고 나면 앓아눕는다던데 그날 밤공기에 감기라도 걸린 것인지 장시간 피로에 파업을 선언한 깃인지 몰라도 몸살에 단단히 걸리고 말았다.

"흐, 나 원래 열이 잘 안 내리잖아."

그날 언니가 오기 전에 필사적으로 정원의 흔적을 숨겼는데 이게 효과가 있었던 걸까? 돌아온 언니는 아직 아무런 말이 없었다. 연기에 능한 편은 아니고 발견하고 이렇게 태연할 리도 없으니 아직 핏자국을 덮은 땅을 발견하지 못한 듯했다.

언니가 이마를 토닥토닥 두드렸다.

"그래서 걱정이야. 너는 아르핌 약초를 많이 먹어도 내리질 않으니."

"그 약초 많이 먹어도 안 좋아."

무슨 약이든 지나치면 독이 되는 법이다. 언니에게 가끔 하던 소리이기도 했다.

"많으면 인 좋니?"

"당연한걸. 콜록. 설탕이 좋다고 마구 넣으면 안 되듯이 약도 그런걸."

언니는 기사 출신이라서 그런지 많은 게 좋은 거라며 요리하다 말고 재료를 뭉텅이로 넣곤 했는데 정량이 생명인 약학에서는 안 될 말이다. 나도 아마추어이긴 해도 이 정도는 안다.

"언니는 괜찮았어?"

혹여나 다치지 않았는지 염려스럽게 바라보는데, 언니는 대답 대신 방긋 웃었다.

"물론이지. 그저 밤의 숲을 돌아다닌 것밖에 하지 않은걸. 이곳 지리는 너무 잘 알잖아?"

언니는 적극적으로 설명하는 것으로도 모자라 멀쩡한 것을 보여주겠다며 눈앞에서 손을 쥐었다 펴보기까지 했다.

다행이다. 끄덕인 나는 문득 생각나는 것이 있어 언니의 손을 잡았다.

"언니, 있잖아. 우리 뒤뜰에서 마물을 처리하잖아?"

"응."

"마물 처리하던 곳에 꽁꽁 묶인 자루가 있는데, 그거 나중에 처리해 줘."

언니가 멈칫했다. 바로 눈치챈 듯 표정을 굳혔다.

"……설마. 사람이 많다 싶었는데. 집으로도 왔어?"

"응. 염려하지 마. 숨어 있는 동안 함정에 걸렸으니까."

……정확히는 난 자루를 뒤집어씌우고 묶기만 했지만.

언니랑 나만 사는 이 집에는 언니와 내가 몰래 만들어둔 함정이 곳곳에 산재했다. 평소에는 있다는 것도 잊고 살지만, 지난 10년간 침입자가 아주 없던 것은 아니었기에 이럴 때 유용하게 쓰이곤 했다.

이번엔 함정이 쓰인 것이 아니었지만 언니는 철석같이 믿는 듯했다. 하기야 녹스가 어린아이인 줄 아는 언니가 의심하면 더 이상하겠지.

만약 자루만 열어보지 않으면 수월히 넘어갈 것 같았는데, 언니는 내 말이라면 무엇이든 믿어주는 사람이었다.

"이따 수레에 싣고 옮겨놓을게. 사람이 지나는 길에 두면 될 거야. 마물 사냥꾼들이 자주 오가는 길이니 몇 시간이면 발견되겠지. 혹시 발견되지 못하더라도 운일 거고."

침입한 쪽은 저쪽이니 안전 귀가까지 바라지도 않을 것이다. 언니는 그리 말하며 내 머리를 쓰다듬었다. 늘 방싯 웃던 언니답지 않게 가라앉은 표정이었다.

"에이미, 우리 이사 갈까?"

"이사?"

"언니는 숲이 최선이라고 생각했는데. 잘 모르겠어."

아주 가끔 길을 잃은 마물 사냥꾼이 이곳까지 오긴 했지만 떼거지로 몰려온 것은 처음이라 언니는 많이 놀란 모양이었다.

유례없이 표정을 심각하게 만든 언니를 바라보다 문득, 이것도 나쁘지 않겠다는 생각이 들었다.

"글쎄. 나쁘지 않은 것 같아."

"그래? 그래. 한번 생각해 보자."

"응."

언니가 죽는 모습을 얌전히 바라볼 생각이 아니라면 우리는 여기를 떠나야 한다.

그리 생각하다 말고 나는 짐시 마음에 무언가 덜컥 걸린 것 같은 기분이 들었지만 곧 고개를 저었다.

그런데 말이지. 원작에서도 이런 습격이 있었을까?

책 속에서는 그저 녹스를 구한 여인이 황태자의 습격에 죽었다고만 나왔다. 그러니 중간의 일은 알 수 없는 일이었다. 이게 참 유감스럽다.

원래도 이 일을 통해 언니가 떠날 결심을 하게 되는 거였을까?

어느새 언니가 나간 문을 살짝 노려보던 나는 조금 억울해졌다. 그러고 보니 이제 와서 이사 얘기를 하는 언니를 떠올리니 살짝 울컥했기 때문이었다.

"……내가 이사 가자 노래를 부를 때는 들은 척도 안 해놓고."

이때 노려보고 있던 문이 달칵 열렸다.

"……에이미?"

살짝 고개를 내민 것은 작은 소년이었다.

"녹스."

녹스가 쪼르르 침대로 달려왔다.

"이리 와. 왜 그래?"

그러나 녹스는 평소처럼 침대로 올라오거나 내 옷자락을 잡는 대신에 시트를 살짝 붙들었다. 그는 초조해 보이는 얼굴로 입을 열었다.

"디아나가 만지면 안 된다고 했어. 옮을 거래."

"그래? 언니는 내가 감기인 줄 알았나 보다."

"옮으면 나아?"

"……그런 얘기가 있기는 한데. 일단은 감기가 아닌걸?"

그러자 소년의 얼굴이 먹구름 낀 하늘처럼 흐려졌다. 그는 곧 내 옷을 꾸욱꾸욱 잡아당겼는데, 좀처럼 보기 드문 다급한 녹스의 얼굴에 나는 고개를 갸웃했다.

"어떻게 하면 에이미 병이 옮아?"

"몸살은 옮는 게 아닌데?"

"왜?"

"아니. 왜라니. 왜 녹스에게 옮겨?"

질문하던 나는 곧바로 답을 깨달았다.

"설마 나한테 옮아가면 내가 아프지 않을 테니까?"

······끄덕.

아. 이 작은 생물을 어쩌면 좋을까. 기특하긴 한데······. 아이는 정말로 몸살도 옮을 수 있을 거라고 믿는 얼굴이라 조금 곤란했다. 뺨을 긁적이며 고민하던 나는 자연스럽게 입을 떼어냈다.

"녹스, 이건 옮기지 않아도 저절로 나을 거야. 그러니까 나한테 필요한 건 옮길 사람이 아니라 따뜻한 물 한잔이야. 그건 가져다 줄 수 있지?"

"······물?"

"응. 조금 있다 가져다줘. 녹스는 괜찮아? 어디 아픈 데 없어?"

"······응. 없어."

녹스는 괜찮다고 했지만 입버릇이 "괜찮다"인 사람을 어떻게 믿어? 나는 눈으로는 연신 소년의 몸을 훑어보았다.

내 가슴에는 호흡이 점차 가빠지던 대공 모습의 그를 보며 심장이 뚝 떨어질 정도로 선득했던 충격이 아직 남아 있었다. 어제 열이 펄펄 끓던 그를 다시 생각하면 그때 어찌나 놀랐던지.

"다행이다. 다친 곳이 없어서. 정말 많이 걱정했거든."

소년의 말에 니는 진심으로 웃을 수 있었다.

'정말로.'

한편으로는 두려움이 들었다. 미지에 대한 두려움이었다.

남자 주인공이 잘못되었으면 어떻게 되었을까.

녹스가 쓰러지고 직후의 순간들이 반복되어 머릿속에 맴돌았다. 다행히도 믿을 수 없는 기적이 일어나서 잘 해결되었지만, 어제의 광경을 어떻게 받아들이면 좋을지 모르겠다.

첫 번째로 녹스의 상처가 말끔하게 나았고, 두 번째로 일출 이후에 어린아이의 모습이 된 것을 똑똑히 보았다. 새하얀 빛을 떠올린 나는 침을 꿀꺽 삼켰다.

'분명 손등에서 피어올랐지?'

두 번째 같은 경우에는 지난번 외딴집에 다녀왔을 때의 일과 유사했다. 설마 진짜 손을 잡고 있으면 어린아이로 돌아가지 않는 거야? 두려움과 호기심이 한꺼번에 들었지만 섣불리 실험조차 할 수 없는 일이었다.

더구나 녹스의 상처가 저절로 나은 건 어떻게 설명할 수 있는 건데? 혼란스러움에 머리가 터질 것 같았다.

"……에이미?"

"으응?"

어느새 염려스러운 얼굴로 나를 바라본 녹스가 손을 잡았다.

너를 어쩌면 좋을까?

쓴웃음을 지은 나는 나도 모르게 소년의 머리를 쓰다듬었다.

"가만. 나도 허락을 받아야 하나?"

"허락?"

"응? 응. 생각해 보니 여길 만지거나. 꾸욱 누른다거나."

장난 어린 미소를 짓고 녹스의 머리와 뺨을 콕콕 찔러보았다.

"녹스의 허락이 없었잖아."

장난식으로 말했지만 이제야 생각이 미치긴 했다. 이러다 나중에 모든 걸 기억한 녹스가 따지면 어떡하지? 너는 되는데 왜 나는 안 되냐, 하는? 그런 일은 없을 것 같지만. 걱정이 되긴 하는데…….

"허락."

갸우뚱. 고개를 기울인 녹스가 나를 응시했다.

"꼭 받아야 해? 왜?"

"응?"

"에이미는 괜찮은데. 머리랑 어깨랑 으음, 여기도. 여기도. 여기
도⋯⋯."

"으응?"

잠깐, 잠깐 어디까지 내려가는 건데?

갈수록 내려가는 손에 식겁해서 멈추기도 전에 도달한 곳은 그의
심장이었다. 콩콩콩. 딱 이렇게 표현될 것 같은 박동이 느껴졌다.

그동안 언니와 많이 가까워진 녹스였지만, 여전히 제 선 안에 들
이지 않는 야생동물처럼 언니를 경계했다. 세면대가 높아 세수할 때
도움을 받아야 했을 때도 그는 절대 언니의 손을 타지 않았다.

그래서 때때로 고양이 같은가 싶다가도 나에게 한없이 허물어지
는 눈을 보면 순한 강아지 같다고 생각하게 된다. 그러니 꼭 '나를
주워 가 주세요.' 하고 외치는 시선을 어떻게 거절하란 말이야.

오늘도 이 말간 눈을 보는 동안 그만 눈 둘 곳이 없어졌다.

"저 녹스, 마음은 너무너무 고맙지만."

고요한 침묵 속에서 숨 쉬는 소리만 들렸나. 손끝이 간질간질한
기분이었다.

"여기, 심장은 사람에게 가장 중요한 부위거든? 여기는 소중한 사
람만 허락하는 곳이야. 그러니까 앞으로 손을 내주고 하면 안 돼."

"소중한 사람?"

"응. 소중한 사람."

나는 슬쩍 얼버무리며 손을 빼려고 했지만 웬걸 아주 꼭 붙들고 있어 쉽지 않았다.

"어쩌면 녹스가 오래오래 함께할지도 모르는 사람 말이야."

녹스는 늘 춥고 외로웠다. 고독한 생이었지만 이제는 곧 행복하고 기쁜 순간이 찾아올 거라고 알려 주고픈 마음이 들었다. 하지만 접 어둬야겠지?

"음, 나는 녹스가 행복했으면 좋겠다. 네가 좋은 사람을 많이 만나 서 행복해졌으면 좋겠어."

진심을 담아 말했다.

그의 행복.

이를테면 아주 예쁘고 능력도 쩌는 마법사 여주인공 언니가 있지. 지금쯤 한창 공부하느라 바쁠 주인공이 언젠가 네 희망이고 삶이 되 어줄 거야.

순간이지만 손등을 바라본 나는 어색하게 웃었다.

녹스의 손에서 내 손을 떼어낸 나는 그대로 가슴에 가져가려 했 다. 하지만 작은 손이 허공에서 나를 붙들었다.

"어떡하면 행복해져?"

"응? 그, 글쎄……."

"잘 모르겠어."

아. 어렴풋한 말이려나? 나는 녹스를 따라 함께 머리를 기울였다.

"아. 행복이 어떤 순간이냐면…… 마음이 따뜻하고 기쁘고 시간 이 멈췄으면 좋겠고?"

"……에이미의 말은, 그렇게 만드는 사람이 있으면 좋은 거야?"

"그렇지?"

그러자 내 손을 붙든 녹스가 나를 물끄러미 응시했다. 천천히 소년의 고개가 기울어지며 작은 입술이 떨어졌다.

"······그럼 에이미인데."

나는 잠시 꿀 먹은 벙어리처럼 입을 다물었다. 보석 같은 저 눈동자에 스친 간절함은 착각이었을까. 자연스럽게 고개를 돌리고 숨을 삼켰다. 이것 말고는 아무것도 할 수 없었다.

침묵 끝에 겨우 입을 뗐다.

"으응, 그렇구나. 우리 밥 먹을까? 나 배고파."

"응."

언니에게 말 좀 해달라는 내 부탁에 녹스가 쪼르르 달려갔다. 얌전히 말 잘 듣는 강아지 같은 뒷모습에서 눈을 떼어내며 나는 얼른 숨을 내쉬었다. 얼굴을 마구 비볐다.

······왜 길고양이에게 간택당한 기분이 드는 거야? 꼬시는 걸까. 아니, 지금 분명 꼬셨겠지? 지금 꼬신 거라고.

당혹감이 먼저 들었다. 사실 이렇게 고민에 빠진 까닭에는 그가 지나치게 예쁜 미소년이라는 데 있다. 인형같이 예쁜 소년이 간절하게 '날 주워 주세요.' 하는 시선으로 보는데 어떻게 '너 나 보지 마.' 하고 외친단 말이야? '너 왜 눈을 그렇게 떠?' 할 수도 없고······.

바로 그 눈 때문에 낮과 밤의 녹스가 겹쳐 보이는 순간이 늘어났다. 낮과 밤의 두 사람은 다르다고 여겼던 생각이 마구 흔들렸다.

새삼 언니는 이런 그를 어떻게 대했을까 궁금해졌다. 함께 있으면 정도 주고 그랬을 것 같은데, 도무지 경계를 정할 수가 없다. 이건 언니와 내가 다르기 때문일까?

한 걸음씩 다가오는 소년을 볼 때마다 마치 폭우가 아주 많이 쏟아지는 날 금방이라도 무너질 것 같은 댐 앞에 서 있는 기분이었다.

"에이미, 밥 먹자."

"아, 언니."

문틈으로 고개를 내민 언니를 보며 비로소 생각을 멈추고 일어났다. 언니가 비틀거리는 나를 부축해 줬다.

"세상에. 녹스가 나한테 말을 걸지 뭐야? '나, 돕고 싶어.' 하고! 너무 귀여웠다니까."

"그래?"

……그러고 보니 언제까지나 그의 정체를 숨길 수는 없을 것 같은데. 언니가 귀여워하는 그 소년이 밤마다 동생이랑 동침하는 남자라는 걸 알게 되면 어떻게 되는 걸까.

"녹스가 열심히 수저를 놓고 있거든. 보면 칭찬이라도 해줘. 네 칭찬을 제일 좋아하잖아?"

"으응……."

"정말 질투 난다니까."

"……나한테? 녹스한테?"

"어느 쪽일 것 같아?"

생글생글 웃던 언니를 바라보던 나는 어색하게 고개를 끄덕였다.

"……안 맞출래."

어느새 언니 손에 잔뜩 들린 쿠키를 바라보며 머리를 절레절레 저었다. 못 보던 간식거리를 많이 사 왔다 싶었더니 죄 녹스 거란다.

참고로 나는 단것을 그리 좋아하는 편이 아니어서 더욱 기쁘다나? 방싯 미소하는 언니를 보며 애써 시선을 흐렸다.

……그래. 조금만 미뤄두자.

어차피 시간이 되면 헤어질 사이잖아? 미뤄두는 건 나쁜 버릇이
지만 조금은 조금은 더 괜찮을 것 같았다.

△

눈을 뜨자, 새파란 달빛이 녹스를 반겼다.
'밤인가.'
늘 그렇듯 당연히 밤이겠지만, 사실 그는 아직도 밤만 바라보는
자신이 어색하게 느껴질 때가 있었다.
눈을 뜨면 밤이라니. 낮에 지금의 모습으로 깨어나기까진 얼마나
걸릴까.
녹스는 시선을 내렸다. 마지막으로 기절하기 직전에 그의 가슴에
는 가슴을 동여맨 붕대가 있었지만, 지금은 아무것도 없었다.
그의 몸을 휘저어놓았던 독은 어젯밤의 기억까지 앗아갔다. 어젯
밤 쓰러진 것은 분명한데 마지막에 있던 일이 흐릿했다.
분명 침입자가 있었지 않았나……?
그가 고개를 옆으로 돌리자 새근새근 잠든 소녀가 보였다.
"……에이미?"
잠든 소녀의 이마에는 작은 수건이 있었다. 그의 이마를 닦아주었
던 것과 같은 수건이었다. 가만히 바라보고 있으려니 생경함이 들었
는데, 언제나 그가 눈을 떴을 때 눈을 깜빡이던 소녀가 색색 잠들어
있는 이 풍경이 어색해서이리라. 수건을 만지작거리던 그가 수건을
놓고 상체를 일으켰다.
숨이 거칠다. 소녀가 아픈 것이 분명했다.

왜?

어젯밤 흐릿한 기억을 더듬어가던 그는 마침내 이곳에 침입했던 침입자들을 떠올렸다. 그 침입자들을 단칼에 해치웠던 그와 놀란 눈으로 그를 응시하던 소녀.

"나를 지켜준 사람에게 두려움을 느끼는 건 예의가 아니에요."

하지만 문제는 어디서부터 어디까지가 사실인지 알 수 없었다. 침음을 삼킨 그가 눈을 감았다. 사실 눈앞으로 스쳐 지나가는 장면이 있었으나⋯⋯. 조금 이상했다. 그건 눈물을 뚝뚝 흘리는 소녀였다. 일어나라고 마구 외치고 있었다.

"리녹!"

이상한 일이다. 그건, 그의 이름이 아닌데.

그가 힘겹게 눈을 뜨면 낮별처럼 반짝이는 것이 눈앞에 있었다. 에이미의 머리카락이었다. 흩날리는 주홍빛 타래를 보던 그가 중얼거렸다.

⋯⋯낮에 뜬 별 같다고.

그건 그의 진심이었다. 그러나 녹스는 그것이 현실이 아니라는 생각이 들었다. 꿈에 가까울 것이다. 분명 소녀의 뒤로 보이는 풍경은 일출이 뜨는 아침이었으니까.

"녹스, 녹스. 정신을 잃으면 안 돼요. 응? 내 말 들려요? 이 독은 열이 심하면 환각을 보게 해요!"

꿈에 가까웠다고 느끼면서도 기묘한 현실감이 그의 목덜미를 스쳤다. 기이한 소름에 눈을 살짝 찌푸리던 그가 얼른 소매를 걷었다.

그러고 보니 그의 몸에는 상처가 났었다. 이를 떠올린 녹스는 잠시 멈칫했다.

……상처가 없다.

정말 꿈이었던가? 그가 쓰러진 것도, 눈 감기 전에 바라본 아침 하늘도? 상처가 하루 만에 아물지는 않을 테니 없던 일이었다고 보는 게 맞겠지만 그런데도 그는 묘한 기분이었다.

다시금 에이미를 내려다보던 녹스가 손을 뻗었다. 소녀를 들어 올린 그는 그대로 제 옆에 눕혔다. 그가 누워 있는 통에 가장자리에서 위태위태해 보였던 소녀는 곧 평회로운 표정으로 잠들었다. 녹스는 옆에 누워 가만히 응시했다.

"으응……."

그의 손이 조심스럽게 그녀의 머리칼을 들어 뺨 옆으로 놓았다. 달빛에 물든 머리칼은 밝은 주황색이었는데, 녹스는 자신이 왜 낮의 그녀를 바라보고 싶은지 이 머리칼을 어루만지며 깨달았다.

"……잘 자는군."

그의 머릿속으로 잊을 수 없는 기억이 스쳐 갔다. 이것마저 꿈일까?

"리녹, 리녹 일어나 봐요."

꿈속 그를 흔들며 깨우던 에이미가 그를 낯선 이름으로 불렀다.

"여기서 누워 있으면 아, 안 돼요. 리녹. 리녹!"

꿈결에 들었던 이름이 머릿속에 선명하게 아로새겨졌다. 듣자마자 잊을 수가 없었기 때문이나.

왜 그렇게 불렀지? 왜 낯설지 않나?

발음해 보던 그의 눈이 가늘게 좁혀졌다.

왜 그를 이렇게 불렀던 것인지 몰라도…….

익숙하게 느껴지는 이름이었다.

△

"으음, 이상하네."

아프니까 할 일이 없어서 좋을 줄 알았는데 아니었다.

약 10년간 단련된 감각은 하루 쉬는 동안 나를 초조하게 했는데, 나는 이게 프로 주부의 감각이라는 걸 알았다.

세상에. 누워 있는 것보다 설거지가 하고 싶다니. 길들여져도 단단히 길들여진 게 분명하다. 하기야 언니가 밖으로 나가 있는 동안 나는 이 집안을 책임졌다. 그리고 내가 유일하게 할 수 있는 일이어서 더 열심이었지. 이제는 일상이 되어버렸고. 그래서 허전한 모양이다.

"휴. 일어나면 청소부터 해야지."

언니는 아직 미열이 채 내려가지 않는 나를 두고 절대 안정을 취하게 했다. 마땅한 의사도 약도 없이 약초에 의존하는 상황에서 당연한 일이긴 하지만 답답한 건 어쩔 수 없었다.

사실 어젯밤에는 한차례 실랑이가 있긴 했다. 내 몸 말고 다른 부분으로.

"같이 자겠다고? 세상에. 네가 아픈데 무슨 소리야. 내가 데리고 갈게!"

어젯밤 자신이 녹스를 데리고 자겠다는 언니를 뜯어말리느라 얼마나 식겁했던지. 나는 온갖 애교와 회유와 대화를 통해 언니를 설득하는 데 성공했지만…….

"너 녹스를 너무 좋아하는 거 아니니? 지나친 관심은 녹스에게도 독이야, 에이미. 언니는 조금 걱정되려 한다."

아이에게 집착이 보인다는 터무니없는 오해를 받았다.

집착이라니? 이렇게 어이없을 데가. 살신성인의 자세로 뜯어말렸건만, 언니에겐 그저 아픈 몸으로 쓸데없는 고집을 부리는 것으로밖에 보이지 않았을 거다. 이해는 하지만······ 조금 서럽긴 했다.

집착. 내가 집착이라니! 남자 주인공이라면 모를까!

"······왜 갑자기 울상을 짓지?"

"그럴 일이 있어요."

선생님 때문에요.

밤마다 커다란 남자가 되는 선생님을 숨기느라 제 거짓말이 날로 늘어나지 않습니까. 차마 하지 못한 말을 꿀꺽 삼키면서 고개를 돌리고 손에 얼굴을 묻었다.

"······억울해."

"그러니까 뭐가 말인가?"

"언니가 녹스에게 집착하지 말라고 하잖아요. 속도 모르고."

"······집착?"

"언니가 녹스를 데리고 자려 해서 말리려다 들은 말인데요, 왜 제가 그런 말을 들어야 하는지. 억울해······."

처음에는 쭉 숨기고 싶었지만 어차피 녹스의 주기 때문에 불가능할 거란 걸 안다. 언니와 녹스가 마주했을 때 다시 플래그가 꽂힐까 봐 긴장했던 것도 지금쯤이면 괜찮을 것 같았다.

"언니에게는 말하지 않을 건가?"

"······해야죠. 하긴 해야 하는데 입이 떨어지질 않아서요."

언니는 내가 언니의 사망 플래그를 막느라 어떤 희생을 치렀는지도 모른다. 당연한 일이지. 언니가 무슨 죄가 있겠나. 숨긴 건 난

데…….

언제까지 숨길 수만 없다는 것도 아는데 쉽사리 입이 떨어지지 않아서 차일피일 미루는 나를 알고 있다. 알고 있지만.

"이제 와서 말하기가 좀 그래요."

"어째서?"

"……언니가 녹스를 보고 어떻게 반응할지 모르겠거든요."

예전에 밤의 숲을 헤매던 마물 사냥꾼이 우리 집을 발견하고 들어왔던 적이 있는데, 그날 밤 강도로 변한 아저씨를 한칼에 제압한 사람은 언니였다.

"에이미, 이런 놈은 다 잘라 버려야 해."

방싯방싯 웃는 언니였지만 할 땐 가차 없는 성격을 잘 알았다.

들키면 어떤 일이 일어날지 쉬이 상상이 가지 않았다. ……이제 와서 칼부림이 나지는 않겠지?

"녹스 생각은 어때요?"

"네 언니에게 말을 하냐, 하지 않으냐?"

"네."

녹스가 천천히 상체를 기울였다.

"글쎄. 나는 말하지 않았으면 좋겠는데."

머리를 괴고 나를 올려다보던 그가 문득 천천히 몸을 일으켰다. 주르륵 흘러내린 시트 아래로 그의 단단한 복근이 도드라졌다. 새삼 반라인 그를 자각하게 된 나는 슬그머니 고개를 돌렸다.

"왜, 왜요?"

쭉 뻗은 팔이 나를 가두고 그의 커다란 손이 내 손을 덮었다.

"네가 아닌 사람이 내 이름을 부르는 게 싫다."

나직한 그의 음성에 소름이 오소소 돋았다. 심장 근처에 올려둔 손을 통해서 박동이 느껴졌다. 낮과 다르게 쿵쿵쿵 뛰는 소리가 조금 더 크게 느껴졌다. 나는 가슴에 올려둔 손을 어쩌지 못하고 숨을 들이쉬었다. 손을 내리고 싶었지만, 꼼짝도 하지 않았다.

반드시…… 천을 가봉해서라도 그의 옷을 꼭 만들어줘야겠다.

나는 입을 뻐끔거리다가 겨우 말을 꺼냈다.

"저, 그 말을 꼭 이 자세로 해야 해요?"

고개를 기울인 녹스가 지체 없이 대답했다.

"이렇게 하지 않으면 너는 눈을 마주치지 않더군."

나는 끄응, 하는 소리를 냈다.

"그건…… 당신 눈이 살벌해서 그래요."

"내가? 그러면, 웃으면 봐줄 텐가."

그 얼굴로 웃으면 더 위험할 것 같은데요.

차마 말하지 못한 말을 꿀꺽 삼킨 나는 엉덩이를 슬슬 뒤로 뺐다.

문제는 내가 좁히면 그만큼 좁혀오는 그 때문에 도무지 멀어지지 않는다는 거였다. 결국 등 뒤로 벽이 닿았다.

"왜, 왜 쫓아오세요……."

"도망가니까."

"안 기면 놓아줄 기예요?"

대답하지 않는 그가 불안했지만 나는 애써 침착하게 이어 말했다.

"그 어, 음. 일단 저희 거리를 좀 두고 얘기하면 어떨까요?"

엉덩이에 깔려 있던 시트를 마치 방패처럼 두르고 그의 가슴을 살짝 밀어보았다. 꿈쩍도 안 하네. 그는 미동도 안 했다. 대신 미간을 살짝 찌푸리며 입을 달싹였다. 그의 손이 내 뺨에 닿는 찰나였다.

나는 벌떡 일어나며 그의 가슴을 크게 떠밀었다. 시트에 걸려 넘어진 몸이 그의 몸에 달랑 걸렸다. 허리에 얹힌 그의 손에 겨우 균형을 잡았다. 하지만 문제는 녹스의 위로 넘어진 데에 있지 않았다.

똑똑.

"에이미, 자?"

역시나. 잘못 들은 게 아니었다.

"물수건 갈아 줄게. 잠시만 들어가도 돼? ……자고 있으려나."

나는 눈을 크게 뜨며 문과 녹스를 번갈아 보았다.

"어, 어떡해요?"

"……."

녹스도 딱딱하게 굳은 것은 마찬가지였다.

달칵. 문고리가 잡히는 소리가 들렸다. 잠깐. 잠깐, 이 자세로 언니를 본다고? 나는 녹스의 가슴에 올라탄 채로 그대로 굳었다.

안 된다. 이렇게는 절대 안 된다는 생각이 드는 순간 입이 먼저 열렸다.

"어, 언니!!"

"에이미?"

"응 나 괜찮아! 열 내렸어!! 얼굴도 차갑고 수건도 푹 젖어 있고 완전 괜찮은 거 같아!"

돌아가던 문고리가 멈췄다. 보통은 언니가 들어올 법한데 그러지 않는 것이 의아했지만 일단 열리지 않은 것만으로 감사했다.

녹스의 가슴에 손을 올린 채로 침을 꿀꺽 삼켰다.

"그래? 흐음."

저 얇은 문 하나 사이로 그 어떤 공포 영화보다 더한 스릴감을 맛보았다.

"옷은 안 갈아입어도 되니?"

"응? 응! 응! 괜찮아! 완전 괜찮지! 지금 갈아입으면 또 저, 젖을 것 같고! 이대로 푹 자고 싶어!"

어쩐지 매우 구구절절한 것 같지만 제발 언니가 수긍해 주길 바란다. 아니, 그냥 가라. 그냥 가라…… 열리면 어쩔까 싶었던 문은 다행히 열리지 않고 언니 목소리만 넘어왔다.

"그래? 그럼 알았어. 언니가 깨운 것 같네."

"으응, 응! 잘 자, 언니!"

"그래. 너도."

보지 않아도 언니의 방싯 웃는 얼굴이 보이는 것 같았다. 동시에 달리기를 한 사람처럼 숨을 몰아쉬었다.

"……살았다."

뚜벅뚜벅.

멀어지는 발소리가 완전히 멀어지고 나서야 가슴을 쓸어내린다.

사실 난 한국 살던 기억을 찾기 전까지는 보통 어린애와 진배없이 자랐다. 그래서 당연하겠지만 사춘기도 겪었다. 그때부터 언니에게 문을 열어 주는 횟수가 줄었는데, 이 순간 다행일 수가 없었다.

사춘기 만세다…….

나는 그제야 나를 빤히 바라보는 녹스를 응시했다. 사선을 함께 넘어서인지 그가 친근하게 느껴졌다.

비록 그는 아무 말도 안 하고 있었지만.

"살았다, 그죠?"

"……다행인가?"

"네? 다행이죠. 들키면 어쩌려고……."

녹스가 낮게 웃었다.

"네가 다행이라면 됐다."

그와 동시에 눈을 동그랗게 뜬 나는 움찔했다.

웃어? 지금 약간이지만 웃은 거지?

녹스가 가져간 내 손은 아직 그의 손안에 갇혀 있었다. 그는 가져
간 내 손을 입술에 가져다 댔다. 화들짝 놀랐다.

"네게서 향기가 난다."

"향기요? 아, 약초인가…… 그래, 그럴 거예요."

그러니까 그만 다가와주면 안될까. 이건 의식한 행동이라기보다
는 코부터 들이밀고 보는 짐승 같았다. 손끝에 뭉그러지고, 푹신한
감촉이 그의 입술을 깨닫는 순간 뺨이 화르륵 타올랐다.

"그런데, 언제까지 올라타고 있을 건가?"

"네, 네네?!"

"난 이대로 있어도 상관없다."

그제야 그의 가슴을 깔고 앉은 나를 알아차렸다.

이런, 미친. 내가 어딜 만지고 있었던 거야?

밖을 잘 나가지 않아 하얗기만 한 내 손은 보기 좋게 그을린 그의
가슴 위에서 도드라졌다. 가슴 위로 심장이 쿵쿵쿵 뛰었다. 손끝까
지 빨개지는 기분이었다.

"미, 미안해요!"

얼른 내려오다 말고 그의 다리에 발이 걸렸다. 뒤로 기우는 몸을
익숙하게 받친 녹스가 상체를 일으켜 세웠다. 우리의 자세는 내가
녹스의 허벅지 위에 앉은 채 그가 나를 받치고 있었다.

나는 그윽한 시선을 마주했다.

"에이미."

"네, 네?"

"이대로 있어도 좋다고 생각하는데."

"……."

"이것도 허락을 받아야 하나?"

그는 손아귀 힘이 아주 셌는데, 근육이 도드라진 몸만 보아도 알 수 있는 사실이었다. 몇 번이고 봤지만 익숙해지지 않는 모습이었다. 반쯤 벗은 남자가 나를 안고 있는 것도 놓아주지 않을 듯 단단한 팔도.

어찌할 줄 모르다 고개를 푹 숙였다.

"싫은가?"

"저, 저는……."

문이 덜컥 열렸다. 무어라 하려던 나는 녹스를 잡은 그대로 딱딱하게 굳었다.

"에이미, 역시 언니가 걱정돼서 안 되겠어. 물수건이라도 갈자, 에이미……? ……어?"

한동안 침묵이 흘렀다.

말 없던 녹스도, 녹스의 가슴에 손을 올려놓고 있던 나도, 문을 연 언니도, 누구도 말을 할 수 없는 시간이 흘렀다.

눈을 크게 뜬 내가 더듬더듬 입을 열었다.

"어, 언니? 그, 그러니까 이건."

"에이미."

언니가 말을 잘랐다. 눈을 데구루루 굴리는 동안 언니가 천천히 입술을 떼었다. 살벌한 긴장 속에서 언니가 말했다.

"언니는 에이미가 발랑 까져서 슬퍼."

"어, 어?"

"말을 하지 그랬니. 지금 무척 놀랐잖아. 너무해. 연애는 언니 몰래 하려고 했던 거야?"

"어딜 봐서!"

"……그럼 언니 몰래 약혼자라도 만들었어?"

"무, 무슨 소리야. 이 숲에 그럴 사람이 어딨어!"

"흐응, 그래?"

말을 하려다 말고 멈칫한 나는 입을 어버버했다.

"그럼 교제하는 것도 아니고 약혼 관계는 더더욱 아닌 남자가 내 동생의 허리를 꼭 껴안고 있다라……. 이유가 뭐니?"

아니, 저 말 그대로이긴 한데, 언니의 지나친 팩트 폭력에 얻어맞은 나는 얼굴이 그대로 빨개졌다. 굳이 말로 할 필요가 있어?

하지만 살벌한 언니의 눈을 보는 순간 녹스의 가슴을 더듬던 손을 슬그머니 내렸다.

곧 나는 언니가 분노를 참고 있음을 알았다.

……큰일 났다. 언니가 화났다.

"그것도 옷도 입지 않았다."

"언니! 오해의 소지가 있는데, 이불 아래에 바지는 입고 있어!"

"……."

"……이, 입고 있다고."

……아차. 말하고서야 조금 등신 같았음을 자각했지만 늦은 뒤였다. 언니가 어이없다는 듯 헛웃음을 터트렸다.

"에이미, 할 말은 그게 다니?"

"……아, 아니죠."

나는 얼른 합, 입을 다물었다.

평소 지나치게 사람 좋은 언니지만, 원래 이런 사람이 화내면 무섭다고. 언니가 화내는 날은 조용히 입을 다물고 싹싹 빌었다. 언니가 이곳을 침입한 침입자들을 어떻게 해결했는지 나는 똑똑히 기억했다.

"일단은 너보다는 네 뒤의 저 사람과 얘기해 봐야겠다. ……지금 훨씬 작고 어린 네 뒤에 숨어서 뭐 하는 걸까?"

언니가 사근사근한 목소리로 속삭였다.

녹스의 몸에서 긴장감이 넘어왔다. 일촉즉발의 상황에서 나는 더 듬더듬 손을 뻗어 녹스를 잡고 언니의 오해를 바로잡아 주었다.

"어, 언니. 이 사람은 원래 말이 없는 거야……."

"벌써부터 애인 편 드는 거니?"

"아냐, 아니라니까!"

언니가 짐짓 눈물짓는 시늉을 하며 얼굴을 잡던 그때였다.

"괘씸하네."

언니의 시선이 일순 변했다.

티잉! 벽에 꽂힌 검은 분명 언니의 단검이었다. 언제 어디서든 대비하기 위해서 꼭 가지고 다니던 것이었다.

나는 그제야 언니가 평소처럼 말을 하고 있지만 아주 많이 화가 났다는 것을 알았다. 내가 알던 모습보다 더 화가 났다는 것도.

"일단 옆으로 빠져 있으렴."

"어, 언니! 잠깐만!"

일단 언니를 진정시키는 게 우선이겠지? 아이고, 책 속 두 사람의
칼부림이라니 안 된다!

나서려는 그 순간 녹스가 나를 잡아당겨서 꼭 끌어안았다. 그가
팔을 드는 모습에 싸움이라도 하려나 싶어 얼른 그를 붙잡았다.

"우리 어, 언니 때리면 안 돼요!"

"……아무것도 안 한다."

그의 품속에서 어쩌지도 못하고 억지로 고개를 들었는데, 언니가
검을 뽑아 드는 것이 보였다. 녹스가 나를 잡아당기며 뒤로 피했다.
우리는 어느새 달빛이 가장 많이 스며드는 창문 아래였다.

다시 한번 검을 들어 올리던 언니가 이곳을 본 순간 눈을 크게 떴다.

"가만, 당신……."

언니가 얼굴을 찌푸렸다. 시력이 나쁜 것도 아니었으니 똑똑히 보
였을 것이다.

"……녹스?"

자신이 말해놓고도 믿을 수 없다는 얼굴을 한 언니가 얼른 나를
바라봤다.

아니지? 아니지?! 언니의 눈이 이렇게 말하고 있었다. 눈을 도로
록 굴린 나는 천천히 고개를 끄덕였다. 응. 맞아, 언니. 언니가 주워
온 개……. 언니가 매우 아끼던 그 꼬맹이.

"믿기지 않겠지만 언니, 맞아. 사실이야. 언니가 아는 녹스가 여
기……."

말을 채 잇기도 전에 언니가 소리쳤다.

"마, 말도 안 돼. 거짓말이지?"

검을 든 언니가 주춤주춤하며 중얼거렸는데, 제발 거짓말이라고

해달라고 하는 것 같았다. 충격이 큰지 언니는 자세를 바꾸며 비틀 거리기까지 했다.

이내 언니는 흡사 주워 온 강아지가 사실은 늑대였다는 사실을 깨 달은 사람처럼 입을 벌렸다.

"녹, 녹스가 커버렸⋯⋯."

언니는 왈칵한 표정으로 입술을 막았다.

"ㄱ, 그러고 보니 눈이며 얼굴이며 비슷하잖아⋯⋯. 갑자기 성장 한 거니? 어떻게 된 일이야?"

"성장은 아니고⋯⋯ 비슷하긴 한데⋯⋯."

"안 돼!"

화들짝 놀란 언니는 마치 중요한 검사 결과를 듣는 사람처럼 내 어깨를 잡고 진지하게 물었다.

"설마 앞으로 다신 작은 녹스로 돌아오지 않는 거야?"

"⋯⋯응?"

"우리 귀여운 녹스가! 녹스를 돌려줘!"

낯선 타인이 아니라 우리에게 아주 익숙한 녹스여서 안심한 건 알 겠는데, 이게 지금 보일 반응이야? 지금 동생보다 그게 문제냐고.

"⋯⋯언니, 아까지 칼 던지고 화내던 사람 맞아?"

"⋯⋯중요한 건 그게 아니야, 에이미."

"뭐가 중요한데?"

"녹스."

언니가 진지한 표정으로 물었다.

"⋯⋯이제 다신 못 보는 거니?"

⋯⋯언니는 도대체 녹스를 얼마나 좋아한 걸까.

언니가 어린 녹스를 지나치게 좋아하긴 했다. 좀 좋아했나. 아마도 내가 중간에서 막지 않았다면 쉽사리 책 속 내용으로 이어졌겠지. 책 속 첫사랑이 아니게 된 상황에서 언니는 주워 온 어린아이를 예뻐라 하는 좋은 사람으로 남아 있게 됐지만.

그런데 왜 이 순간 자신이 과자며 각종 간식거리를 마구 안겨줬는데 다신 못하는 거냐며 서글퍼하는 언니의 모습이 어째서 최애를 잃은 덕후와 겹쳐 보이는 걸까.

나는 어이없다는 시선으로 입을 가로막는 언니를 바라봤다.

"……그러니까 낮에는 아이가 되고, 밤에는 저 모습이 된다고?"

"응."

나는 말 없는 녹스를 대신해 언니에게 상황을 설명했다. 한참의 설명이 끝난 후에야 언니는 겨우 알아들었다는 얼굴을 했다. 평소 이해력이 부족한 사람은 아니었지만, 워낙 황당한 일이었으니 그럴 만했다.

"이제 와서 말하기 좀 그렇지만 이런 일이 있을 수가 있니? …… 못 믿겠어."

언니가 이게 말이 되는 상황이냐면서 나를 다그쳤다. 하기야 나도 책으로 읽지 않았다면 믿지 못할 일이지.

"아파, 언니. 아파!"

……그 마음 이해해. 이해하는데 그만 때려주지 않을래? 어깨가 아프다고.

한때 기사여서인지 돌발에 강한 언니였다. 진정되기까지는 오랜 시간이 걸리지 않았다.

이윽고 진정이 된 언니는 한결 침착한 표정이었는데, 짐짓 묘한 눈으로 나를 응시했다.

"……그럼 그동안 밤마다 저 모습이었던 거야?"

언니의 시선이 잠시 머물렀던 곳은 녹스가 있는 쪽이었고, 나는 고개를 끄덕였다. 입술을 톡톡 치던 언니가 다시 한번 말했다.

"혹시 저 모습에서도 알맹이는 내가 알고 있는 녹스야?"

"아니. 어린아이일 때 기억이 없대. 그리고 성격은 비슷할 거야…… 아마도."

글쎄. 낮보다는 성숙하지. 그 성숙이 잔혹인지 냉정인지 모르겠지만…… 괜한 경계를 심어주지 않기 위해 일부러 말을 흘렸다.

조금 뒤 언니가 꺼낸 감상은 녹스를 처음 봤을 때 내가 느꼈던 것과 다르지 않았다.

"이렇게 보니까 잘 알겠다. 머리나 눈동자가 똑같네. ……인상은 정말 다르지만."

"그, 그렇지?"

한편 언니가 나타난 내내 침묵을 지키던 녹스는 지금까지도 말이 없었다.

그를 흘끗 봤다. 말수가 적은 편이지만, 그래도 나와 있을 때 꽤 대화하던 그였는데…….

"아이고 머리야. 너 지금 저렇게 큰 남자랑 농짓을……."

"저기, 어감이 이상하니까 바꿔주면 안 돼?"

언니는 조금 전처럼 칼을 꺼내는 대신 이마를 문질렀다.

"어쨌거나 겉은 달라도 녹스라는 거지? 그래. 상황은 알겠어. 눈에 보이니 믿지 않을 수도 없고. 하지만 에이미."

지금까지의 장난스러움을 싹 지운 언니가 진지하게 입을 열었다.

"왜 지금까지 말 안 했어? 언니가 걱정할 거라 생각해서?"

"으응……."

"정말 걱정했다면 사실대로 말을 했어야지. 이렇게 알게 되면 언니 심정이 어떨 거라 생각해?"

"미안해."

차마 언니의 시선을 마주하지 못한 나는 눈을 내렸다.

언니를 걱정해서만은 아니었어. 그것 말고도 책 속의 이야기를 피하기 위해서도 있었으니까. 한동안은 언니와 녹스가 만나면 안 될 것 같았거든.

하지 못한 얘기를 삼키면서 고개를 들었다.

"그럼 이제 어떡할 거야?"

언니가 쓰게 웃었다. 그럼에도 다정한 웃음이었다.

"의심스럽고 이상한 구석이 없는 건 아니야. 하지만 일이 이렇게 된 이상 어쩌겠어?"

언니는 약자에게 약하고 강자에게 강했다. 그래서 지금 언니가 할 답변을 알았다.

"낮에는 여전히 아이의 모습이라며? 이제 와서 쫓아낼 수는 없어."

"그럼 앞으로도 함께 사는 거야?"

"그래. 좋으니?"

어느새 평소의 모습으로 돌아온 언니가 미소했다.

"커진 녹스라…… 이것 참. 다시 봐도 묘하네."

줄곧 말 없던 녹스가 고개를 들었다. 그는 낮처럼 언니에게 관심을 두지 않는 것은 여전했지만 이 순간은 언니를 물끄러미 응시했다. 언니 또한 시선을 느낀 듯했다.

하지만 곧 어색한 표정이 되고 말았는데, 그에게서 어린 녹스를 찾지 못한 모양이었다.

"음, 나한테도 시간이 필요하겠다. 바로 익숙해지지는 않네. 어쨌거나 에이미."

"응?"

뜻밖에 표정을 굳힌 언니가 단호하게 말했다.

"이렇게 된 이상 너는 녹스와 함께 잘 수는 없어. 이해하지?"

"으응? 아⋯⋯."

그건 그렇지.

처음부터 언니가 녹스가 어린아이인 줄 알고 나와 함께 자게 했던 거니까⋯⋯. 나는 흘끗 녹스를 보았다.

"보아하니 지금의 녹스도 너를 무척이나 좋아하고 따르는 것 같고."

"으응."

"밤에는 덩치가 커서인지 조금 다르게 보이긴 하지만⋯⋯ 알맹이는 같은 것 같네. 널 무척이나 좋아하는 거 말이야."

언니는 말이 없고 나만 쳐다보는 녹스를 보며 나름 녹스가 완전히 성년의 인격은 아니라고 이해한 것 같았다. 나로서는 다행이긴 한데⋯⋯.

"그래도 성년에 가까운 모습이야. 너와 함께 재울 수는 없어."

"으응 맞아. 이제 같이 자는 건 힘들지. 그, 침대가 좁기도 했고⋯⋯."

나는 그의 표정을 확인하지 못하고 얼른 고개를 돌렸다.

기분이 묘했다. 이제 제대로 돌아가는 거고 이게 맞는 건데. 왜 순간 아쉬움이 느껴진 것 같지? 착각이겠지?

"그래, 그럼 앞으로 언니랑."

"안 된다."

내 말을 가로막은 녹스는 못마땅한 표정이었다. 그는 내 허리를 잡아당겼다. 나는 그의 팔에 이끌려 들어가면서 언니의 눈치를 보았다.

"갈 건가?"

"네? 어딜요?"

녹스가 조심스럽게 내 손목을 쥐었다.

"가지 마라."

……왜 언니한테 가는 걸 꼭 먼 타국으로 가는 것처럼 말하는 걸까.

"저 멀리 가는 게 아닌데요."

나는 붙들린 손목을 바라보며 쩔쩔맸다.

그런 나를 쳐다보며 어이가 없는 듯 헛웃음을 짓던 언니가 곧, "낮의 녹스나 밤의 녹스나 널 정말 좋아하는구나." 하며 싱글벙글한 얼굴로 말했다.

"후후. 기억이 없다고 했지? 낮이랑 밤이랑 누가 더 널 좋아하려나?"

"……쓸데없는 소리 하지 마."

그러자 이번엔 녹스가 미간을 찌푸렸다.

아니, 왜 나를 쳐다보는 건데.

어쨌거나 계속 이렇게 있을 수는 없으니 나는 녹스에게서 떨어지려 했다. 그런데 도무지 빠지지 않는 손에 끙끙거리며 그를 붙들었다. 고개를 절레절레 흔든 언니가 단호하게 말했다.

"사정은 알겠지만 더는 둘을 같이 둘 수 없어."

어쨌거나 밤의 녹스는 청년에 가까운 대공 모습이니, 강경하게 나오긴 했지만 언니의 말은 틀린 게 없었다. 언니 입장에서 나를 녹스와 단둘이 두는 건 안 될 말이다.

"시간이 늦었으니 그만 자자."

"응."

이렇게 동침 아닌 동침이 끝나는구나.

"녹스, 놓아주세요. 응?"

"⋯⋯."

사실 손등의 문양에 대해서 좀 너 알아보고 싶었는데 안 되겠지? 여기서 같이 자겠습니다, 할 수는 없는 거잖아. 그렇게 녹스의 손을 빠져나왔고, 녹스는 더는 붙잡지 않았다.

대신 그는 나를 오래도록 응시했다. 그러고는 텅 빈 자신의 손을 응시했다.

그런 녹스를 어색하게 바라보던 나는 손을 흔들었다.

"⋯⋯잘 자요."

서늘한 그의 눈이 순간이나마 텅 빈 것처럼 보였다.

어째서일까. 돌아가는 잠깐의 길이 한겨울 숲처럼 허전하게 느껴졌다.

△

다음 날. 아무 일 없이 하루가 흘러갔다. 아무 일은 없었는데, 묘하게 허전한 하루였다. 아침에 일어났을 때 침대가 너무 넓게 느껴져서일지도 모른다. 하기야 꽉 차게 사용하다 못해 꼭 붙었던 녹스와 달리 언니와 쓸 때는 공간이 남는 게 당연했다.

낮 동안의 시간이 후딱 지나갔다. 이제는 몸이 말끔히 나아서 집안일이 어렵지 않았으므로 밀린 일들을 하는 내내 바빴던 것 같다. 그동안 어린 녹스의 공부를 봐주기도 했고, 간만에 저녁 준비를 하기도 했다. 하다 보니 어느새 금방 밤이었다.

"요즘 따라 마물이 더 날뛰는 기분이야."

"그래?"

모처럼 채집을 다녀온 언니는 길을 잃은 마물을 마주쳤는데, 고전했다고 했나. 다른 날과 다르게 깊이 잠든 듯했다.

하지만 잠에 푹 빠진 것 같아도 내가 움직이면 금세 눈을 뜰 것이다. 똑바로 누웠지만, 여전히 잠이 오질 않았다.

······언니한테 한번 안겨볼까?

체온은 숙면에 도움이 된다고 한다. 전생에 티비 프로그램에서 잠들기 전까지 안아주는 신기한 기업을 봤던 것 같은데, 그 말을 실감했다.

비좁은 침대를 함께 사용하는 동안 녹스와 나는 타의로 꼬옥 붙어서 자야 했다. 선택의 여지가 없었던 거지만 지금 생각해 보니 참 깊게 잤던 것 같다.

지금 나 그리워한 거야? 고작 하루인데?

······말도 안 돼. 고개를 마구 흔들었다. 그러나 참지 못하고 일어났다. 살금살금 이불을 치운 내가 문고리를 잡았을 때였다.

"······으응, 어디 가?"

"화, 화장실."

"······아 ······다녀와."

마물을 만난 여파였을까? 평소 같으면 꼬치꼬치 물었을 언니가 쉽사리 포기하고 새근새근 잠들었다.

나는 깊이 잠든 언니를 확인하고 문을 열었다. 거실에 도착했을 때, 소파에 앉아 긴 한숨을 토했다.

"휴……."

조금만 앉아 있다 들어가야지.

그렇게 가슴을 쓸어내리는데, 누군가 나를 들어 올렸다.

"에이미."

"꺄악, 녹스?"

언제 뒤로 온 거야? 아니, 분명 거실에 아무도 없었는데?

그에게 달랑 들린 채로 눈을 깜빡이던 나는 도로록 시선을 굴렸다. 어느새 내 방문이 열려 있었다.

"아, 안 잤어요?"

"……잠이 오지 않더군."

그러나 그렇게 말하는 녹스의 눈은 꼭 억지로 잠을 참는 사람처럼 피로에 잠겨 있었다. 조심스럽게 손을 뻗은 나는 그의 눈을 만졌다. 그는 손끝이 눈을 스치는 동안 가만히 눈을 감았다.

"피곤해 보이는데 왜 안 잤어요. 잠은 억지로 참는 게 아닌데."

"잠을 자도 네가 없을 테니까."

"……."

숨을 늘이켰다. 그에게 안겨 있는 지금은 어디 도망갈 곳도 없었다. 그래서 고개를 슬그머니 내리는 것으로 대신했다.

"……언제까지나 내가 옆에 있을 수는 없어요. 오늘부터 같이 자게 되지 못한 것처럼 나중에는 달라질지도 모르고."

"뭐가 달라지지?"

"……많은 게요. 영원한 순간은 없거든요."

남자 주인공의 삶에 관여하는 건 딱 지금뿐이다. 언니를 살릴 때까지만. 그 이후 당신의 삶에 나는 없을 것이다.

하지 못한 얘기들이 마음에 맴맴 맴돌았다. 왜일까, 그대로 전하면 안 될 것 같아서 그대로 꾹 삼켰다.

"왜 너는 늘 밀어내나."

"……밀어내다뇨."

"눈을 뜬 순간부터 너를 찾았다."

"…….

"날 봐라, 에이미."

숨소리가 조금씩 어긋났다.

"내게 주어진 시간은 오직 밤뿐인데, 네가 없으면……. 모든 시간이 의미 없어진다."

파르르 떨리는 그의 눈꺼풀을 느꼈다. 바르작거리는 손이 그의 살갗을 잡았다가 화들짝 놀라 놓았다.

"에이미."

그는 떨어지는 내 손을 잡아 입술로 가져다 댔다. 꼭 상처 난 내 손바닥을 핥던 날처럼 혀 대신 입술을 꾸욱 눌러 겹쳤다. 눈앞에서 검은 속눈썹이 팔랑거렸다.

푹신한 자리에 나를 내려놓은 그가 양옆을 짚었다. 코끝에서 숨이 느껴졌다.

"지금부터 하려는 것을 허락받고 싶은데. 괜찮나?"

꼭 문을 열고 언니가 나타날 것 같았다. 무엇을 들키는 게 두려운 걸까? 아니면 녹스가 나를 바라보는 얼굴? 시선? 낮은 목소리? ……혹은 점차 가까워지는 얼굴에 놀라 빨개진 내 얼굴?

아니다. 아니다. 이건 중요하지 않아.

머리를 흔든 나는 눈앞을 가득 채운 시선에서 피하려고 애를 썼지만, 곧 바라볼 수밖에 없었다. 피할 곳은 없었다. 이전까지 약간의 거리를 두던 그는, 꼭 묶어둔 고삐가 풀린 사람처럼 보였다.

"저어, 놔주세요. 언니에게 들킬 거예요."

"조용히 말하면 되겠나?"

"언니가 일어난다니까요."

피로로 인해 깊이 잠든 언니의 얼굴이 떠올랐지만, 모른 척했다. 언니가 그렇게 잠들면 평소랑 달리 거의 깨지 않는다는 걸 알면서도.

"네 언니에게 들키는 것이 걱정인가."

눈을 굴리던 나는 얼른 고개를 끄덕였다. 고개를 기울인 그가 낮게 속삭였다.

"……들키지 않으면 뭐든 해도 되나?"

……선생님, 세상에서 가장 위험한 단어 하나를 들은 기분인데요.

아무래도 녹스는 '뭐든'이라는 단어가 어떤 상상을 불러일으키는지 모르는 것이 분명했다. 이 사람이 지금 무슨 얘기를 하는 건가 하고 잠시 멍했던 나는 얼른 정신을 차리고 그의 얼굴에서 멀어졌다.

"대체 뭘 뭐든 하겠다는 거예요?"

"궁금한가?"

"……"

아니요. 궁금하지 않습니다.

여기서 끄덕이면 마치 커튼으로 가려진 문 뒤로 꼭 지옥이 도사리고 있을 것 같은 기분에 얼른 고개를 저었다.

밤 내내 반라인 사람이었으니 고개를 숙이면 자연히 맨가슴을 바라보게 되는데, 더욱 곤란했다. 달빛 아래 음영이 깊게 진 근육의 굴곡은 미묘한 열기를 부채질했다.

당황하면 안 된다. 당황하지 말자. 옷자락을 꾹 말아 쥐고 어색하게 미소한 나는 태연한 목소리를 꺼냈다.

"저 그만 자러 가볼까요? 음, 시간이 많이 늦었네요. 얼른 자요."

침묵하던 그가 나를 꾹 눌러 잡는 순간 움찔했다.

"……허락은?"

……이분이 무서운 소릴 하시네. 허락 안 해. 할 리가 없잖아.

고개를 절레절레 흔들었지만, 그의 시선에 움츠러들고 말았다. 나는 슬그머니 손을 떼어내며 말했다.

"언니가 방에서 자고 있다니까요? 얼른 들어가야 해요."

여기서 더는 가까워지면 안 된다는 생각에 엉덩이를 슬금슬금 뒤로 움직인 뒤, 차분하게 말하려 애썼다.

사실 마물을 마주치고 실컷 고생한 언니는 업어 가는 줄도 모르고 잠들어 있겠지만, 녹스에게 알려서는 안 될 것 같다. 이미 고집스러운 자색 눈동자가 나를 사로잡듯이 응시하고 있었으니까.

"왜 피하지? 나는 아무것도 하지 않았다."

그러니까 선생님 눈이 앞으로 뭔가 할 것 같은데요.

다가오는 시선을 피하고 싶었지만 그가 내 손을 거머쥔 탓에 더는 물러날 수 없었다. 곤란한 얼굴로 그에게 비켜달라고 말을 해봐도, 그는 비켜나는 대신 내 얼굴을 집요하게 바라봤다.

그러더니 나지막하게 말했다.

"……여기서 자라. 네가 없으면 잠이 오질 않아."

아름다운 자색 눈동자가 달빛을 요요하게 반사했다.

오늘따라 왜 이러는 거지? 순간 오싹한 소름이 등골을 스쳤는데, 나를 응시하는 시선이 꼭 손으로 어루만지는 것처럼 느껴졌다.

"왜 그런 얼굴이지? 계속 함께 자지 않았나."

'오늘따라 유난히 당신 반응이 이상해서 도망가고 싶다.'라고 대답할 수 없던 나는 우물쭈물 대꾸했다.

"그, 그건 그렇긴 한데. 아니, 언니에게 들키면 안 된다니까요?"

"안 들키면 되는 것 아닌가."

"……."

"난 조용하게 할 자신이 있는데."

……뭘 조용히 해요?

아니, 함께 자자는 말을 이렇게 의미심장하게 해도 돼? 혼비백산한 나와 달리 메이저급 직구를 던진 녹스는 평온한 표정이었다.

"그냥 잠만 자는 거잖아요."

"그래. 너랑 자고 싶다."

……저기요. 왜 말을 그렇게 하세요?

"뭐가 문제지?"

그가 손끝을 더듬었다. 그만, 그만 만졌으면 좋겠는데.

녹스는 자신의 말과 행동이 어떤 영향을 미치는지 모르는 게 분명했는데, 인식할수록 점차 열이 오르는 기분이었다.

이 열기가 손끝에서 전해져 들킬까 봐 슬그머니 떼어냈다.

"우리 언니는 예민해서…… 잘 깨요. 아, 아주 예민해서."

떨어지는 내 손을 물끄러미 보는가 싶던 그가 허공에서 손을 낚아챘다. 그러고는 고개 숙여 나를 응시했다.

"네 언니는 깊이 잠든 것 같군. 기척에 민감한 것으로 보였는데,

잠잠한 것을 보니."

눈을 슬그머니 피한 나는 고개를 끄덕이지도 젓지도 못하고 망설였다. 언니는 할 수 있는 것과 할 수 없는 것을 잘 아는 사람이었는데, 이렇게 녹초가 돼서 잠드는 건 흔히 있는 일은 아니었다.

말해도 되는 걸까? 당황스러운 얼굴로 그를 바라보며 무어라 말을 하면 좋을지 몰라 입을 달싹였다.

"네. 자, 자긴 하는데……."

이 와중에도 손바닥이 닿을까 봐 닿더라도 최소한의 면적이고자 하는 노력이 눈물겨웠다. 아니, 왜 이렇게까지 해야 하는 거야?

"정말 깊이 잠든 건가?"

"오늘은 마물을 만나서…… 아마도요."

"그런가."

나는 집요할 정도로 따라붙는 시선에 털어놓지 않으려 했던 사실을 말하고 말았다. 아무 말이라도 던지지 않으면 나를 쫓는 숨결에 정신을 뺏길 것 같았다.

줄곧 녹스와 밤을 보냈지만, 이런 날은 없었다. 맴맴 맴돌던 사실을 인정했다. 오늘따라 그가 이상했다. 많이.

"네 언니는 너를 많이 좋아하는 것 같군."

"네에…… 그리고 언니는…… 녹스도 좋아해요."

"낮의 내 모습 말인가?"

"네. 귀엽고 사랑스럽다고 얼마나 좋아하는데요."

"……대체 어떤 모습인지 상상할 수가 없군."

녹스가 고개를 저으며 묘한 표정으로 중얼거렸다.

어째서 그가 갑자기 언니의 얘기를 꺼낸 것인지 알 수 없었지만 일단 그의 말에 순순히 대꾸하며 그를 관찰했다.

침묵이 강처럼 흐르는 사이 보석을 그대로 정련한 듯 아름다운 눈은 한없이 진지했다.

무슨 말을 하려는 것 같은데 괜한 긴장에 어깨를 움츠릴 때였다.

"에이미, 고백할 것이 있다."

나를 붙잡은 채 고개를 숙여 눈을 마주한 그가 나지막하게 털어놓았다. 의미심장한 어조에 나는 침을 꿀꺽 삼켰다.

"네 언니를 다치게 하면 너는 화를 낼 텐가?"

"……네?!"

"사실, 네 언니가 너를 데려간 순간 나도 모르게 화가 나더군."

"……."

"……이건 정상인가?"

나는 움찔했다. 언니와 있을 때 줄곧 침묵을 고수했던 그를 떠올린 나는 눈을 동그랗게 떴다.

"화가…… 났다구요? 그렇게 보이지 않았는데……."

"네 앞이었으니까."

잠깐 화를 내는 그를 상상한 나는 오싹해졌다. 아울러 책 속에서 녹스의 모습이 머릿속을 스쳐 지나갔는데, 언니도 뛰어난 기사이지만 녹스랑 제대로 붙으면 어떻게 될지 몰랐다.

아니, 잠깐 그럼 나는 남자 주인공 손에 언니를 보내게 할 뻔한 건……. 아니겠지? 아니, 아닐 거야.

책 속에서 남자 주인공과 남자 주인공의 첫사랑인 두 사람의 관계에 내가 끼어들면서 변화가 있을 것이라 생각했지만…… 전혀 예상치 못한 변화잖아.

나는 얼른 그의 손을 붙잡았다.

"왜 화가 나요?"

"잘 모르겠다, 짐작 가는 것은 있지만."

침을 꿀꺽 삼키며 얼른 말했다.

"······언니랑 싸우면 안 돼요."

"······"

잠시 나를 바라보는 그의 시선은 몹시도 차가웠는데, 나를 바라본다기보다는 무언가를 겹쳐보는 듯했다.

이어 그의 시선이 머무른 곳은 언니의 방이었다. 자신의 손을 꽉 부여잡은 나를 바라보던 자색 눈동자가 마치 사냥하기 직전 짐승의 것처럼 천천히 굴러갔다.

"네가 원한다면."

순순히 대답하는데, 왜 소름이 돋는 걸까? 나는 책 속 광기를 품은 대공이었던 녹스를 떠올렸다.

녹스가 낮게 웃는 듯했다.

"네 언니가 잠들었다면 너는 여기서 자면 되지 않나?"

책 속 그의 모습을 되돌아보던 나는 손을 잡은 그와 가까워지고서야 비로소 정신 차렸다.

설마 녹스가 뭔가 기억한 걸까? 사람이 갑자기 변할 리가 없잖아. 기억이 돌아온 것이 아니고서야······.

아니. 아니아니. 내가 신경과민인 것 같다. 그저 대공 시절의 버릇 같은 것이 먼저 튀어나오는 것이 아닐까?

그래. 그의 기억은 훗날 황태자의 습격이 있을 때나 돌아올 예정 이다, 그것도 언니의 죽음과 같은 큰 충격을 통해서.

"조금 전에 네가 말하지 않았나. 네 언니는 마물을 만나서 깊이 잠들었다고."

"……."

그나저나 왜 이렇게 가까이서 말을 하는 걸까. 나는 엉덩이를 슬금슬금 움직였지만 금세 소파 끝에 등이 닿았다. 소파 난간으로 몸이 기울어지자 그가 나를 잡았다. 더듬더듬 그의 가슴을 짚었던 나는 놀라 얼른 떼어냈다. 그의 시선이 바로 앞에 있었다.

"밤새 너를 볼 시간을 기다렸다."

꼼짝없이 나를 덮친 그림자 속에, 올려다본 그는 알 수 없는 표정이었다.

"한번은 네가 나와 줄까 싶어서. 한 시간이 꼭 하루 같더군."

허리를 숙여 내 어깨에 머리를 기댄 그는 가만히 숨을 내쉬었다. 숨소리가 목 옆에서 들렸다. 침이 꼴딱 넘어갔다.

"……이런 것도 허락을 받아야 하나?"

당연하잖아.

그러나 말을 하지 못한 채 숨을 꾹 참으며 그의 팔을 붙들었다. 입술을 떼어내면 뜨거운 숨이 쏟아질 것 같았기 때문이었다.

이마를 기댄 그가 천천히 내려가는 것이 느껴졌다. 입술이 쇄골을 스쳤을 때 나는 움찔했다.

"피하지 마라."

그의 머리칼이 목을 스치고, 숨이 스칠 때마다 꼭 가슴 앞에 커다란 짐승을 두고 있는 기분이었다. 아랫배가 간질간질한 기분에 허리에 힘이 들어갔다. 소름이 오소소 돋았다.

"조금만 더 함께 있고 싶다. 안 되나?"

따뜻한 숨이 목에 닿을 때마다 솜털이 삐쭉 서는 기분이었다. 갈수록 내려가는 숨소리에 신경이 몰렸는데, 스치는 입술이 온도를 10도쯤 올리는 것 같았다.

어느새 고개를 든 녹스는 붙잡은 내 손을 들어 올려 자신의 뺨 쪽으로 가져왔다. 일련의 행동 동안 자색 시선은 못을 박은 듯 나로 고정하고 있었다. 손목 안쪽, 핏줄이 도드라진 곳에 입술이 닿았을 때는 그대로 굳어 버렸다.

"여기까지 허락해 주겠습니까?"

겨우 눈을 깜빡인 나는 가까스로 입을 열었다.

"왜, 갑자기 말을 높이는데요?"

"무언갈 부탁할 때는 정중하게 하는 것이 아닌가?"

"기억난 거예요, 뭔가?"

"아니. 불현듯 생각났을 뿐이다."

고개를 가로저은 그가 다시 내 눈을 응시했다. 입술을 지그시 내리누른 곳은 손목의 가장 여린 살이었다.

"허락해 주겠나?"

……그러니까 이미 행동한 뒤에 허락을 구하는 게 아니라니까.

입술을 눌러 붙인 그를 바라보는 동안 아랫입술이 파르르 떨렸다. 그의 어깨를 쥔 손가락도. 하지만 계속 이럴 수는 없었기에 그가 고개를 드는 것과 함께 입을 떼어냈다.

"저 녹스…… 아, 아무에게나 이러면 안 돼요."

"넌 아무나가 아니다."

천천히 고개를 기울이고, 차가운 듯 진지한 시선이 내게 향했다.

"놀란 건가?"

나를 응시하던 그가 천천히 손을 놓고 부드럽게 겹쳐 잡았다, 마치 겁먹지 말라는 듯이.

"네 언니에게는 이러지 않는다."

"그래요. 나한테도……."

"하지 말라?"

그 순간 눈이 마주쳤다.

"왜지?"

그는 꼭 불이 위험하다는 이야기를 처음으로 듣는 사람처럼 나를 바라보고 있었다. 당연한 것을 하지 말라고 하여서 이해하지 못하는 사람처럼. 내게 이러지 말라고 해도 그가 이해하지 못한다는 것을 알았다.

"시선을 피하지 마라, 에이미."

"……."

"에이미, 네가 무슨 생각을 하는지. 왜 눈을 피하는지. 날 싫어하는 것은 아닌지. 나는 알려 주지 않으면 알 수 없다."

무엇이 잘못된 것인지 모르겠다는 시선으로 보는 녹스에게 아무 말도 할 수 없었다. 팔을 사로잡은 녹스를 보며 낮의 소년이 떠올랐다.

"그야, 이, 이런 건 좀 더 가까운 사이에 하는 거고."

"……니와 나는 가까운 사이가 아닌가?"

그의 의문은 지당했다. 적어도 그에게는 기억을 잃고 자신을 구한 것으로 모자라 입고 먹이는 사람이었으니 당연했을 것이다. 그는 꼭 피가 뚝뚝 떨어지는 손을 한 채 아픔이 무엇이냐고 물을 때처럼 나를 바라보고 있었다.

"……너는 내가 싫은 건가?"

왜 갑자기 풀 죽은 목소리를 하는 거야. 나도 모르게 움찔해서 그의 손을 붙잡았다. 반사적인 행동이었다.

그의 얼굴이 더는 쫓지 말라 말을 했을 때 소년의 얼굴이 녹스와 겹쳐 보였다.

"곤란해요."

"곤란."

"네. 그냥 이럴 때마다 녹스가 기억이 없다는 사실을 떠올려요."

어디까지 말을 해야 할지 모르겠다고 생각하던 나는 우물쭈물 입을 열었다.

"녹스에게도 진짜 집이 있고 사랑하는 사람이 있었을 거라는 생각이 들어서……."

"……."

"곤란해요."

당신이 내게 너무 많은 정을 줄까 봐.

"녹스, 잃은 건 언젠가 돌아와요. 그러니까 언젠가 기억을 되찾겠죠……? 그때 가면 많은 게 변할지도 몰라요."

"내가 기억을 되찾는다고 달라지는 건 없다."

"만약에 기억이 돌아왔는데…… 녹스에게 소중한 것들이 있었어요. 떠올려 보니 아주 소중한 것들이 있었던 거죠. 그래서 난처해지면 어떡해요?"

그는 멋진 여주인공을 만나고 행복해진다. 우리는 스쳐 지나가는 관계였다.

아무것도 돌려줄 수 없으니 나에게 정을 주지 말아 달라고. 채 나오지 못한 말을 목 뒤로 삼켰다. 그런 나를 물끄러미 바라보던 녹스가 입을 열었다. 옆구리 사이로 파고든 팔이 허리를 단단하게 감았다.

"······너는 네가 내 기억을 얘기할 때만 눈을 피하지 않는 걸 알고 있나?"

"······."

"······그런 너를 바라볼 때면 나는 내가 널 겁먹게 한 건가 생각하곤 한다."

그가 허리를 숙이자 자연히 그의 어깨에 뺨이 닿게 되었다. 움찔했지만, 놓아달라고 말을 해도 놓아줄 것 같지 않아서 가만히 그의 어깨에 숨을 쉬었다.

"이렇게 떨면서."

"무서워서는 아니에요."

"그런가."

여전히 풀이 죽어 있는 그의 목소리가 마치 소년의 목소리처럼 신경이 쓰였다. 더는 안 된다고 속으로 중얼거리면서도 그의 팔을 조심스럽게 붙들었다.

"정말로요. 처음에는 무서웠지만 녹스는 저를 구해주기도 했으니까······."

맨살은 뜨거웠고 안겨 있을수록 기분이 이상했다. 줄곧 그에게서 나던 향기가 내게로 옮겨온 것처럼 느껴졌다.

역시 얼른 그에게 상의를 만들어줘야겠다는 생각을 공고히 할 때, 녹스가 고개를 내렸다.

"에이미."

그가 숨죽여 나를 불렀는데, 세 마디가 낯설게 들렸다.

"······너는, 내 모든 시간이 밤이길 바라게 한다."

나를 바라보며 녹스가 평온하게 진심을 꺼냈다.

"난 기억을 찾고 싶지 않다."

아니, 귀로 녹진한 목소리가 가득 찬 순간 눈을 질끈 감았다.

"그, 그건 안 돼요. 해, 행복해져야죠."

"……너는 내 행복을 바라나?"

"네. 행복해지면 얼마나 좋은데. 녹스가 나중에 어딜 가서든 행복해지길 바라고 있는데요."

나는 어느 때보다 진심을 담아 고개를 끄덕였다.

그의 삶은 아주 삭막했다. 책 속 리녹은 냉혹하며 계산적인 사람이었다. 성공을 위해서라면 수단과 방법을 가리지 않았는데, 거기에는 타인의 감정에 좀처럼 공감하지 못하고 이해하지 못한 탓이 컸다.

내 상처도 아프지 않으니 남의 상처도 아프지 않은 거다. 그래서 지금도 행복이 무엇인지 이해하지 못하는 눈으로 바라보는 거겠지. 한 사람이라도 그에게 사랑을 주었다면 이 사람은 그렇게 되지 않았을 텐데.

그는 나를 들어 올렸다.

"그럼 네가 줄 수는 없나?"

우물쭈물하던 나는 고개를 숙이며 더듬더듬 입을 열었다.

"……녹스가 눈을 뜨고 가장 먼저 만난 사람이 나인 것뿐이에요."

알에서 깨어나 처음 본 상대를 각인하는 오리는 그 사람만을 쫓는다. 녹스가 이와 무엇이 다를까? 녹스의 밤도 낮도 내가 차지했을 뿐이다.

"내가 바라보는 건 너다. 내게는 이 순간이 중요할 뿐인데 또 무엇이 중요하지?"

"……."

무어라 말을 하려던 나는 언어를 만들어내지 못하고 입을 꾹 다물었다. 여기서 무슨 말을 하란 말이야?

끝내 침묵하는 나를 바라보며 인상을 쓴 것도 같았다. 고개를 기울이고 나를 응시한 그는 조금 전보다 차가운 시선으로 천천히 입을 뗐다.

"이미 너는 나의 모든 시간을 차지했다. 이제 와서 네가 외면한다면……."

고개를 숙여 내 어깨에 기댄 그가 속삭이듯 중얼거렸다.

"네가 지은 이름을 너 아닌 사람이 부르는 게 싫다."

"……."

"아무도 없는 공간으로 너를 데려가고 싶을 정도로."

그 순간 나를 끌어안은 팔에 힘이 들어가는 것이 느껴졌다.

"……이대로 도망가 버릴까."

"……네?"

순간이지만 흠칫하고 굳을 정도로 소유욕이 절절한 목소리에 나도 모르게 그를 올려다봤다.

이거, 괜찮은 거야? 오싹했다. 그러나 그는 집요함이 뚝뚝 떨어지는 말을 했다고는 믿을 수 없을 정도로 태연한 얼굴이었다.

"지금, 뭐라고 하셨어요?"

천천히 고개를 내린 그가 귀에서 낮게 웃는 것도 같았다. 뜨거운 숨이 목덜미를 간지럽힐 때마다 손가락이 굽혀졌다.

발끝을 동동 구르고 싶다고 생각하는 순간, 그가 가까워진 거리에서 머리를 들었다. 숨이 코끝이 닿을 정도로 근접한 그의 입술이 열렸다.

"이제야 나를 봐주는군. 실현하고 싶다는 생각은 하지만."

침이 꼴깍 넘어갔다.

"농이다."

농으로 들리지 않는데요.

꽉 붙들고 있지 않으면 정신이 헬륨 풍선처럼 날아버릴 것 같았다. 코끝을 간지럽히는 숨에 정신이 아연해지는 찰나 그가 웃었다. 밀어붙이는 손에 힘없이 눕게 된 나는 바로 옆에 자리한 그를 보며 눈을 깜빡였다.

그는 곧 나를 들어 올려 허벅지에 앉히고는 속삭였다.

"그만 자지."

……저기. 이 상태로요?

그러나 그는 그대로 눈을 감았다. 색색 목에서 느껴지는 숨에 힘이 잔뜩 들어갔다. 뺨으로 느껴지는 살갗에 어찌하면 좋을지 몰라 허공 어딘가를 헤맸다.

착한 생각을 하자. 착한 생각. 착한 생각……!

그러나 음영진 근육이 도드라진 그의 가슴은 선명하게만 다가왔다. 아니, 왜 쓸데없이 몸이 좋아서!

보지 않아도 그가 이 상태로 잠들 것을 알았다. 침묵이 아스라하게 깔릴 때쯤에 나는 속으로 아연하게 중얼거렸다.

이거, 괜찮은 거야?

그의 품 안에 꼼짝없이 갇힌 나는 그의 살갗을 보고 있을 수밖에 없었는데, 고개를 살짝 들면 눈 감고 있는 그가 보였다. 천천히 손을 뻗어 그의 앞에 손바닥을 흔들어본 나는 그가 잠에 빠진 것을 알았다. 침을 꿀꺽 삼키며 팔뚝을 콕 찔러보는데, 손이 잡혔다.

"잠이 오지 않나?"

"아니요……."

물끄러미 날 보던 녹스가 툭 꺼냈다.

"잠들게 해줄 수 있는데."

……어떻게요?

그 말이 목 끝까지 차올랐지만, 고개를 내젓고 자겠노라 말했다.
다짐한 나를 보고서야 그는 눈을 다시 감았다. 한숨을 쉬면 조금 움
찔하는 몸이 느껴졌다.

결국, 꼼짝없이 가만가만 숨만 쉬던 나는 어느 순간부터 눈이 감
겨오는 것을 느꼈다. 고요하니까 그런 것 같은데, 이러면 안 되는
데……. 그러나 눈꺼풀을 이겨내지 못하고 스르륵 감았다.

△

"에이미!"

쨱쨱쨱. 숲의 깊은 곳이라서 새소리와 함께 맞이하곤 했다. 아침
인가 싶어 비비적 비비며 눈을 뜨던 나는 내 앞에 멀거니 서 있는 언
니를 발견했다.

언니가 왜 여기 있지? 그것도 화가 엄청 난 얼굴로…….

나는 화들짝 상체를 일으켜 세웠다.

"어, 언니?!"

……언제 잠들었지? 소름이 오소소 돋았다.

절대로 자지 못할 거라고 생각했는데. 분명 자는 척하다 언니 방

으로 돌아가려는 계획이었으나 그대로 잠들어 버린 모양이었다. 어느 틈에 잠이 든 나를 생각하니 어처구니가 없었다. 아니, 그렇다고 품에 안겨 잠들면 어쩌자는 말이야.

눈치를 살피던 나는 우물쭈물 입을 열었다.

"하, 하하. 자, 잘 잤어?"

"잘 잤을 것 같니?"

언니가 곧바로 심기가 불편한 표정으로 말했다.

"아침에 옆에 없어서 얼마나 놀랐는지 알아?"

"미, 미안해……."

하기야 옆자리에서 잠들었던 동생이 아침에 사라졌다가 거실 소파에 편하게 늘어진 모습을 보면 놀랄 만도 했을 것 같다. 더구나 하지 말라는 짓도 했지…….

"잘 잤냐니. 잘 자긴 했네. 침대가 넓었지 아주."

언니가 눈을 가늘게 좁혔다.

"언니는 언니가 너무 피곤해서 꼴까닥 기절한 동안 우리 예쁜 에이미가 어디로 간 줄도 몰랐지이. 나쁜 언니다. 응?"

"……언니이."

"언니가 무심했다 그렇지?"

차마 대답하면 안 될 것 같은 분위기에 슬그머니 시선을 흘렸다. 선량하고 올곧은 언니지만 정말 화나면 무서운 사람인 걸 너무 잘 아니까.

"그래서 어떻게 된 일인지 얘기해 볼래?"

"……."

"……말하지 않아도 알 것 같긴 하다만."

언니가 심기가 불편한 것 반, 어처구니없음과 당황한 표정 반 정도로 중얼거렸다.

"언니도 버리고 이렇게 귀—여운 녹스 옆에 딱 누워서 말이야."

언니를 따라 아래를 응시한 나는 헛웃음을 흘렸다. 어린 녹스가 무릎을 베고 새근새근 잠들어 있었다.

어느 틈에 움직인 건지는 몰라도 소년의 모습으로 나를 받치고 있을 수는 없을 테니 아마도 일출과 함께 변신한 뒤에 움직인 것이 아닐까?

나름 사실에 가까운 추리를 하는 동안에 마찬가지로 소년을 향했던 언니의 시선이 내게로 돌아왔다.

"너 녹스가 그렇게 좋니?"

"뭐?"

"아니, 그래도 그렇지 녹스 혼자 잠든 방에 찾아가고 그러면 안 돼. 아무리 정신은 아이라도……."

"아니, 언니 잠깐만."

"몸은 성인에 가깝잖니."

아니야. 아니라고!

곧 복잡한 표정으로 얼굴을 쓸어내린 언니는 우리 에이미가 다 큰 걸까…… 하고 중얼거리는 것도 같았다. 가만히 듣던 나는 언니 생각의 흐름을 깨닫고 입을 뻐끔거렸다. 익숙한 장면이다 싶었더니, 언니가 단단히 오해한 것 같다.

아니, 왜 자꾸 내가 가해자가 되는 거야? 동생과 소년이 나란히 기대어 잠든 상황에서 생각할 수 있는 가정은 많잖아. 대공 모습의 녹스가 찾아왔다거나 소년의 모습으로 찾아왔다거나.

그런데 언니는 복잡한 표정으로 나를 응시하고 있었다. 내가 찾아간 거라 의심 없이 믿는 듯했다.

"아니, 언니 녹스가 찾아온 거라고 생각은 안 해?"

"응? 녹스가 내 방에는 얼씬도 안 하는걸."

"그건 그렇지만……."

"모습이 달라졌지, 생각이 달리진 건 아니잖니. 커진 모습으로도 날 별로 좋아하지 않는 것 같던데?"

놀랍게도 진실에 근접한 답을 하는 언니를 바라보며 어젯밤 언니를 다치게 해도 되냐는 녹스의 말을 떠올렸다.

괜히 긴장한 나는 침을 꼴깍 삼키며 잠든 소년의 머리를 조심스럽게 어루만졌다. 세상모르고 잠든 녹스의 머리칼은 부드럽기만 했지만 어젯밤의 맨 살갗이 자꾸 떠오르는 건 왜인지.

"가만 보니까 작은 버릇들도 비슷하더라. 못마땅할 때 코를 미세하게 찡그리는 거나 눈을 가늘게 좁히는 거."

"언닌 그런 게 보여?"

"보이지. 한때 관찰하는 게 일이었잖아? 검을 쓸 때는 작은 버릇들을 잡아내는 게 중요하니까."

"으응……."

언니의 눈이 잠시 향했던 곳에는 벽에 세워둔 검이 있었다. 잠시 회상하던 언니가 표정을 지워내고는 이내 나를 바라봤다.

언니를 응시하던 나는 문득 녹스의 상태를 떠올렸다. 녹스가 걸린 마법에는 주기가 있었는데, 바로 보름. 한 달에 15일 동안은 정상으로 돌아간다.

정확한 시작 날짜를 알 수 없지만 만약 생각하는 게 맞다면 이 주기가 끝날 일이 얼마 남지 않았다. 언니가 말하기도 전에 얼른 손가락을 잡았다.

"어, 언니. 있잖아. 커진 녹스의 모습 봤지? 사실은 언니에게 미처 말 못한 게 있는데, 밤에만 바뀌는 게 아니야. 가, 가끔 낮에 그 모습을 하기도 해."

"뭐? 낮에?"

"응. 언니가 채집하러 갈 때라 보지 못했지만, 가끔 그러기도 하더라고. 나도 많이 놀랐지 뭐야."

그날은 당황해서 말하지 못했다고 말하며 최대한 태연하게 웃어 보였다. 사실은 낮에 변한 적도 없지만 주기가 끝난 녹스와 언니가 자연스럽게 마주치기 위해선 이렇게 말하는 편이 나았다.

"불규칙하게 변한다는 거니?"

"으응. 잘은 모르지만 그런 것 같아."

"으음. 낮에 너희 둘만 두고 가는 게 걱정이었는데, 그 모습이면……."

"든든하지?"

나는 그렇게 묻고는 언니의 대답을 대신하듯 얼른 고개를 끄덕였다. 든든하다 뿐일까 장정 다섯을 그냥 날려 버리는 사람인데.

어쩌다 거짓말까지 술술 하게 된 걸까. 필사적으로 설명해 봐야 녹스에게 고맙다는 소리도 못 들을 것 같은데. 이미 밤의 모습을 보고서 한바탕 놀라서인지 언니는 생각보다 태연하게 인정했다.

오히려 잠시 고민에 빠졌던 언니는 살짝 심각한 표정으로 고개를 기울였다. 언니의 시선이 흘끗 무릎을 베고 잠든 소년을 향했다.

"……그래, 다시 돌아가서. 너 녹스가 얼마나 좋으면 밤까지 쪼르르 쫓는 거니?"

"……누가 쫓았다는 거야?"

아니, 잠깐 내가 녹스를 너무 좋아하다 못해 밤까지 쫓아 나갔다고 생각하는 거야?

"아니야. 그냥 화장실 가다 우연히 만난 거라니까? 자, 잠을 못 자는 것 같아서 재워준 거고……."

"어머나. 얼굴을 붉히면서까지 변명하는데 믿으라는 거니? 거짓말까지!"

얼굴이 빨개진 건 다른 이유인데. 차마 말하지 못하고 침묵을 지킨 나에게 언니는 충격을 받은 척 가슴을 부여잡았다.

"세상에. 세상에. 언니는 너를 이렇게 키우지 않았는데……. 내 동생이 이렇게 발랑! 까지다니!"

"아니라니까."

이제 거짓말까지 하는 것이냐며 우는 흉내를 내는 언니에게 단호히 아니라고 말을 할 수도, 그렇다고 긍정할 수도 없던 나는 얼굴을 비비며 끙 숨을 내쉬었다.

사실 언니의 가정은 타당하긴 한데 내 입장에서는 억울한 부분이 없지 않았다. 억울함이 구름처럼 피어올랐지만, 그렇다고 차마 진실을 말할 수도 없으니 오물거리던 입술을 꾹 다물었다.

"……알았으니까. 그만 놀려."

"에구. 삐친 것도 귀엽다니까!"

그런 나를 바라보다 웃던 언니가 쪼그리고 앉았다. 언니는 이때까지 연기하던 것을 얼굴에서 싹 지우고 평소와 같은 얼굴로 입을 열었다.

"후후. 녹스는 너를 참 좋아하는 것 같아. 데려온 건 나지만 네가 마음에 들었나 봐."

"응? 아……. 응. 그런가?"

어느새 언니의 시선은 잠든 녹스를 향해 있었다.

"하긴 나만 따랐다면 오히려 곤란했을 것 같기도 해."

"……."

책 속에서는 아마도 그랬겠지만……. 말하지 못한 채 눈을 데구루루 굴렸다.

언니는 곧 너희 둘이 사이좋은 게 더 좋다고 중얼거렸는데, 녹스를 바라보던 언니의 눈이 어느새 나를 향했다.

기억하는 한 언제나 다정하던 눈이 곧 반달로 휘어졌는데, 그대로 작게 한숨 쉬는가 싶더니 어깨를 토닥였다.

"어쩔 수 없네. 이렇게 사이가 좋으면…… 앞으로 내가 갈라놔도 이렇겠지?"

"으응?"

"일주일에 한 번만이야."

뭐라고?

"대신 방에서 말고 거실에서 자기다?"

순조롭게 오해를 끝낸 언니의 결론은 내게 매우 좋지 않았다. 방 싯 웃으며 내게 녹스와의 동침을 허락한 언니는 애먼 짓은 하지 말라며 짐짓 엄한 말로 나를 타일렀다.

아니, 잠깐만요. 타이를 일이 아니잖아?

"아무리 그래도 너를 커다란 덩치의 녹스랑 한방에 재우는 건……. 언니로서 조금 그래."

"아니, 아니, 아니……."

"그래그래. 허락해 준다니까? 설마 방? 안 돼. 더는 안 돼."

아니, 그게 아니라니까!

무어라 더듬더듬 말을 꺼내려고 할 때였다.

"……에이미?"

나는 고개를 돌렸다. 어느새 눈을 뜬 녹스가 소매로 눈을 비비며 나를 불렀다.

"잘 잤어, 녹스?"

……끄덕.

졸음기 가득한 목소리에 잠시 당황한 사이에 언니가 얼른 녹스에게 달려갔다.

"어쩜 아침에도 이렇게 귀엽고! 오전에도 귀엽고 오후에도 귀여워. 아, 물론 저녁에도야! 밤도 마찬가지지! 암."

언니? 밤에는 아이인 녹스를 못 봤잖아?

두 사람의 평온한 아침 인사를 바라보던 나는 그만 항의할 타이밍을 놓치고 말았다. 뒤늦게 항변하려 했지만 이미 언니가 돌아선 뒤였다.

"얼른 아침 먹자!"

언니가 사라지고 거실에 덩그러니 남겨진 나는 깨어난 소년을 황망한 눈으로 바라봤다.

"에이미? 왜 그래? 아파?"

"아. 아냐. 조금 충격이어서."

"충격?"

언니가 너무 쉽게 동침을 허락한 것이 믿기지 않았다. 평소 나를 무척이나 아끼는 언니였는데, 그래서 필사적으로 대공 모습의 녹스를 숨겼던 것이었는데…….

아니, 이렇게 쉽게 허락해도 돼? 동생을 다 큰 남자랑 재우다니!

찝찝함을 숨기지 못하고 미간을 찌푸릴 때였다.

"녹스? 뭐 하는 거야?"

"이렇게 하면, 날아가?"

눈을 깜빡인 나는 이마를 맞댄 소년을 멍하니 바라봤다. 바로 앞에서 바라보게 된 말간 자색 눈동자 속에 내가 있었다.

순진하게 깜빡인 녹스가 내 뺨에서 손을 떼어냈다.

"충격 사라졌어?"

"……으응."

……다른 의미로 충격을 받은 것 같아.

"……녹스, 너무 가까워."

그러자 녹스는 잠시 생각에 잠긴 듯 눈을 깜빡였다. 그러고는 고개를 기울이며 말했다.

"……가까우면 안 돼?"

……그런 얼굴로 묻는데 누가 안 된다고 하겠어.

어느새 너무나 가까워진 소년과의 거리를 깨달았다. 몸도 마음도. 맑은 눈을 바라보다 말고 얼떨떨한 얼굴로 끄덕이던 나는 곧 한 가지를 깨달았다.

잠깐, 언니는 지금 이 녹스와 밤의 녹스가 같은 알맹이라고 믿는 거잖아. 앞으로도 밤의 녹스랑 자는 거라면……. 언니의 시선을 피해서 조용히 자야 하는 거 아니야? 그럼 그, 이렇고, 저런 건 들키면 안 될 것 같은데.

하지만 녹스와 어떤 식으로 자는지 떠올린 나는 침음을 삼켰다.

……그 모습으로?

MY SISTER PICKED UP THE MALE LEAD

수상한 그림자

III

3

수상한 그림자

시간은 원하든 원하지 않든 흘러가고, 때로는 놀랍도록 쏜살같이 지나갔다. 전생에서 대학교를 다닐 적에 중간고사가 끝나면 곧 기말고사가 다가오고, 금세 방학이 찾아왔던 것처럼.

녹스가 이곳에 온 지 3개월이 흘렀다. 무슨 일이 있느냐고 물으면 아무 일도 없었다고 할까. 의아할 정도로 평온했다. 그나마 꼽자면 밤마다 깜짝깜짝 놀라던 언니가 대공 모습의 녹스에 익숙해졌다는 것이 있겠지만…….

처음 놀랐던 그때에 비하면 지금은 자연스럽게 받아들였다.

아, 생각해 보니 일이 하나 있기는 했다. 그의 주기가 끝났다는 것. 녹스의 마법은 15일을 주기로 발현했는데, 다시 말해 한 달의 15일 정도는 원래 모습을 내내 유지한다는 얘기였다.

언니에게 대공 모습을 들키고 얼마 안 가 리녹의 주기도 끝이 나고 그는 낮에도 대공 모습을 유지하게 되었다.

"어떻게 된 일인지 나도 모르겠다. 왜 낮에도……?"

처음 대공 모습을 하고 아침을 맞이한 그는 너무나도 당황한 모습이었다.

"저게 태양인가."

"녹스, ……혹시 태양을 본 적이."

"없는 건 아니다. 기억을 잃기 전에는 있었겠지. 잃고 나서는…… 처음인 듯하군."

"아……."

"꿈에서나 보았을까."

태양을 바라보던 얼굴을 잊을 수 없을 거다.

그러나 침착하고 냉정하게 금방 곧 익숙해진 그는 밤과 다를 것 없이 굴었다.

"저…… 빨래하러 가는 건데요."

"그런데?"

"허리 좀…….

……낮에 대공 모습이 되어도 날 쫓는 건 다르지 않더라.

이후로 그는 정확히 15일을 주기로 밤낮이 다른 모습이거나 밤낮 모두 같은 모습인 일을 반복했다.

3개월이 지난 지금 언니도 나도 모두 그의 변신에 익숙해졌다. 언니는 그저 특이한 체질이라 생각하는 모양이지만……. 아니, 어쩜 이렇게 둔한가 싶다가도 생각해 보니 언니의 성격이랑 잘 어울리는 것 같다.

"수십만의 사람이 있는 만큼 수십만의 사정이 있지 않겠니?"

어찌 보면 태평한 소리로 들릴 수 있겠지만 나만은 안다. 언니는 밝히고 싶지 않을 사정을 배려해 주고 있는 거란 걸. 언니는 그런 사람이었다. 물론 아주 무심한 건 아니었다.

"에이미, 에이미! 에이미, 애, 이것 좀 봐. 응? 보렴!"

가끔 귀한 약초를 캐와서는 "이게 녹스에게 통하지 않을까?" 하고 묻는 언니를 봐서는 나름 염려를 하는 듯했는데, 미안하지만……. 저건 마법이라 풀리지 않아, 언니.

물론 나는 그저, "그럴까?" 하고 웃으며 받아만 두었다. 그렇게 3개월이 지난 지금 다시 주문이 발동한 시기였다.

나는 고개를 들어 화창한 하늘을 응시했다.

'날씨가 참 좋네.'

빨래를 널고 있는 나의 옆에서 쪼그리고 앉은 소년이 책에 집중하고 있다.

'나 참 들어가서 보래도. 말을 듣지 않았지.'

종이가 희어서 눈이 부실 만도 한데 들어가서 보라고 해도 듣질 않더라. ……착각이 아니라면 3개월 전보다 나를 더 열렬히 쫓는 것 같은데.

"녹스, 그만 들어갈까?"

"응."

책을 덮어 옆구리에 낀 녹스가 빈 바구니를 가져가는 나를 쪼르르 쫓아왔다.

"……들래."

"응?"

아이는 내 바구니를 뺏어다 들었는데, 어린 그의 몸에는 컸다. 낑낑대는 그를 바라보다 웃음을 터트렸다.

"무거워. 이리 줘."

"들 수 있는데……."

"아니야. 녹스가 넘어지면 더 마음이 아플걸? 대신 점심 준비를 도와줘."

……끄덕.

이전과 달라진 점이 있다면 입술을 꼭 깨물고 우물쭈물하는 소년이 전보다 표정이 많아지고 행동이 커졌다는 거랄까?

"……에이미."

언니는 이 변화를 제일 먼저 알아챈 사람이었다. 아니, 아주 좋아 죽었지.

"세상에, 마상에. 우리 녹스는 세상에서 제일 귀여운 아이가 아닐까?"

"……세상에서는 그걸 팔불출이라 불러, 언니."

더욱 귀여워졌다며 언니의 부둥부둥이 전보다 커졌는데, 녹스는 불만인 듯했지만, 전처럼 노골적으로 쳐내지는 않았다. 그걸 언니는 기뻐했지만.

"에이미, 이렇게 하면 돼?"

"응."

점심시간이었다. 점심 준비를 위해 나를 따라 냄비를 가져다 놓은 녹스가 나를 올려다보며 내 옷자락을 꼬옥 붙잡았다.

"왜 그래?"

"……나 잘했어?"

"응? 응응. 잘했지."

녹스가 눈을 깜빡였다.

"……그럼…… 쓰다듬어 주면 안 돼?"

또 예고 없이 들어오는 소년의 직구에 잠시 심장을 부여잡을 뻔했다. 너 정말……. 깜빡이가 없구나?

나는 조심스럽게 손을 들어 올려 그의 머리카락을 살살 쓰다듬었다. 폭신한 감촉은 처음이나 지금이나 같았다. 관리도 안 하는데 어쩜 이렇게 부드럽지? 강아지를 키우는 듯한 기분은 여전하네.

3개월 전이나 지금이나 우물쭈물 눈치를 보는 녹스였지만 끝내 꺼내지 못하던 처음이랑은 다르게 원하는 것을 말했다.

소년의 뺨을 콕 찔러보던 나는 문득 밤의 녹스를 떠올렸다. 늘 말을 삼키는 소년과 다르게 밤의 녹스는 직설적이었다.

"……하고 싶다, 에이미."

"제가 주어 붙이랬죠?"

언제나 딱 떨어지는 말투. 항상 '이것을 원한다'고 직구를 던졌지. 스쳐 지나가던 그의 모습을 떠올리던 나는 움찔했다. 나도 모르게 소년의 머리에서 손을 떼어내며 어색하게 웃었다.

"바, 밥이 다 됐네? 점심 먹을까?"

점심 메뉴는 간단한 스튜와 야생 채소를 버무린 샐러드였다. 생각해 보면 한창 자랄 나이 때인 녹스에게 조금 부실한 식사가 아닌가 싶다가도, 한편으로 녹스는 이미 다 자란 게 아닌가 하는 생각이 든다.

'언니는 언제 오려나.'

나는 녹스를 보며 거실을 가리켰다.

"녹스, 먼저 거실에 있을래? 치우고 갈게. 공부하자."

"응."

쪼르르 달려가는 그를 씩 웃으며 바라보다가 얼른 그릇을 치웠다. 설거지 후 녹스는 한참 책을 읽고 있었고, 아이 옆에 앉은 나는 문득 손에 걸린 책을 바라봤다. 외딴집에서 가져온 책이다.

이게 여기 있었네.

한동안 내내 끼고 살았다가 잠시 잊었는데, 내가 자주 가는 자리에 놓여 있는 걸 보니 아무도 건드리지 않은 모양이었다. 하기야 언니는 나를 가르치는 일이 아니면 원래부터 책에 관심이 없었고 녹스는……. 늘 옆에 붙어 있으니.

"에이미?"

"응? 응. 나도 책이나 읽어야겠다."

책을 바라보던 나는 곧 녹스가 일출 후에도 대공 모습을 유지했던 순간을 떠올렸다.

그러고 보니 그때 상처도 나았었지? 기묘한 일은 어떻게 된 걸까.

사실 궁금한 마음에 책을 끝까지 꼼꼼히 읽어봤지만 알아들을 수 있던 것은 손등에 생겨났던 문양이 「마타리」라는 마법이란 것뿐이다. 조언해 줄 사람이라도 있으면 좋을 텐데. 그럴 수 없는 게 참 아쉽다.

손등을 바라보다가, 책을 덮는 녹스에게 향했다. 녹스의 수업에 집중하다 보니 어느새 뉘엿뉘엿 해가 졌다. 언니가 올 때쯤이 됐는데, 좀 늦지 않나 생각한 순간 문이 열리고 녹초가 된 언니가 돌아왔다.

"아이고 죽겠다."

"어서 와. 오늘은 좀 늦었네?"

얼른 달려가서 언니의 검을 받아 든 나는 검에 묻은 검은 피를 보며 살짝 미간을 찌푸렸다.

이건 분명 마물의 피인데?

마물은 급에 따라 푸른 피와 검은 피를 가지는데 검은 피는 언니에게도 위험한 급의 마물이 많았다.

"언니, 설마 마물을 만난 거야? 오늘 채집하러 간 거 아니었어?"

"응 맞는데……. 그렇게 됐어."

물을 찾아 얼른 들이켠 언니가 손등으로 닦으며 말했다. 심각한 얼굴이었다.

"에이미, 아무래도 마물의 생태지가 바뀐 것 같아. 이상하네. 이 시기에 변할 이유가 없는데……."

마물의 생태지는 쉽사리 변하지 않았지만, 가끔 커다란 변화에 숲 전체 생태지가 바뀌기도 했다. 이를테면 번개로 인한 불이나 폭설 등이 그랬는데, 언니가 말한 바뀌었다는 건 다른 이유인 것 같았다.

"역시 이상해. 봐."

성큼성큼 걸어온 언니가 손을 들어 올렸다. 장갑 낀 손이 향한 곳은 거실 한편에 걸어둔 밤의 숲 지도였다. 원래는 반 이상이 새까맣게 비어 있었지만, 언니와 내가 약 8년 동안 완성한 것이었다.

"내가 종을 발견한 게 여기거든? 본래 여기에서는 발견될 수가 없는 종이야."

"왜 그런 건데?"

"글쎄. 모르겠어. 하지만…… 내 생각에 다른 이유가 있는 것 같아."

언니의 손가락이 움직였다.

"봐봐. 숲의 동쪽은 아직 멀쩡한데, 서쪽에서부터 바뀌고 있거든? 여기, 여기 이 부근에서부터 뭔가가 있는 것 같은데."

"뭔가, 짐작 가는 게 있는 거야?"

"흐음, 응. 사실 마을에 물건을 사러 갔을 때, 어쩌면 마물 토벌이 있을지도 모른다는 얘기를 들었어."

턱을 짚은 언니가 그대로 고개를 기울였다.

"하지만 보통은 황실 차원에서 마물 토벌을 이어가지는 않을 건데. 이상해."

보통 제국은 국경 끄트머리에 있는 밤의 숲까지 신경 쓰지 않는 편이었기에 그곳에는 수상한 자들이 많이 모이곤 했다. 그래서 눈을 피하기 쉬운 장소인 이곳에 도망자인 언니와 내가 사는 것이다. 그러나 황실 이야기를 듣는 순간 나는 멈칫했다.

"그렇구나."

설마 하는 생각이 들면서 얼른 언니를 향해 자연스러운 목소리를 꺼내 보였다. 이상하네, 하고 끄덕이자 언니가 함께 끄덕였다.

"아직은 정확하지 않아. 동쪽 멀리서 불이 난 걸지도 모르니까."

"……응."

이후 녹초가 되어서 여기저기 뛰어다닌 탓인지 언니는 깊은 잠에 빠졌다. 사실 오늘은 언니가 집에서 하기로 한 일이 있었지만 나는 굳이 말을 꺼내는 않고 대신 언니에게 이불을 덮어주었다.

방을 빠져나온 나는 문에 기대어 작게 숨을 내쉬었다.

"무슨 일 있나?"

고개를 들자 녹스가 보였다. 일몰과 함께 대공 모습으로 변한 그를 바라보다가 살짝 고개를 저었다.

"아니요. 언니가 많이 피곤해 보이더라구요. 방해될까 봐 나왔어요."

"그런가."

녹스가 손을 뻗었다. 주춤주춤 다가간 나를 붙잡은 그가 자연스럽게 허리를 숙여 나를 응시했다.

"어차피 오늘은 나와 자는 날이 아니었나."

……그건 맞긴 한데. 이건 3개월이 지나도 익숙해지지 않는 거다.

"기억, 어, 기억하고 있어요."

눈을 데굴데굴 굴린 나는 어색하게 웃었다. 아차 하는 사이 허리로 팔이 단단히 감겼다. 나도 모르게 허리에 힘이 들어갔다.

"너는 언제나 긴장하는군."

낮은 그의 목소리에서 시선을 피하며 아무 말이나 꺼냈다.

"녹스! 이렇게 번쩍번쩍 들면, 힘들지 않아요?"

"네가 무겁다고 생각해 본 적은 없는데."

"그렇지만 사람이 어떻게 안 무거울 수가 이, 있어요. 무거운데 안 무거운 척하는 건 아니에요?"

"……그렇지 않다. 잘은 모르겠지만 이렇게 종일 있을 수도 있을 것 같은데."

"……."

"네가 허락한다면."

……안 할 거니까 그렇게 보지 않았으면 좋겠다.

"무거워요. 무겁대도."

"안 무겁다고 하지 않나. 나는 거짓말은 하지 않는다, 에이미."

"……내일은 돌을 먹을 거예요."

"뭐?"

"그럼 무거운 것도 느끼시겠죠? 네? 내려주세요."

녹스가 진지하게 고민에 빠졌다.

"……돌을 조금 더 먹는다 한들 네가 무거워질 것 같지는 않다. 넌 가볍다."

아니 농이에요, 농. 선생님.

괜히 창피한 마음에 아무 말이나 지껄였는데 녹스는 하나하나 성실하게 대꾸해 주었다. 이런 데 성실할 필요는 없는데 말이지.

이미 하지 말라고 얘기해도 어떤 수를 써서든 허락받으려 애쓰는 그를 본 나는 반쯤 포기했다.

"바닥은 차다."

여기에 익숙해지면 안 될 것 같은데. 안긴 채로 어쩔 줄 몰라 하던 나는 문득 조심스럽게 고개를 숙였다.

"녹스, 저……. 오늘 언니가 못한 일이 있는데 도와줄 수 있어요? 지금 정원에 같이 가줄래요?"

다행히 순순히 끄덕여 준 녹스는 밖으로 나왔다. 정원에 다다라서 그의 품을 빠져나온 나는 밑동에 꽂힌 도끼를 가리켰다.

"실은 장작 팰 때가 되었는데, 언니가 저런 상태라."

언니의 손에 맞춰 만들어진 손도끼는 꽤 무거웠다. 대신 언니가 패는 장작은 일반적으로 생각하는 장작보다 조금 작았다. 한번 시도했다가 손을 다친 뒤로는 언니가 얼씬도 못 하게 했었다.

"제가 하고 싶지만 잘 안 돼서요."

"내가 하지."

대공 모습을 낮에도 유지하는 시기에 녹스는 집안일을 도왔는데, 그 집안일이 주로 무거운 것을 옮기는 일이었다.

본래 장작 패는 일은 그리 어렵지 않다며 늘 언니가 하곤 했는데.

장작이라니 그와 정말 어울리지 않는다고 생각했지만 도끼를 든 그를 본 순간 달라졌다. 상체를 벗은 남자와 도끼와 송골송골 맺힌 땀이란……. 잠시 후 나는 입을 벌렸다.

"……이렇게 하면 되나?"

"허어…… 너무 잘하는데요?"

사실 그에게는 잠재된 머슴 유전자가 있던 걸까? 언니가 분명 어렵지는 않아도 요령이 필요한 일이라고 했는데? 무슨 남자 주인공이 장작까지 잘 패?

그를 멍하니 바라보던 나는 침을 꿀꺽 삼켰다. 달빛 아래 선연한 근육의 골을 보고 있으려니 손이 절로 굽어진다.

……저기 안겼다니 믿기지 않기도 않고. 사실 거기까지였다면 그저 보기 좋은 모습이라고 하고 말았겠지만, 문제는 모든 장작을 패고 마지막 것까지 끝낸 그가 불쑥 다가온 데 있었다.

"네가 시킨 일을 다 했다."

"네? 네에……. 고, 고생하셨어요."

더듬더듬 말하던 나를 물끄러미 보던 녹스가 불쑥 꺼냈다.

"……낮의 나에겐 어떤 칭찬을 했지?"

"네네? 그거야 쓰다듬거나 잘했다고 말하죠?"

"쓰다듬어라."

"네?!"

나는 그의 접근에 놀라 눈을 깜빡였다.

"듣지 못했나? 쓰다듬어 주었으면 한다."

그는 당황스러울 정도로 직구를 잘 던졌다. 지금도 당황해서 주춤주춤 물러나는 나를 가두고 땀으로 젖은 얼굴을 숙여 가까이했다.

그가 고개를 기울였다.

"어째서 당황하는 거지? ……내가 해선 안 될 말을 했나?"

"……그건 아닌데요. 갑자기 쓰다듬으라고 하니 당황스러워서."

밤의 녹스에게도 변한 부분이 있다면 바로 나의 상태에 민감하게 반응한다는 것이었다. 비록 이게 사냥을 준비하는 짐승처럼 서늘하고 날카로운 쪽에 가깝다는 게 문제지만 타인을 생각하기 시작한 게 어디야.

놓치지 않겠다는 듯이 집요하게 쏟아진 시선에 눈을 내리깔았다.

"……그럼 낮의 나는 되고, 지금의 나는 안 되는 이유라도 있나? 아. 혹시 머리가 문제라면 다른 곳을."

"아니, 해요. 해요!"

더는 무슨 말이 나올지 모른다는 생각에 얼른 손을 뻗었다. 나는 조심스럽게 그의 머리 위로 손을 올렸다. 그가 상체를 숙이지 않았다면 닿지 않을 높이였는데, 새삼 그가 얼마나 큰지 실감이 났다. 언니의 말에 따르면 나도 나이 때에 비해서 큰 편이라고 했는데…….

"이렇게요……?"

낮이나 밤이나 그의 머리카락은 부드러웠다. 보들보들한 감촉에 손을 떼고 싶지 않다는 생각이 들었지만, 그의 시선과 마주친 동시에 손을 가져왔다.

나는 부쩍 손이나 시선에 스스로 걸쇠를 거는 일이 늘었다. 이러면 안 될 것 같아서였다. 그러나 가슴으로 손을 가져가기 전에 부드럽게 내 손을 낚아챈 그가 나를 응시했다.

"생각해 보니 언제나 내가 손을 뻗었군."

그의 시선이 향한 곳은 손이었다. 잠시 물끄러미 내 손을 바라보던 눈동자가 천천히 굴러 넘어왔다. 나와 시선을 마주친 그가 고개를 숙였다.

"나만 만지면 불공평하지 않나?"

"……네?"

"만져라."

저기요, 말 좀 그렇게 하지 말라니까요.

눈앞에서 오르락내리락하는 가슴에 눈이 꽂혔다가 도르륵 굴렸다. 아니, 어딜 봐도 푹 젖은 남자가 눈을 차지했는데, 시선을 둘 곳이 없었다.

"원 없이 만져도 좋다."

아니, 선생님. 만지면 도대체 어디를 만지란 말입니까.

아무래도 그에게 한번은 설명하지 않으면 안 될 것 같은 마음에 눈을 질끈 감았다.

"그거, 오해를 살 말이에요."

"어떤 오해를 말이지?"

"그거. 밖에서는 조…… 금 더 은밀한 의미예요. 마, 만지고 밤을 함께 보내고 싶다는 거라든가……."

"무엇이 다르지?"

고개를 기울인 그와 더욱 가까워지자 채 식지 않은 근육에서 전해져 온 끈끈한 열기가 고스란히 느껴졌다.

보통 이쯤 침묵하면 놓아줄 만도 한데, 왜지? 용기를 내어 고개를 든 나는 녹스의 시선이 여느 때와 다르다는 것을 알았다.

"너를 내내 보고 싶고, 너와 밤을 보내고 싶다."

책 속에서 언니는 남자 주인공의 첫사랑이었다. 나는 언니의 자리를 차지했다. 그럼 나는 녹스에게 무엇이 되었나?

인정하고 싶지 않던 사실이 거부하던 나를 붙잡아 성큼 앞에 놓았다. 나를 향한 진지한 시선에 나는 손을 뻗어 그의 입을 가로막고 싶은 생각을 했지만, 그의 손에 잡혀 못 박힌 듯 멈춰 섰다.

"에이미, 그렇다면 이 마음은 무어라 부르나?"

"……."

나는 차마 말을 잇지 못했다.

△

그 밤은 무척이나 조용하게 넘어갔다.

무슨 생각을 한 것인지 몰라도 사색이 된 내 표정을 바라본 녹스가 움찔하며 순순히 나를 놓아주었다.

그렇게 집으로 돌아간 우리는 방으로 갔고, 씻고 나온 녹스가 나를 감싸 안으며 여느 날처럼 잠들었다. 아니, 잠을 잔 게 신기할 정도로 어색한 밤이었다.

다음 날 머리를 잠식한 멍함에 정신을 차리지 못한 나는 잔실수를 연이어서 했다.

"에이미……."

"어?"

"……설탕 같아."

"어? 으아!"

소금과 설탕을 바꾼다거나 걸레와 수건을 바꿔 삶는 등. 오후까지 자잘한 실수를 했다. 그런 나를 보며 어린 녹스가 이상한 듯 바라봤지만, 별다른 말을 하지는 않았다.

그러나 문제는 다른 날처럼 숲으로 나간 언니가 돌아오면서부터였다.

"에이미! 에이미!"

"언니? 왜 이렇게 일찍 온 거야?"

본래 돌아온 시간보다 일찍 돌아온 언니를 보며 놀란 것도 잠시, 나는 언니의 손에 잡힌 것을 바라보며 입을 벌렸다.

"어, 언니 '그건' 뭐야……?"

"남자야. 이렇게 말하니까 이상한데. 숲에서 주웠어."

세상에. 뭘 자꾸 주워 오는 거야?

그러나 녹스를 데려올 때와 다르게 언니는 표정이 좋지 못했다. 이어 미간을 찌푸리며 줄에 꽁꽁 묶인 남자를 가리켰다.

"숲을 헤매고 있던 남자인데…… 이상한 말을 해."

"이상한 말?"

그러나 언니를 바라본 나는 언니가 정말 이상하다고 생각해서 한 말이 아니라는 것을 알았다.

"……이 깊은 숲속에서 조그만 아이를 찾고 있다잖아."

"정말입니다! 이 숲 어딘가에 있을 거란 말입니다!"

남자가 억울한 듯이 외쳤다.

언니는 조개처럼 입을 꾹 다물 수밖에 없었는데, 나는 그 이유를 말하지 않아도 짐작할 수 있었다. 언니도 나도 이 숲과 아이를 연관 지어 녹스를 떠올렸을 테니까.

이윽고 남자를 바라본 나는 눈을 동그랗게 떴다. 살랑거리는 잿빛 머리칼과 짙은 녹색 눈동자. 기억하고 있는 것이 맞다면…….

나도 모르게 소년 모습의 녹스를 붙잡은 것도 같다. 흔들리는 회 색 머리칼을 보며 꿀꺽 침을 삼킨 나는 곧 먼 기억에서 저 사람의 정 체를 알았다.

"에이미……?"

곧 세상 체념한 듯 힘없이 늘어져 있던 남자의 눈이 크게 뜨였다.

그의 시선이 향한 곳은 내 옷자락을 붙든 녹스였다.

"다, 단장님⋯⋯? 단장님!"

기억하는 한 녹스를 단장이라 부를 사람은 단 한 사람이었다. 바로 대공의 기사단, '룩스'의 기사.

그렁그렁한 눈의 저 남자는 이 책의 조연이었다.

△

"단장님⋯⋯."

저벅저벅 걸어오는 남자를 바라보며 긴장 어린 표정을 한 언니가 검 손잡이를 쥐었다. 남자가 다가오는 방향은 나였다. 나보다는 어린 녹스를 바라보며 다가오는 거겠지만.

유령에 홀린 것처럼 멍한 표정만 봐도 얼마나 놀란 건지 짐작이 갔다. 반면 이제 막 잠에서 깬 녹스는 손등으로 반쯤 뜬 눈을 비비며 나만 바라봤다.

보통 해 질 녘 전에 잠들곤 하는 녹스인지라 이 시간쯤에 잠이 들곤 했는데, 오늘은 다른 날보다 더 졸려 해서 막 재우려던 참이었다. 아마 저 남자가 아니었다면 지금쯤 푹 잠들었겠지만⋯⋯.

언니를 바라본 나는 고개를 끄덕였다. 괜찮다는 내 표정에 살짝 찌푸린 언니가 천천히 검을 내렸다. 검에서 완전히 손을 놓지는 못한 채로.

'해 끼치지 않을 사람인데. 묶여 있기도 하고.'

나는 꽁꽁 묶인 저 남자가 아무것도 할 수 없다고 생각하지만 언니는 그렇지 않은 모양이다.

그사이 성큼성큼 다가온 남자가 털썩 무릎을 꿇었다. 내 앞에 꿇은 줄 알고 깜짝 놀랐으나 당연하겠지만 녹스를 향해서였다.

"단장님. 끕, 접니다. 저요. 룩스의 날개. 그레이입니다. 살아계셨습니까? 건강하셨어요?"

남자가 이마를 훔쳤다.

"끕, 흡, 꼼짝없이 마물 배 속에나 계실 줄 알고 얼마나 가슴 졸였는지 아십니까?"

마물의 배 속에 있는 거면 살아 있는 게 아닌데, 라는 생각이 들었지만 잠자코 남자를 지켜봤다. 팔과 허리가 꽁꽁 묶인 남자가 무언가를 할 수 있으리란 생각은 들지 않았기 때문이었다. 저 남자가 발버둥 치기라도 하면 언니가 먼저 달려올 테니…….

"……끄흡. 대장님, 너무 보고 싶었습니다. 정말, 정말로요."

그의 굵은 팔과 다리나 커다란 덩치가 군인을 연상하게 했다. 눈이 살짝 보일 듯 말 듯 덮은 머리카락은 회색이었는데, 먼지와 나뭇잎으로 엉망이었다.

그레이. 책 속 조연 그레이 웨스턴은 대공의 기사단 룩스에서 한축을 담당하는 뛰어난 기사였다. 남자 주인공이 가장 센 건 당연한 거고, 그레이는 뛰어난 그의 뒤를 잇는 실력을 보이며 나중에 황태자와 있을 결전에 중요한 역할을 하기도 한다.

무엇보다 이 남자가 훗날 남자 주인공과 여주인공이 사랑을 확인하는데 아주 중요한 역할을 한다. 지금은 온갖 울상을 짓고 눈치를 보는 남자이긴 하지만.

얼마나 고생을 했는지 옷이 성한 곳이 없네. 어쩐지 조금 안타까운 마음에 손을 뻗으려는 때였다.

와락.

나는 그레이에게 일어나라는 말을 하지 못했다. 그저 고개를 내려 내 허리를 꽉 껴안고 나를 올려다보는 녹스를 바라봤다.

"녹스? 왜 그래?"

나를 가만히 바라보던 녹스가 고개를 절레절레 흔들었다. 그러고는 내 허리에 얼굴을 폭 묻었다.

"……지 마."

"응?"

"……쟤 만지지 마."

내 허리에서 눈만 빼꼼 내민 녹스가 커다란 눈을 살포시 찌푸렸다. 다른 모습이라면 몰라도 찌푸리는 것만은 밤이랑 똑같다고 생각할 때였다.

"……더러워."

"으응?"

나는 재빨리 그레이와 녹스를 번갈아 봤다. 그레이는 눈을 크게 떴는데, 마치 우리 엄마가 친엄마가 아니었다는 소릴 들은 것처럼 충격에 빠져 보였다. 나는 그런 그레이를 바라보며 어색하게 웃었다. 그는 다급하게 입을 열었다.

"단장님! 저, 저는 더럽지 않습니다! 씨, 씻으면 깨끗해져요!"

그게 문제가 아닌 것 같은데. 뺨을 긁적인 나는 손을 들어 올려 어색하게 녹스의 머리 위에 얹었다.

"저 녹스, 그러니까, 내가 혹시 병에 걸릴까 봐 걱정한 거지? 아까 칼질하다가 다쳤으니까?"

……끄덕.

으음, 역시 이 탓이구나.

눈을 데구루루 굴리고는 어색하게 녹스의 머리를 쓰다듬었다. 아이는 언제 찡그렸냐는 듯 손바닥에 머리를 비비적댔다. ……이럴 때 보면 꼭 고양이를 한 마리 키우는 것 같다니까.

아이를 대롱대롱 매단 채 그레이를 바라본 나는 어색하게 웃었다. 어쩐지 우리 집 애가 옆집 창문을 깨서 사과하러 온 기분인데.

"음, 죄송해요. 집에 먼지가 많아서 더러운 것에 손대지 말라고 가르쳤거든요. 제가 저녁 준비하다 손을 다쳐서 더 민감하게 반응했나 봐요."

"가, 가르쳐요?"

"아, 하하하……."

이 남자는 꼼짝없이 병균 덩어리 취급을 받았다는 것보다 가르쳤다는 것에 더욱 예민하게 받아들인 것 같다.

그래, 나라도 내 단장이 자신을 쳐내고, 모르는 여자가 '저거 지지야' 하고 가르쳤다면 놀랄 것 같긴 하다.

"저……. 녹스와 아는 사이이신 거죠?"

"녹스?"

"아이의 이름이요. 모르니까 저희가 지은 이름."

불쑥 끼어든 녹스가 얼른 치마를 잡아당겼다.

"……에이미가 지었어."

"응. 녹스. 그래. 내가 지었어."

그레이는 우리를 바라보며 녹색 눈을 끔뻑였다. 할 말을 잃은 듯했다.

여기서 끝이 아닌데. 어떡한다? 나는 뺨을 긁적였다.

그사이 옷자락을 꾹꾹 잡아당기는 녹스에게 태연하게 웃어준 나는 남아 있는 이야기에 염려스러운 표정을 드러냈다.

그렇다고 말을 하지 않을 수도 없으니……. 눈을 살짝 굴리던 나는 조심스럽게 입을 뗐다.

"음, 저기 충격받지 마시고 들어주세요. 언니와 제가 녹스를 발견했을 때 이 아이는 상식이 부족한 상태였고, 자신에 관해 아무것도 기억하지 못했어요. 그러니까 그쪽이……."

"그레이라 불러주세요."

"그레이가 녹스에게 어떤 사람이었을지 모르지만, 기억하지 못해요. 아무것도."

"……네?"

"기억하지 못한다구요, 아무것도."

"……."

대공령에서도 녹스는 낮과 밤의 변화를 거쳤을 것이나 그곳에서 낮의 녹스에게 어떤 일이 있었을지 정확히는 모른다.

하지만 적어도 그레이 같은 측근은 알거나 기억하지 않았을까? 그래서 이 남자가 울상을 짓고 녹스를 쳐다보는 거겠지.

"그럼 저도…… 기억하지 못하시는 거군요. 저를……."

그레이가 애써 웃으려 했다. 그러나 숨기지 못한 복잡한 심경이 드러났다.

"괜찮으세요? 일단, 상처부터 치료하는 것이 좋겠어요."

"아……. 친절에 감사합니다. 조금 충격이 커서……."

새벽 기사단 부하들은 남자 주인공을 몹시도 따르는 이들이었다. 단장이 죽으라면 죽는시늉을 하는 것이 아니라 절벽에서 뛰어내릴 인사들이었다.

사실 기사단이 될 때 특이한 맹세를 하는데, 이로 먼 곳에 있어도 단장의 위치를 알게 된다. 그러니 여기까지 찾아올 수 있었겠지. 그러나 어디까지나 대략적인 위치였으므로 몸으로 직접 곳곳을 뒤졌을 것이다. 녹스 하나 찾으려고 이 넓은 숲을 얼마나 뒤졌을지 이 사람의 몰골로 알 수 있다.

그런데 기껏 찾아낸 주인이 깡그리 자기와 충성스러운 부하들을 잊고 처음 보는 사람처럼 경계한다면 나라도 울고 말 거다. 어쩐지 측은한 마음에 손을 뻗어 어깨를 토닥이며 위로라도 건네려고 하는데, 허공에서 잡힌 손이 허리에서 멈췄다.

"녹스?"

내 손을 꼭 끌어안은 녹스가 그레이를 응시했다. 어쩐지 나를 향하던 말간 눈과 달리 뾰족한 시선이었다.

그리고 눈앞으로 휙 날아가는 것이 보였다. 그레이의 이마를 정확히 맞추고 떨어진 것은 책이었다. 평소 녹스에게 읽으라 권했던 그림책에 나는 헉 숨을 삼키고 두 사람을 번갈아 봤다.

"쟤 싫어."

그렁그렁한 눈동자가 녹스를 향했다.

어어. 이 남자 울 것 같은데.

△

"소개드렸지만 그레이라고 합니다."

한바탕 소동이 끝나고, 집 안에 모든 사람이 모였다. 밖에서 이야기하기에는 날이 덥다며 언니가 먼저 말을 꺼낸 덕분이었다.

"전 디아나예요. 여기는 제 동생 에이미."

"에이미예요."

번갈아 소개하고 언니와 나는 눈을 마주쳤다.

아마 언니도 이 갑작스러운 상황에 별달리 생각한 수가 없는 듯했다. 하기야 언니도 원해서 그레이랑 마주친 것은 아니었을 테니.

책 속에서도 자세히 쓰인 게 없다 보니 녹스가 어떤 식으로 습격을 받는지 어떻게 돌아가는지에 알 길이 없었다. 그저 습격과 함께 기억을 찾았다뿐이니.

'……그런데 조금 빠르지 않나?'

분명 책 속에서는 언니와 녹스가 거의 1년 가까이 함께 살았다고 했다. 오차 범위를 따져 봐도 최소 반년 정도는 함께 살았을 터인데, 지금은 3개월 정도밖에 되지 않았다.

그럼 뭘까? 그레이가 찾아온 것과는 별개로 습격은 약 3개월 후에 있을 예정인 걸까?

불안함을 삼키며 태연하게 입을 떼어냈다.

"일단 조금 늦긴 했지만 저녁부터 먹는 게 어때요?"

"그래. 그게 좋겠다. 할 말이 짧지도 않을 텐데."

천천히 일어난 언니가 일단 씻고 오겠다며 자리를 비웠다. 워낙 당황스러운 상황이다 보니 언니는 아직 외출복을 그대로 입고 있었다. 언니가 자리를 비운 뒤로 일어나 작은 상자를 가지고 온 나는 그레이 앞에 앉았다.

"피만 대충 닦았는데, 약이라도 발라 드릴게요."

상자 안에 든 것은 간단한 약들이었다. 평소 언니가 가져오는 약재들을 잘 말려 내가 직접 가루나 연고 형태로 만든 것이었는데, 생각보다 효과가 괜찮았다.

"아, 감사합니다."

"녹스에게는 사람한테 책을 던지는 게 아니라고 혼을 냈어요. 그렇지, 녹스?"

"……안 해."

등 뒤에 숨어 있던 녹스가 얼굴을 삐죽 내밀었다.

"……에이미가 하지 말라고 했으니까."

여전히 불만에 가득한 얼굴이었으나 그레이를 노려보는 것으로 그쳤다. 그러나 그것만으로도 그레이는 꼭 나라 잃은 사람 같은 얼굴을 했다. 아니, 그것보다 현타가 온 듯하다.

"……호, 혼내……."

"……표현을 바꿀까요?"

"……아닙니다."

약초를 바르는 동안 그레이는 침묵을 지켰다. 눈이 이따금 녹스를 향해서 깜빡이거나 시무룩해지는 것을 보면 생각에 잠긴 듯했다.

그동안 나를 붙잡고 꾸벅꾸벅 졸던 녹스는 참지 못하고 내 품에 파고들었다. 이렇게 무릎을 베고 잠드는 일이 이제 특이한 일이 아니었던 터라, 눈을 감은 녹스를 바라보던 나는 살짝 웃으며 소년의 머리를 쓰다듬었다.

"저기."

책에 호되게 맞은 이마에 약을 발라주는 것을 끝으로 그의 치료를 마무리하는데, 그레이의 눈이 나를 향했다.

"우리 단장님께 정을 주신 건가요?"

나는 움찔했다. 단장이라는 호칭과 정이란 말에서 고민하던 나는 최대한 태연히 입을 열었다.

"주면 안 되나요?"

스스로도 혼란을 느끼는 부분이라 표정이 어땠을지 모르겠지만 그레이가 서둘러 손을 내저었다.

"네? 아니, 아니, 아니. 불편하게 해드렸다면 죄송합니다. 그럴 의도는 전혀 없었습니다. 하지만 저런 단장님은 처음 봐서요."

"처음 보다니요?"

"음. 이미 이 모습을 보셨을 테니. 에이미 씨는 밤에 아주 커다란 남자로 변신한 모습도 보셨죠?"

"네."

"그게 우리 단장님 진짜 모습이거든요. 커다란 남자라 재워주시기 어려운 결정이었을 텐데. 감사 인사도 못 드렸네요. 감사합니다!"

끄덕이는 나를 바라본 그레이가 살짝 웃었다. 커다란 강아지처럼 눈꼬리가 아래로 처진 그는 찬찬히 뜯어보니 참 선량한 얼굴이었다.

"리녹 이베르크. 저희 단장님의 이름입니다."

"리녹."

"예. 북쪽 이베르크 땅의 대공이시지요. 저런 골치 아픈 마법을 달고 계시지만 아주 강한 분이십니다."

잠깐 언니가 여기 없어서 다행이라 생각했다. 아니, 알게 되는 것도 시간문제겠지만.

녹스의 이야기를 꺼낸 순간 그레이의 눈이 반짝반짝했다.

조연답게 잘생긴 얼굴이라 20대 중반쯤 되는 덩치 큰 남자가 눈을 빛내는 것이 부담스러울 법도 한데 그렇지는 않아서 끄덕였다.

"정말, 매우, 아주 많이 강하십니다!"

"어, 어어……. 네, 그렇군요."

"역시 같이 지내보신 에이미 씨도 아시는군요! 혹시 단장님이 검을 쓸 일이 있었습니까?"

"네? 아, 네네. 실은 검을 다루는 모습을 본 적이 있어요. 밤의 모습이었는데, 덕분에 도움을 받기도 했고."

"기억을 잃어도 실력은 여전하다니 역시 우리 단장님입니다!"

사실 그레이는 생긴 것뿐 아니라 행동도 커다란 강아지가 따로 없었다. 여기 있는 내내 강아지 혹은 갯과 짐승처럼 보였던 녹스를 떠올린 나는 진짜로 그의 밑에는 갯과 남자들만 모인 것이 아닐까 생각했다. 이런 생각을 알 리 없는 그레이는 녹스의 자랑을 줄줄이 늘어놓았다. 반쯤 혼이 빠진 채로 듣던 나는 이쯤 됐다 싶을 때 손을 들었다.

"음, 잠시만요. 일단 녹스를 방에 눕혀놓고 올게요."

"아, 그런 거라면 제가!"

"다치셨잖아요?"

"……."

끙 신음을 흘리는 그레이에게 웃어주고는 자리에서 일어났다.

이곳에 온 지 3개월이 흐르며 살이 제법 붙은 녹스였지만 언니는 여전히 또래보다 작고 마른 편이라고 했다. 이 모습은 학대받던 시기를 보여주는 것이기도 해서 볼 때마다 측은함이 함께 들곤 했다. 녹스를 눕혀놓고 돌아온 나는 그레이 앞에 쪼그려 앉았다.

"그레이 씨."

"네, 네네?"

눈을 끔뻑이던 그가 얼른 대꾸했다.

"사실 피곤하시죠?"

"……."

잠깐 침묵하던 그는 얼른 아니라고 했는데, 그런 것치고는 녹색 눈동자에 졸음기가 가득했다.

아마 잠도 자지 않고 숲을 뒤졌을 거다.

"원래 안심하면 잠이 오는 건 당연한 거예요."

"하하. 눈치가 빠르시네요."

칭찬으로 듣겠다. 나는 턱을 괴고 그에게 이어 말했다.

"녹스가 그렇게 좋으세요?"

"네? 아 네! 당연합니다."

"어떤 점이요?"

"아? 으음……. 모르겠습니다. 그냥!"

덩치 큰 남자가 언제 그랬냐는 듯이 눈을 반짝였다.

"그냥 최고이십니다! 제 인생 가장 멋지신 분입니다!"

그의 뒤로 꼬리가 보이는 것 같은 착각에 사로잡혔다. 그러고 보면 앞에 말했듯 리녹도 참 갯과 짐승 같았지. 아주 많이. 굳이 따지자면, 대장 늑대? 혹시 갯과 짐승 밑에는 강아지만 있는 걸까? 진지하게 고민했다. 그럼 이 사람은 시베리안 허스키인가?

"저기. 그건 그렇고."

나는 무례하지 않게 그의 가슴을 가리켰다.

"그 몸 지금 찝찝하지 않아요? 언니가 돌아오면 씻으세요."

"하하, 저, 저는 괜찮."

"제 코가 안 괜찮아요."

"……죄, 죄송합니다! 저, 저……. 냄새나나요?"

그의 얼굴이 삽시간에 붉어졌다.

"아니요. 농담이에요."

"……."

그의 얼굴이 더욱 새빨개졌다.

이것 참. 직진만 하던 녹스만 보다가 전혀 다른 남자를 바라보니 신선하네. 얼굴이 빨개진 남자를 바라본 나는 살짝 키득키득 웃다가 고개를 기울였다.

"녹스는 아마 자정쯤에야 깨어날 거예요."

밤의 녹스라고 잠을 아예 자지 않는 것은 아니다. 보통은 밤부터 새벽 사이에 일어나거나 조금 더 일찍 일어나 나를 보고서야 다시 잠들곤 했다. 잠이 오지 않는 날에는 산책하기도 했으나 드문 일이었다.

"아. 네. 알고 있습니다. 단장님은 잠이 많은 편이라. 이것도 몹쓸 마법의 여파이지만요."

"그렇군요. 대화 나눠보는 건 어때요? 아마 기억 못 하겠지만……. 얘길 나눠보면 또 다를지 모르잖아요."

그렇게 말하다 말고 고개를 든 나는 그대로 멈칫했다. 울먹울먹한 눈으로 나를 바라보고 있는 덩치 큰 남자의 눈 때문이었다.

"신경…… 써 주셔서 감사합니다. 끕, 말씀대로 단장님은 저를 기억, 못하시겠지만."

"네? 네……. 안타깝지만 힘내세요."

나로서는 상상도 할 수 없는 일이라 그를 위로하면서 자리에서 일어났다.

그 후 옷장을 뒤져 커다란 옷들을 꺼내왔다. 본래 밤의 녹스를 위해 만든 옷이었지만 그레이에게도 맞을 듯한 옷들이었다. 정작 녹스는 어차피 찢어질 옷이라고 늘 상체를 벗고 있었지만, 그게 지금 도움이 될 줄이야.

"씻고, 이 옷으로 갈아입으세요. ······울지 마시고요."

"끕. 네······."

손등으로 턱 끝을 비빈 그레이가 옷을 건네받았다.

녹스가 내 방을 쓰고 있어서 남은 건 거실과 창고뿐이었는데, 그레이는 흔쾌히 괜찮다며 고개를 끄덕였다. 그렇게 돌아서던 그가 문득 나를 바라봤다.

"저 아가씨, 실례일지 모르지만 궁금한 것이 있습니다."

할 말이 있는 듯한 얼굴에 나는 눈을 깜빡였다.

"그, 태연하신 것 같아서요."

"무엇이요?"

"아뇨, 아뇨······. 아무래도 전혀 생각지 못한 일이었을 텐데 우리 단장님 정체나 제가 나타난 거나······."

"그건 그렇긴 한데."

나는 고개를 기울였다.

"낮에는 아이가 되고 밤에는 남자가 되는 사람을 매일 보는 일보다 놀랄 일이 있을까요?"

"······그, 그렇네요."

순진하다고 할지.

그레이는 꼭 낮의 녹스처럼 말간 눈으로 고개를 끄덕였다. 그를 바라보다가 어처구니가 없어 웃고 말았다. 그러면서 천천히 손을 들어서 보여주었다.

"보이시죠? 이거."

내 손을 바라본 그레이가 입을 다물었다. 내 손은 마치 겁에 질린 사람의 것처럼 파들파들 떨고 있었다. 연기가 아니었다. 그레이를 본 순간부터 떨었지만 참고 있었을 뿐.

그레이가 무서워서도 아니었다. 그보다는 저런 장검을 들고 있는 이를 보고 있으려니 녹스가 침입자를 상대할 때 피가 낭자했던 풍경이 떠올라서였다. 좀 더 거슬러 올라가면 우리를 쫓는 추격자를 상대하던 언니가 떠올랐다. 검은 나를 지켜주지만 동시에 내게 이유 모를 떨림을 자아낸다.

"저 태연한 척하고 있는 거예요."

한참 망설이던 그레이가 미안하다고 사과했다.

물론 진실은 그레이가 생각한 이유와 떨어져도 한참 떨어져 있었지만 나는 굳이 그의 생각을 바로잡아 주지 않은 채 그를 보냈다.

"그 사람은?"

잠시 뒤 그레이와 교차해서 돌아온 언니가 깨끗해진 얼굴을 하고 옆에 앉았다.

"창고를 내줬어."

대충 그레이가 피곤해 보여서 이야기를 미뤘다고 하자 고개를 끄덕인 언니가 내 어깨를 두드렸다.

"그래. 잘했어. 피곤한 건 너랑 나도 마찬가지니까."

언니는 조금만 이야기를 뒤로 미루자며 웃었다. 언제나처럼 다정한 표정이었지만, 평소 보지 못했던 복잡한 기색이 슬쩍 보였다. 하기야 이 상황에서 복잡하지 않을 수가 없겠지.

그레이가 사정을 설명하면 언니도 녹스의 정체를 알게 될 거고. 과연 무엇이 달라질까? 언니와 녹스를 책과는 다른 관계로 떼어놓았지만……. 과연 내가 잘 하고 있는 것인지. 알 수 없는 일이었다.

뉘엿뉘엿 해가 지고, 우리 집에는 조금 일찍 밤이 찾아왔다. 피곤한 사람이 많아서인지 일찍부터 색색 잠에 빠진 소리만이 가득했다.

그렇게 자정이 되었을 무렵 나는 푹 잠든 언니를 두고 살금살금 밖으로 빠져나왔다.

달칵. 문을 여는 순간 언니가 작게 중얼거렸다.

"에이미, 밖으로 나가지는 말고……."

"으응."

"무슨 일 있으면 소리 질러. 다리를 부러트려 버릴 거야."

"무, 물론이지!"

낮의 녹스를 좋아하는 언니지만, 믿는다곤 해도 밤의 외양 때문에 영 불안함은 남아 있는지 이렇게 말하곤 했다. 다시 선잠에 빠진 언니를 두고 문을 닫았다.

그리고 거실로 나온 나는 그대로 멈춰 섰다.

"……뭐 하세요?"

달빛 아래 미남 둘이 엉켜 있었다. 한 사람은 세상에 다시 볼 수 있을까 싶은 절세 미남이었고, 다른 하나는 좀 부족해도 훈훈한 훈남이었다.

뭐야 이 풍경은. 녹스를 바라보던 나는 눈을 거뒀다. 녹스에게 팔을 붙잡혀 그대로 제압당한 그레이도 나를 본 듯했다.

"에이미 씨!"

그레이가 날 부른 그 순간 녹스의 얼굴이 찌푸려진 것도 같았다.

"에이미."

나와 그레이를 번갈아 바라보던 녹스가 잠시의 침묵 뒤로 조용하게 말했다.

"……다른 놈을 주워 온 건가?"

어쩐지 그의 두 눈이 이글이글 타오르는 것 같은데, 착각은 아니겠지? 그가 이곳에 온 지 3개월이 훌쩍 지났지만, 여전히 처음 만났을 때 살벌한 눈을 기억했다.

가끔 녹스의 시선이 나를 향할 때 흠칫 굳곤 했다. 아마도 책 속 모습이 딱 그렇지 않을까 싶은 시선이기 때문일 거다.

나는 애써 태연하게 웃으며 주춤주춤 물러났다. 보아하니 그레이가 반가운 녹스의 모습을 보고 한번 뛰어간 모양인데, 이 꼴이 됐나 보다. 울먹이는 그레이를 바라보던 나는 슬그머니 눈을 굴렸다.

"……저 아니에요. 언니가 주워 왔어요."

……미안합니다. 조연 그레이 씨, 내가 힘이 없거든요. 여기서.

믿었던 나마저 외면하자 그레이가 억울하다는 듯이 훌쩍였다. 덩치 큰 사내에게 참 어울리지 않는 것인데도 외모 때문인지 퍽 저 울먹이는 목소리가 어울렸다. 불쌍하게 보였다.

"접니다, 단장님! 저요. 그레이라고요! 단장님이 입고 먹여 키운 그레이!"

"너 같은 놈을 먹여 키운 기억은 없는데."

"기, 기억을 잃으셨다더니 행복한 추억도 모두 잊으신 겁니까! 너무하십니다! 우리가 단장님 찾느라 얼마나 굴렀는데……!"

상대도 하지 않겠다는 듯 녹스가 아예 고개를 돌려 버리자 그레이는 억울했는지 마치 먹이를 빼앗긴 강아지처럼 낑낑대며 버둥거렸다.

음, 다친 몸이라 저렇게 두면 안 될 텐데…….

"단장님, 저라니까요! 단장님! 악! 단장니임! 대, 대공 전하! 리……."

"듣기 싫다."

보다 못해 나선 것은 나였다.

'언니가 깬 것 같은데.'

흘끗 방 안 쪽에서 들려온 소리가 귀에 달라붙었다. 이 소란에 언니가 깨지 않았을 리가 없다. 아무리 피곤해도 나를 우선시하는 언니였으니까. 언니가 나와서 이 광경을 보면 둘 중 하나는 내쫓을 것도 같은데. 그레이 쪽을 말이다.

그러니까 지금 나오지 않는다는 건 아직까지는 내게 맡긴다는 이야기일 거다.

"으음, 녹스. 놓고 얘기하면 어떨까요? 그 사람 아직 환자거든요."

조심스럽게 다가간 내가 녹스가 팔을 붙잡았다. 거짓말처럼 그의 팔에 힘이 풀렸다.

어라. 사실 이렇게 말했지만 순순히 놓아줄 줄은 몰랐던지라 눈을 깜빡일 때였다.

"윽, 단장님!"

"시끄럽군."

무어라 할 새도 없이 녹스의 손날이 빠르게 그레이의 뒷목을 내려쳤다. 조용히 기절한 그레이를 바라보며 눈을 동그랗게 뜬 나는 침을 꼴깍 삼켰다. 아니, 말로만 듣던 뒷목 후려쳐서 기절시키는 것을 직접 보게 될 줄은 몰랐는데.

"……녹스, 사람을 기절시키면 어떡해요."

"얘기하자고 하지 않았나?"

"저랑 녹스를 말한 거였어요?"

그가 그럼 누구랑 대화하겠냐는 듯이 물끄러미 나를 올려다봤다.

진짜구나. 고개를 돌린 나는 측은한 시선으로 그레이를 쳐다봤다. 낮에는 책에 얻어맞고 밤에는 기절이라니……. 나 같으면 서러워서 못 모시겠다는 생각에 헛웃음을 지었다.

"이 사람은 집에 온 손님이에요. ……궁금해할 것 같아서."

"……."

성큼 그에게 다가간 나는 망설이다가 조심스럽게 그의 팔을 잡았다.

"그리고 지금부터는 조용히 속삭여 줘요."

"……왜?"

"언니가 일어나 있거든요. 조용히. 자는 것처럼."

그의 귀에 속삭이고는 그의 어깨를 조심스럽게 잡았다. 나를 바라보던 그가 움찔했다. 좀처럼 내가 먼저 그를 붙잡는 일은 없었기에 녹스도 나도 어색한 일이었다.

"이 사람의 이름은 그레이예요."

그와 함께 소파에 앉은 나는 속닥속닥 얘기했다.

"기억을 잃기 전의 녹스를 알고 있대요. 녹스의 진짜 이름도요. 아마 녹스를 잘 아는 사람일 거예요."

"……뭐?"

"궁금하지 않아요? 자신이 어떤 사람이었는지. 진짜 이름은 무엇인지."

사실 여기서 그가 '그렇다'라고 말해 주면 좋겠다. 그레이를 따라서 모두가 그를 그리워하고 있을 장소로 돌아가면 좋겠다고.

말이 없는 그를 바라보며 괜히 침이 꿀꺽 넘어가는 건 왜일까, 나는 살짝 고개를 숙였다.

"음, 나라면 되게 궁금할 것 같은데."

"궁금하지 않다."

"네?"

"단 하나도 궁금하지 않다고 했다."

팔을 잡았던 손을 떼어내고 도리어 그 손을 자신의 손으로 붙잡은 녹스가 말했다.

"모든 걸 알게 되면 너는 나를 보낼 건가?"

"그렇게 말하지는 않았어요."

"아니, 너는 보낼 것처럼 말하고 있다."

"있던 곳으로 돌아가는 게 나쁜 일은 아닌데."

"그럼 왜 내게는 묻지 않지? 어디에 있고 싶으냐고."

그거야, 기억을 잃은 사람에게 물어볼 수는 없으니까.

눈을 꾹 감았다가 떴다. 눈을 마주치지 않았지만, 그의 시선이 그대로 그려지는 듯했다.

"……제가 이렇다 저렇다 말할 일이 아니라고 생각하는데요."

"가지 않겠다."

그의 단단한 팔이 허리를 파고들며 숨이 가까워졌다. 보지 않아도 그의 얼굴이 느껴진다. 고개를 들면 안 될 것 같았다. 붙잡은 손에 힘이 들어가는 것을 느끼며 나는 입술을 꾹 다물었다.

"나는 어디에도 가지 않겠다. 에이미, 네 곁에 있게 해줘."

"……."

"이것도, 허락이 필요한가?"

3개월이 지나도 확신하지 못하는 것이 있다. 그는 나를 바라보며 정확히 무엇을 느낀 걸까? 이 시점의 녹스는, 남자 주인공은.

몇 줄 읽은 것이 끝이라서 그 '몇 줄' 속에 그가 무엇을 느끼고 어떤 행동을 했는지 나로서는 알 수가 없다.

만약 언니가 죽지 않고 살아남으면 이야기는 어떻게 될까? 녹스는 책 속 언니를 좋아했듯이 나를 좋아하나? 이걸 어떻게 확신해. 그래서 이렇게 절절한 말을 건네는 그에게 섣불리 답변하지 못하겠다. 그러니 이건 내 마지막 마지노선이었다.

이 경계를 넘어간 순간 내가 막을 수 없는 흐름 속에 풍덩 몸을 담그는 것처럼 느껴졌다.

당신은 훗날 여주인공에게 사랑을 속삭이고 행복해지지 않을까?

"……허락하면 무엇이 바뀌는데요?"

나의 질문에 그가 허리를 감은 팔을 잡아당겼다. 더욱 가까워진 거리에 어찌할 바를 모르고 눈을 굴렸다. 어둠 속에 잘은 보이지 않았지만, 그의 숨소리가 조금 달라졌다.

"달라지는 건 없다. 그저…… 그저 조금 더 행복해지겠지."

얽은 손가락을 입술로 가져간 그가 손끝에 입을 맞추며 고스란히 진심을 토해냈다.

"내가."

나는 할 말이 없어졌다. 아니, 여태까지 그러지 않을까 생각해 왔던 거지만 이번에야말로 마침내 이 깨달음을 말로 표현할 수 있었으니까.

누가 봐도 꼬시는 거잖아. 대체 기억을 잃은 사람이 이런 건 어떻게 알고 하는 걸까? 손부터 달아오르는 열기에 나는 가까스로 숨을 삼키고 간신히 중얼거렸다.

"이, 일단 그레이 씨랑 이야기만 해봐요. 네? 떠나라고 보, 보채지 않을 테니까."

"……그레이 씨?"

"네? 저 사람요."

"……"

무언의 압박이 느껴지는데.

"……앞으로도 저 사람이라 부를게요."

그러자 비로소 그가 살짝 웃는 듯하더니 고개를 숙였다.

"얘기 정도만이라면."

목에 닿는 숨 탓에 딱딱하게 굳어 겨우 심호흡을 하는 동안 그는 내게 고개를 묻은 그대로 입술을 움직였다.

"네, 네네. 얘, 얘기라도 하는……. 잠깐 거긴 좀……."

"싫은가?"

"그 아니……. 좀, 부끄러워서요."

……이 거리도 조금 멀어지면 좋겠는데.

움찔하고 그의 팔을 살짝 밀어보는 나였지만 그는 꿈쩍도 하지 않았다. 오히려 살짝 웃는 그의 떨림이 선명하게 넘어왔다. 단단히 감긴 팔 덕에 물러날 곳도 없었다.

"네 부탁이라면, 그러겠다."

△

그러나 다음 날.

깨어난 그레이는 나와 언니에게 사정을 간략하게 설명했다. 낮에는 아이, 밤에는 어른이 되는 녹스의 정체.

나는 애초에 알고 있던 이야기이기도 했고 그레이의 상처를 치료하며 이미 들었던지라 슬쩍 놀라는 시늉만 했지만, 언니는 달랐다.

"……녹스가 대공이라고요?"

눈을 동그랗게 뜬 언니가 중얼거렸다.

"북쪽의 이베르크 대공? 전쟁의 영웅?"

"네. 모두 맞습니다."

놀람을 숨길 길이 없던 언니는 눈을 깜빡이다가 입을 가로막았다.

"세상에나. 에이미, 지금 나 꿈을 꾸고 있는 건 아니지?"

"응, 언니. 나도 놀랐는걸. 생각지도 못한 일인데……."

그런 언니의 옆에서 함께 놀란 척 언니의 대꾸에 얼른 끄덕여 주었다. 토끼가 세수하듯이 얼굴을 비비던 언니가 가까스로 진정하고 차분함을 되돌리는 데는 시간이 필요했다.

잠시 뒤 언니가 침착한 목소리로 물었다.

"그럼 녹스는 돌아가야 하나요? 아직 기억도 없는 아이예요."

"아이……. 단장님이 아이……. 흠흠. 그렇게 보일 수도 있음을 압니다. 그렇지만 대공령에서 무수히 많은 영지민이 단장님의 생환을 바라며 마음 졸이고 있습니다. 저희 기사단도 마찬가지이고요."

그레이가 진지하게 말했다.

"기억을 되찾지 못했더라도 본래 사시던 곳이 더 좋지 않겠습니까."

"확실히 그렇겠지만……."

확실히 그레이는 책 속에서처럼 좋은 사람이었다. 가타부타 데려가겠다고 으름장을 놓을 수도 있었을 텐데도 그는 언니의 기분을 이해한다며 차근차근 설명하는 쪽을 택했다.

사실 어제의 울먹이는 얼굴과는 조금 다른 근엄한 모습에 설핏 웃음이 나기도 했지만 꾹 눌러 참았다.

"시간을 주세요. 저와 에이미에게도 시간이 필요해요. 가족같이 함께 지내던 사람을 보내는데 필요한 시간이요. 이해하시겠죠?"

"……물론입니다. 하지만 혹시, 저희와 함께 대공령으로 가실 생각은 없으신가요?"

"네?"

"두 분은 저를 비롯한 대공님의 사람들에게 은인이십니다."

잠시 망설이던 언니는 단호하게 고개를 저었다. 나는 그건 안 된다는 언니의 마음을 십분 이해했다. 언니와 나는 죄인의 자식이었다. 그러니 어찌 갈 수 있을까? 제국과 관련된 땅으로 간다면 이 숲까지 온 보람이 없을 테니까.

어찌 받아들였을지 몰라도 표정을 굳힌 언니를 바라보며 그레이는 더 권하지는 않았다.

"시간이 필요하시다고 했는데, 드릴 수 있을 것 같습니다. 지금 숲 서쪽에는 제 동료들이 있거든요. 제가 얼른 달려가서 동료들을 데려오는 동안 단장님을 부탁드립니다. 최대한 빨리 돌아오겠습니다."

"앗, 밤의 녹스를 한 번 더 보고 가시지 않나요?"

"예. 그것보다는 동료들을 데려오는 것이 먼저일 듯합니다. 지금도 열심히 찾고 있을 테니까요."

일리가 있는 말이었다. 하지만 복잡함을 숨길 수가 없었는데, 지난밤 싫다는 녹스를 붙들고 열심히 설득했기 때문이었다.

'겨우 설득했는데.'

때리지 말고 주먹도 휘두르지 말고 얌전히 대화만 나눠야 한다고 설득했던 나로서는 조금 억울한 마음이었지만⋯⋯.

티 내는 대신 태연하게 끄덕여 보았다. 아직 어린 녹스가 깨어나지 않을 시간이었다. 이제 곧 일어나려나.

"그럼 잘 부탁드립니다. 우리 단장님 밥도 많이 주시고⋯⋯."

"네. 염려하지 마세요."

"밤에 잠도 잘 재워주시고⋯⋯."

그렇게 한참이나 애 키우는 엄마처럼 염려 보따리를 푼 뒤 떠난 그레이를 배웅할 때 아쉬운 마음은 전혀 들지 않았다.

"⋯⋯말이 많으신 분이네."

"그러게."

좀처럼 이렇다저렇다 말 안 하는 언니마저 같은 걸 느낀 듯 중얼거렸다. 나는 끄덕이며 방으로 돌아섰다. 이른 아침이라 녹스는 한 시간 뒤에야 일어나겠구나.

한동안은 평화롭겠지?

분명 그럴 텐데.

숲을 바라보자, 먼 나무 위로 날아오르던 새가 보였다. 그 순간, 거대한 매가 휙 스쳐 가고, 새가 추락했다.

왜인지. 이상하게 불안한 기분이었다.

△

그레이는 설레는 마음을 품고 달렸다. 세상을 다 가진 듯 기쁜 이 순간에 딛는 발걸음이 너무나 가볍게 느껴졌다.

'단장님을 드디어 찾았다.'

마법을 풀기 위해서 상경하던 대공 리녹이 사라진 뒤로 그와 기사단이 얼마나 애타게 주인을 찾아 헤맸던가. 주인 잃은 개들은 정신없이 울부짖으며 리녹을 찾았다.

기사단에게는 리녹을 찾는 특별한 능력이 있었지만, 공간을 한정시켜 주는 것은 아니었기에 넓은 숲을 하나하나 뒤져야 했다. 애가녹다 못해 타던 시간이었다.

'얼른 나머지 룩스들에게도 알려야 해.'

다행히도 다리를 다친 것은 아니었기에 그의 걸음은 순조로웠다. 리녹만큼은 아니었지만 뛰어난 기사인 그는 발달한 기감을 이용해 보통 사람의 수배나 되는 속도를 낼 수 있었다. 이 속도라면 아마도 동료들과 만나는 데 그리 오랜 시간이 걸리지 않을 것이다.

'그들보다 먼저……!'

그레이는 기쁜 한편 초조할 수밖에 없었는데, 현재 이 숲에는 그들 기사단만이 있는 것은 아니었다. 황태자의 기사단 또한 함께였다. 리녹의 실종은 극비리에 붙여졌건만 어찌 알아내서 기꺼이 제 정예 기사단을 붙여준 황태자였다.

그러나 마지막 순간 황태자를 만나러 가는 도중 습격을 받았음을 잘 아는 대공 기사단이 황실 기사단을 믿을 수 있을 리 없었다.

어느새 표정을 굳히고 입술을 깨문 그레이가 발을 박찼다.

△

"떠났습니다."

한편, 그런 그레이를 은밀하게 쫓는 무리가 있었다.

새벽 기사단의 최정예 그레이는 몹시도 기감이 발달한 기사였기에 쫓는다기보다는 멀리서 지켜보는 쪽에 가까웠다. 지켜보는 것마저 그레이의 기감에 걸리지 않기 위해 특수한 마법이 걸린 도구를 이용했지만.

사내가 고개를 돌려 제 대장을 바라봤다. 다른 이들과 마찬가지로 검은 망토를 두른 대장이 시선을 움직였다. 가슴에 붉은색 메달이 빛을 받아 반짝였다. 양각으로 새겨진 드래곤이 메달 속에서 포효했다.

"저이의 표정을 봐서는 발견한 듯합니다."

"그렇겠지. 멍청한 개들은 표정을 숨길 줄 모르니."

입술을 끌어당겨 웃던 대장이 그와 동시에 자신의 주인인 황태자의 명을 떠올렸다. 황태자는 만약 리녹이 살아 있다면 반드시 사살하라 명했다. 거기에 방해되는 이가 있다면 모두 사살해도 좋다고. 아마 여기에 대공이 아끼던 기사단이 포함되지 않을까.

비릿하게 웃던 대장이 제 턱을 쓸어내릴 때였다.

"아, 그런데……."

"뭐지?"

망설이던 부하가 천천히 입을 열었다.

"정보를 준 한스란 사내의 말에 따르면 숲 깊은 곳에 민가가 하나 있다 합니다."

"민가?"

"예. 그곳에 한 여자가 살고 있다고 하는데, 그 사람은 죄가 없으니 가능하다면 이 소동에서 제외해달라고 하더군요."

보통은 이런 이야기를 전하지 않았다.

"딸 같은 아이입니다. 부탁합니다, 기사님."

그러나 밤의 숲에 상세한 정보를 제공했던 상인 한스가 대가를 거절하는 대신 말하던 부탁을 외면할 수는 없었는지 망설이며 설명했다. 그러나 모든 설명을 들은 대장은 단호하게 입을 뗐다.

"쓸데없는 소리로군."

"그럼 어떡할까요?"

그들 가슴에 매달린 붉은 메달이 바람에 흔들거렸다. 그들의 수는 눈에 보이는 것 이상으로 많았는데, 이 수는 현재 숲에 있는 대공 기사단을 압도하는 수였다.

"예정대로 진행해."

"예!"

그와 동시에 어둠 속에 숨어 있던 기사들이 일사불란하게 움직였다.

"전부 사살한다."

MY SISTER PICKED UP THE MALE LEAD

도망

IV

4

도망

그레이가 돌아간 뒤 집안은 고요했다.

부엌에서는 한창 밥 짓는 고소한 향기가 나며, 냄비에서 향긋한 김이 끓었다. 오늘은 평소보다 외출하는 시간을 조금 늦추기로 한 언니는 식탁에 앉아 나를 물끄러미 응시했다.

"할 말 있어?"

"응?"

보지 않아도 알 수 있었다. 하기야 몇 년을 본 사이인데 모를까. 요리하는 내내 꾹꾹 꽂힌 시선을 이겨내지 못하고 고개를 돌렸다.

"계속 쳐다봤잖아. 내가 언니를 몰라?"

고개를 기울인 언니가 방싯 웃었다.

"내 동생 너무 예뻐서."

"피, 언니한테나 이쁘지. 언니한테나."

"아니야. 얼마나 사랑스러운데?"

상체를 일으켜 세운 언니가 쪼르르 달려와 손을 걸쳤다.

"이것 봐. 눈도 이쁘고 코도 귀엽고. 세상에나 콧구멍도 귀엽네!"

"……콧구멍은 너무 갔다."

활짝 웃는 언니의 밝은 머리칼이 살랑거렸다. 눈, 코, 입을 스치는 손가락이 꽤 간지러웠다.

"그래서 하고 싶은 말이 뭔데 그렇게 뜸을 들여?"

"응?"

"언니가 녹스도 아니고 뭐 마려운 사람처럼 나를 보고 있으니, 누가 봐도 티 나잖아."

언니가 잠시 멈칫했다. 그리고 나를 물끄러미 바라보던 언니는 곧씩 웃었다.

"티 나?"

언니는 예쁘다. 우리 언니라서가 아니라 객관적으로 봐도 그러했다. 다정한 얼굴은 햇빛을 반사한 유리처럼 반짝거렸고, 올려 묶은 머리는 검을 쓰는 사람이라 생각하지 못하게 청순한 분위기를 풍겼으며, 범접하기 힘든 단아함을 풍겼다.

그래서 이곳이 책 속이라는 사실을 깨달은 순간부터 나는 언니를 바라보며 이런 모습에 남자 주인공이 홀딱 반하겠구나 생각했다.

"언니가 말 안 하면 내가 해도 돼?"

미소한 언니가 끄덕였다.

"줄곧 궁금했던 건데, 언니는 왜 녹스를 집에 들였어?"

작게 숨을 들이켠 나는 이어 말했다.

"부모님이 돌아가신 이후로 남자, 특히나 성인 남자라면 믿지 않았잖아. 그래서 나를 놓고 혼자 마을로 다녀온 거기도 했고."

"응. 그랬었지."

"그래서 나는 언니가 녹스가 밤에는 청년 모습이 되었을 때를 보면 꼼짝없이 내쫓으리라 생각했어."

"얘는. 사람이 매정하게 어떻게 그러니."

언니는 선한 사람이었다. 책과 연극 속 '선량한 여주인공'이라는 말에 담긴 모든 특징을 가진 사람 같았다. 선하고 다정하기에 쉽게 동정하고 정을 주었다.

때로는 맹하기도 했다. 예로부터 아기와 동물을 사랑하는 사람 중에 나쁜 사람은 없다던데 언니가 그랬다. 비록 여주인공은 아니었지만 이런 언니라서 책 속 남자 주인공의 첫사랑이구나 싶었다.

"음, 글쎄."

언니는 먼저 녹스의 사정을 알게 된 것이 아님에도 동생과 발견된 낯선 남자를 쉽게 묵인했다. 나는 내내 그 이유가 궁금하긴 했다. 이제껏 상대한 침입자에 비하면 너무 쉽게 넘어가 주었으니까.

"눈이 선해 보였어."

어디 가? 그날 그 살벌한 시선 어디가 선해 보였다는 건지, 언니와 대공 모습 녹스의 첫 만남을 떠올린 나는 고개를 저었다. 우리 언니의 사람 보는 눈을 믿으면 안 될 것 같은데.

선함의 기준이 남들과는 많이 다른 것 같은 언니를 바라보며 이게 책 속 첫사랑의 남다른 사고방식인 걸까 고민에 빠졌다. 생각해 보니 그 얼굴 앞에서 태연할 수 있었던 언니가 이상한 거 아닐까.

"응? 너도 그렇게 생각하지 않니? 낮의 녹스나 밤의 녹스나 눈은 똑같던걸!"

"……언니는 정말 녹스를 좋아하는구나."

언니 눈엔 낮의 소년 필터를 장착해서, 밤의 모습이 제대로 보이지 않은 게 아닐까. 이걸 덕후렌즈라고 했던 것 같은데.

언니가 입술을 내밀었다.

"뭐야. 너는 그렇지 않은 것처럼!"

"······으응."

대답 아닌 대답이었다. 반쯤 신음을 흘리며 눈을 굴리는데, 언니가 어깨를 흔들었다.

"너도 그렇지? 응? 그렇잖아?"

무슨 대답을 하란 말이야. 꾹 입을 다문 나를 보던 언니는 침묵을 긍정으로 받아들였다.

"너도 참. 이럴 때는 솔직하면 좋잖니. 왜 마음을 숨기고 그래. 응? 언니가 솔직한 아이가 되자고 했지."

"그거야 내가 양파 먹기 싫어서 숨길 때 얘기였잖아."

"어쨌든."

한바탕 이럴 때는 솔직하게 대답하란 잔소리가 이어지고, 곧 언니가 차분한 눈으로 나를 응시했다.

"그래. 솔직히 밤의 모습을 봤을 땐 조금 놀라긴 했지."

언니가 순순히 시인했다.

"하지만 거기서 네가 나서서 괜찮다고 하는데 어떻게 말리니? 그리고 녹스는 믿을 수 있을 것 같아."

"······."

"넌 나 말고는 사람을 만나지 못했잖아. ······항상 미안하게 생각해."

"무슨 말이야. 언니 탓이 아니잖아."

"응. 그런가. 그래도."

꼼지락 올라간 손가락이 언니의 손을 잡았다. 내 머리를 쓰다듬는 언니를 바라보니, 조금 쓰게 웃는 언니가 보였다. 내가 기특한지 어릴 적부터 나를 바라보던 시선으로 바라보던 언니는 싱긋 웃었다.

"좋은 사람을 만나서 다행이라 생각해. 아니, 좋은 아이인가?"

언니에게는 녹스가 '좋은 사람'인가 보다.

언니가 쓰다듬는 동안 나는 새삼스러움에 잠겼다. 책 속처럼 두 사람은 남자 주인공과 남자 주인공의 첫사랑이 되지 않았으나 대신 새로운 관계가 생겨났다. 이 관계에서 언니가 여전히 녹스를 좋은 사람이라 생각하는 점이 같았다. 참 신기하게도.

함께 아침을 먹고 언니는 평소보다 늦게 채집에 나섰다. 사실 오늘은 푹 쉬라고 말리고 싶었지만, 어제도 그레이를 데려오느라 못한 탓에 당장 재료가 부족했다. 이걸 잘 아는 언니가 얼른 다녀오겠다고 하니 말릴 길이 없었다.

"오늘은 일찍 올게."

"응. 항상 몸조심하고. 알았지?"

"얘는. 물론이지. 언제나 몸 사리잖아? 녹스, 나 다녀올게!"

"응."

좀처럼 살가운 법이 없던 소년이 손을 흔드는 모습을 본 언니가 함박웃음을 지었다.

"귀여워! 귀여워! 녹스, 한 번만 더 해주면 안 돼? 응?"

"언니, 안 가?"

"얘는 지금 그게 문제니?"

"……언니, 녹스가 싫어한다."

언니는 역시 "귀엽다, 사랑스럽다! 그냥 이대로 가지 말까." 하고 한바탕 내 어깨를 두드린 후에야 숲으로 향했다. 좀 지나고 나서야 나는 어깨를 문질렀다.

아니, 적당히 좀 하라니까 귓등으로도 안 듣지.

"들어갈까?"

끄덕.

고개를 주억인 녹스의 손을 잡고 집으로 들어섰다.

이후 일과는 평소와 다르지 않았다. 해가 훌쩍 머리 위로 넘어가고 오후까지는 금방이었다.

"에이미, 에이미."

"응?"

평소와 다르게 조금 적극적인 녹스는 내게 자신이 편 책 일부를 보여주었다.

"이건 저택이지?"

"응? 응. 저택. 아마 언니랑 나는 평생 이런 곳에서 못 살 거야. 아주아주 비싸거든."

"비싸……."

응, 비싸지, 하며 순순히 끄덕였다. 그러자 나를 바라보며 잠시 망설이던 녹스가 자그만 손가락을 그림으로 향하면서 천천히 입을 뗐다.

왜 울상이지?

"만약, 이런 곳에 살면 에이미랑 살아도 돼?"

"……응?"

"……."

나는 멈칫했다.

"녹스, 설마 뭔가 기억난 거야?"

"나 에이미랑 살면 안 돼?"

착각한 것이 아니라면 반응이 달랐다.

어떡하지? 뭐가 생각난 걸까. 대공저? 아니면 밤의 모습?

최대한 태연하게 웃어 보이고, 언제나처럼 난감한 질문을 얼버무리며 넘기려 했다. 하지만 그 순간 알아채기라도 한 듯 녹스의 손이 먼저 나를 붙잡았다.

"기억나면, 같이 못 살아?"

말간 눈을 한 녹스는 거짓말을 하지 못했다. 못 하는 것인지 안 하는 것인지는 몰라도 이 순간 나를 바라보는 소년의 눈은 진실했다.

마치 밤의 그를 바라보는 것 같은 긴장에 침을 살짝 삼켰다.

창문 밖 조금씩 가라앉는 태양은 일몰까지 오래 걸리지 않음을 알려 주었다. 한참 녹스를 바라보던 나는 천천히 입술을 떼어냈다.

"녹스는 나랑 살고 싶어?"

끄덕.

"그렇구나."

그가 눈을 감았다 뜬다. 피할 곳이 없다. 난 입술을 꾹 다물었다. 왜일까, 더는 피할 곳이 없는 것처럼 느껴졌다.

"피할 거야?"

"……아니."

나는 최대한 태연하게 웃으려 애썼다.

왜 이 순간 마당 살던 작은 강아지에게서 집을 빼앗는 기분이 드는 건지 모르겠다. 올곧게 한 곳만 향한 눈 때문일까?

"가지 마."

"내가 어딜 가."

"모르겠어. 하지만 에이미는 꼭 떠날 것 같아."

나는 흠칫 놀랐다. 울상을 짓는 녹스의 얼굴도 꼭 붙잡은 손도 평소와 다르게 느껴졌다. 아이들은 어른보다 분위기에 예민하다고 하더니, 내 망설임을 이미 알고 있던 걸까. 어째서 이 시선은 밤이나 낮이나 같은지.

아마도 밤처럼 이 손이 원하는 대답을 얻을 때까지 떨어지지 않을 걸 알았다. 잠깐 고개를 숙여 쓰게 웃었다. 손을 들어 올린 나는 녹스의 손을 붙잡았다.

"알았어. 대답할게."

"……."

지금부터 꺼내려는 말에 입술을 축였다.

"그럼 이렇게 하자. 정확하게는 알 수 없지만……. 녹스는 일곱 살 정도 되고 나는 열여섯 살이지? 녹스가 나만큼 아니, 나보다 나이를 더 먹었을 때쯤에는 사랑하는 사람이 생길 거야."

"사랑하는 사람……?"

"응. 그때 가서 생각이 바뀔지도 모르고."

"……그때에도 에이미를 좋아하면?"

"그건…… 한번 생각해 보자. 사람은 쉽게 변하거든."

그냥 내가 그러기를 바라는 걸지도 모르겠다.

스스로 물었다. 녹스가 여기 있어서 즐겁지 않았나? 나는 나를 속이려 하지만, 사실은 즐거웠지. 안 된다고 꾹꾹 마음을 걸었어도 정을 주고 말았는지도 모른다.

솔직히 미남이다 못해 국보급 미소년이 쪼르르 쫓는데, 어떻게 거부한단 말인가? 농담 삼아 넘기려 해도 같은 답이 나왔다. 책 속 그의 나이를 떠올린 나는 천천히 이어 말했다.

"음……. 그럼 스물세 살. 딱 스물세 살이 될 때까지 사랑하는 사람이 없다면……. 지금처럼 살까? 나랑, 녹스랑, 언니랑……."

그런데 난 이 마법을 풀어줄 수 있나? 아니, 나는 남자 주인공에게 아무것도 줄 수 없지. 그래서 안 된다.

"……정말?"

"나와 계속 살아도 괜찮아. 그때에도 녹스가 원한다면 말이야."

스물세 살. 그가 여주인공과 결실을 맺는 나이였다. 그때에는 마법이 풀려서 더는 아이의 모습을 보지 못할까? 아니, 아니다. 어느 쪽이든 나는 아마 다시는 녹스를 보지 못하겠지.

아이러니하게도 망설이던 마음은 한쪽으로 기울고, 지켜지지 않을 약속을 뱉고서야 결심이 섰다. 떠나자. 이미 정해진 사실이고 변하지 않음을 확인했다. 아마 무슨 대답이 나오더라도 같겠지.

눈을 조금 찌푸리며 곧 나올 소년의 대답을 기다릴 때였다. 나는 재빨리 고개를 돌렸다.

"녹스, 방금 들었어?"

쿵.

잘못 들은 것이 아니었다. 분명 땅이 흔들렸다. 평상시에 날 수 없는 소리에 몸을 잔뜩 긴장했다. 얼른 품에 가둔 녹스를 내려다봤다.

뭘까. 머릿속으로 빠르게 가정들이 스쳤다. 바깥에 어떤 위험이 있든 간에 지금 녹스의 모습으로는 위험했다.

'저녁까지 시간이 얼마나 남았지?'

하늘은 아직 석양이 지기 전이었다. 조금 더 버틴다면 대공 모습의 그가 되겠지만 적어도 한 시간은 지나야 했다. 그대로 녹스를 들어 올린 나는 창문을 바라보며 멈칫했다.

……저건 뭐야.

창밖으로 검은 옷 일색인 남자들이 잔뜩 보였다. 하나같이 얼굴이 잘 보이지 않게 망토를 뒤집어쓰고 있었다. 소름이 오소소 돋았다. 멀지 않은 남자에게서 붉은 메달을 보았기 때문이었다.

붉은 메달. 황태자의 상징이잖아?

본능적으로 안고 있던 팔에 힘을 주었다. 황태자의 기사단이 틀림 없다. 그리고 저들이 이곳까지 들이닥친 것에는 한 가지 이유밖에 없겠지. 손에 식은땀이 흘렀다.

이럴 때가 아니라 저들이 집안까지 들이닥치기 전에…….

"노, 녹스. 우리 지금부터 이 집 안에 있는 어떤 공간에 숨을 거야. 조금 답답하지만 참을 수 있지?"

"……에이미?"

"시, 시간이 없어."

평소 언니가 거실에 세워두곤 하는 장검을 챙긴 나는 서둘러 녹스 의 손을 붙잡았다. 가장 안전한 공간으로 넘어가려면, 뒤뜰 쪽으로 이어진 문을 지나야 했다. 정문 쪽으로 나타났으니 뒤쪽은 안전할 거야. 얼른 나가서 지하 쪽으로…….

그러나 나는 곧 내가 완전히 착각했다는 것을 알았다. 끼이익. 문 을 열자마자 마주친 남자는 차가운 시선으로 나를 내려다보았다.

"찾았습니다!"

"녹스!"

나는 반사적으로 녹스를 잡아당겼다. 낯선 남자의 어깨에 매달린 태양을 올려다봤다. 애석하게도 서산으로 넘어가기에는 아직도 한 참 남은 것처럼 보였다.

어째서 이런 때! 이토록 느리게 느껴지는 거냐고.

얼굴을 흐리며 녹스의 손을 꽉 잡았다.

"……에이미는 안 돼!"

솥뚜껑처럼 거세게 날아온 검집에 녹스가 나를 붙잡아 잡아당겼다. 털썩. 어린아이의 몸으로 낼 수 있는 힘에는 한계가 있어 함께 거꾸러지는 것에 그쳤다.

"녹스!"

다행히 뒹군 것 외에는 별다른 상처가 없었다. 잔뜩 질린 얼굴로 새파란 검을 올려다보았다.

"대장님, 여기입니다!"

"……생각보다 쉽게 찾았군."

이미 뒤뜰에도 사람이 가득했다. 거대한 사내가 나를 내려다봤다. 한 손으로 꼬옥 쥔 언니의 검을 품 안에 가둔 나를 보며 비웃는 것처럼 느껴졌다.

"김이 샐 정도야."

유일하게 망토를 뒤집어쓰지 않은 사내는 척 봐도 이곳에서 대장인 게 분명했다. 다른 사내들의 호위를 받는 것이나 가슴에 흔들리는 붉은 매달의 크기만 봐도 알 수 있었다.

"이 여자가 그 상인이 말한 민가에 산다는 여자인가?"

"그런 것 같습니다."

"숲 쪽은 어떻지?"

"이미 수적 우세를 점해서 교전 중입니다. 대공 기사단이 이쪽으로 올 가능성은 없습니다."

"훌륭하군."

핏기가 가신 기분이었다. 숲에서 교전? 그레이와 대공 기사단과?
……그럼 언니는?

뱀처럼 차가운 시선이 천천히 굴러 하얗게 질린 나를 응시했다.
그때 누군가 옆에서 입을 열었다.

"그럼 이 여자는 어쩔까요? 상인이 간곡하게 부탁을 했습니다만."

"멍청한 질문이군."

차갑게 웃는 사내의 얼굴이 선명하게 보였다.

"전부 죽여라."

그런 명령이 나오는 순간 일사불란한 검이 이쪽을 향했다. 분명
어린아이를 향하는 것이건만 일말의 자비도 없어 보였다.

"녹스!"

내 뒤에서 쓰러진 아이가 작게 신음하는 것이 들렸다. 나는 주춤
주춤 물러나며 녹스의 손을 감싸 쥐었다. 그 순간, 손등이 따끔했다.
눈만 데굴데굴 굴리자, 손등에서 희미한 빛이 피어났다.

'……뭐든 좋으니까, 도와줘!'

파아앗.

꽉 감았던 눈을 뜬 순간 나를 감싸던 작은 소년은 어디에도 없었
다. 바위처럼 커다란 등이 보였다. 대공 모습의 녹스가 눈물을 그렁
그렁 매단 나를 응시했다.

뚝. 무게를 이기지 못하고 떨어진 눈물에 나를 바라보던 그의 표정
은 처음 보는 표정이 되었다. 천천히 들어 올린 손이 내 뺨을 스쳤다.

"……이게 어떤 상황인지 모르겠지만."

"……"

"울지 마라, 에이미."

잠깐 꽉 엉킨 손을 바라보는가 싶던 녹스가 천천히 고개를 들었다. 아마 그에게도 이 밝은 태양이 보였겠지.

"……낮인가."

주홍빛으로 물든 그의 얼굴은 무슨 생각을 하는지 알 수 없었다. 어느새 언니의 검을 손에 쥔 녹스가 천천히 고개를 들었다. 검을 든 사내들이 움찔했다. 그가 나를 안아 들었다. 그러고는 '이유는' 하고 속삭였다.

"조금 뒤에 듣기로 하지."

나는 그의 목에 팔을 둘러 깍지 낀 손에 힘을 주었다. 한 손으로 나를 받치고 있는 녹스를 돕기 위해서였다. 이렇게 하지 않으면 땀에 미끄러질 것 같았다. 턱 끝으로 눈물이 굴러떨어졌다.

"대공이라 하여도 상대는 하나, 겁먹지 마라!"

대장으로 보이는 사내가 소리를 질렀다. 생각이 맞다면 저 사람이 황태자 기사단의 단장이지 싶었다.

"……대공?"

이렇게 중얼거리는 녹스의 목소리는 너무나 작아 나밖에 듣지 못했는데, 나는 움찔했다.

"전부 멈춰라."

분명 기억을 찾은 것이 아님이 분명할 텐데……. 검을 겨눈 그는 이전의 용병단을 상대할 때와 다른 것 같았다. 잘못 느낀 것이 아니라면 좀 더 살벌하고 무시무시했으며, 그의 낮은 목소리는 상대를 압도하는 힘이 있었다.

"……섣불리 움직이지 않는 것이 좋을 거다."

그는 한 손에 검을 든 채 고요히 앞을 응시할 뿐이지만, 사내들은 선불리 움직이지 못했다. 검을 전혀 모르는 나조차 심상치 않은 기도를 느낄 수 있으니 저들이 느끼는 압박은 더할 것이다.

재빠르게 주변을 바라보던 나는 유달리 사람이 적은 구역을 발견했는데, 녹스 또한 발견한 듯했다.

"뭐 하나, 어서 쳐!"

"녹스!"

사내와 내 목소리가 중첩된 순간 녹스의 검이 궤적을 그렸다. 검을 맞은 기사가 힘을 이겨내지 못하고 쓰러지자 탄탄한 대열이 무너지고 틈이 생겼다. 그 틈을 놓치지 않고 빠르게 빠져나온 녹스가 발을 놀렸다. 밤의 숲에서처럼 그는 한 손에 나를 안고도 거침없었다.

"녹스, 녹스! 정원. 정원에도 있어요."

"그런 것 같군."

오른쪽에 집을 두고 빙 돌자, 작은 정원 가득 채운 기사들이 보였다. 대체 얼마나 이끌고 온 거야! 하나같이 검은 망토를 뒤집어쓰고 가슴에 붉은 메달을 가진 기사들을 바라보며 침을 꿀꺽 삼켰다. 손은 절로 그를 감싸 안았다.

하늘에 석양이 지고 있었으나 완전히 지지 않은 태양은 나와 녹스가 떨어진 순간 그를 금방 아이로 만들어 버릴지 몰랐다.

'……떨어져서는 안 돼.'

녹스 또한 같은 생각이었는지 나를 붙잡은 손에 힘을 주었다.

"정면 돌파한다."

"하지만 가능하겠어요?"

떨림을 참으며 괜찮냐고 물었지만 대답하지 않은 녹스에게서 결연한 의지가 느껴졌다. 그는 나를 안고도 미친 듯이 잘 싸웠다. 아마도 나를 놓았다면 혼자서 이 사람들을 가뿐하게 상대했겠다는 생각이 들 정도로.

마물을 사냥하는 언니 덕에 푸른 피에는 익숙했지만 남자들이 쓰러지는 광경에는 익숙하지 않은 나였다. 새카만 기사들을 바라보며 겁을 왈칵 먹었으나 여기서 드러냈다간 녹스를 힘들게 할지도 몰랐다. 하지만 이 살벌한 곳에서 어디로 가야 할까?

챙. 눈을 감자 앞에서 검이 부딪치는 소리를 들었다. 어디로, 어디로 가야 하지? 도망칠 곳을 더듬으며 슬그머니 눈을 뜬 나는 입을 벌렸다. 바닥에 흩어진 것들을 발견하곤 재빨리 그의 옷자락을 붙들었다.

"녹스. 녹스! 불이에요!"

"불?"

검을 막아내며 뒤로 물러난 그에게 얼른 말했다.

"저, 풀! '페이렌' 풀이라 해서 발화 현상을 일으켜요. 저기에 저 기름까지 퍼부으면……!"

"……불바다가 되겠군."

뒤로 달려오는 소리가 들렸다. 아마 이쪽으로 달려오며 무너트린 잡동사니를 밟고 오는 사내들일 것이다. 설상가상 앞뒤로 갇히게 될 상황에서 녹스가 택한 길은 앞을 향하는 것이었다. 꼼짝없이 포위한 검이 날아온다 싶을 때 재빨리 몸을 돌리며 검을 피한 그가 땅을 박찼다.

우지끈. 그가 택한 길은 울타리를 부수는 쪽이었다. 숲 중에서도 가장 울창한 쪽을 택한 녹스는 빠르게 달렸다. 수적으로 우세하지만 숲에 익숙하지 못한 기사들이 쫓지 못할 속도였다.

"……이 숲에서 불을 피할 곳이 있나?"

"아……."

그의 신체 능력이 얼마나 우월한 것인지, 마치 짐승 같은 감각으로 숲을 헤치는 그를 멍하니 바라보았다. 누군가 뒤쫓지 않나 뒤를 바라보던 나는 얼른 정신 차리고 말했다.

"차코프 나무를 찾아야 해요. 그 나무……. 나무 군락은 불에 타지 않아요."

"어느 쪽이지? 방향을 아나?"

"집에서 서쪽. 언니와 가본 적 있어요!"

내가 숲 밖으로 나오는 것을 극도로 경계하는 언니였지만 아주 가끔은 날 데리고 나오기도 했다. 그럴 때 갔던 곳은 최하급 마물이거나 마물이 최소한으로 사는 비교적 안전한 곳이었다. 차코프 나무 군락도 그런 곳이었다.

내게 얼추 방향을 들은 녹스는 얼른 방향을 바꿨다. 그렇게 날이 저물어가는 숲을 달렸다. 한참을 달렸을까, 나는 그의 옷자락을 잡아당겼다. 여기서 멈춰달라는 나의 말에 그가 발걸음을 멈춘 곳은 차코프 나무 군락이었다.

"이 옹이는 자연적으로 생긴 건가?"

"네. 네네. 차코프 나무들은 커다란 옹이구멍을 가지고 있는데 이 구멍으로 들어가면 물로 축축하게 젖은 공간이 나와요. 거기다가 나무가 물을 가득 품고 있어서 불에 타지 않아요."

"……안전하다는 말이군."

비로소 나를 내려놓은 녹스가 짧게 숨을 내쉬었다. 얼굴에서 땀방울이 뚝뚝 떨어졌지만 평소와 다르지 않은 표정이었다. 그는 나를 안고 검을 휘두른 것뿐 아니라 한참을 뛰었건만 지치지 않은 것처럼 보였다.

고요한 숲을 바라보던 나는 손등으로 입을 가로막았다.

'……언니는?'

책 속에서 집에 있을 녹스를 급습하기 위해 나선 기사들은 황태자 기사단 중에서도 최정예 군단이었다.

'숲으로 간 언니가 그들과 마주했으면 어쩌지? 안 돼. 안 돼!'

조금 전에 나도 죽이려고 했던 사내들이었다. 그레이를 포함한 대공 기사단을 막느라 한창 교전 중일 숲 한쪽에 언니가 있다고 생각하자 손이 절로 치마를 움켜잡았다.

"언니는 어떡하죠? 우리 언니는……."

"……."

"언니는 죽으면 안 돼요. 안 돼……. 아, 안 돼……."

이렇게나 갑자기 들이닥치는 게 어디 있어. 어딨느냐고!

입술을 깨물며 주먹을 쥐어봐도 내가 할 수 있는 것은 아무것도 없었다.

"에이미."

그가 나를 붙잡았다. 어깨 위로 느껴지는 손에 고개를 든 나는 억지로 입을 꾹 다물었다.

"네 언니는 괜찮을 거다. 결코 약한 자의 기도가 아니다."

"……."

"나를 믿어."

나를 마구 뒤흔든 손의 떨림은 고요한 숲에서 흔들리지 않는 그의 눈을 바라보고서야 잦아들었다.

······그래. 여기서 초조해 봐야 아무것도 할 수 없어. 생각을 해야 한다. 여전히 시리도록 차갑고 냉정한 눈을 바라보며 책 속 언니가 죽었던 순간을 차근차근 떠올렸다.

'언니가 어떻게 죽었더라?'

책은 남자 주인공이 첫사랑과 어떻게 지냈는지에 대해서는 불친절했지만, 첫사랑이 죽는 순간은 아주 세세히 표현했다. 곧 나는 언니가 적어도 숲 한복판에서 죽지는 않는다는 것을 떠올렸다.

언니는, 동이 틀쯤에 정원에서 죽는다.

"추적자는 없는 것 같다. ······아직은."

"잠깐만, 어디 가려고요?"

나는 손을 놓으려는 그를 얼른 붙잡았다.

"······밖은 위험해요."

"에이미, 아직 안전하지 않다."

어느새 사위는 고요한 저녁이었다. 본래 깊은 숲에는 밤이 이르게 찾아왔다. 빛이 사라지는 순간 금방 어두워지기 때문이다. 뛰는 동안 서산으로 해가 진 하늘이 그를 대공 모습으로 유지하게 해줄 것을 알지만 나는 쉬이 손을 놓지 못했다.

"어딜 가려고요?"

나는 아직 겁먹은 건지도 모른다.

"여긴 네 집에서 멀지 않은 곳이다. 흔적을 지우지 못했으니 금방 쫓아올 거다."

"아니. 밤의 숲은 눈이 익지 않은 사람에게 특히 힘든 곳이에요. 더구나 이 구역에는 아주 많은 구멍이 있어요. 보이죠? 우리가 이 중에서 나무 밑으로 들어가 구멍에 숨어 있으면 보지 못하고 지나칠 거예요. 어, 어딜 가려 해요.”

그저 같은 말만 되풀이하는 나를 보며 손을 뻗은 녹스가 뺨으로 굴러떨어진 눈물을 닦아냈다.

“……울지 마라.”

나도 모르게 맺혀 있던 눈물이었다.

“안 울어요. 울지 않는다구요. 뛰어서 그런 거니까……. 말 돌리지 말아요.”

그의 옷자락을 쥔 손을 놓지 않았다.

“어디 가려고 하는 거예요.”

“따돌리는 건 잠시뿐이다. 곧 추적자가 여기까지 올 거다.”

“녹스가 유인하려고요? 그 몸으로?”

“그래.”

왜 이제야 떠올렸을까. 아무리 뛰어난 사람이라고 한들 기억을 잃은 데다 한 손에 여자를 안고 정예기사의 포위를 뚫는 것은 그에게도 힘든 일인데.

다리에 상처 입은 그의 모습을 보고 만 나는 입술을 깨물었다. 혹시나 지난번처럼 기적이 일어나 리녹의 몸을 치료해 줄까 싶었지만 잠잠했다.

초조해졌다. 그의 손을 놓치지 않을 기세로 꽉 잡았다. 나는 그를 향해 힘주어 말했다.

“가지 말아요. 녹스는 쉴 시간이 필요해요. 여기에서, 동이 틀 때까지만 기다려요. 네?”

나를 물끄러미 바라보던 녹스의 시선이 천천히 아래로 떨어져 붙들린 손을 향했다.

"……네 언니는 어떡할 거지?"

나는 멈칫했다. 어디에 있을지 모를 언니를 당장 찾으러 가고 싶다. 그러나 곧 집을 가득 채우고 있던 수많은 사내를 떠올렸다. 아직 밤이 한창인 달과 녹스를 번갈아 본 나는 태연하게 웃으려 애썼다.

"……언니는 무사할 거예요."

"그런데 왜 넌 울 것 같은 얼굴인가."

……사실 새카만 남자들이 우글거리는 곳으로 녹스를 보내는 것이 맞는지. 책 속처럼 정말 동이 틀쯤에야 위험해질 거라는 것을 믿고 여기에 있게 하는 게 맞는지, 나도 무엇이 옳은지 모르겠으니까. 머리는 후자가 옳다고 하지만 혹시라도 언니가 집으로 갔을까 염려돼서 차마 표현하지 못한 말들이 머리를 마구 흔들었다.

이러지도 저러지도 못하고 붙잡은 손을 천천히 떼어낸 그가 허리를 숙였다.

"네 언니를 지키면 너는 울지 않을 건가?"

숲은 어둠이 자욱하게 깔려 있었다. 숨조차 죽인 가까운 거리에서 그의 시선만이 색을 입힌 듯 선명하게 보였다.

"너는 네 언니를 소중히 여기지."

고개를 숙인 나는 숨을 삼켰다.

"네. 언니는 제게 너무너무 소중해요. 제 목숨만큼이요! 하지만, 이 밤의 숲에서 언니를 어떻게 찾아요? 나는 찾을 수 있지만. 그 남자들을 어떻게 할 힘이, 힘이…… 없고."

리녹의 손을 잡고 있던 손에 힘이 스르륵 풀렸다. 이 순간 할 수 있는 것이 없음에 이토록 스스로가 원망스러울 수 없었다.

"에이미."

그러다 문득 뺨에 닿은 손에 흠칫했다.

이미 여러 번 손을 잡으며 느꼈던 감촉인데, 어째서 뺨에 닿았다고 이렇게 낯설게 느껴질까.

"……떨지 마라."

평생 검을 잡았을 그의 손은 무척이나 거칠었다. 울퉁불퉁한 살이 조금씩 움직일 때마다 숨을 들이마셨는데, 자연히 짧아지는 숨 뒤로 그의 얼굴이 가까워졌다.

나도 모르게 눈을 질끈 감았다.

"나는 강하다, 너를 지킬 수 있을 정도로."

"……."

"네 언니도 지킬 수 있겠지."

그러나 언제나 덥석 다가오는 그답지 않게 시간이 지나도 가까워지지 않는 얼굴에 눈을 뜨니 어느새 멀어진 그가 있었다.

"네게 있어서 누구보다 중요한 사람이 바로 네 언니다. 그렇지 않나."

본능적으로 나를 두고 가려고 한다는 것을 깨달은 내가 그의 손목을 붙잡았다. 문득 어째서인지 이대로 그냥 보내서는 안 된다는 생각이 들었다.

"맞아요. 언니가 중요해요. 그런데…… 그렇다고 녹스가 중요하지 않은 것도 아니란 말이에요."

"……뭐?"

반문하는 녹스의 표정을 미처 보지 못한 나는 얼굴을 감싸 안았다.

어둠 속, 이 숲에서 앞으로 무슨 일이 일어날까? 상상이 괴롭히는 동안 질끈 눈을 감은 나는 그대로 숨을 삼켰다.

"그러니까 다치지 않으면 좋겠어요! 아픈 건 누구나 싫잖아요······."

성큼 다가오는 소리와 함께 목 뒤로 커다란 손이 감겼다. 눈을 동
그랗게 떴다. 그와 동시에 빠르게 가까워진 얼굴이 보였다.

······키스하는 줄 알았다.

어깨 위로 그의 머리가 닿자, 나는 눈을 크게 깜빡였다.

"······나는 매일 숨 쉬듯 너를 생각한다. 가끔은 말로 표현하지 않
아도 전달되면 좋겠다."

내 어깨에 머리를 파묻은 그가 나를 꽉 끌어안으며 속삭였다.

"이 마음은 정상인가 의심도 했다. 지우려고도 했지만······ 끝내.
지울 수는 없더군."

목에서 느껴지는 뜨거운 숨을 피해 아무 생각이나 해보려 했다.
'책 속에서 이런 장면이 있었나?' 하고 실없는 생각을 하려 해도 오
롯이 검은 정수리에 고정되었다.

"······."

"네가 우는 게 싫다."

마치 흥분한 짐승처럼 입술을 비빌 때마다 허리에 빳빳하게 힘이
들어갔다. 허리를 감싸 안은 단단한 팔에 힘이 들어갔다.

"에이미, 나는 너를 지킬 수 있을 정도로 강하다."

나를 안은 채 그가 천천히 고개를 들었다. 미처 닦아내지 못한 눈
물을 닦아낸 그가 그대로 고개를 기울여 이어 말했다.

"네 언니도 살려오지."

자색 눈동자에 담긴 나를 보는 순간 왜인지 소름이 돋았다.

"그러니, 돌아오면 네가 왜 나를 리녹이라 부른 것인지 물어도 되
겠나?"

뭐? 멈칫한 나는 새하얗게 질린 낯으로 그를 응시했다. 그를 붙잡던 손에서 힘이 빠졌다.

"네가 날 잡는 순간 태양 아래서 밤의 모습이 된 것도."

주춤주춤 물러나려 했던 몸은 나를 붙잡은 팔과 등 뒤로 기댄 나무에 가로막혔다. 그가 천천히 손끝에 입을 맞췄다.

"이 손을 놓으면 네가 어디로든 가버릴 것 같은 기분이 든다."

그는 안개를 벗겨낸 것 같은 선명한 시선이었다.

"……안 가요. 제가 어, 어디를 간다고."

피하려 고개를 돌렸지만, 이내 그의 시선에 이기지 못하고 고개를 들었다. 서늘하도록 집요한 시선을 바라봤다.

"그런가? 그럼 약조해 줄 수 있겠나."

"……."

"어디에도 가지 않겠다고."

그대로 말문이 막혔다. 약조라니, 잠시 여러 가지 생각이 스쳤지만 그런 건 해줄 수 없었다. 무슨 자격으로? 지금은 아주 애틋하게 바라보며 나를 붙잡았더라도 언젠가 여주인공을 만나 사랑에 빠질 남자 주인공이었다.

그에게 붙잡힌 그대로 성큼 걸어간 나는 그대로 그의 허리를 껴안았다. 움찔하고 경직된 몸이 느껴졌다. 뺨으로 느껴지는 맨살은 뜨거웠다.

"나는 녹스가…… 기뻤으면 좋겠어요."

짓눌린 목소리가 웅웅거리는 것을 알았지만, 그의 가슴에 얼굴을 묻은 그대로 이어 말했다.

"내 진심이 궁금하다고 했으니까 말하는 건데, 기쁜 일만 가득했으면 좋겠고…… 그리고 아주 많이, 행복했으면 좋겠어요."

망설였지만 끝내 나오지 못한 말을 알았다.

그가 여주인공을 만나서 얻는 것들을 생각하면 섣불리 끼어들 수 없으니까. 내 존재는 두 사람 사이에 가벼운 질투를 일으키는 존재 정도로 회자되는 것으로 충분했다.

"난, 난. 당신이 정말로 행복했으면 좋겠어요."

남자 주인공의 안타까운 생애를 알기 때문에 그가 진정으로 행복하길 바랐다. 이미 오랫동안 저주에 가까운 마법에 구속되어 있었으니, 이제 그만 자유로워지면 좋겠다고 생각했다. 아주 오랫동안.

"어디에도 가지 않겠다는 약속은."

그를 바라보고 싶다는 마음을 꾹 눌러 참으며 입을 열었다.

"녹스가 무사히 돌아오면 할게요."

"……정말인가?"

"네. 그러니까 다치지 말고 돌아와요."

녹스가 팔뚝을 붙잡은 손에 힘을 주었다.

"약조했다."

그럼에도 내가 아프지 않게끔 잡은 그는 다른 손으로 내 허리를 감싸 안았다.

"그때는 네가 무슨 말을 해도 놓아주지 않을 거다."

그가 새벽까지 돌아오겠다고 속삭였다. 어쩌면 오늘이 마지막일지도 모른다는 말은 가슴 저편으로 꿀꺽 삼키면서 나는 그에게 안긴 그대로 끄덕였다.

"다녀와요."

허리에서 떨어진 손을 느끼며 고개를 든 순간이었다.

그가 번개같이 고개를 내렸다. 한순간에 입술이 닿을 듯이 가까워졌다. 날숨이 느껴지는 거리에 움찔하는데, 그가 입술을 열었다.

"입술이 닿는 것도, 허락이 필요한가?"

입술에 숨이 닿았다. 나는 가까스로 입을 떼어냈다.

"……받으면 할 건가요?"

"하고 싶다."

그가 탁하게 쉰 목소리로 중얼거렸다.

"너와 뭐든 하고 싶어, 에이미."

어쩐지 평소보다 더 적극적인 것 같다고 느껴지는 건 이곳이 숲이기 때문일까. 입술이 떨렸다. 된다고도 되지 않는다고도 말을 못한 채 고개를 들었을 때 그가 고개를 엇갈려 숙였다.

숨이 스치고 목덜미로 그의 입술을 느꼈다. 입술을 꽉 누른 채 살짝 깨문 그가 '이것 또한 조금 있다가 듣지' 하고 속삭였다.

정신 차렸을 때 이미 저 멀리 떨어진 녹스가 보였다. 멀어지는 그림자가 사라질 때까지 멍하니 바라보던 나는 비로소 숨을 뱉었다. 비틀거리며 등을 기대고 손등으로 입술을 가렸다.

'……그냥 넘어가서 다행이다. 정말 입술이 부딪치는 줄 알았네.'

입술을 꾹 다물었다. 미모가 깡패라더니 땀에 푹 젖은 얼굴로 그리 보면 어쩌라는 거야? 하마터면 꼼짝없이 내줄 뻔했잖아. 그리 생각하며 가슴을 쓸어내리는데. 왜 가슴이 뛰는 걸까?

고개를 내저었다. 지금은 이 의문 모를 두근거림에 집중할 때가 아니다. 숲 어딘가에 있을 언니의 행방과 추적을 따돌리는 것, 그리고 언니를 구하러 간 녹스에게 집중할 때였다. 이제 어떻게 될지 알수 없었다.

시간은 속절없이 흘렀다. 숲의 밤은 길었지만, 오늘따라 더욱 길게 느껴지는 밤이었다. 펑펑. 숲 아득한 곳에서 터지는 폭발음에 정신을 곤두세웠다. 결국 나는 새벽빛이 찾아오기도 전에 몸을 옮겼다.

'······집으로 가야 해.'

녹스는 돌아오지 않았다. 문제가 생긴 것이 틀림없다고 여긴 나는 발을 재게 놀렸다. 다행히도 길눈은 어둡지 않은 나였다.

숲 곳곳에 존재할 마물 걱정도 차코프 나뭇잎으로 즙을 내어 덜었다. 차코프 즙은 임시지만 마물들이 접근하지 못하게 할 수 있었는데, 이들이 싫어하는 향을 가졌기 때문이었다.

근처에서 풀숲이 흔들린다 싶으면 얼른 방향을 틀었고, 그 덕에 평소보다 돌아가는 길이 되었다.

'빨리, 빨리 가야 해.'

까마득한 밤의 숲을 지나 지붕이 보인다고 느낄 때였다. 멀리 보이는 울타리 쪽으로 다가가려던 나는 멈칫했다.

"으윽······."

사람? 분명 사람 목소리였다. 조심스럽게 나무 뒤로 돌아간 나는 몸을 숨기고 주변을 살폈다. 머지않아 숲 사이에서 쓰러진 사내를 발견했다.

유심히 그를 보았다.

'검은 망토를 쓰고 있지 않잖아?'

혹시나 붉은 메달이 있을까 살펴보던 나는 남자의 검을 본 순간 움찔했다. 검술에 달린 회색늑대, 대공 기사단의 상징이었다.

"이봐요. 괜찮아요?"

다행이랄지, 그레이는 아니었다.

"으으, 누구……."

남자 옆으로 수많은 검은 옷을 걸친 사내들이 쓰러져 있는 것으로 보아 전부 이 남자가 상대한 황궁 기사들인 듯했다.

처음 보는 얼굴이었지만 피에 젖은 갈색 머리가 보였다. 머리를 다친 건가? 머리뿐 아니라 온몸이 성하지 않았다.

"괜찮아요? 녹스, 녹스, 아니, 대공님은요?"

"단장님은…… 그들을 상대하러……."

남자는 제정신이 아닌 듯 나를 보고도 웅얼웅얼 중얼거릴 뿐이었다. 대충 알아듣기로는, 녹스가 숲에 있을 수많은 이를 상대하러 간 모양이었다.

'이대로 집으로 가야 하나? 언니는 어디 있지?'

일어났던 나는 다시 쪼그리고 앉아서 남자의 팔을 붙잡았다. 초점 없는 눈동자가 굴러 나를 향했다.

"일단 간단하게 조치할게요."

원피스 아래를 부욱 찢은 천으로 그의 복부를 감싼 나는 그의 손을 잡고 입을 열었다. 집이라면 많은 약초가 있을 텐데 치료하고 싶어도 재료가 턱없이 부족했다.

"미안해요. 지금은 지혈밖에 할 수 없어서. 저기, 내 집에 약초가 있으니……."

말을 하던 그때 손등에서 새하얀 빛이 터졌다.

손등에 낯선 문양이 새겨지는 것과 동시에 눈앞의 남자를 덮은 흰 빛이 스치고 가자 가장 큰 상처를 입은 복부에서 피가 멎었다.

그의 상처에 손을 가져다 댄 나는 눈을 동그랗게 떴다.

사람을 치료할 수 있어?

이전 말끔하게 사라졌던 녹스의 상처들을 떠올렸다. 내가 했다는 건 알았지만……. 정말로 내가 할 수 있단 말이야? 그렇다면 왜 아까는 되지 않았지? 중상에만 되는 건가?

차츰차츰 떠올리며 바라보니, 남자가 치료된 것은 오직 복부 한 곳뿐이었다. 뺨의 상처도 부러진 검이 꽂힌 팔도 그대로였다.

"……대체, 당신은 누구……."

그대로 벌떡 일어난 나는 주춤주춤 물러났다.

"사, 사람을 데려올게요!"

놀란 것은 남자도 마찬가지였는지 내게 물었지만 나는 아무것도 대꾸할 수 없었다. 손등에서 눈을 떼지 않았다가 얼른 고개를 돌렸다.

한걸음 내딛으려는 데 핑 빈혈이 온 것처럼 눈앞이 흔들렸다. 그러나 이내 발을 빠르게 놀렸다.

"헉, 헉헉, 헉……."

심장이 터질 것 같고 땀방울이 턱 끝에 매달려 툭 떨어졌다. 집 앞에 도착한 나는 거친 숨을 몰아쉬며 고개를 들었다.

쉴 새 없이 달린 다리가 덜덜 떨렸지만 신경 쓰지 않고 정원으로 들어갔다. 그리고 이내 마당에 쓰러진 사람을 발견했다.

"언니!"

얼른 달려간 나는 언니의 어깨를 흔들었다.

"언니? 언니?"

다행히 언니는 숨이 끊어지지 않았다.

하지만 얼마나 치열한 싸움이 있던 것인지 온통 피투성이인 마당 중간에 쓰러진 언니는 기절한 듯 눈을 뜨지 못했다. 언니 옆으로 뒹구는 부러진 검을 본 순간 눈물이 툭 떨어졌다. 안심해서였다.

"언니, 언니……. 일어나."

얼른 언니의 상태를 알아보고 천을 찢어 지혈했다. 다행히도 피는 금방 멎었다. 눈물이 뚝뚝 떨어졌다.

아직 죽지 않았구나. 다행이야.

그러나 피를 흘린 지 꽤 된 탓일까 언니에게서 나오는 숨은 무척이나 미약했다. 본능적으로 언니가 심상치 않은 상태임을 알아본 나는 얼른 언니의 손을 겹쳐 잡았다. 그렇게 눈을 감으려 했던 나는 부스럭거리는 소리에 얼른 고개를 돌렸다.

"……에이미 씨?"

"그레이?"

절뚝절뚝 걸어온 이는 다름 아닌 그레이였다. 그도 성치 못한 몰골이었지만 그에게 부축받는 사람을 본 순간 눈을 더욱 크게 떴다.

"녹스?"

"아, 단장님……. 살아는 계십니다."

그게 쓰게 웃으며 중얼거렸다. 아직은요.

"……'아직은'이라니."

이게 무슨 소리야?

잡고 있던 언니의 손을 놓치며 그대로 입을 벌렸다.

그사이 절뚝거리며 다가온 그레이가 언니 옆에 녹스를 눕혔다.

"이 숲에 있던 황실 기사단 7할 이상을 홀로 괴멸시켰을 겁니다. 말려도 듣지 않으시더군요."

나는 조금 전 치료받았던 기사보다도 훨씬 처참한 몰골의 녹스를 본 순간 숨을 삼켰다.

"……."

"이렇게 미쳐 날뛰는 단장님은 처음 봤습니다."

흘끗 언니를 눈짓한 그레이가 쓴웃음을 지었다.

"수많은 황실 기사단을 상대하던 언니분을 데려온 것도 단장님입니다."

"녹…… 스가, 언니를 구했다고요?"

"……예. 어떻게 해서든 살려야 하는 사람이라고 하더군요."

그레이가 "디아나 씨가 참 잘 싸우시더군요. 감탄했습니다." 하고 말한 것은 정말 감탄해서가 아닐 것이다.

"단장님은 정말……."

그의 흔들리는 초점이 그도 어찌할 바를 모르고 있음을 알려 주었다. 나는 언니의 손을 놓고 그레이를 붙잡았다.

"녹스는, 상태가 많이 안 좋나요?"

얼굴을 참담하게 흐린 그레이가 입술을 깨물었다.

"저와 다른 기사에게 쓰러진 디아나 씨를 구조하게 한 뒤 홀로 수많은 기사들을 상대하셨습니다."

그가 결국 제 얼굴을 가렸다.

"조금 전 언니분을 구하기 위해 나섰던 순간은……. 단장님으로서도 목숨을 걸어야 했던 순간이었을 겁니다."

툭. 미처 떨어지지 못하고 매달려 있던 눈물이 흘러내렸다. 그렁그렁한 눈물이 고인 눈에 쓰러진 녹스의 얼굴이 맺혔다.

울지 마세요, 하고 어쩔 줄 몰라 하는 그레이에게 말했다.

"저, 저는 전문가처럼 할 수는 없지만 나름 약초학을 익혔어요. 녹스는……. 이대로는 위험한 거죠?"

"……예. 하지만 대공령으로 돌아가 대공저의 마법사에게 보이면 다를지도 모릅니다. 치료 마법을 쓴다면, 마법만 쓸 수 있다면…….”

그가 내게 잡힌 손으로 주먹을 꽉 쥐었다.

“돌아갈 방법이 있나요?”

붙잡힌 자신의 손을 바라보던 그레이가 천천히 끄덕였다.

“……모든 새벽 기사단에게는 순간이동이 걸린 구슬이 두 개 주어집니다. 오직 새벽 기사만이 사용할 수 있는 이 구슬은 비상시에 대공저나 근처의 도시로 이동할 수 있습니다. 하지만…….”

그가 보여준 구슬을 바라본 나는 입술을 벌렸다. 저건…….

얼른 고개를 들자, 마치 주인 잃은 강아지처럼 눈을 늘어뜨린 그레이가 시선을 바로 했다. 손의 떨림에서 보지 않아도 그의 감정이 고스란히 전해졌다.

“저 상태의 단장님으로는 마법을 견딜 수 없습니다.”

그레이가 더듬더듬 시도는 해보겠지만 시도를 하다가 오히려 녹스가 더 위험해질지도 모른다고 전했다. 떨리는 그의 손을 한참 동안 바라보던 나는 언니를 향해 고개를 돌렸다.

색색, 언니에게서 미약하지만 고른 숨이 느껴졌다. 나는 질끈 감았던 눈을 뜨며 그레이에게 거짓말을 했다.

“그레이 씨, 이 순간에 정말로 미안한데……. 언니가 아주 많이 위험한 상태인 것 같아요.”

녹스처럼요. 울먹이는 목소리로 말하자 퍼뜩 고개를 든 그가 나처럼 얼굴을 흐렸다.

“미안합니다. 저희 일 때문에 에이미 씨와 디아나 씨를 휘말리게 해드려서……. 정말 미안합니다.”

“……녹스를 도우면, 저를 도와주실 수 있나요?”

"네?"

"제게 녹스를 살릴 방법이 있다면요. 그레이 씨도 저와 언니를 도와주실 수 있냐고 물었어요."

그의 눈동자가 의도를 찾듯 내 눈을 훑었다. 진실이라고 느낀 것인지 곧 눈물을 머금은 그레이가 진지하게 고개를 끄덕였다.

"기사의 이름을 걸고 약조합니다. 무엇이든 하겠습니다."

"……좋아요."

우는 듯 웃어 보이고 곧바로 고개를 돌려 녹스를 향한 나는 천천히 녹스의 손을 겹쳐 잡았다. 손가락마저 잔뜩 상한 손을 본 순간 눈물이 주르르 흘렀다.

그 순간, 그의 손가락이 움직였다. 저절로 움직여 나를 잡았다.

"……에이미."

"녹스? 정신 들었어요? 내가 보여요?"

옆에서 "단장님!" 하고 외치는 그레이의 목소리가 들렸다.

그러나 자색 눈동자는 오직 나를 응시했다. 손을 파고든 그의 손이 힘주어 나를 붙잡았다.

"……약속, 지켰다."

"……."

왈칵 눈물이 치솟았다. 참았던 눈물이 주르르 흘러내렸다. 이건 불가항력이다.

"당신을 찾는 사람이 아주 많아요. 이미 만났죠?"

"상관없다. 에이미, 나는, 약속을 지켰다."

"네. 고마워요. 그래서 당신을 치료하려고요, 지금."

"내게 필요한 건 치료가 아니야."

그가 나를 잡아당겼다. 아픈 몸 어디서 이런 힘이 나온 것인지 나는 그의 얼굴을 정면에서 아래로 내려다보게 되었다. 그의 다른 손이 허리를 붙들었다.

"아니, 당신에게 필요한 것은 치료예요."

그 어느 때보다 단호하게 말한 나는 고개를 숙이며 울먹이지 않으려 애쓰며 말했다.

"대공님, 이만 당신이 돌아가야 할 곳으로 돌아가요."

나는 언니가 살아남는 것만 생각했다. 사실 언니가 살아남은 이후에는 아주 멀리 떠날 생각밖에 하지 않았다. 나는 단 한 번도 그 이후의 그를 생각하지 않았다. 지금 이 순간 왜 그것에 대해 생각해 보지 않았을까 후회하게 될 줄은 몰랐으니까.

어디에도 가지 말라는 그의 말은 무섭다기보다는 그 순간 말문이 막혀 버릴 만큼 처연하게 들렸다.

"너는 늘 나를 피하는군."

나를 첫사랑으로 느꼈든, 가족으로 느꼈든, 갈 곳 잃은 짐승이 주워 준 이를 맹목적으로 따르는 것이든.

"나는 당신이 떠나도 하나도 아쉽지 않아요."

한마디 말이라도 따뜻하게 해줄 것을. 그 핑계를 대며 상처 많은 사람에게 상처를 덧입힌 것일지도 모른다 생각하니 마음이 아팠다.

"당신과 나는 스치는 인연이잖아, 내게 당신은. 중요한 사람이 아니었어요. 알아요?"

눈물이 흘렀다.

나를 천천히 훑던 그의 눈이 내 얼굴에서 멈췄다. 부상 입었음에도 형형하도록 밝은 눈으로 나를 응시했다.

"……거짓말이군. 아니, 거짓말이라고 말해. 말해줘, 에이미."

나를 잡아당긴 손이 뒤통수를 감싸 쥐었다. 집어삼킬 것 같은 눈이 코앞에 있었다.

"피투성이군. 어딜 다쳤나?"

"이건 내 피가 아니라 당신 거…… 읍."

눈을 크게 떴다. 불식간에 나를 덮친 입술은 그대로 아랫입술을 베어 물었다. 깜짝 놀라 그를 응시했다.

"리……."

"리녹이 아니라 녹스."

한 손이 허리를 훑자 가슴을 밀어내던 손에서 힘이 빠졌다. 입술이 벌어지자 그가 그대로 입안으로 파고들었다.

어느새 그의 어깨를 붙잡은 손은 미끄러지고 그가 지탱하는 힘에 의지해 겨우 숨을 내쉬었다. 내 것 같지 않은 신음이 귀를 적시고 온몸에 소름이 오소소 돋았다. 살짝 떨어진 사이로 더운 숨이 느껴졌다.

"나를 보내지 마라."

그의 몸은 뜨거웠다.

"대체 뭐가 중요하지?"

마치 금방이라도 울 듯 매달리는 남자는 꼭 낮의 소년을 생각나게 했다. 아니, 애처롭게 붙든 손의 힘은 사실 강하지 않았다. 뿌리친다면 뿌리칠 수 있을 정도로.

"네가 불러주는 이름보다 중요한 건 아무것도 없어. 에이미, 제발 나를 버리지 마라."

나를 바라보는 눈이 천천히 잠겨들었다. 나는 그를 바라보며 그의 손을 붙들었다.

"……네가 없으면 안 돼."

무엇이 당신을 이토록 절박하게 한 건지 나는 모르겠지만 미약해지는 그의 숨만은 선명하게 느꼈다.

"가지 마."

집요한 시선을 피해 하늘을 바라보자 어느새 동이 트고 있었다. 품에서 작아진 몸을 느꼈다. 어느새 잠들 듯 기절한 소년이 있었다.

소년을 물끄러미 바라보던 내가 작은 손을 겹쳐 잡았다. 곧이어 손등에서 빠져나온 흰빛이 스치며 눈앞에 어른 모습을 한 녹스가 나타났다. 그리고 흰빛이 그의 몸을 모조리 감싸자 상처는 흔적도 없이 사라졌다.

나는 앉은 채로 휘청거렸다. 손을 놓자 녹스의 몸은 다시 작아지고, 눈앞에는 다시 잠든 소년이 있었다.

텅 빈 내 손을 바라보던 나는 천천히 고개를 들어 입을 열었다.

"아이 모습일 때 후유증이 남는 것 같던데, 눈을 뜨면 잠시 앓을지도 몰라요."

고개를 돌리니, 모든 상황을 멍하게 바라보던 그레이가 움찔했다.

"전부…… 에이미 씨의 능력입니까?"

"네. 나도 왜 그런지 모르겠지만, 저와 있으면 잠깐은 어른으로 돌아가요. 치료도 할 수 있고. 그런데 알아보니까 녹스를 치료할 수는 있지만 다른 사람은 안 되더라구요."

조금 전 이곳에 오기 전에 치료한 대공 기사단이었던 남자를 떠올렸다. 초점을 잃었던 남자의 눈으로 보아 나를 보지 못한 것 같았다.

그를 지워내며 나는 흐리게 웃었다.

"그레이 씨, 약속을 지켜줄래요?"

어서 언니를 치료할 수 있게 옮겨달라는 나의 말에 그레이는 얼떨떨하게 나와 녹스를 번갈아 응시했다.

"저, 지금 힘이 없거든요. 언니를 옮길 힘이 남아 있을 때 도와주지 않으실래요? 우리 언니 잘못되면 정말……."

"도, 도와, 드릴게요!"

그때였다. 먼 곳에서 한 남자가 달려왔다.

기사인가?

검에 달린 술에 새벽 기사단을 확인한 나는 잔뜩 긴장했던 가슴을 쓸어내렸다.

금발의 남자와 잠깐 이야기를 나누던 그레이가 다시 내게로 달려왔다. 절뚝거리는 모습이 양심에 찔렸지만 입술을 꾹 깨물었다. 약해지면 안 돼.

"동료들에게 단장님을 맡겼습니다. 저를 따라오세요."

일어나려던 나는 팔목을 잡은 힘에 고개를 돌렸다. ……녹스의 손은 아직도 나를 놓지 않고 있었다.

눈을 질끈 감고 그의 손을 천천히 떼어냈다. 그리고 망토를 벗어 아이의 몸에 덮어주었다. 내가 과연 어떤 표정일까 나도 잘 모르겠다.

"언니는 이동할 수 있는 상태인가요?"

"예. 출혈이 멎어서, 이 정도면 가능할 것 같아요. 치료가 급한 건 마찬가지이지만요."

그가 씁쓸한 얼굴로 중얼거렸다. 나를 바라보며 여전히 미안한 얼굴이었다. 사실 이 모든 게 언니가 녹스를 데려오며 일어난 일이었으니 그레이가 죄책감을 느낄만했다. 다만 그는 이게 정해진 일이었다는 것을 꿈에도 모르겠지만.

눈을 감았다가 뜨자 풍경이 변했다. 순간 휘청거리며 고개를 숙였다. 마치 심한 뱃멀미를 앓는 것처럼 어지럽고 속이 흔들렸다. 그레이가 얼른 나를 부축했다.

"괜찮은가요? 순간이동을 처음 할 때 겪는 일이에요. 디아나 씨는…… 멀쩡하시네요?"

"언니는 기사였으니까요."

아마 나보다는 경험이 있었겠지.

그레이가 언니를 바라보며 "아, 역시 그랬군요." 하고 끄덕였다. 하지만 언니 몸에도 부담이 되었는지 새하얘진 얼굴이 보였다. 그레이가 얼른 언니를 업었다.

의사를 찾아 헤맨 우리는 다행히도 이른 아침 문을 연 의원을 발견했다.

"……이 환자가 아직 살아 있다고요?"

나이가 지긋한 의사는 언니의 상태를 보며 무척이나 놀란 얼굴로 경고했다. 오늘 안에 위험할지도 모른다며 고비를 넘겨야 할 거라고.

그의 말을 듣던 그레이의 얼굴이 심각해졌다.

급한 치료를 끝낸 의사가 약재를 보러 가겠다며 사라지고 병실엔 그레이와 쓰러진 언니와 나만 남았다.

"에이미 씨, 저는 동료들과 통신을 하고 오겠습니다. 잠시만……."

"네. 여기 있을게요."

그대로 나가려던 그레이가 멈칫하고 돌아섰다. 그는 뭐 마려운 강아지처럼 끙끙대는 표정으로 잠시 망설이다가 입을 열었다.

"혹시나 말씀드리는 거지만 어딜 가시려는 생각은 하지 마세요."

"……제가 언니를 두고 어딜 가겠어요."

"에이미 씨도 다치신 걸 아는데, 무리하지 마세요. 부탁드립니다."

그의 목소리에 절절함이 그대로 배어 있었다.

"저희는 절대 단장님의 은인을 그냥 보내지 않습니다. 급한 치료를 마치고 함께 대공령으로 가요. 그곳에 유능한 의사도, 마법사도 있어요."

"감사한 얘기네요."

그렇게 말했음에도 그레이는 쉽게 자리를 비우지 못하고, 나를 응시했다.

"……혹시나 드리는 말이지만 저는 기감이 좋습니다. 이 자리를 떠나시려 해도 알 수 있어요."

"그렇군요. 알아둘게요."

힘없이 웃는 나를 보며 그레이 또한 편한 마음은 아니었는지 울상이었다. 책 속에서도 익히 알았지만 참 선하고 착한 사람이었다. 달리 말하면 순진한 거겠지만.

그래서 나와 언니가 밤의 숲에 머무는 이유를 모르는 걸까? 아니면 모른 척하려 하는 걸까? 나는 태연하려 애쓰며 입을 떼어냈다.

"그레이 씨, 만약에 제가 리녹에게 제가 죽었다는 사실을 전해달라고 하면 들어주실 건가요?"

"……네?"

문고리를 잡던 손이 멈추고 경악한 얼굴이 나를 향했다.

"죄송하지만 들어드릴 수 없습니다. 에이미 씨는 눈앞에 살아계시니까요."

"네, 알겠어요."

"그, 그리고 대, 대공비님이 아니십니까?"

"……네?"

나는 멈칫했다. 이 순간에 어울리지 않는 그레이의 시선에 당황하긴 마찬가지였다. 무슨 소리야?

"서, 설마 단장님의 입술을 빼, 빼앗고 그대로 가실 생각이셨어요?"

허어. 아니, 어머나 치한! 하고 쳐다보면 하고 싶은 말이 많아지는데.

"……입술을 뺏긴 건 전데요?"

"그, 그래도! 키스는 함께하는 겁니다!"

그것참 억울한 피해자가 많이 발생할 얘긴데. 그러나 당황해서 아무 말이나 주워 삼키는 그레이가 뻔히 보였으므로 그냥 넘어가기로 했다. 싫은 것은 아니었으니까.

스스로도 민망했는지 얼굴을 잔뜩 쓸어내리던 그레이가 고개를 들었다. 그가 "단장님의 이야기를 들으셨죠?" 하고 내게 물었다. 진지한 얼굴이었다.

"……단장님은 원하는 걸, 절대 놓치지 않습니다."

역시 짐승 같던 사람 밑에 비슷한 사람이 모인 걸까. 이 순간에 그의 뒤로 녹스의 모습이 겹치는 것 같은 착각이 들었다.

생각한 것을 티내지 않으려 애쓰며 천천히 고개를 끄덕였다.

"알았어요. 약속할게요. 걸어서 이 건물을 빠져나가지 않겠다고요."

"……네."

그레이가 민망한 얼굴로 얼른 빠져나갔다. 닫힌 문을 바라보던 나는 고개를 돌려 언니를 향했다.

"……언니."

불러도 대답 없는 얼굴, 항상 다정하게 웃던 얼굴이 표정 없이 쓰러져 있어서 이상했다.

"혹시 언니는 이렇게 될 줄 알고 있었어?"

나는 천천히 쥐고 있던 손을 펼쳤다. 치료하며 벗겨둔 언니의 옷 가장 깊숙한 주머니에 있던 것이었다. 우리가 어릴 적 수도에서 아주 먼 밤의 숲으로 도망칠 수 있었던 이유.

"에이미, 언젠가 이 숲으로도 추격자가 찾아올지도 몰라. 부모님을 죽인 사람은 아주, 아주 집요하거든."

내 손에는 그레이가 가지고 있던 것과 비슷하게 생긴 구슬이 있었다.

"그때는 언니랑 다시 한번 이 구슬을 통해서 아주 멀리 도망가자."

그레이가 사용한 구슬이 오직 새벽 기사단만이 쓸 수 있다면, 이 구슬은 라미아스 가문의 혈족만이 쓸 수 있었다. 부모님이 살아 있을 때 그럭저럭 잘 나가던 가문에서도 단 하나밖에 만들지 못할 정도로 비싼 것이었다고. 언니는 아마 이걸 늘 몸에 지니고 있었겠지.

"결국 모든 건 순리대로 되려나 봐. 그렇지?"

이 구슬은 단 두 명밖에 옮기지 못했다. 가문 사람 중에서 언니와 나만 살아남은 건 이런 이유에서였다.

나는 언니의 옷에서 꺼낸 또 다른 물건인 단검을 들었다.

"사실은 1년 꽉 채우고 오길 바랐어."

황실 기사단이 아주 늦게 오길 바랐던 건 너무 큰 바람이었을까. 나는 한 손으로 머리를 움켜쥐고, 단검을 머리 위로 그었다.

모든 건 완벽하게 진행되었다. 나는 언니를 대신해서 그의 이름을 불렀고, 언니는 살아남았으며, 결과적으로 그는 멀쩡했고, 기억마저 되찾았다. 이후는…… 순리대로 흐르지 않을까?

「사랑은 나를 강하게 해요.」

여주인공 세레나는 남자 주인공과 사랑에 빠지고 나서야 궁극의 주문을 완성했다. 이 주문으로 남자 주인공에게 걸린 고대 마법을 풀어냈다. 이처럼 주문에는 사랑이 바탕이 되는데, 주문에 방해될 것은 얼른 사라지는 편이 나았다.

그러니까, 잠시는 힘들더라도 언젠가는 남자 주인공은 나를 잊고 그렇게 행복해지겠지. ……정해진 이야기처럼. 리녹은 반드시 세레나를 만나 사랑에 빠져, 주문을 풀어내야 했다. 그렇지 않으면 마지막에 찾아올 위기에 목숨을 잃게 될 테니까.

책의 마지막을 떠올린 나는 고개를 저었다. 나에게도 나쁜 이야기는 아니었다. 에이미 라미아스라는 인물에게는 언니가 살아남은 지금이 더없이 큰 해피엔딩이니까. 그러니까 더는 욕심 부리면 안 되겠지.

'그렇지, 언니?'

나와 언니만 두고 사라진 그레이나, 준비된 것처럼 손에 쥔 구슬이나 전부 나를 떠나라고 부추기는 것 같은데.

……왜. 섣불리 발이 떨어지지 않을까.

단검을 놓고 종이와 펜마저 내려놓은 나는 마침내 고개를 들었다. 나는 쓰게 웃으며 언니의 손을 겹쳐 잡았다. 손등에서 새하얀 빛이 터져 나왔다. 밖에서 저벅저벅 걸어오는 소리가 들렸다.

"언니, 추격자가 쫓기 전에 도망치자."

△

그레이가 문을 열었을 때, 방 안에서 볼 수 있었던 것은 창문 밖으로 펄럭이는 커튼이 전부였다. 그가 헉헉 숨을 몰아쉬었다. 창문 밖으로 보이는 하늘에서 석양이 지고 있었다. 일몰이다.

"환자분이요? 나가신 것 아니었나요? 조금 전에 보니 방이 비어 있었는데."

잠시 다른 방에서 통신을 하고 아주 잠깐 눈을 붙였을 뿐이었다. 기감이 발달한 그는 자면서도 이 건물에 통행하는 기척 정도는 알 수 있었다. 분명 이 건물을 나간 사람은 누구도 없었다. 그런데…….

터벅터벅 걸어간 그레이가 침대 위에 놓인 양피지를 들어 올렸다. 그는 차마 말을 꺼낼 수 없는 심정으로 양피지 옆에 놓인 것을 바라봤다.

잘못 본 것이 아니라면…… 이 주홍빛 타래는 에이미의 머리칼이었다.

「부탁할게요. 그레이 씨. 저는 오늘 여기서 죽었다고 전해주세요. 아주 많이 다쳐서, 죽은 것으로요.」

에이미의 말을 대신하듯 침대 위에는 장미 꽃잎 같은 핏자국이 보였다. 그녀의 말처럼 그녀는 이곳에서 감쪽같이 사라지고 말았다.

그레이가 제 얼굴을 감싸 쥘 때였다. 우당탕탕. 커다란 소리가 요란하게 경종을 울렸다.

"들어오시면 안 됩니다! 여긴 의원이라고요!"

보조 치료사의 경악한 소리가 들리는가 싶더니 문이 거칠게 열렸다. 거칠게 숨을 씨근덕거린 남자가 방안으로 들어섰다.

그레이가 눈을 크게 떴다.

"단장님?"

어째서 숲에서 대공령으로 가야 했을 사람이 이곳에 있단 말인가?

"……에이미는."

거칠게 숨을 몰아쉰 리녹이 북풍같이 서린 음성으로 말했다. 전쟁
터에서나 듣던 목소리에 그레이가 얼어붙었다.

"에이미는 어디 있지?"

"그, 그게⋯⋯."

미처 그레이가 숨기지 못한 양피지를 뺏어 읽은 리녹이 표정을 굳
혔다. 곧 손안에서 양피지가 구겨지며 바닥으로 떨어졌다.

몸 상태는 여전히 온전치 않았다. 열이 끓있다. 그러나 이 순간에
도 단 한 순간만이 떠올랐다.

"내게 당신은 중요한 사람이 아니었어요."

천천히 고개를 든 그가 서늘하게 웃었다.

"찾아내."

"⋯⋯네?"

"세상을 뒤져서라도 찾아내라고 했다."

멈칫했던 그가 이내 헛웃음을 지으며 제 얼굴을 부여잡았다. 지워
지지 못할 상흔이 가슴에 남았음을 부정하지 못했다.

"⋯⋯상처 하나 입히지 말고, 모셔와."

내 앞에.

상처 입은 짐승이 눈을 빛냈다.

△

숨을 몰아쉰 나는 주저앉은 그대로 무릎에 얼굴을 기댔다. 속이 울
렁거렸다. 하기야 하루에 두 번 이동하는 일이 쉬운 일이 아니겠지.

언니의 구슬을 써서 이동한 곳은 텅 빈 집이었다. 구슬은 항상 언

니가 썼기에 처음 사용한 나는 방향도 도시도 알 수 없었다. 하지만 제국을 벗어날 만큼 힘을 가진 것은 아니라 했으니 제국권 내일 것이다.

'제국이 넓은 것에 감사해야 하나.'

나는 얼른 일어나 집안 곳곳을 살폈는데, 다행히도 크게 손상되지 않은 가재도구를 발견했다. 먼지가 지독하게 쌓였긴 해도 그럭저럭 살만한 곳처럼 보인다. 잠시 언니와 머물기에는 딱이겠는걸.

창문 밖은 숲이었다. 숲에서 숲으로 이동한 걸까? 식생을 보아서는 그리 깊은 숲은 아니다. 구슬이 꽤 먼 거리를 이동시켜 주니까 적어도 밤의 숲은 아니었다.

이곳이 숲이라면 먹는 것을 찾는 데는 문제 없었다. 나무 종류가 달라지긴 했지만 식용식물은 구분 가능했으니까. 약초와 식물학을 공부해 둔 것이 다행이다 싶었다.

언니가 눈을 뜬 것은 3일 뒤였다.

"……에이미?"

오늘도 언니 손을 잡고 끙끙대던 나는 언니의 동그란 눈을 보고서 얼른 달려들었다. 이불을 붙잡고 울먹임과 동시에 배시시 웃었다.

"일어났어? 몸 튼튼한 거 빼고는 장점도 없으면서 이제야 일어난 거야?"

"일어나자마자 혼내기야."

눈을 접어 미소한 언니가 내 머리 위로 손을 올렸다. 다정한 미소에 정말로 눈물이 날 것 같았다. 언니를 바라본 나는 파르르 떨며 입꼬리를 끌어올렸다.

"나 머리 안 감았는데."

"뭐 어때."

언니가 뺨을 꼬집었다.

"더럽고 퉁퉁 붓고 화를 내도 내 동생은 사랑스럽잖아."

"언니 눈에만 그래."

"아휴, 나는 예쁜 것만 보지 않으면 죽는 병이 있어. 평생 에이미 옆에서만 살아야겠다."

끝내는 눈물을 뚝뚝 떨구는 나를 바라보며 언니는 아무것도 묻지 않았다. 눈을 뜨자마자 보이는 낯선 천장이, 아무도 없는 집안이, 특히나 피로 얼룩진 마지막 광경이 기억나지 않는 것이 아닐 것임에도. 언니는 늘 이런 식으로 다정한 사람이었다.

그래서 살아주었으면 했다.

와락. 품에 안긴 나는 언니의 목을 끌어안았다.

"어머나. 못 본 사이에 어리광쟁이가 되었네."

"……언니……."

"그래, 네 언니야."

"살아줘서 고마워."

무슨 일이 있어도 살아 있어 주면 아무것도 아쉽지 않을 것이라고 생각했는데.

"얘는 무서운 소릴 다 한다. 내가 널 두고 어떻게 눈을 감니?"

원래는 남자 주인공을 대신해서 칼을 맞아 남자 주인공의 기억을 되살아나게 하며, 끝내는 그의 가슴에 사무치게 남았을 책 속 첫사랑이 말했다.

원작이 바뀌었다.

"그러게 말이야. 언니는 어떻게 날 두고 눈을 감을 수 있었어?"

"응? 무슨 소리야?"

"아니야. 멀쩡해진 걸 보니까 기뻐."

언니를 꽉 끌어안자, 고개를 갸웃하던 언니가 걱정도 많다며 웃다가 등을 토닥여 주었다.

이것으로 우리의 이야기는 끝난 걸까.

나, 에이미 라미아스는 본래 남자 주인공이 여주인공을 만나 다시 사랑하고 행복해질 쯤 등장하는 삼류 악당이었다. 등장해 '네가 어떻게 우리 언니를 잊을 수 있어!' 하고 외치는 조연이었다. 하지만 더는 조연이 될 필요가 없었다.

"그러고 보니 큰 부상을 입었는데 어떻게 된 거야? 상처가 말끔히 나았어."

언제까지고 비밀로 할 수는 없었기에 회포를 푼 뒤로 나는 빠르고 간략하게 언니에게 상황을 설명했다.

"네가 치료했단 말이야? 그 능력은 그러니까 외딴집에서 얻은 마법책에서 얻었다, 이거고."

"응. 맞아."

짐짓 표정을 찌푸리며 곰곰이 고민에 잠겼던 언니가 내 손등을 톡톡 쳤다. 관찰하려는 듯 보였다.

그러더니 고개를 들었다.

"그래서 녹스는?"

"응?"

"마지막으로 본 것은 너라며, 이미 자기 본명도 들었을 텐데. 기억은 되찾은 거니?"

나는 멈칫했다.

"걱정이네."

"아……."

잠시 입을 빼끔거리던 나는 자연스럽게 시선을 돌렸다. 왜 그래.
언니가 녹스를 아낀 것은 알고 있었잖아. 어찌 보면 당연한 질문이
었다. 그저 절로 숨이 터져 나왔다.

"응. 그 사람은 기억을 되찾은 것 같아."

꾹 입을 다물었다가 태연하게 웃었다.

"많이 아파서 쓰러졌는데 훌륭한 마법 치료를 받아서 괜찮을 거
야. 음, 그리고 이젠…… 행복해지지 않을까?"

셋이서 단란하던 집을 떠올리던 나는 감았던 눈을 떴다.

"진짜 집을 찾았잖아."

잠시 아쉬운 미소를 짓던 언니가 고개를 끄덕였다.

"그러네. 인사도 못 했지만 행복해졌으면 좋겠다. 많이 웃었으면
좋겠어."

언니도 나도 우리의 처지를 잘 알고 있었다. 밤의 숲으로 떠난 우
린 도망자였다.

"사실은 그레이 씨가 같이 대공가로 가자고 했는데, 거절했어."

"우리 에이미, 낯선 사람은 따라가지 말라는 언니 말 잘 지켰구나."

"내가 애야? 아, 집도 반쯤 타버린 거 있지."

"그래? 그건 아쉽다. 추억이 몽땅 타버린 거잖아."

그리 말한 언니가 쓴웃음을 지으며 가슴을 톡톡 두드렸다.

"……가슴속엔 남아 있겠지만 말이야."

나는 조곤조곤 상황을 설명했다. 말을 할수록 처음 입을 뗄 때보
다 자연스럽게 흘러나왔다.

그 사람은 더는 녹스가 아니고 이제는 리녹이야. 언니.

나는 이제야 그의 호칭을 리녹으로 정정했다. 참 이상하기도 하지, 언니는 살아남았지만 리녹은 책 속 내용처럼 기억을 되찾았으며 황태자 부하들을 진압하고 대공 기사단과 돌아갔을 것이다.

놀랍게도 언니가 살아남은 것을 제외하면 책과 같았다. 딱 나를 위한 정답을 주기라도 한 듯이.

"가지 마."

절레절레 고개를 저은 나는 언니의 허벅지에 얼굴을 묻고 그대로 비볐다. 언니의 고생했다는 말을 들으며 그대로 눈을 감았다.

"······사실은 언니, 녹스가 내게 가지 말아 달라고 했어. 함께 가자고."

정확히는 내 곁에 있고 싶다는 말이었지만.

얼굴을 묻은 채 웅얼거렸음에도 언니는 기민하게 눈치챘다. 언니의 손이 내 뒷머리를 흩뜨렸다.

"그런데 그냥 지키지 못할······ 약속만 남기고 도망쳤어."

"도망."

"응. 쫓아올 것 같아서."

언니의 손은 변함없이 다정했다.

"그냥 그랬어. 언니랑 나랑 계속 살고 싶다고 해도 걔가 대공을 안 하고 우리와 살 수는 없는 거잖아."

"그렇지."

"그렇다고 우리가 대공저에 갈 수도 없는 거고······. 그냥 헤어지는 게 맞았어."

"응, 에이미."

언니가 귀 뒤로 머리를 넘겨주었다. 온기가 눈물 나도록 다정해서 가슴이 울렁거렸다.

"작별도 없이 갑자기 헤어진 것에, 언니는 네가 어떤 선택을 하든 이유가 있었을 거라 생각해. 심각한 걸 싫어하는 네가 열심히 고민한 결과였을 거야, 그렇지?"

"……응."

리녹 덕분에 나는 앞으로도 영원히 변하지 않을 내 편이자 가족을 지켰다. 그래서 그와는 더욱이 헤이질 수밖에 없었다.

그의 시선과 입술의 부딪침. 모른 척하려 해도 마지막 순간까지 그가 나를 어떻게 생각하는지 외면할 수는 없었다.

"난 항상 내 동생을 믿고 지지해."

그의 염원은 그의 삶을 제약하는 마법을 풀어내는 것이었는데, 평생 잊지 못할 은혜를 입고서 방해할 수는 없었으니까. 그의 생명을 위해서도 이게 맞았다.

나는 눈을 감았다. 그래도 한번은 말해 둘걸. 차일피일 미뤄두지 말고 한번은 얘기해 줄걸. 아이인 당신은 어린애처럼 굴다가도 한 번씩 외로워 보이는 눈이었는데. 늘 먼 곳을 공허하게 바라보는 낯이었는데. 허풍이라도 좋으니 나도 언니처럼 너를 좋아한다고 곁에 있겠다고 해줄 걸 그랬다.

그러나 미안함을 전할 수도 없이 멀리 와버렸다. 행복하겠지? 이제는 원작과 상관없이 살아남은 언니와 삼류 악당이 아니게 될 나의 이야기에 집중할 시간이었다.

"일단 에이미, 언니 몸부터 회복하자. 그게 좋을 것 같아."

"응."

언니가 침대에서 일어나자, 이후 일은 일사천리였다. 숲 근처를 탐색한 언니는 근처에서 마을을 찾아냈고 곧바로 이곳이 제국 남쪽 바이체른이라는 것을 알아냈다.

"앞으로 어떡할 거야?"

"음, 여기는 숨어 살기 좋은 곳이 아니야."

이곳에서는 오래 살지 못한다는 판단에 따라 짐을 꾸렸다. 버려진 집에서 여행에 쓸 만한 것을 챙긴 우리는 숲 근처에 있던 마을로 들어갔다. 변방 쪽 도시라 통행이 그리 어렵지 않았다.

"그럼 어디로 가는데?"

"더 남쪽으로 가자."

구슬을 던졌다 받은 언니가 대답했다. 한 번 더 이동이 있을 거라는 말에 나는 얼른 고개를 끄덕였다.

일단은 가진 돈으로 식량을 챙기기로 한 우리는 근처 음식점에 들러 나란히 앉았다.

"맞은편이 우편국이구나. 보통은 이런 소규모 영지에는 없는데 신기하네."

"그래?"

"응. 에이미는 처음이지?"

언니가 도시로 나가보지 못한 나를 위해 설명했다. 마법 통신망을 통해 어디로든 편지 혹은 전보를 붙일 수 있는 곳이란다. 이 세계는 무선 인터넷과 전화기가 없는 대신에 마법이 비슷한 역할을 하고 있었다. 이거도 강대국에 속하는 제국이나 가능하다나.

"땅에 마력을 깃들게 하는 게 황실의 역할이고, 제국의 황제는 마력이 강한 사람만 할 수 있으니까."

"아, 마력……."

마력 하니 이 책의 또 다른 주인공 황태자를 떠올렸다.

탄시즈 라그나르.

강력한 마력을 지닌 후계자이자 뛰어난 검사였다. 개인적으로 리녹 쪽을 좋아했기에 기억에 남아 있는 것이 많이 없었다.

뭐, 이젠 나와 상관없는 얘기니까.

막 식사를 마치고 후식으로 나온 케이크를 함께 먹는데, 드르륵 의자가 끌리더니 언니가 자리에서 일어났다.

"에이미, 잠시 5분만 앞에 다녀올게."

"어딜 가게?"

언니가 창문 너머를 가리켰다. 손가락 끝에 우편국이 있었다.

"그동안 너무 오래 숲에서 살았으니, 신문이라도 가져오려고. 소식지나 신문도 함께 취급하거든."

"아. 응응. 얼른 다녀와."

언니가 나간 사이 나는 접시의 케이크를 전부 비웠다. 후식 솜씨가 좋은 가게네. 언니에게 조금 싸가자고 할까? 멀미에는 단 게 좋다고 하던데, 이동 후의 멀미도 이걸로 낫지 않을까⋯⋯. 딸기 꼭지로 심각하게 고민하던 나는 문득 고개를 들었다.

막 들어온 사람을 바라보며 눈을 크게 떴다.

'저 사람⋯⋯.'

우연이었다. 아주 커다란 사람을 바라보며 난 얼른 모자를 뒤집어썼다. 다행히 여행자가 많은 식당에 나처럼 모자를 뒤집어쓴 사람이 많아 묻혔다.

좀처럼 보기 힘든 저 커다란 키의 사내를 알아서는 아니었다. 다만 나는 검 끝에 매달린 술을 깨달았을 뿐.

대공가 기사다. 그들은 숨길 생각이 없는 건지, 알아보는 이가 없으리라 여긴 건지 몰라도 그들의 상징을 그대로 드러냈다.

······아니, 여긴 어떻게 알고 나타난 거야? 밤의 숲에서 격렬하게 전투했던 그들이 멀리 떨어진 이곳에 나타나다니. 우연이라고 보긴 어려웠다.

얼굴은 몰라도 거기 기사단이 하나같이 커다란 덩치를 가진 것은 안다. 황급히 일어난 나는 사내의 눈에 띄지 않게 자리를 빠져나왔다. 다행히 음식값은 선불로 치렀기에 점원이 붙잡는 일은 없었다. 다만 너무 허둥대다······.

우당탕.

"아으······."

미처 눈앞의 의자를 보지 못하고 부딪쳐 신음했다. 작지 않은 소리에 손님 대부분의 시선이 몰렸다. 그리고 사내도 예외는 아니었는데, 눈이 마주친 나는 움찔했다. 문제는 나만 움찔한 것이 아니었다.

······아, 모자가 반쯤 벗겨졌구나.

자랑은 아니었지만 갈색 계열이 많은 남쪽 지방에서 내 머리 색이나 눈동자 색은 눈에 띄기 좋았다.

"저, 아가씨!"

"몰라요. 안 사요. 치한이야!"

"······예? 아, 아닙니다!"

아, 나도 모르게 나왔는데. 당황이 그대로 묻어난 내 음성에 손님이나 직원 몇몇은 기사를 의아하게 바라봤다.

"그, 그게 아니라!"

꽤 무던하고 순하게 생긴 대공가 기사가 거세게 고개를 저었다.

그러나 거세게 부딪친 탓에 눈물이 그렁그렁 고인 내 눈은 적절한 상황을 연출하기 좋았다.

"아니긴! 어제 내 엉덩이 만지고 도망갔잖아요! 나, 난 미성년자인데!"

……미안합니다. 이름 모를 기사님.

이제는 경멸 어린 눈으로 보던 사람들이 수군거렸다. 어느 정의감 넘치는 사람은 자리에서 일어나기까지 했다. 변방 도시라 용병이 많았는데, 일어난 사람 또한 한 덩치 하는 남자였다.

"거 형씨, 미성년자는 너무하지 않냐! 주인장, 경비대 불러!"

"아, 아니. 아닙니다! 앗, 아가씨, 기다립시오!"

이름 모를 용병 아저씨가 기사를 가로막는 동안 얼른 돌아서서 그 자리를 뛰쳐나왔다. 아마도 저 사람은 혼자가 아닐 가능성이 높았다. 최소한 한 사람은 더 있지 않을까?

그때 누군가 손목을 붙잡고 쑥 잡아당겼다. 깜짝 놀라 힘주려다 말고 얼른 힘을 풀었다.

"언니!"

"이쪽이야, 얼른!"

언니의 손에 이끌려가며 고개를 돌렸는데, 막 언니가 나왔던 골목에서 쓰러진 채 신음하는 이들을 바라본 나는 눈을 동그랗게 떴다.

"언니, 저 사람들은 뭐야?"

"추측하기로는 대공가 기사단을 도와 우리를 찾던 경비대인 것 같아."

"……그럼 큰일 난 거 아냐?"

언니가 방싯 웃었다.

"큰일이지!"

······그걸 왜 해맑게 받아치는 건데! 아니, 골목에서 경비대를 후려 패면 어떡해! 마물 때려잡을 때부터 우리 언니 멋지고 터프한 건 알았지만 이런 데서 멋짐을 보여줄 필요는 없는데.

그러나 잔소리할 때가 아니었다. 좀 더 빠르게 달리는 언니에 덩달아 내 발걸음도 빨라졌다.

"근데, 에이미. 너 녹스에게 뭐 죄지은 것 있니?"

"죄? 그럴 리가 없잖아."

"그럼 우리를 헤어진 지 일주일 만에 이리 격렬하게 쫓는 이유를 알려 줄래?"

언니의 물음에 나는 멈칫했다. 리녹이 대공이란 사실을 떠올리고도 헤어지고 싶지 않아 했다고는 대충 밝혔지만, 그것만으로는 부족했던 모양이다. 하기야 나를 위해서 묻지 않았던 거겠지.

역시 묻지 않을 수는 없었는지 얼떨떨한 표정으로 나를 응시한 언니가 눈을 가늘게 좁혔다.

"헤어질 때 헤어지더라도 대화는 해보는 게 좋지 않니?"

"뭐? 여기 녹스가 있어?"

"글쎄 경비병들이 얘기한 걸로 봐선 그런 듯했는데."

대체 여길 어떻게 찾은 거야?

달리며 나도 모르게 중얼거리던 것을 들었는지, 언니는 입술을 꾹 다물며 아마도 마법 흔적을 찾아서 온 것 같다고 말했다. 뛰어난 마법사라면 순간이동 흔적에서 넓은 범위지만 대략 도착지를 알 수 있다고. 운이 좋지 않게도 맞닥뜨린 모양이었다.

그리 설명한 언니가 나를 바라봤다.

"만나서 작별인사 정도는 괜찮지 않아?"

……작별인사가 가능할까. 마지막에 보았던 표정은 나를 잡아다가 가두지나 않으면 다행일 것 같았는데.

거기에다 그런 그를 그대로 버려두고 언니랑 자리를 벗어났던 나다. 기억도 돌아왔겠다, 그는 책 속 모습과 가까워졌을 게 분명했다.

"언니, 안 돼."

"왜?"

언니는 정을 준 것들에게 약했다. 나에게는 물론이고 다친 새끼 동물들에게 무한한 애정을 쏟았던 것만 봐도 그랬다. 그렇기에 지금도 리녹이 눈에 밟히는 듯했다. 더구나 난 한 가지 사실을 쏙 빼놓고 얘기했으니까.

뺨을 긁적이던 나는 한숨을 푹 내쉬며 말했다.

"언니 있잖아. 화내지 말고 들어."

어느새 우리는 한적한 골목에 도착했다. 고개를 갸웃한 언니가 꺼내 보라는 듯 나를 바라봤다.

"음, 그게."

언니의 손에는 익숙한 구슬이 보였다. 여차하면 구슬을 바로 쓸 준비를 마친 언니를 바라보며 눈을 굴렸다.

"언니는 네 얘길 우선으로 들을 거야. 당연한 거지만. 뭐 때문에 이러는 거니?"

"실은…… 녹스가 키스했어."

"그래. 녹스가 키스했고, 그래……. 뭐라고 했니?"

"키스했다고. 마우스 투 마우스."

명확한 설명을 위해 입술을 내밀며 툭툭 쳤더니, 언니의 표정이 꼭 수박밭에서 사과나무를 본 사람처럼 해괴해졌다. 손등으로 입을 가로막은 언니가 고개를 갸웃하며 천천히 입을 뗐다.

"어린애가 뽀뽀 정도는 할 수 있지 않니?"

"내가 뽀뽀랑 키스도 구분하지 못할 것 같아 보여?"

"넌 남자를 본 적이 없잖니?"

"왜 없어."라고 말하려던 나는 멈칫했다. 그러고는 당당하게 말했다.

"책 봤어. 빨간책. 언니 그거 숨기지도 않았더라?"

"……."

한순간 언니의 표정이 새하얘졌다가 더욱 심각해졌다. 내가 쟤에게 성교육을 했나 고민을 하는 얼굴이다. 언니의 중얼거림을 듣던 나는 한마디를 더 보탰다.

"그리고 어린애 쪽 아니야. 밤의 시간 쪽."

"……덩치 큰?"

"……있잖아, 정말 어린아이라고 믿었어?"

언니가 순진한 것은 아니었다. 대신 우직한 면이 있어서 한번 믿은 것들을 확고하게 믿었다. 기사들의 보편적인 성향이 그러하다고 들었는데, 언니도 그랬다. 한번 아이라 인식하니 뿌리박힌 고정관념이 수상한 것들을 전부 지웠겠지? 반면에 나는 그걸 알았지만 슬그머니 모른 척했었고.

나와 불편한 시선을 교환한 끝에 언니가 손바닥으로 얼굴을 쓸어내렸다.

"혹시나 해서 묻는데, 성인이니?"

"아니, 미성년일 걸……. 아마도?"

원작 시작 전이니 밤의 리녹도 미성년이었다.

그나마 다행이라 여긴 건지 한숨을 내쉰 언니가 고개를 들었다.

언니의 시선은 꼭 가출한 딸을 발견한 엄마의 시선 같았다. 양심이 콕콕 쑤셨던 나는 슬그머니 시선을 피했다.

"……우리 에이미가 발랑 까졌어."

"속인 건 미안해. 어쨌거나 걔가 나한테 키스해서 안 돼."

"왜?"

"불가항력이었어."

무어라 하려던 언니의 입술이 멈췄다. 한없이 다정하던 얼굴이 북풍처럼 싸늘해지는 건 순식간이었다.

"……나쁜 놈이네?"

"그, 그렇지."

……미안합니다. 대공님. 이렇게까지 파렴치한으로 몰려던 건 아니었지만.

내가 콕콕 쑤시는 양심통에 못 이겨 고개를 돌렸을 때였다. 멀지 않은 곳에서 다급한 발소리가 들렸다. 교차하는 명령과 고함은 점차 가까워지고 있었는데, 이곳까지는 샛길 없이 일직선이었다.

사색이 되어 언니를 바라보면 이미 언니는 구슬을 꽉 쥐고 있었다.

"에이미, 이쪽으로!"

발밑에서 흰빛이 솟아올랐다. 돌아선 언니가 나를 감싸려는 듯 망토 자락을 들어 나를 감싸 안으려 했다. 펄럭 거센 바람에 치솟는 망토 자락 뒤로 앞이 보이지 않았다.

마법이 일으킨 돌풍에 먼지 바람이 치솟았다. 낯익은 그러나 다급한 음성이 들렸다.

"에이미!"

……쫓아왔구나.

언니가 흘끗 고개를 돌린 것과 다르게 나는 나보다 큰 언니 등에 매달려 그쪽을 보지 않았다. 펄럭이는 망토 뒤로 그는 나를 보았을지 모르겠지만.

내가 보였을까? 아니면 이 먼지 바람 속 나부끼는 망토 아래 언니만 보여서, 날 죽었다 여길까.

검은 머리카락의 잔상과 함께 눈앞이 점멸했다.

"널 다시 찾을 거다. 찾아내서……!"

MY SISTER PICKED UP THE MALE LEAD

늑대가 찾는 소리

V

5

늑대가 찾는 소리 I

—3년 뒤—

"무슨 편지가 이렇게……."

편지함을 열어본 나는 우르르 쏟아진 편지에 당황했다. 물론 나는 이 편지들이 전부 한 사람에게 온 것이란 걸 알았다.

……언니는 무슨 편지를 이렇게 다발로 보냈담. 경계의 산 밑까지 발송하는 데 보통 돈이 드는 것이 아닐 텐데. 우리 언니는 돈이 넘치는 건가, 아니면 돈을 모을 생각이 없으신 건가.

'어느 쪽이든 해맑게 웃는 언니 얼굴이랑 잘 어울려서 큰일이란 말이지.'

편지들을 날짜별로 나열해 놓고 그중 가장 최신 날짜를 열어 보았다. '보고 싶다'로 시작해서 '나 안 보고 싶어?'로 끝나는, 흡사 일기처럼 쓰는 언니의 편지는 항상 마지막 날짜에야 자기 소식이나 중요한 용건들을 적어두곤 했다.

「안녕 우리 에이미! 오늘도 여전히 예쁘니? 당연하겠지! 암 얼마나 이쁠까. 눈도 사랑스럽고 코도 사랑스럽고 입도⋯⋯(중략)⋯⋯.」

장담하건대 우리 언니의 최애는 나일 거다.

「언니는 무사히 수습 기간을 마치고 정식 발령을 남겨두고 있어. 서임을 받는 순간 자유로워질 거야. 즐거운! 휴가가 생긴다는 얘기지. 다시 말해 한 달 뒤 성인이 되는 우리 사랑스러운 에이미를 보러 갈 수 있다는 얘기란다.」

나는 사과를 우물우물 씹으며 소파 손잡이에 걸터앉았다. 집안이라 편히 셔츠에 짧은 속옷을 입어 다리가 훤히 그대로 드러난 채였다.

1년 전 언니는 내 생일이 막 지났을 무렵에 기사가 되겠노라 선언했다. 당연하겠지만 제국의 기사는 아니었다.

"니온 왕국에서는 과거를 불문하고 수습 기사를 받는대. 하지만⋯⋯ 널 혼자 두는 게 걱정이야."

니온 왕국은 강한 기사단을 가진 나라로 언니에게는 둘도 없는 기회였다. 특히 왕국에서는 시험을 원하는 자에 한해 특별 통행증을 내주었다. 언니와 나처럼 신분패가 없는 이들을 위해서였다.

한데 통행증을 받는데도 일정 검 실력이 필요하다나?

"같이 가자. 응?"

언니는 같이 가자고 했지만, 시험도 치지 않는 내가 통행증을 받을 리 만무했다. 만약 기회를 놓치면 4년을 기다려야 했다. 나는 망설이지 않고 언니 등을 떠밀었다.

"언니, 꿈을 이뤄. 그리고 날 데려가. 그러면 되잖아?"

이미 제국 남쪽 끝 마법에도 탐지되지 않는다는 경계의 산 밑 작은 마을에 정착한 지 2년이나 지났으므로 혼자 지내는 데에는 문제

없었다.

소박하고 착한 마을 사람들은 이미 나와 언니를 막내딸 정도로 여겼다. 다들 나와 언니처럼 사정이 있거나 화전민같이 떳떳하지 못한 처지들이라 서로를 보듬어주고 단합력이 강했다.

순박한 이들과 2년을 살며, 더는 위험이 없다고 판단했기 때문일까. 언니는 마지막까지 걱정했지만 결국엔 떠났다. 그렇게 딱 1년이 지났건만 놀라운 속도로 수습 기간을 끝낸 모양이었다.

"아주 빠른데? 네 언니가 재능이 뛰어나긴 한가 보다."

옆에 사는 퇴역 기사 아저씨한테 물어보니 대단한 속도란다. 이는 언니의 편지에서도 종종 드러났는데, 심심한 상대밖에 없다는 푸념 같지 않은 푸념이 섞일 때마다 혀를 차곤 했다.

……마물을 때려잡던 게 도움이 되었나?

「수습이지만 가끔 정식 단원들을 따라서 마물을 사냥하기도 해, 정식 단원들도 의외로 마수에 대해 잘 모르더라. 귀하게 자라면 마물을 볼 필요가 없다니. 참 불합리하기도 하지.」

"……언니 주변은 귀족들일 테니, 잘 아는 게 이상한 거라고."

언니는 우리도 귀족이었단 걸 까먹은 게 틀림없다. 반쯤 먹은 사과를 내려놓았다.

「아 참, 나보다 한 5개월쯤 일찍 서임을 받은 동료가 있는데, 알고 보니 네가 머무는 마을 근처 출신이더라. 나이는 나보다 어리고 나처럼 동생이 있다더라. 신원은 깊이 말하지는 않았지만 우리와 비슷한 처지인 듯해. 꽤 친해졌는데, 이번에 마을로 간다기에 너를 한번 보러 가달라고 했어! 만나면 인사라도 해줘. 우리 어여쁜 에이미를 열심히 자랑했거든!」

언니가 젊은 남자랑 친분이 쌓였다고? 별일이네.

정을 준 이가 아니면 좀처럼 마음을 열지 않는 언니의 고질적인 불신병을 아는 나는 고개를 갸웃했다. 사실 이 병은 3년 전 집을 떠나오면서 더욱 깊어졌는데, 거기에 내 탓이 있었으므로 조금 찔렸다.

흐음, 웬만큼 좋은 사람이 아니란 얘긴데.

그때 끼익 문이 열렸다. 이름이 '하반'이라는 그 사람에 관해 더 읽어보려던 나는 쪼르르 달려오는 사람을 응시했다.

"에이미, 에이미, 나야! 말린 포퓰러스 잎 가져다주러 왔어!"

"어서 와요!"

편지를 접으며 생긋 웃었다. 옆집에 사는 린네였다.

"깨어 있었네?"

언니 또래인 그녀는 주근깨가 있는 귀여운 동안이었다. 그리고 이 마을에서 나와 비슷한 직업을 가진 사람이기도 했다.

소파에 등을 기댄 린네가 어깨를 통통 두드렸다.

"어휴, 어깨 아파 죽겠다. 한동안 심마니들이 다치는 시즌이었잖아. 용병단도 지나가고."

"용병단이 지나가는 일은 드물잖아요. 그래서 나랑 린네랑 한가한 거고."

그러자 턱을 기댄 그녀가 흐음, 하고 숨을 내뱉었다.

"음, 사실 너같이 유능한 치료사를 여기 썩히면 안 되는데."

린네가 내 이마를 톡 두드렸다.

"치료마법까지 가능한 준마법사는 드물단 말이야. 왜 수도에 가지 않고 여기 있는 거니?"

"유능한 언니가 여기 있는 말 못 할 이유와 비슷하지 않겠어요?"

"윽."

슬그머니 시선을 피하는 린네에게 밝게 웃어주었다.

지금 사는 경계의 산 밑 작은 마을은 오래전 살았던 밤의 숲과 크게 다르지 않은 곳이었다. 도망자에 가까우며 마물이랑 가까이 사는 것을 감수한 사람들이 산다.

다른 점이라고는 밤의 숲처럼 안전지대가 없고, 대신 한 번씩 하급 마물이 내려온다는 거? 그래서 마을 단위로 사는 거랬다.

"맞아. 며칠 뒤에 소르핀에서 축제가 있을 거래. 들었어?"

"아니요? 처음 들어요. 거기에 원래 축제가 있었던가?"

소르핀은 이 마을에서 3일쯤 가면 나오는 큰 도시였다. 경계의 산을 담당하는 곳이라 요새에 가까운 곳이었다.

"그거 영웅을 기리는 축제라더라! 영웅 대공 '리녹 이베르크' 말이야!"

"쿨럭!"

"에이미? 괜찮아?"

나는 사과가 목에 걸려 콜록대면서 손을 들어 올렸다. 휘휘 젓고 사과를 꿀꺽 삼켰다.

"미안해요. 사레들렸어. 축제 말이죠?"

"아아. 응! 이 구석에 사는 나도 들을 정도로 영웅 대공과 파트너인 마법사 세레나의 이야기로 떠들썩하잖니."

"아아. 그렇죠. 들어본 적 있어요. 아주 유능한 마법사 말이죠?"

"맞아! 아름답고 정말 강한 마법사님이래. 지금 전 제국이 온통 축제라더라."

박수를 친 린네가 신난 얼굴로 조잘조잘 이어 말했다. 축제는 일주일 내내 치러질 거라느니 영웅 대공이 마수들의 왕을 베어내며 황제가 감격했다느니.

나는 웃으며 끄덕였지만 익숙한 이야기에 눈을 데굴 굴렸다.

……시간이 벌써 이렇게 흘렀구나.

이미 2년 전 시작된 원작은 곧 끝에 가깝지 않을까 싶었다. 중반부에서 마수의 왕을 베어낸 남자 주인공과 여자 주인공이 황궁에서 혼인을 올린다. 전국적인 축제라면 아마 그들의 혼인식일 가능성이 컸다.

"……네가 없으면 안 돼."

문득 생각난 것을 지워내며 나는 고개를 들었다.

"에이미, 우리 소르핀에 놀러 가지 않을래?"

"음, 아니요?"

"왜, 왜애! 바람 쐴 겸 가보자. 응?"

"아뇨. 시끄러운 곳은 별로라."

나는 불퉁하게 입을 내밀며 대꾸했다. 평균보다 가냘픈 팔이 그대로 보였다.

"사람들 틈에 끼면 나오기 힘들어요."

평생을 걸쳐 숲과 산에서 살아서인지 시장통 같은 곳이 맞지 않았다. 가끔 소르핀에 약초를 팔러 다녀올 때도 용건이 끝나자마자 돌아왔었다.

"에이미는 언니랑 정말 다른 성격이구나? 디아나라면 신나서 축제에 가자고 했을 텐데 신기하다니까."

"으음, 자매라고 꼭 닮겠어요?"

"그치만 공통점은 있지. 너희 자매는 둘 다 귀여운 강아지 같아!"

린네가 얼굴 가득 흐뭇한 미소를 지으며 말했다.

"특히 에이미는 귀가 이렇게 크고 복슬복슬한 강아지. 그래! 저 나무 컵같이 작은 애. 귀엽고 사랑스러워."

……그만한 강아지가 어디 있어. 나는 근엄하게 고개를 저었다.

"……으음, 그건 아니라고 생각해요."

"하하. 칭찬에 부끄러워하는 것도 너무 귀여운걸!"

으하하하, 린네가 좀처럼 어울리지 않는 웃음과 함께 내 어깨를 툭툭 치더니 잠시 멈칫했다. 뜬금없이 심각해진 얼굴로 나를 비리보던 그녀가 곧 창문을 보고는 목소리를 낮췄다.

"아, 참. 에이미. 황궁에서 경계의 산 토벌을 갈 거란 말이 돌더라."

"……또요?"

"응. 언제나 그렇듯이 그러려니 하는 소문이겠지만……. 혹시 모르니 한동안 몸 사리는 게 좋겠어."

그녀가 속삭였다.

"자꾸 말이 나오는 걸 보니, 황태자 전하가 생각보다 백성을 사랑하고 정의감 가득한 사람이신가 봐."

……그 사람이? 자기 안위 말고는 관심 없을 인간일 건데.

난 고개를 갸웃했지만, 순순히 고개를 끄덕였다.

"네. 그럴게요."

린네는 그 후로도 한참을 재잘재잘 떠들다가 돌아갔다. 마지막까지 생각이 달라지면 같이 가자며 당부했는데, 나는 웃으며 생각해 보겠다 했다.

언니가 있을 때 언니와 가장 가까이 지냈던 사람이라 그런지 영 언니와 다르지 않은 성격이다. 예뻐해 주는 건 고맙지만 가끔 투머치 토크에 혼이 나간다고 할까.

린네가 돌아가고 나는 채 읽지 못 한 편지를 내려다봤다.

"……축제라."

3년 전 리녹의 추적은 남하하는 내내 계속되었다. 내려가고 또 내려가서 결국 마법이 통하지 않는 경계의 산을 이리저리 헤매고 나서야 추격을 따돌렸다.

……아니, 따돌린 것인지 그가 포기한 건인지 모르지만.

"에이미, 제아무리 뜨겁던 사랑이라도 유효기간은 2년이래."

"린네, 그걸 왜 제게 얘기해 주는 거예요?"

"아랫집 조지가 너 좋아한다는데 데리고 놀다가 마음에 안 들면 차버려. 버려버려."

"……버리라뇨. 지나치게 개방적인데요?"

마을 청년 1과 나를 이어주기 위해 린네가 했던 말에 내가 리녹을 그렇게 했음을 깨달았다.

그렇게 짧지 않은 시간이 흐르고 나는 한 달 뒤면 성년을 앞두고 있었다. 숲과 산의 공통점은 밤이 빨리 온다는 점이다. 오늘도 마을 노인들—말이 노인이지, 실제로 다들 몸은 장년에 가깝다—의 자잘한 상처라거나 순찰을 돌다 발목을 삐끗한 옆집 아저씨를 치료한 나는 가벼운 피로와 함께 침대에 드러누웠다.

"에이미, 그 능력은 자주 쓰지 않는 편이 좋겠어."

내 손등에는 여전히 의미 모를 마법이 깃들어 있었다. 3년 전 그날 느꼈지만 이 마법은 자잘한 상처뿐 아니라 깊게 꿰뚫린 상처마저 치료할 수 있었다.

"고위 마법을 써야 상처가 흉터 없이 말끔하게 사라진다는데, 에이미 네가 가진 마법이 그런 것 같아. 알려진다면 힘들어질 거야."

하지만 언니의 우려를 받아들여 얕은 상처 정도에만 쓰기로 했다. 알아보니 처음 손등에 새겨질 때 보았던 문양은 언니가 다달이 보내주는 마법 관련 책에도 적혀 있지 않은 마법이었다.

이뿐 아니라 마을 유일한 마법사인 토테라에게 슬쩍 물어봤지만 잘 모른다는 눈이었다. 리녹의 고대 마법에도 영향을 끼쳤던 만큼 쉽게 알아내기는 어렵다는 걸까.

나는 늘어지게 하품을 하며 이불을 고쳐 덮었다. 능력을 쓰시 않아도 그럭저럭 치료사로서 자질을 갖췄으니, 나쁘지 않은 일상이었다. 침대가 온기로 덥혀지자 점차 졸음기가 몰려온다.

눈을 감자 스르륵 잠에 들었다. 꿈속에서 반갑지만은 않은 얼굴이 나를 반겼다.

"에이미."

흑발을 부드럽게 흩날리는, 인형처럼 고아한 소년이 허리에 폭 안겼다. 아이는 작은 손으로 옷자락을 쥔 그대로 고개를 들었다. 나는 이 눈동자를 안다.

"녹스."

소년은 그저 그것만으로도 기쁘다는 듯 해사하게 웃었다. 행복을 가진 듯 뺨이 붉어진 얼굴은 잊었던 죄책감을 불러일으켰다.

"……보고 싶었어, 에이미."

아이가 내 손바닥에 얼굴을 문질렀다. 꿈속이지만 보드라운 뺨의 감촉이 생생했는데, 강아지가 낑낑대는 모습을 보는 것 같았다.

낮의 리녹은 밤을, 밤의 리녹은 낮을.

서로가 서로를 기억하지 못했다.

밤의 리녹에게는 어떻게든 인사를 남겼다고 하지만 어린아이인 네게는 말도 하지 못했지. 내가 사라지고 너는 나를 보지 못한다는 사실을 어떻게 받아들였을까?

"나랑 같이 살면 안 돼? 에이미 없이는 너무…… 힘들어."

울먹임으로 젖어드는 소년의 목소리. 그러나 꿈에서도 나는 망설임 끝에 아이의 손끝을 떼어냈다.

"미안해. 난 가봐야 해."

"……어디를?"

"어디든. 하지만 그곳에 네가 있지는 않을 거야."

말간 눈으로 나를 바라보던 아이는 이내 떨어지는 손을 응시했다. 유리구슬 같은 자색 눈동자에 빛이 살짝 흔들렸고 나는 멈칫했다. 톡 치면 떨어질 것 같은 눈물이 맺혀 있기 때문이었다.

"내가 미워?"

"아, 아니야."

조심스럽게 뻗은 리녹의 손이 내 옷자락을 붙잡았다. 나를 잡은 작은 손이 파르라니 떨고 있었다.

"기다리는 게 너무 힘들어."

……뭐?

주춤하던 나는 아이에게서 떼어낸 손을 가슴에 끌어안았다. 어린 리녹은 더는 붙들지 않고 나를 물끄러미 응시했다.

데구루루. 아이에게서 떨어지는 눈물을 보는 순간 마음이 아팠다. 꿈일 텐데, 그럼에도 떨어지지 않는 발걸음을 억지로 떼어냈다. 그렇게 완전히 돌아섰을 때였다.

나는 더는 나아갈 수 없었다. 천천히 고개를 돌려 단단하게 붙잡힌 손목을 응시했다. 어느새 커다란 손이 자리하고 있었는데, 시선이 천천히 올라갔다.

"널 어디에도 보내지 않을 거라고 했다."

근사하게 자란 청년이 입꼬리를 길게 끌어올렸다.

"널 다시 찾을 거다. 찾아내서……."

△

"헉."

상체를 일으켜 세운 나는 가슴을 부여잡고 말똥말똥하게 뜬 눈을 깜빡거렸다. 창문 밖에 커다란 달이 떠 있었다. 막 실감 나는 꿈을 꿨지만, 정신은 말짱했다.

천천히 손을 들어 올린 나는 축축한 손을 얼굴에 비볐다.

"……얼굴 한번 살벌하잖아요."

3년이나 지난 지금 원작의 존재는 까맣게는 아니어도 거의 잊고 지냈다. 언니가 떠나고 치료사로 소소하게 바빴기에 가능한 일이었는데, 지금 다시 떠오르고 말았다.

끙, 린네의 얘기를 들었기 때문인가. 지금이 정확히 어느 시점쯤일지 잘은 모르겠지만. 이야기는 순조롭게 진행되고 있는 듯했다.

마수의 왕을 베어낸 영웅 공작 리녹과 파트너인 마법사 세레나. 이들은 곧 황궁에서 혼인하게 되고 세레나는 대마법사라는 호칭을 받는다. 그 후 그녀는 곧 리녹의 마법을 풀어내는 주문을 찾아낼 것이다.

물론 그전에 리녹과 세레나, 그리고 또 다른 남자 주인공인 탄시즈의 우당탕탕 삼각관계가 진행되기는 하지만, 세레나는 생사고락을 함께한 리녹을 택할 거다. 리녹은 이미 세레나에게 푹 빠져 있었던가…….

……반하기는 했겠지?

몸을 일으켜 세운 나는 잠시 뒤 모락모락 김이 나는 찻잔을 들고 창문에 걸터앉았다.

"예쁘네."

이제는 기억조차 잘 안 나는 원래 세계의 하늘과 다르게 이쪽의 하늘은 항상 아름다웠다. 천에 구멍을 쏭쏭 뚫어 새어 나오는 햇빛같이 별이 아름답다.

"에이미, 에이미! 들었니? 클램이 너를 좋아한다던데!"

"……며칠 전에는 조지라고 하지 않았어요?"

이곳 사람들은 다들 수다를 좋아했다. 한 달에 한 번 정도 내려오는 마물에 대한 이야기를 제외하면 거의 연애 이야기였다. 특히나 관심이 많은 린네가 늘 어느 쪽이든 골라보라고 어깨를 툭툭 치곤 했다.

"그래! 조지도 클램도 둘 다 너를 좋아한다는 거지. 조지는 널 위해 시를 쓰고 있다던데? 클램은 널 위해 선물할 장작을 팬다니 뭐니. 웃겨라. 어느 쪽이 좋니?"

"둘 다 딱히……."

"왜! 둘 중에 괜찮으면 하나 사귀어보고 버려버려."

"……아니, 그놈의 버리라는 말은 왜 자꾸 나와요."

결과적으로 나는 시가 적힌 연시와 꽃다발도, 꽃잎이 잔뜩 뿌려진 장작도 거절했지만.

린네는 왜 한 번 사는 인생인데 데이트도 해 보지 않느냐며 고개를 갸웃했다.

"혹시 눈이 높아?"

"글쎄요. 높다면 높다고 할 수 있으려나? 어릴 때 너무 잘생긴 사람을 봐서."

"……얼마나?"

"린네가 자주 보는 소식지 모델의 15배쯤?"

린네가 바로 수긍했다.

"남자는 얼굴이 다지."

결국 요상하게 끝나 버린 대화였지만.

턱을 괴고 하늘을 바라보던 나는 찻잔을 내려놓았다.

스무 살이 가까워지며 젖살이 많이 빠졌다. 언니를 닮아가는 외모에 심심찮게 고백을 받기도 했는데, 사실 별 관심이 가지 않아서 대부분 거절했다. 그렇다고 이 세계에서 연애도 하지 않을 생각은 아니었다. 좋은 사람을 만나 한 번쯤 맑고 깨끗한 호수나 도심을 걸어보고 싶고 맛있는 것을 함께 먹고 싶고…….

다만 머지않아 이 책의 내용이 끝날 테니 그때쯤에 하더라도 늦지 않을 것 같다. 사실 리녹이 행복해졌다는 이야기 정도는 듣고 싶었으니까.

언니는 연애에 딱히 반대는 하지 않았지만 늘 누군가 생긴다면 꼭, 꼭 말만 해달라며 울먹였다. 정말로 울먹인 것은 아니고 아주 절절한 편지가 왔었다.

그리고 뭔가 더 말을 하려는 듯 뭘 많이 적었다가 지운 흔적이 보였다. 이래저래 걱정이 많은 듯 보여 언니에게 아직은 생각이 없다고 얘기했지만. 그래. 그렇게 했는데, 오늘따라 가슴이 싱숭생숭했다.

"으음……. 그래도 데이트는 한번 해볼 걸 그랬나."

고개를 저으며 침대에 도로 누워서 눈을 감았다.

△

"에이미, 에이미! 에이미!"

이틀 뒤, 린네가 호들갑스러운 목소리와 함께 나를 찾았다. 불쑥 열린 문에 막 낮잠 자다 말고 깨어난 나는 졸음기 가득한 눈으로 그녀를 바라봤다.

"아침부터 무슨 일이에요?"

뺨을 비빈 나는 눈을 꿈뻑였다. 린네가 고개를 절레절레 저었다.

"에이미, 지금은 12시야."

"저는 일어난 시간을 아침으로 쳐요."

"이 게으름뱅이!"

"……제가 게으름뱅이인 건 사실이지만, 직접적으로 말하면 상처 받아요."

"네가 말이니?"

나를 아래위로 훑는 린네에게 방싯 웃어주었다.

"제 가슴이 얼마나 여린데요."

"하나도 상처받지 않은 얼굴로 말하고 있잖아. 물론 귀엽지만."

"윽. 나 머리 안 감았는데."

……그렇다고 앞치마에 비비면 상처받는데.

잠이 덜 깨서 엉클어진 머리에 부은 얼굴마저 귀엽다고 해주다니 참 복 받은 사람인 것 같다. 린네는 나를 참 예뻐라 했는데, 언니 친구라서 취향이 비슷한 걸까. 생각해 보니 두 사람이 주고받는 칭찬에 얼굴이 터질 뻔한 적이 한두 번이 아니었잖아?

일단 잠이나 깨자 싶어 눈을 비비는데, 린네의 서늘한 손이 뺨 위로 올라왔다. 나는 고맙다고 말하고는 고개를 들었다.

"그나저나 무슨 일이에요?"

"아! 그래."

렌네가 손뼉을 짝 쳤다.

"내가 잘생긴 남자를 주워 왔지 뭐니!"

"······네?"

······내 주변 사람들은 왜 뭘 주워 오는 걸 좋아하는 걸까.

당황한 내 표정을 알아차린 린네가 깔깔깔 웃었다.

"농담이야. 농담."

그녀는 이럴 때가 아니라고 말하며 입을 열었다. 눈을 깜빡이는 그녀의 목소리가 낮아졌다.

"에이미, 네 손님이 찾아왔어."

경계의 산과 멀지 않은 위치 탓에 종종 치료사를 찾는 용병단이 다녀가곤 했는데, 외지인은 가벼운 부상자 정도였다.

"손님이요? 부상자?"

린네가 고개를 저었다.

부상자가 아니라고? 그녀는 입을 한일자로 꾹 다물었다가 입술을 떼었다.

"끝내주게 잘생긴 남자던데. 누구야? 나도 모르게 탄성이 나왔다니까?"

······그건 내가 알고 싶은데요.

"숨겨둔 애인?"

"……저도 모르는 애인요?"

어쨌거나 이렇게 얘기만 해서는 알 수 없을 것 같아 나는 직접 현관으로 나섰다.

"안녕하세요?"

문밖에는 웬 남자가 하나 서 있었는데 어찌나 큰지 일단 우리 마을 청년들보다 훨씬 큰 듯했다. 이곳을 아는 용병단을 꽤 보았지만 그들 중에 이런 얼굴은 없었다.

더구나 겉모습이 멀쩡한 걸로 봐서는 부상도 없다. 아는 사람도 손님도 아니라는 건데. 나는 눈을 크게 깜빡였다. 나를 찾아온 사람이라니……. 문득 탁상 옆에 높인 편지가 떠올랐다. 설마 언니가 말한 직장동료인가?

"혹시 언니가 말한 사람이에요? 아니. 그러니까 제 언니를 아시나요?"

그러자 난감한 표정을 짓던 남자가 천천히 고개를 돌렸다.

……와, 잘생겼네. 몇 년 전 리녹의 미모 폭탄에 뽕을 맞아버린 뒤로 누구를 봐도 그저 그랬는데, 3년 만에 미남이라 불릴 사람을 보았다.

다갈색 머리칼을 가진 남자는 특이하게도 금색 눈동자를 가졌는데, 빛을 받아 반짝반짝했다. 곤란한 듯 고개를 늘어트리며 쭉 뻗은 콧날이나 도드라진 턱선이 예술이었다.

이렇게 한참 올려다볼 사람은 많지 않은데 말이야.

……그런데 왜 귓불이 빨갛지?

"저……. 그……."

"왜 그러세요?"

그때 쪼르르 달려온 린네가 황급히 내 어깨를 두드렸다.

"에이미, 옷, 옷! 네 옷!"

나는 그제야 시선을 아래로 내렸다. 낮잠 자기 편하게 셔츠에 짧은 하의를 입어 다리를 훤히 드러낸 채였다. 이곳은 드레스가 보편적인 세계라 가슴을 드러내는 것보다 다리를 드러내는 쪽을 더 야살스레 본다는 얘기를 들은 것 같다.

"아……."

"얼른 갈아입어!"

……조금 덥긴 하네.

딱히 부끄럽다는 생각은 들지 않았는데, 지금 입고 있는 속옷이 전생에서 반바지와 다를 것이 없기 때문이었다.

그렇다고 아무에게나 덜컥 보여줬다는 건 아니고 린네가 황급히 찾아온 탓에 대비하지 못한 거다. 아무튼 나는 조금 기다려달라고 말한 뒤 옷을 갈아입고 남자와 마주했다.

"음, 그러니까, '하반' 씨?"

"……."

식탁에 마주 앉았음에도 여전히 눈을 마주치지 못하는 남자였다. 남자와 나를 번갈아 보던 린네가 얼른 손을 들어 올렸다.

"하하하. 에이미! 난 먼저 가볼게. 손님이랑 얘기 나누렴."

……치사하게 혼자만 빠지려고 하시네.

"무슨 일 있으면 우리 집으로 오렴!"

마지막 말은 괜히 어색해서 덧붙인 말인 게 분명했다. 사실 탓을 하자면 불쑥 현관으로 나타난 린네 탓이 크지만 나도 생각지 못하고 벌컥 열고 나갔으니 뭐라 할 처지는 아니었다.

난 혼자 두지 말라고 삐끔거리며 도움을 요청하는 시선을 보냈지만, 린네는 얼른 도망가 버렸다. 하는 수 없이 남자를 마주한 나는 어색함을 벗기 위해 입을 열었다.

"크흠, 음, 어, 계속 그렇게 계실 것은 아니죠?"

"……죄송합니다."

"음, 죄송한 일은 아니에요. 알고 오신 것도 아니고. 졸지에 눈호강시켜 드린 것 같지만요."

"푸흡. 네?"

"농담이에요."

다행히도 남자가 입을 열며 어색함이 조금 사라졌다. 얼른 일어난 나는 차를 내왔다.

곧 조그만 부엌이 진한 허브향으로 가득해졌다. 나는 슬쩍 턱을 괴며 남자를 관찰했다.

'정말 크네.'

조금 전에도 느꼈지만 맞은편 의자가 작아 보일 정도로 크다. 기사니까 당연하겠지만, 또 그렇다고 우락부락한 체형은 아니었다. 떡 벌어진 어깨에 균형 잡힌 팔다리가 꼭 운동선수 같다고 해야 할까. 부드러운 얼굴형과 달리 눈매는 살짝 사나웠다. 웃고 있지 않으면 꽤나 사나워 보일 법한 얼굴?

길게 뻗은 콧날이나 굳게 다물린 입술은 고집스러웠지만 중요한 건 그윽한 빛을 품은 금색 눈동자가 모든 걸 상쇄할 만큼 아름답다는 점이었다.

"그럼 하반 씨라고 부르면 될까요?"

"그것 말인데, 먼저 말씀드리고 싶습니다."

잠시 난감하게 표정을 굳힌 남자가 시선을 내렸다. 그냥 보기에는 꽤 오만하게 보이는 얼굴인데, 부드러운 말씨 덕에 그렇게 보이지 않았다.

"제 이름은 하반이 아닙니다."

"……네?"

나는 그대로 멈칫했다.

이 남자가, 언니가 말한 직장 동료가 아니라고?

"그럼 어떻게 날 찾아온 거죠?"

짐짓 경계 어린 표정을 읽었는지 남자의 눈으로 당황이 스쳐 갔다. 그가 손을 저었다.

"저는 마을 입구에서 마을을 보고 있었는데, 방금 같이 계셨던 여성분께서 제게 다가오더니 부상자냐고 물었습니다. 그렇다고 하니 당신에게 데려다준 겁니다."

"린네가요?"

남자가 끄덕인 후, 입으로 장갑을 벗어 제 손을 보여 주었다.

"그때까지 저는 장갑을 벗고 있었거든요."

"아……. 독이군요."

"네."

남자의 손은 마치 먹에 담근 것처럼 새까맸다. 저건 분명 경계의 산에 있는 몇몇 독초에 중독되면 저러한데…….

재빨리 약초의 종류를 떠올린 나는 자리에서 일어났다. 그러다 멈칫하며 한숨을 쉬었다. 상처를 보자마자 일어나다니, 이것도 직업병인가.

하지만 가는 날이 장날이라더니 마침 꼭 필요한 약초가 떨어졌다는 사실을 떠올렸다.

린네에게 잘못이 있는 건 아니다. 나와 계약을 맺은 심마니나 용병단이 종종 이런 식으로 찾아오기도 했기 때문에 마을 사람들은 낯선 얼굴이면서 부상자이면 나에게로 데려다주곤 했다.

그냥 데려다주면 위험하지 않으냐 하겠지만 이곳 남자들이 나를 딸처럼 아껴주는 데다 그리 호락호락한 사람들이 아니었기에 한 번도 안전 문제가 불거진 적이 없었다.

착각할 요소들을 떠올린 나는 끙, 신음을 흘렸다.

"그렇게 된 거군요. 저도 착각했네요."

남자와 나 사이에 잠깐 침묵이 흘렀다. 천천히 시선을 내려서 남자의 상태를 확인했다.

'저 독은……'

분명 손을 저런 식으로 만드는 독초들은……. 대단한 고통을 수반한다. 이전에 마을 청년 중 하나가 독에 당해 데굴데굴 구르는 것을 보았는데 고통으로 얼굴이 새파래질 정도였다. 이를 떠올린 나는 곧 남자를 올려다봤다.

……아프지도 않은가?

이런 종류의 중독을 일으키는 독초는 얼마 지나지 않아 근육을 수축시키고 경련을 일으킨다. 남자의 얼굴을 빤히 바라보던 나는 입술을 열었다.

"일단 오시긴 했으니 그 상처 치료해 드릴게요."

"네? 그럴 필요는 없습니다. 이 상처는……."

"음, 부담가지지 마세요. 공짜는 아니니까."

리온 왕국만큼은 아니어도 제국 또한 정식 기사를 높게 쳐주는 편이었다. 딱 보니 옷감이 고급인 데다 단추가 은이다. 정식 기사가 왜 여기까지 찾아온 것인지는 둘째 치고, 어쨌거나 지불 능력은 된다는 얘기겠지.

판단을 마친 나는 남자의 손을 붙잡았다.

"피를 빼야 하니 잠깐 눈을 감아 주실래요?"

사실, 오지랖을 부리고 싶지 않아도 눈에 밟혔다. 치료할 수 있는데, 눈앞에서 무시할 수는 없었으니까.

능력을 쓰는 것도 문제없었다. 더구나 이런 중독 치료 정도는 준마법사도 할 수 있었다.

"잠깐 실례할게요."

"지금 뭘 하시는 건지 여쭤봐도 됩니까?"

"······긴장하지 마세요. 잡아먹으려는 건 아니니까."

"예, 예?"

"농담."

임시로 손을 써서 남자의 눈을 가리자 남자가 움찔하는 것이 느껴졌다.

"조금 따끔할 거예요. 잘 참으면 사탕을 드릴게요."

"······전 아이가 아닙니다."

웃음이 나왔다. 이대로는 안 되겠다 싶어 머리를 풀었다. 그러고는 넓은 리본으로 남자의 눈을 가렸다.

하고 보니 꽤 묘한 광경이 연출되었지만, 어쩔 수 없지.

"죄송해요. 가끔 용병 중에서도 피를 뺄 때 비명을 지르는 사람이 있어서요."

"아, 네······."

물론 거짓말이지만.

손등을 다른 손으로 덮고 남자의 손을 강하게 붙잡았다. 흰빛이 손 틈 사이로 새어 나왔다.

남자가 눈을 감고 있다는 것을 확인하고 나는 옆에 놓인 바늘로 쿡 찔렀다. 붉은 피를 바라보며 해독이 제대로 됐음을 확인한 나는 리본을 풀어냈다.

"이제 눈 뜨셔도 돼요."

"아······."

멀쩡하게 돌아온 제 손을 바라본 남자가 눈을 크게 떴다. 상당히 놀란 얼굴이었다. 곧 그는 나를 보더니 벌떡 일어났는데, 얼마나 급히 일어난 건지 그의 주머니에서 무언가 땡그랑 떨어졌다.

"놀라실 것 없어요. 제가 준마법사거든요. 이런 변방에서 마법을 보셔서 놀라셨나 보네요."

"네? 네······."

처음 찾아오는 용병들에게서 종종 보이던 반응이라 그리 놀랍지는 않았다. 마법이 보편화된 세상이라 해도 물건에 한정되었지, 마법사를 보기 힘들었으니까. 쓸 수 있는 마법이 세 가지 이하인 준마법사도 마찬가지였다.

어쩌다 보니 손등의 마법 덕에 해독마법과 치료마법을 사용하는 준마법사가 되었지만. 나는 눈을 굴려 남자를 응시했다.

"기사님이시죠?"

그러자 바닥을 바라보던 남자가 고개를 들었다.

"어떻게 아셨죠?"

"얼굴?"

"……예?"

용병 중에서는 이런 얼굴이 없던데요. 할 수는 없으니 나는 태연하게 미소했다.

"그 옷 보통 옷감이 아니잖아요? 조금 더러워지긴 했지만, 단추는 은이고. 하지만 기사단 문양은 따로 없으니 자유기사이신가 했죠. 아니면 정체를 숨겨야 할 정도로 높으신 분인가."

조금 전부터 짐작하고 있던 것들을 털어놓으며 남자를 뻔히 응시했다. 이곳은 산 밑의 아주 작은 마을이다. 지도상에도 없는 마을에 용병도 아닌 멀끔한 기사가 부상을 입은 채로 찾아올 확률이 얼마나 높을까. 아마도 도시 단위로 토벌을 나왔다가 떨어진 기사가 아닐까 했다.

요즘 인근 요새 도시인 소르핀에서 자주 토벌을 나오곤 했는데, 워낙 커다란 산이다 보니 사건 사고도 많은 모양이었다. 여긴 조난자도 심심찮게 발생하는 곳이었으니까.

이번엔 그가 당황한 듯 정곡을 찔린 표정이었다. 하나 곧바로 원래 표정으로 돌아왔다. 난 그를 바라보다가 어깨를 으쓱였다.

"외양이랑 다르게 수줍음을 많이 타시나 봐요."

"네?"

"자꾸 되묻기만 하시고. 이런 말 실례일지도 모르지만, 외양은 좀 더 사납다고 해야 하나 강단 있어 보여서요."

그러자 느리게 눈을 깜빡이던 시선이 나를 향했다.

어라, 당황할 줄 알았더니. 웃잖아?

조금 전부터 귀를 붉히기에 또 그러려나 했던 나는 잠시 멈칫했다.

"그런 오해를 종종 받습니다. 무서운 사람이 아니냐는."

"아, 그런가요?"

"네. 아가씨가 무서워하지 않으셔서 기쁩니다."

사나워 보이던 눈이 사르르 접혔다. 꼭 투견장에 있던 도사견이 귀를 접은 것처럼 느껴졌다. 리녹이 청초하면서 날카롭다면, 이 남자는 날이 삐죽삐죽한 톱이라고 할까. 부드러운 말씨 속에 숨겨졌을 뿐 이 남자는 외양만큼은 사나워 보였다.

"아아. 네. 아까부터 자꾸 놀라시기에 수줍음이 많은 분이신가 했죠."

"그건 제대로 말씀드릴 수 있습니다."

한걸음 다가온 남자가 온순하게 미소했다.

"아가씨처럼 아름다운 사람에게 약한 편입니다."

당황한 시선으로 그를 응시했다. 어쩐지 분위기가 바뀐 것 같은 느낌은 착각이 아닌 듯했다. 조금 전까지 양순해 보이던 시선이 조금 달라 보였으니까.

"그리고 조금 놀라긴 했습니다."

"뭐에 말이죠?"

남자는 대꾸 대신 한걸음 걸어왔다. 내가 흠칫 놀라자, 도리어 당황한 듯 그대로 멈춰 섰다. 미남이고 아니고를 떠나서 낯선 사람이 가까워지는 상황이 부담스럽다.

나는 언니가 했던 말을 떠올렸다.

"에이미, 젊은 남자가 5보 이내로 가까워지면."

나는 미간을 찌푸렸다.

"후려쳐 버려!"

알겠어, 언니.

"저 놀라게 할 생각은 없습니다."

"그런가요? 아. 그리고 보니 떨어트린 게 있으시던데 어서 주우세요."

나는 뒤를 더듬어 손에 잡히는 대로 꼭 쥐었다. 나무 열매를 깨트릴 때 쓰는 망치가 잡힌 것 같은데, 여차하면 뚝배기를 깨트려 버릴 생각이었다.

그러다 문득 바닥으로 시선을 향한 나는 그대로 멈칫했다.

……붉은색 메달?

남자가 막 줍는 물건을 보는 순간 눈을 크게 떴다.

"……그거 당신 건가요?"

"예? 네. 맞습니다."

잠시만. 붉은색에다 포효하는 드래곤이 새겨진 메달이라니. 이건, 황태자의 상징이잖아? 주춤 물러난 나는 침을 꿀꺽 삼켰다. 3년 전 이것을 지닌 채 습격했던 기사들을 떠올린다. 다시 생각해도 같은 물건이 맞다.

이게 어떻게 된 거야.

"제가 놀란 건 이걸 말한 것이었습니다. 생각보다 추리력이 좋은 아가씨라고 생각했거든요."

메달을 들어 올린 남자는 천천히 나를 응시했다. 창문가로 들어온 바람에 머리칼이 흔들렸다.

"밝힐 생각은 없었지만—."

남자가 부드러이 미소했다. 그러나 사나운 눈매 속에 재미있다는 시선을 발견했다.

"소개가 늦었습니다."

남자의 손에 들려 있던 메달이 빛을 반사했다. 그 순간 은은하게 흘러나온 붉은 빛이 남자를 휘감고, 갈색 머리칼을 붉게 물들였다.

그가 고개를 들었을 때, 금빛 섞인 적금발이 눈앞에서 한들거렸다.

"나는 이 나라의 황태자, 탄시즈 라그나르입니다."

……아니, 당신이 왜 여기 계세요?

솔직히 현실 도피에 가까운 생각이었으나 다음 순간 침착하게 속을 달랬다. 일단은 손에 들고 있던 나무망치부터 슬그머니 내려놓았다. 아니, 황태자가 왜 여기까지 와 있는 거냐고.

"아니, 왜……. 그런 분이 여기……."

"토벌이 있을 거라는 소문이 돌았을 법한데. 듣지 못하셨습니까?"

"……그, 들었지만, 당연히 지나가는 소문인 줄……."

"황궁에서 여기까지 신경 쓸 리 없다."

나는 얼떨떨하게 고개를 끄덕였다.

"나는 모든 제국민이 행복하길 바랍니다. 그러니 토벌쯤이야 어렵지 않은 일인데 많이 놀라셨군요."

"보통 토벌은 도시 쪽…… 일 텐데요. 호위 하나 없이 오셨단 말인가요?"

"불법적으로 만들어진 마을에 오는데 기사를 이끌고 올 수는 없었으니 어쩔 수 없었습니다."

나는 움찔했다. 그의 말처럼 이 마을은 허가 없이 생긴, 세금도 내지 않는 마을이다. 대신 아무런 보호도 받지 못한다고. 하지만 그럼에도 황가 입장에서는 거슬릴 수밖에 없었다.

"이해했습니다. 하지만 황태자 전하께서 왜 이 마을에 오신 것이죠? 혹시 이 마을을 그대로……."

"그럴 생각은 없습니다. 사실, 아예 없던 것은 아니지만……."

사실 이 소설의 또 다른 주인공 탄시즈를 떠올리면 가장 먼저 생각나는 것이 바로 이 태양과 같은 적금발 머리칼 미남이라는 설정이었다. 젠장, 눈이 휘둥그레 뜨일 미남에서 알아봤어야 했는데.

나는 리녹에 집중해서 읽었던지라 탄시즈가 황태자에 머리칼이 빨갛다 정도만 기억했다. 새대가리도 아니고. 아니, 머리 색이 다르니까 당연히 알아보지 못하지!

고개를 숙인 그가 나와 눈을 마주했다.

"은혜를 입었으니 아가씨가 사는 마을에 해를 끼칠 수는 없습니다. 비록 황가의 허가 없이 만들어진 불법적인 마을이지만 눈감아 드리겠습니다."

다정한 듯 낮은 울림이 귀를 선연하게 울렸다.

"아름다운 것에 약하기 때문입니다."

그러면서 미소한 그는 고개를 기울이고는 제 목의 단추를 몇 개 풀어냈다. 단지 단추 몇 개일 뿐인데, 단정하던 모습이 사라지고 나른하면서도 투견처럼 날카로운 시선이 자리했다.

그가 조금 곤란한 듯이 미소했다. 날카로운 눈매에서 금색 눈동자가 나를 향했다.

……탄시즈가 이렇게 정중하게 웃는 인물이었나?

천천히 팔을 뻗어 내 손을 가져간 탄시즈는 손등에 입을 맞췄다. 꼭 동화 속 왕자님 같은 행동이었다. 아니, 왕자님 맞지.

천천히 고개를 들어 올린 그의 시선이 나를 향했다. 표정은 부드러우나 날카로운 눈매는 쉽게 마주 보기 힘들었다.

"말로만 듣던 '도망자들의 마을'을 보고자 했는데, 그보다 더 즐거운 것이 여기 있었네요."

"즐거운 것이라니요?"

"이것 말입니다."

탄시즈가 방금 제 색을 되찾은 손을 흔들어 보였다. 정중한 금색 눈동자에 가늠하기 어려운 것이 어렸다.

"여기서 치료받을 수 있을 줄은 몰라서. 고맙습니다."

나는 가까스로 진정된 시선으로 남자를 응시했다. 이맘때쯤에 탄시즈가 황궁에서 잠깐 떠났었나? 그런 이야기가 있었던 것 같지만…… 목적지가 경계의 산이었어?

리녹의 마법에 관련한 것이 아니면 잘 기억이 나지 않았다. 뭐 때문에 주인공이 이 구석까지 오는 건지 모를 일이었다.

"이 마을에 해를 끼치지 않는 대신에 마을 이장을 만나고 싶은데 가능하겠습니까?"

"해치지 않는다면요."

"그것도 약조하겠습니다."

"네, 알겠어요. 일단 좀 떨어져도 될까요?"

"물론입니다."

언제 이리 가까워진 거지. 나는 슬그머니 그에게서 손을 떼어냈다. 어느 틈에 붙은 건지 모르겠지만 일단은 온순한 얼굴로 말을 붙이는 남자에게서 떨어지는 것이 먼저였다.

"……그런데 왜 제게 말을 높이세요?"

……불편하게시리. 사실 꼭 머리 색이 아니더라도 알아보지 못한 이유가 여기 있었다. 왜 내게 말을 높이는 것인지 모를 일이었다.

"그러고 싶기 때문입니다."

그가 단정하게 미소했다.

책 속에서 미친 대공이라는 리녹만큼이나 만만찮은 탄시즈였다.

나는 그가 언제 돌변할지 몰라 주춤 물러나며 고개를 끄덕이고는 '그렇군요' 하고 말했다.

현관까지 그를 배웅하고 돌아서려는데, 그가 나를 불렀다.

"아가씨."

아가씨라는 호칭에서 나는 그제야 그에게 이름을 알려 주지 않았음을 알았지만 알려 주고픈 마음이 들지 않았다. 더구나 린네가 불러서 이미 알고 있을 텐데 뭐.

"이장을 만난 뒤에 다시 대화를 나눌 수 있겠습니까?"

불편하도록 물끄러미 응시하는 시선이 꼭 벽 너머로 보이는 도사견의 눈처럼 느껴졌다. 눈은 왜 저렇게 날카롭게 생겨가지고.

나는 눈을 도로록 굴리다가 울상을 지었다. 황태자 말을 어찌 거절하겠냐마는. 상황이 특수하다.

"정말 마을 사람들을 해치지 않으실 건가요?"

탄시즈는 질문으로 돌아온 대답에 눈을 깜빡였다.

"제가 신뢰를 드리지 못했나요?"

"아뇨. 아뇨아뇨. 어찌요. 다만, 높으신 분들의 생각은 제가 감히 알 도리가 없으니까요."

"은근히 할 말은 편히 다 하시는 아가씨시군요."

"네?"

고개를 드니 탄시즈는 표정의 별 기색 없이 가벼운 미소를 머금었다.

"황가의 이름과 마법의 이름을 걸고 맹세하겠습니다. 치료받은 대가로 이 마을은 그대로 두도록 하지요."

"……감사합니다."

이제 됐다. 마음이 조금 가벼워졌다. 마법을 쓰는 탄시즈는 절대 마법의 이름을 걸고 한 맹세를 어길 수 없다. 어긴 대가로 마법을 잃기 때문이다.

"그럼 저와 조금 뒤 다음 약속을 해보시는 건 어찌 생각하십니까?"

"아…… 저, 죄송합니다."

"환자입니까?"

"네? 네. 아. 네. 바로 다음에 일정이 있어서요. 정말 죄송합니다. 환자가 기다리고 있어서."

이 정도면 자연스러웠겠지.

물론 오늘 환자가 있다는 말은 전부 거짓말이다. 그러나 티 내지 않기 위해 애써 침을 삼키지 않으려 했다.

"언제쯤 끝납니까?"

"잘 모르겠어요. 죄송해요."

이쯤이면 거절이라는 의미를 알겠지.

그는 날 빤히 바라보더니 내 손등을 잡고 입술을 맞췄다. 빛을 조각한 것처럼 잘생긴 미남이 생긋 웃어주는데, 왜인지 소름이 오소소 돋았다.

"반드시 뵙겠습니다."

그가 나가자마자 나는 얼른 돌아섰다. 성큼 방을 열고 들어가 옷장을 뒤지고는 깊숙한 곳에 있던 가방을 꺼냈다. 오래전부터 언제든지 언니와 어디로든 튈 수 있게 준비한 가방이었다.

산 근처 마을은 여러 개지만 대부분이 작은 마을이어서 행적이 금방 드러난다. 탄시즈가 나 같은 사람을 찾을진 모르겠지만 혹시나 찾게 된다면 금방 따라잡히겠지. 그럼 어디가 좋을까?

나는 곧 금방 답을 내렸다. 나무는 숲에, 사람은 사람 사이에.

현재 축제가 열린 도시가 있었지. 외부인도 많이 오는 이곳으로 가면 내 행적은 감쪽같이 숨겨질 거다. 얼마나 있다가 돌아올지는 모르지만 최악의 상황에는 한동안 마을을 떠나거나 아주 떠나는 것도 고려해야겠다.

사실 내가 여기까지 달려온 이유가 무엇이겠는가. 리녹의 행복을 바라며 도망간 것이나 다름없는데. 이제 와서 주인공과 엮여서는 곤란했다. 더구나 리녹을 죽어라 미워하는 주인공 탄시즈라니⋯⋯. 행여나 엮였다가 리녹과 스쳐 지나가더라도 보게 되면 어떡한단 말인가. 리녹을 찌른 데다 기억을 잃게 한 인간 아닌가. 언니도 죽게 했었지?

책 속 리녹을 좋아했던 만큼 탄시즈에 대한 평가는 박했다.

"반드시는 개뿔."

가방을 옆에 메고서는 일사천리였다. 잽싸게 발을 놀려 집에서 멀리 떨어지지 않은 린네의 집 문을 쾅쾅 두드렸다.

"린네! 린네!"

곧 문이 열리고 약초를 가다듬고 있었는지 향긋한 풀 내음이 가득 느껴졌다. 앞치마를 맨 린네가 눈을 동그랗게 떴다.

"에이미? 무슨 일이야. 아니 그보다 그 가방은 뭐고⋯⋯."

나는 그녀의 손을 덥석 잡았다.

"축제에 가자고 했었죠?"

"으응?"

고개를 갸웃한 린네가 곧 깨달았다는 듯이 입을 열었다.

"소르핀에서 열리는 축제 말이니?"

"네!"

나는 그녀의 손을 끌어당기며 최대한 태연하게 웃으려 애썼다. 그러고는 발랄한 목소리로 외쳤다.

"우리 축제에 가요! 생각해 보니 한번 가보고 싶더라구요."

그런 나를 물끄러미 보던 린네는 이상한지 눈을 찡그렸지만, 이내 순순히 고개를 끄덕였다. 그녀는 기뻐하는 미소를 가득 품으며 내 손을 두드렸다.

"그래. 얘, 너와 같이 가면 나야 좋지. 그래서 언제?"

"오늘 4시에 폴 아저씨가 소르핀으로 출발하죠?"

폴은 매주 금요일에 목재를 팔러 소르핀으로 가는 옆옆집 아저씨였다. 그는 얕은 숲에는 잘 없는 특이한 나무를 베어 팔았는데, 그 수입이 짭짤해 빠짐없이 소르핀으로 향하곤 했다.

"우리 오늘 그 마차를 함께 타요."

"뭐? 오늘 말이야?"

나는 씩 웃었다.

"네. 지금 당장요."

△

3일 뒤.

나는 축제로 한창 소란스러운 도시에 도착했다. 함께 도착한 린네는 이미 뺨을 잔뜩 붉히며 저것 좀 봐, 하고 마구 손가락질했다.

"어머나, 세상에! 에이미, 에이미! 저기 서커스가 왔대!"

"우욱. 잠시만요, 린네. 린네는 멀미도 안 나요?"

3일간 짐마차에서 흔들린 후유증을 이겨내지 못한 나는 린네가 가리킨 것을 보기는커녕 쪼그려 앉아 바닥을 보기 바빴다.

그런 나를 바라보던 린네가 등을 두드려 주었다.

"응? 전혀. 에이미 가만 보면 탈것에 약하단 말이지. 그래서 도시를 꺼리는 거니?"

"……집순이라 그래요. 침대가 제일 좋아……."

"얘도 참. 이럴 때 놀아보는 거지! 자, 얼른 가자!"

……잠시만, 잡아당기지 말아 줄래요?

순간이동도 그랬지만, 나는 마차에도 무척이나 약했다. 아니, 내 탓이 아니라 마차가 엄청 덜컹거려서다. 전생의 자동차 승차감에 비하면 마차는 낡은 리어카를 타는 것이라고 할까.

하지만 나의 비명을 아랑곳하지 않고 잡아당기는 린네 때문에 토할 것 같은 배를 부여잡고 이끌려 갔다. 다행히도 시장에 접어들면서 가라앉았는데, 일단 오자마자 숙소부터 잡은 린네는 아주 신난 얼굴로 조잘거렸다.

"돈을 얼마나 들인 걸까. 꽤 삭막한 도시였는데 분수대까지 새로 만들었잖아?"

"그러게요?"

그녀의 말처럼 온 거리가 화사하게 꾸며진 채 방문객을 반겼다. 몇 개월 전 약초를 팔기 위해 방문했을 때와는 아주 딴판이었다.

별 감흥 없던 나도 팔랑팔랑 떨어지는 꽃잎에서는 눈을 깜빡이며 구경하는데 린네가 탁탁 팔을 두드렸다.

"어머어머, 에이미, 이 동상 주인공이 영웅 대공인가 봐! 와, 황금으로 만들어진 상은 처음 본다 얘."

자그마한 그녀의 손이 가리키는 곳을 따라가니 시원하게 물이 쏟아지는 분수대가 있었다. 분수대 꼭대기 말을 탄 동상을 바라본 나는 눈을 크게 떴다.

그곳에 리녹이 있었다.

몇 년이 지난 그의 몸은 저리도 커진 걸까? 동상이지만 아주 섬세하게 만들어진 것 같았다. 얼굴은 잘 모르겠다. 태양이 저리 번쩍번쩍하니 빛이 반사되어 얼굴 부분만 잘 보이지 않았다.

"확실히 순조롭게 진행되었나 보네……."

동상은 한 사람만 나타내지 않았다. 나는 눈을 굴려 말을 탄 그의 옆에 서 있는 여인을 응시했다. 여인은 말보다 조금 위에 위치했는데, 마법사다 보니 허공에 떠 있도록 표현한 것 같았다.

"린네, 저 사람이 마법사 세레나죠?"

"응? 응! 맞아. 그런 것 같다. 와, 동상이 뭐 저리 예쁘다니?"

"그러게요. 너무 예쁘다."

꼭대기에 있는 리녹과 달리 세레나의 얼굴은 선명하게 보였다. 동상인 것을 감안하더라도 감탄이 절로 나올 미인이었다. 길게 흩날리는 생머리는 마치 살아 있는 사람의 것처럼 정교했고, 스태프를 든 손은 금방이라도 휘두를 것 같이 생동감이 있었다.

"와, 저 동상을 만든 조각가는 돈 엄청 벌겠다. 잘 만들었네요."

"음, 조각가도 조각가지만 모델이 멋져서가 아니겠니? 왜 영웅 대공이나 마법사 세레나나 절세 미남 미녀로 유명하잖아. 아휴, 눈이 호강하네."

맞아. 그건 인정한다. 역시 소설 주인공들은 미남 미녀가 으뜸이라고, 리녹은 말해 입 아프고 세레나도 작중 최고 미녀였다. 솔직히 마음에 들진 않았지만 탄시즈도 미모 하나만큼은 아름다웠지.

동상 주변에는 린네처럼 감탄사를 토하는 구경꾼이 많았다.

물줄기에 반사된 무지개가 그려지니 더욱 신비로운 느낌이었다.

동상을 바라보니 뚝 떨어진 거리감을 느꼈다.

시간이 지나긴 했구나. 하긴 지금쯤 세레나와 혼인을 올리고 있으려나……. 아니, 탄시즈가 여기 있는 걸 봐서는 아직 삼각관계가 진행 중인 걸지도 모르겠다.

그래도 청혼은 했겠지?

"엄마, 대공님이랑 마법사님이랑 서로 사랑해?"

"응. 그렇대. 서로 아주아주 많이 사랑한대. 엄마랑 아빠처럼."

조금 떨어지지 않은 곳에서 가족끼리 나들이를 나온 듯 작은 아이가 엄마 품에 안겨 꺄르르 웃었다. 동상을 바라보는 아이의 눈이 반짝반짝했다.

어두운색의 머리칼을 가진 아이를 보던 나는 문득 쓴웃음을 짓다가 고개를 돌렸다. 가슴이 싱숭생숭했다.

"와, 확실히 이렇게 보니 정말 잘 어울리는 한 쌍이네. 그렇지, 에이미? 영웅 연인이라니 말이야."

린네가 내 팔을 툭툭 두드렸다.

"마수의 왕을 잡을 때부터 사랑이 확 불타올랐다던데 낭만적이지 않아?"

"린네, 나 배고파요."

"응? 아. 그러고 보니 점심시간이네. 얼른 밥 먹으러 갈까?"

동상을 뒤로하고 우리는 근처 멀지 않은 음식점으로 들어갔다.

영웅을 기리는 축제답게 지나가는 가게 안조차도 온통 리녹과 세레나에 관한 것으로 가득했다. 이를테면 음식 메뉴가 영웅이 때려잡은 드레이크 스테이크란다. 마치 굿즈 샵에 온 기분이었는데, 얼떨떨한 얼굴로 메뉴를 바라보는 나와 달리 린네는 재밌다고 깔깔깔 웃었다.

"축제는 언제까지래요?"

"음, 글쎄 짧으면 일주일, 길면 보름은 한다던걸? 이번 일로 황제 폐하가 무척이나 기뻐했다고 하잖아."

"하기야, 골칫거리였던 마수의 왕을 붙잡았으니 한동안 마파(魔波)는 오지 않겠죠?"

"그렇지. 그건 마수의 왕이 울부짖을 때마다 마수들이 들고 일어나는 일이니까. 평화로운 시대인 거지, 이젠."

린네가 달콤한 빵을 입에 넣고 황홀하게 음미하는 동안 가게를 쭉 훑던 나는 한곳에서 시선이 멈췄다. 온통 영웅과 관련된 것으로 가득한 가게답게 벽에는 그들의 초상화가 걸려 있었다. 달빛을 가루 낸 듯 긴 은발과 맑은 하늘색 눈동자를 가진 세레나는 무척이나 아름다웠다.

내 시선을 눈치챘는지 린네가 팔을 툭 찔렀다.

"에이미는 대공보다는 세레나에게 관심이 많나 봐?"

"아? 음, 그건 아니고. 저렇게 예쁜 사람을 한번 보면 좋겠다 싶어서요."

책 속에서 예쁘고 착한 세레나를 좋아했었지. 예쁜 데다 능력도 뛰어나서 사랑의 힘으로 결국 고대 마법까지 풀어낸 그녀를 '언니 멋져 날 가져요.'라며 참 좋아했다.

내가 관련 없는 엑스트라였다면 한 번쯤 스쳐 지나가면서 구경했을지도 모르는데, 아쉽다.

"보고 싶어?"

"네? 아뇨. 그냥 그랬으면 좋겠다. 생각해 본 거죠."

리녹이 있는 이상 못 할 일이고. 그렇게 아쉬움을 달래며 고개를 젓는데, 나를 바라보던 린네가 불쑥 고개를 내밀었다.

"볼 수 있을걸?"

나는 멈칫했다. 그러나 곧 미간을 찌푸렸다. 아니, 수도에 있는 사람을 어떻게?

"저나 린네가 어떻게 수도에 있는 사람을 봐요?"

"당연하지. 수도에 있지 않으니까."

……예?

"마수의 왕을 무찌른 뒤에 영웅 대공과 마법사 세레나가 온 제국을 돌며 퍼레이드 중이잖아. 몰랐어?"

"네? 그게 무슨……."

금시초문인데? 마수의 왕을 베고 난 뒤 다음 장면은 황궁에서 일어나는 세 사람의 삼각관계이거나 리녹의 청혼이었다.

이 모든 게 수도에서 일어나는 일이었다.

"동쪽에서 출발해서 북쪽, 다음은 서쪽…… 그리고 남쪽으로 내려오잖아. 난 네가 알고 보고 싶다고 한 줄 알았잖니."

"뭘…… 알아요?"

"아까 물어보니, 곧 이 도시에 도착한대! 여기가 마수들이 들끓는 경계의 산과 가장 가까운 도시이자 요새 도시잖니. 기념비적인 곳이라고 특별히 온다고 하더라!"

린네가 방싯 웃었다. 그런 그녀를 바라보던 나는 그대로 얼어붙었다가 천천히 떨어지지 않는 입을 떼어냈다.

"누, 누가 와요?"

"얘는, 누구겠니! 바로 대공이랑 마법사 세레나지!"

……누구요?

린네가 이상하게 보기 전에 얼른 표정을 태연하게 가장하며 입술을 끌어올렸다. 잘못 들은 것은 아닐 테다. 일단 침착하자.

"아하, 그러니까……. 영웅 대공님과 마법사님이 함께 이곳으로 온다는 거죠?"

"그래, 그렇다니까? 운이 좋아! 너 아니었으면 갈 생각이 없었는데 같이 와서 너무 좋다, 애."

린네가 혼자서 보는 축제는 아무리 흥겨워도 흥미가 생기지 않는다며 신나는 얼굴로 지금껏 퍼레이드에 관해 설명을 이었다. 대개가 리녹과 세레나가 타 도시에서 어떻게 퍼레이드를 이었고 세레나가 어떤 마법을 선보였는지 관한 것이었다.

"신기하지 않니? 귀하신 이들의 행진을 수도에서만 하는 게 아니라 제국 곳곳을 돌면서 한다니 말이야. 이것 때문에 황궁에서 열리는 승전식도 뒤로 미뤄졌대."

"네에, 제국이 워낙 넓으니까 시간이 많이 걸릴 텐데……. 대단하네요."

"그렇지? 보통 영웅들이랑은 다른 행보를 보인다는데 그래서 더 멋진 것 같아."

그렇지. 두 사람 다 영웅으로서는 완벽한 이들이었다. 왜 원작과는 다른 일이 일어난 건지는 모르겠지만……. 내가 기억하지 못하는 건가, 그건 아닌데.

어느새 고개를 불쑥 내민 린네가 입술로 검지를 가져다 대며 속삭였다.

"그보다 더 재밌는 얘기가 있는데 말이야……. 대공과 마법사 세레나의 이 전국적인 퍼레이드에는 흥미로운 사정이 있대."

……별로 듣고 싶지 않은데요.

목구멍으로 불쑥 튀어나온 속내를 꾹 누르는 김에 금방이라도 이 도시를 떠나고 싶은 마음까지도 꾹 누르며 미소를 꾸며냈다.

"……린네는 어떻게 다 아는 거예요?"

"뭐긴. 심심하면 소식지를 구해다가 읽는 게 취미잖아. 아무리 산에 틀어박혀 산다고 해도 우리 처지에 정보에 무지해서는 안 되니까 말이야."

나는 시선을 내려 린네가 톡톡 두드리는 것을 응시했다.

맞아. 그건 그렇지. 나는 고개를 끄덕였다. 나나 린네가 사는 마을은 각자의 사정이 존재하여 떳떳하지 못한 이들이 사는 마을이었다. 서로에게는 순박하거나 착하지만 각자 어떤 과거를 품었을지 모를 사람들이었다. 그래서 암묵적으로 사정에 관해 묻지 않는 게 규칙이었다. 누군가 어느 날 훌쩍 떠나도 그러려니 하는 곳이기도 했지.

"그래서 흥미로운 사정이요?"

"그래, 그거!"

보는 사람도 없는데 숨죽여 속삭인 린네가 눈을 반짝였다. 그녀의 손에 들린 종이가 작게 펄럭였다.

"사실 이 퍼레이드가 대공과 세레나의 밀월여행이란 거야."

……예? 밀월, 뭐?

"밀월여행! 신혼여행 말이야!"

"……이상한데요? 신혼여행은 혼인하고 가는 거잖아요?"

"그러니까 혼인식 전에 여행부터 다녀온 거지! 한쪽은 대공에 한쪽은 대마법사일지도 모를 마법사인데 혼인을 올린 뒤에는 각자 바빠지지 않겠어?"

꼭 눈밭에 구르는 강아지처럼 신난 린네가 이어 말했다.

"그래서 황제의 명조차 멀리하고 이 여행을 떠난 거란 거지."

"퍼레이드는 가장이고 신혼여행이 진짜라는 거죠? 소식지가요."

"그래. 헛소문일지도 모르지만 그럴싸하잖니?"

아하. 그런 거라면 이해가 가긴 하는데.

"두 사람의 사랑이 가득 담긴 여행이라니 낭만적이지 않니! 안 그래? 얼마나 사랑하면 신혼여행으로 전국을 함께 돌아볼까."

"음, 그러네요."

리녹은 세레나를 사랑한 순간부터 세상에 다시없을 사랑꾼이 되는 남자 주인공이었다. 만약 내가 아는 책 속 리녹이라면 기꺼이 이런 여행을 제안할 만한데…….

확실히 그런 사정이라면 그럴 수도 있겠다 싶었다. 그럼에도 원작에 나오지 않던 퍼레이드가 어째서 등장했는지는 의문이다. 책보다 사랑이 더 깊어지기라도 한 걸까 싶기도 하고.

고민하다 말고 난 손뼉을 쳤다. 그래, 더 애틋해졌나 보지.

"에이미, 표정이 왜 그래?"

"아, 그냥 실제로 보지 못해서 아쉽다 싶어서요. 마수를 베는 모습이 멋있었을 것 같거든요."

"하기야. 영웅인데 그렇지?"

식사를 마친 뒤 우리는 예쁘게 꾸며진 카페에서 어둑해질 때까지 머물렀다. 카페를 나와서도 지치지 않는 린네의 수다에 감탄했는데,

따로 방을 잡았음에도 내 방까지 쪼르르 쫓아왔다.

"에이미, 에이미. 내일 퍼레이드 말인데 너도 보러 갈 거지?"

난 고개를 저으며 슬쩍 물러났다.

"아뇨. 전 안 갈래요."

"뭐? 왜?"

……퍼레이드는커녕 당장 도망가고 싶은 심정인데요.

"으음, 축제는 좋지만 역시 사람이 많은 건 별로라서. 시장보다 더 몰릴 걸 생각하면 속이 울렁거려요."

과장되게 실망하는 린네를 바라보며 어색하게 웃었다. 린네가 시무룩한 얼굴로 나를 설득했지만 나는 고개를 저었다.

고마운 일이 많은 린네에게는 미안하지만 이것만은 들어줄 수 없었으니까. 최대한 미안한 표정을 드러낸 나는 그녀의 손을 잡고 흔들었다.

"미안한데 린네……. 정말 안 되겠어요."

"이 퍼레이드가 축제에서 메인인데 가지 않는다니……. 고기 없는 스튜와 뭐가 다르니?"

"전 고기 없어도 잘 먹는데."

"그런 말이 아니잖니!"

난 얼른 그녀의 어깨를 토닥이며 이어 말했다.

"농이죠, 농. 저 멀미에 정—말 약한 거 아시잖아요. 마차도 그렇고."

"그건 그렇지만……."

"대신 우리 내일 점심은 맛난 걸 먹어요. 제가 살게요!"

퍼레이드가 끝나자마자 이 도시를 떠날 생각이 가득하기만 한데, 나간다니 말도 안 되는 일이었다. 적어도 퍼레이드가 이어지는 시간만큼은 방이든 식당이든 얼굴이 보이지 않는 곳에 콕 박혀 있을 생각이었다.

린네는 크게 실망한 얼굴이었지만 원래 어른스럽던 사람인지라 내 어깨를 토닥이며 끄덕였다.

"네가 그렇다면야. 그럼 나라도 가서 보고 얘기해 줄게. 세레나를 보고 싶어 했잖아?"

"와. 그건 좋아요."

내일 점심쯤 식당에서 만나기로 약속하고 린네는 방으로 돌아갔다. 나는 철저하게 린네와 만나는 식당마저 이곳에서 멀지 않은 곳으로 잡았다.

린네가 돌아간 방 안에서 나는 얼굴을 짚고 한숨을 쉬었다. 속이 싱숭생숭했다. 리녹과 세레나가 예정대로 사랑에 빠졌다. 모든 사람이 그들의 사랑을 축복한다. 참 잘된 일이지.

이제 리녹 앞에 나서도 괜찮지 않을까 생각하다가도……. 책 속에서 첫사랑이 죽은 것을 생각하면 역시 추억으로만 남도록 나서지 않는 게 좋을 것 같았다.

"끙, 청승맞네. 정말."

언니라도 있었으면 달랐을까?

"대공인 게 무슨 상관이니? ……은혜를 모르는 사람은 자격이 없단다. 한 대 후려치고 도망가면 그만이지. 다음에 볼 땐 가만두지 않을 거야. 에이미, 그런 놈들은 말이야 가랑이를!"

아니다. ……언니와 리녹이 마주치는 건 더욱 최악의 일인 것 같기도 하고.

리녹과의 마지막 일을 알게 된 뒤로 언니는 더욱 과격해졌다. 여기에 내 탓이 큰 듯해서 신경 쓰였지만 이미 엎질러진 물이었지.

사실 언니를 따라서 리온 왕국 근처로 가볼 걸 하며, 이제 와서 후회하는 건 전부 뜬금없이 나타난 주인공들 때문이다. 아니, 탄시즈도 그렇고 주인공씩이나 돼서 왜 이런 변방 요새 도시까지 오는 건지 알다가도 모를 일이네.

한숨과 함께 드러누운 나는 몇 번의 뒤척임 끝에 스르륵 눈을 감았다.

△

"손님 세숫물입니다!"

쾅쾅. 종업원이 두드리는 소리에 눈을 뜬 나는 얼른 상체를 일으켰다. 잔다고 누웠지만 역시나 당장 들이닥친 일에 뜬눈으로 밤을 새우고 말았다.

"으으, 한 시간은 잤나……."

창문 밖에 훤히 뜬 태양이 보였다. 시계를 바라본 나는 몸을 일으켜 세웠는데 서두르지 않으면 린네와의 약속에 늦을 것 같았기 때문이었다.

이런, 늦잠 잘 줄은 몰랐는데. 황급히 씻고 옷을 갈아입은 나는 가방을 옆으로 둘러메고 여관을 나섰다.

린네를 만나서 오늘 당장 이 도시를 떠날 거라고 이야기할 생각이었다. 마을로 다시 돌아갈지는 아직 잘 모르겠지만……. 적어도 한동안은 얼씬도 하지 않을 거였다. 암 당연하지.

"퍼레이드는 저쪽이래요!"

축제의 가장 메인이라더니 어제와는 비교할 수도 없을 정도의 사람이 복작였다. 다행인 건 그들이 내가 가는 방향과는 반대로 가고 있단 점이었다.

사람들을 피하려다 보니 골목으로 슬쩍 몸을 피했다. 린네와 약속한 가게는 여관에서 멀지 않았다. 골목 끝에서 막 모퉁이를 돌 때였다.

퍽. 나도 모르게 부딪친 나는 반사적으로 고개를 숙였다.

"죄송합니다. 좀 지나갈게요!"

부딪친 사람에게는 미안하지만 조금 더 늦었다간 린네가 기다릴 것 같았다. 얼른 빠져나가려던 나는 그대로 멈춰 섰다. 그대로 강제로 돌려 세워졌다.

고개를 돌려 손목을 붙잡은 사람을 바라봤다.

"어허, 아가씨. 어딜 그리 급히 가시기에 사과도 하지 않으시나?"

······방금 말한 건 코로 들으셨나.

나는 히죽히죽 웃는 사내를 못마땅하게 응시했다. 꽤 더러워진 옷이나 비릿한 가죽 냄새가 나는 무구를 봐서는 용병인 듯했는데, 음흉한 시선이나 부랑자에 가까운 몰골을 봐서는 제대로 된 사람은 아닌 듯했다.

붙잡힌 손목이 아릿하게 아팠다.

"미안한데요, 지금 제가 시간이 없어서요."

심드렁한 내 표정에 잠시 움찔했던 남자가 음흉하게 내 몸을 발끝까지 훑었다.

"암, 아가씨 같은 미인은 튕겨줘야 길들이는 맛이 있지?"

미간을 찌푸렸다. 남자는 더 신난 듯이 떠들었다.

"오늘 시간 돼? 없어도 만들어줄 건데. 응? 큰 거 한번 먹어볼 생각 없어?"

"큰 거는 무슨. 꼭 별거 없는 놈들이 크다 내세우더라."

"뭐?"

"꺼지라고."

나는 언니의 충실한 제자였다.

"안 들려? 놓으라고, 아저씨."

퍽. 정강이를 냅다 까인 남자가 손목을 놓았다. 재빨리 한길음 물러난 나는 침착하게 사내를 응시했다.

"악! 이 계집이!"

끙끙대는 것처럼 보이지만 보통 이런 단련된 사내들이 이 정도는 금방 회복하는데, 이래서야 금방 붙잡힌다.

고로, 확실한 일격을 먹여야지.

"미안하지만 방금은 구름판이었다, 망할 자식아."

"억!"

사내의 세 번째 다리에 영원한 이별을 고할 정도의 일격을 먹인 나는 냅다 뛰었다. 정확한 일격이었다고 뿌듯함을 느끼며.

마을에 살며 난동을 부린 사람이 없던 것도 아니라 이런 일에 익숙했다. 역시 언니 말대로 후려치는 게 가장 좋은 것 같단 말이지.

"거, 린네 만나기 정말 어렵네."

한숨을 푹 쉬며 골목길에서 막 나왔을 때였다.

"린네가 동행자 이름입니까?"

멈칫한 나는 얼른 고개를 들었다. 한들거리는 갈색 머리칼이 눈에 바로 보였다. 탄시즈가 땀을 닦다 멈춘 나를 바라보며 눈을 휘었다.

"황태자 전하?"

"도시 한복판에서 그 호칭은 곤란하지만 사람이 없으니 넘어가겠습니다. 다시 만나네요. 아가씨."

황급히 사람이 가득한 대로를 돌아본 나는 다시 그를 응시했다. 적어도 그는 이 대로에서 혼자인 듯했다.

"여긴 어떻게……. 설마 보셨어요?"

"아가씨가 냅다 후려치는 모습을 말하는 거라면 전부 봤습니다. 도와줄 겨를도 없던데 대단하다 생각했습니다."

흥미를 틔운 얼굴이 입술을 끌어올렸다. 온순하게 웃는 얼굴이었으나 나는 주춤 뒤로 물러났다.

"여기에 왜 황태자 전하가……."

지금 내가 누굴 피해 여기로 왔는데 왜 여기 계시냔 말이다.

그는 시선을 의식해 갈색 머리칼로 가장한 듯했는데, 흘끗 시선을 돌리니 주변에 퍼레이드를 보러온 사람들로 북적였다.

한곳으로 흘러가는 사람들의 목적지가 분명했다. 주변은 바로 앞 탄시즈의 목소리도 겨우 들릴 소란스러움으로 가득했다.

"제가 조금 과대망상을 하곤 하는데, 설마 저를 쫓아서 오신 것은 아니겠지요?"

"설마가 아니라 맞습니다. 내게 조그만 재주가 있어 내게 발동한 마법은 하루 정도 안에 추적이 가능합니다."

그가 이틀 전 내 치료를 받았던 제 손을 흔들어 보였다. 보통은 자신을 암살 시도하는 이를 찾기 위해서 쓰인다는 제법 살벌한 말도 했다. 이래서 사람이 오지랖은 부리는 게 아니라더니…….

눈을 굴리던 나는 미간을 찡그렸다.

"무슨 말씀을 하시려고 여기까지 저를 쫓아 오신 건가요?"

"그저 궁금했습니다."

"무엇이요?"

"이 손 말입니다. 사실 평범한 독에 당한 것이 아니었습니다."

"……예?"

주변을 바라보며 탈출구를 찾던 나는 그대로 움찔했다. 고개를 돌리면 날카로운 눈매가 눈앞에 있었다.

나는 당황하지 않고 순순히 잡혀 있었다.

"상급 마수, 로렘린. 그것의 송곳니에 스치면 마치 일부 독초에 중독된 듯 피부가 까맣게 변합니다. 하지만 해독 방법이 일반 독과 다르다는 것은 아실 듯합니다."

……상급 마수에 중독된 상처라고?

나는 낭패한 얼굴로 그를 응시했다.

"전문 마법사들에게도 쉽지 않은 해독을 어떻게 한 것인지, 궁금합니다."

아무래도 호기심에 나를 찾아온 듯한데, 아주 곤란한 호기심이었다.

……죽자. 망할 오지랖.

"알려 주실 수 있습니까?"

태양처럼 반짝이는 금빛 눈동자가 나를 마주 보며 접혔다. 접어졌지만 본능적으로 그것이 쉽게 놓아주지 않으리라는 경고라는 걸 알았다. 아니, 어쩌다가 만만찮은 주인공에게 걸려서…….

아무 데서나 드러내지 말라던 언니의 조언을 떠올린 나는 입술을 깨물었다. 고의는 아니지만 플래그를 하나 꽂았다 이건데. 이럴수록 침착해야 한다.

"그렇게 뜨겁게 바라보지 않아도 알려 드릴 테니 조금 물러나 주시겠어요?"

"가깝습니까?"

"부담스러운데요."

내 말에 조금 놀란 듯 눈을 깜빡인 탄시즈가 얌전히 물러났다. 유순하게 나를 응시한 모습이 마치 귀를 눕힌 사나운 개가 도약할 거리를 가늠하듯 움츠린 것처럼 보였지만 티 내는 대신 태연하게 미소했다.

"황태자인 내게 이렇게 말한 사람은 아가씨가 처음입니다."

"그런가요?"

나는 웃음을 그대로 유지하며 시선만 데굴 굴렸다.

당연하지. 다신 안 볼 사이니까.

정중하게 손을 가져간 그가 닿을 듯 말 듯 입술을 스쳤다. 아마도 귀족들은 이리 인사를 하는 모양인데, 아주 어릴 적이나 저택에 살았던 나에게는 생소했다.

아가씨.

부드러운 미소와 함께 다갈색 머리칼 사이로 온순한 눈이 드러났다. 그가 손끝을 매만진 순간 꼭 잘했다고 쓰다듬어 달라는 도사견을 보는 기분이 들었다.

"확실히 흥미롭습니다. 이 도시에 달갑지 않은 자가 있는데도 발을 들였으니까요."

그 사람이 아마도 리녹인가. 슬쩍 그를 바라본 나는 잠시 멈칫했는데, 살벌하게 굳어진 얼굴을 보았기 때문이었다.

하기야 탄시즈는 리녹을 죽도록 미워했었지. 지금은 이 삼각관계에 신경 쓸 때가 아니었다.

"그렇군요. 일단 전하께서 궁금하신 것을 먼저 알려 드리자면—."

생긋 웃는데, 왜인지 탄시즈가 움찔했다.

"전하, 참 잘생기셨네요. 성질은 좀 더러워 보이지만."

"예?"

그 틈을 타 나는 막 몰려오는 인파 속에 몸을 끼겨 넣었다. 뒤로 살짝 돌아본 순간 길게 뻗은 그의 손이 보였다.

간발의 차로 그의 손을 피한 나는 인파 속으로 더욱 끼어들었다. 대로로 가는 인파는 숨 쉴 틈 없이 꽉꽉 끼어 이동했고 나는 한참을 그 사이에서 헤매다가 겨우 빠져나왔다.

……죽는 줄 알았네.

어느 골목에서 얼굴을 마구 쓸어내린 나는 벌떡 일어났다.

와아아아. 커다란 함성이 바로 옆에서 들렸다. 인파 속에서 이동하다 보니 대로가 가까워진 모양이었다. 얼른 모자를 뒤집어쓴 나는 돌아서서 환한 골목길을 찾아 그 안으로 들어가 그대로 등을 기댔다.

"하아. 죽겠네, 정말……."

그렇게 길게 숨을 내쉬고 이 인파 속에서도 용케 챙긴 가방을 확인하던 때였다. 눈앞으로 검은 구두가 멈춰 섰다.

"저, 레이디, 몸이 좋지 않아 보이시는데 괜찮으십니까? 도와드릴까요?"

……어째서 지금 낯익은 목소리가 들리는 걸까?

정확하게 누군지 바로 떠올리지 못했지만 평생 숨어 산 내게 낯익은 목소리가 많아 봐야 누가 있겠어. 마을 사람은 아니었다.

고개를 든 나는 그대로 멈칫했다.

"……에이미 씨?"

나를 응시한 사내의 눈이 동그랗게 뜨였다.

"……그레이 씨."

……아니, 너는 왜 또 여기 계세요?

3년 만에 마주한 얼굴이었지만 한눈에 알아봤다. 그건 그도 마찬가지였다. 황급히 자리를 뜨려는 내 앞을 막아선 그레이가 당황한 얼굴로 손을 휘저었다.

"반가워요. 그레이 씨, 그런데 제가 지금 많이 급하거든요."

"그, 그렇습니까? 잠시만, 잠시만요!"

"비켜 주실래요?"

리녹이 이 도시 어딘가에 있으니 대공 기사단인 그레이가 있는 것도 이상하지 않았다. 다만 왜 이런 한적한 골목에서 마주쳤냐는 말이지. 그는 곤란한 얼굴을 하고서도 나를 막아섰다.

"에이미 씨 할 말이 있습니다, 잠시만 저와 같이 가주세요."

"와, 정말 궁금한데, 어떡하죠? 지금 만날 사람이 있어서."

"죄송하지만……. 그건 안 되겠습니다."

그가 울먹이는 얼굴로 고개를 저었다. 휘젓는 손이 애처로울 지경이었다. 차마 붙잡지는 못했지만 단호하게 내 앞을 막아섰는데, 그의 뒤로 충성스러운 멍멍이가 보이는 듯한 착각이 들었다.

"저도 급한 일입니다. 같이 가주시면…… 같이 가주십시오. 저희 단장이—"

"미리 사과할게요."

그의 옷자락을 붙잡은 나는 방싯 웃었다. 그가 잠시 움찔한 틈을 타 주머니에 넣었던 손을 꺼내 그에게로 뿌렸다.

펑. 평소 호신 겸 들고 다니던 가루 주머니가 터지며 눈을 멀게 하는 약초 가루가 흩날렸다. 미리 눈을 감고 숨을 참아 뒤로 물러난 나는 그대로 돌아섰다.

"콜록! 콜록콜록! 에이미 씨, 제 말을, 잠시, 제발!"

"진짜, 진짜 죄송해요!"

저 약초는 임시지만 눈을 멀게 할 뿐 아니라 코도 맵게 하는지라 떨쳐 내려면 숙련된 검사인 그레이라도 시간이 걸릴 것이다.

그 틈에 얼른 발을 놀렸는데, 이제는 대로 대신 골목길만 골라 달리고 또 달렸다. 머리로 옆집에 살던 퇴역 기사 아저씨의 조언이 스쳐 지나갔다.

"응? 뛰어난 기사에게서 도망가는 방법 말이냐? 흐음. 에이미, 그런 놈들은 '기감'이라는 게 발달하는데 이는 익숙한 기척을 잡아내거든. 이걸 피하려면 무조건! 멀어지는 거야. 기감이 잡히지 않을 정도로."

언젠가 살다 보면 우연찮게라도 리녹이든 세레나든 한번은 스쳐 지나가지 않을까 생각했지만 이건 너무 빠르다.

솔직히 말해서 자신감 과잉이 아닌가 싶지만, 그래도 한번은 리녹이 나를 잊지 못한 거면 어떡하나 생각은 해봤다. 그가 이제 나를 쫓지 않아도, 원작대로 세레나와 함께 마수를 무찌르고 사랑에 빠졌어도. 한 톨의 미련이라도 남으면 어떡하나 생각해 봤다.

추억이란 미화되는 법이니까. 그를 떠난 나조차 가끔은 어린 그도 성인이 된 그도 그랬으니까. 그래서 그를 피해 뛰는 거다.

'……세레나가 괘씸하다고 마법 안 풀어주면 어떡해.'

나는 리녹이 얼른 마법을 벗어나 행복했으면 하니까. 적어도 리녹이 혼인해서 주문을 벗어나는 정도가 아니면 안심하지 못하겠다.

헉헉, 숨을 몰아쉰 나는 한 골목에서 멈춰 섰다. 거리를 정확히 잴

순 없지만 적어도 옆집 아저씨가 말해 준 거리 정도는 벗어난 것 같았다.

……오늘 죽겠단 말을 몇 번이나 하는 거야. 거친 숨을 토한 나는 딱딱한 벽에 탈력한 몸을 기대며 고개를 숙였다. 머릿속이 새하얘졌고 얼굴은 더욱 하얗게 질렸을 것 같았다.

어쨌거나 벗어난 것 같았다. 멀리서 희미하게 함성이 들렸다. 퍼레이드가 한창인 듯했다. 다행이다. 이리 멀리 떨어져 있어서. 그렇게 눈을 감을 때였다.

뚜벅뚜벅ㅡ. 또다시 들려오는 단정한 구두 소리에 침음을 삼켰다.

'이번엔 누구냐.'

주머니에 손을 집어넣으며 탄시즈일지 그레이일지 모를 이를 피해 포도주 통 사이로 몸을 숨긴 나는 침을 꿀꺽 삼켰다.

마침내 걸음 소리가 코앞까지 가까워졌다.

꿀꺽. 묵직한 발소리는 덩치가 있는 사람의 소리다. 숨을 삼키는 소리마저 크게 들렸다.

탄시즈나 그레이 전부 덩치가 큰 이들이라 구분할 수 없다. 통 사이에 가만히 앉아 입을 꾹 가로막았다. 급하게 숨은 곳이지만 적절한 사각지대였다. 골목 끄트머리에서는 아마 보이지 않을 것이다.

예상대로 발소리가 나를 지나쳤다. 발소리가 점차 멀어지는 것을 듣고 나는 손에 살짝 힘을 풀었다.

'……갔나?'

천천히 손을 떼어 냈다. 그러고는 작게 숨을 내쉴 때였다.

"아가씨!"

화들짝 놀라 다시 입을 가로막았다. 그러나 이미 소리가 새어 나가 소용없음을 알았다. 이내 길게 드리워진 그림자가 나를 덮었다. 손을 더듬어 잡히는 대로 마구 던졌다.

"꺄아악!!"

"악, 악! 저예요. 접니다!"

"……그레이 씨?"

나는 병을 집어 든 그대로 멈춰 섰다. 과연 울상이 되어 눈물이 그렁그렁 맺힌 덩치 큰 남자가 나를 응시했다.

"미안해요. 그레이 씨. 너무 놀라서. 괜찮아요?"

천천히 고개를 들어 올린 나는 입꼬리를 억지로 끌어올렸다. 잔뜩 빨개진 얼굴을 바라보며, 손에서 슬그머니 병을 놓았다.

……아니, 이걸 맞고도 멀쩡하다니 사람이야?

"우리 간만이죠?"

"그런 인사를 하기는 지난 것 같은데요, 에이미 씨."

나도 알지만 이렇게라도 이야기하지 않으면 어색해질 상황인걸. 나를 쫓아온 발소리의 주인공이 그레이란다. 도대체 어떻게 그 가루를 뚫고 나를 찾아온 것인지, 당황한 마음을 누르고 태연하려 애썼다. 이럴수록 침착 또 침착해야 한다.

나를 바라보며 울상을 짓는 그레이의 눈 밑이 새빨갰다. 허겁지겁 쫓아왔는지 흐트러진 옷매무새가 뼈다귀를 빼앗기고 눈물을 글썽이는 멍멍이같이 처연했다. 나는 아무렇지 않게 웃으며 눈을 살짝 굴렸다.

"일단 일어나세요, 에이미 씨."

그레이는 매너 좋게도 내게 손을 내밀었다. 함부로 먼저 잡지 않는 건 기사도인 듯했다.

그의 손을 잡는 순간이었다.

"저는, 아니, 저희는 당신을 정말로 찾아 헤맸습니다."

……네?

커다란 대형견 같던 그의 눈이 시무룩하게 처졌다. 순간 그런 그의 눈동자로 묘한 빛이 스쳤다. 마치 무언가 결심이라도 한 듯이. 맞잡은 그의 손에 힘이 들어갔다.

"정말 실례하겠습니다. 벌은 나중에 달게 받을게요."

시야가 휙 뒤집히나 싶더니 나는 허공에 뜬 몸을 느끼며 눈을 깜빡였다. 눈 깜짝할 사이에 그레이의 어깨 위에 있었다.

사람이 쌀 포대도 아니고 이게 뭐야?

"이게 무슨 짓이에요! 이거 납치예요. 납치라구요!"

"아, 압니다. 하지만…… 이렇게라도 하지 않으면 가, 같이 가주시지 않을 거니까요."

"그건 그렇지만."

……사람 이렇게 안 봤는데. 당신 선량한 책 속 조연이라며! 나는 아득히 황당한 눈으로 그를 응시했다.

"그렇다고 사람을 짐짝 들듯 드는 건 어느 나라 상식인가요? 하다 못해 제대로 들어요."

"고, 공주님 안기는 혼납니다……."

"누구한테요? 아니, 잠깐, 지금 나한테 대꾸할 처지예요?"

"……."

손을 움직이려 했지만, 어떻게 묶은 건지 몸이 움직이질 않았다. 그가 솜씨 좋게 옷으로 나를 꽁꽁 맨 터라 꼼짝도 할 수 없었다.

'아니, 손이 뭐 이렇게 빨라?'

"일단 놔주세요. 얼른."

"죄송합니다."

그는 앵무새처럼 죄송합니다, 하는 말만 반복했다. 몇 번이고 항의하다 지쳐 말을 멈춘 쪽은 나였다.

……살다 살다 납치를 다 겪어보네. 그것도 훤한 대낮에 책 속의 조연에게라니.

그레이는 나를 안아 옮기며 지금 묶은 것은 주로 줄이 없을 때 죄수를 안전하게 운송하기 위해 쓰이는 임시 수단이라고 설명했다. 안심시키려 하는 것 같은데 씨알도 먹히지 않는 소리지. 이 상태에서 안심하라니 말도 안 되는 소리였다.

결국 난 한숨을 쉬며 힘을 뺐다. 축 늘어지는 몸을 느꼈는지 에이미 씨, 하고 나를 부르는 목소리가 안절부절못하는 것 같았다.

어떻게 해도 풀어주지 않을 것 같아 일단 몸의 긴장을 풀었다. 힘만 써서는 금방 지칠 것 같았다. 하지만 불만이 터져 나오는 것은 어쩔 수 없었다.

"불편해요."

"죄, 죄송합니다."

"피도 쏠려요."

"죄, 죄송…… 죄송해요."

……아니, 죄송하면 죄송할 짓을 하지 말던가. 옆에서 낑낑대는 소리에 어처구니가 없었다. 대공 기사단은 다 이런 식인가. 아니, 설마. 거기도 정상인은 있을 텐데 그레이는 아닐 것 같았다. 멀쩡한 사람이라면 백주 대낮에 사람을 쌀 포대 메듯 메고 가지는 않을 테니까.

천천히 심호흡하고는 크게 한숨을 푹 내쉬었다. 일단은 생각을 해

보더라도 이 상황에 대해 알고 가는 게 좋을 것 같다.

"왜 이러는 거예요?"

그레이가 멈칫했다. 옆으로 살짝 보인 그의 눈꺼풀이 떨린 것도 같았다.

"그레이 씨와 저는 3년 전에 만났을 뿐이잖아요. 왜 이렇게까지 하시는지 모르겠어요."

솔직하게 말해서 짐작 가는 것이 없는 것은 아니지만 나는 아무것도 모르는 사람처럼 물었다. 그레이는 답변을 망설이는 얼굴로 한참을 말을 하지 않았다.

"정말 모르시는 겁니까?"

분명 3년 전 나는 리녹에게 말도 없이 그대로 떠나왔지만, 이미 시간이 흘러버렸다. 저 밖에서 퍼레이드를 겪고 있을 그는 이미 여주인공을 만나 사랑에 빠진 상태가 아닌가? 원작이 흘러버린 지금에서 그가 이렇게 하는 것이 이상했다.

뭐. 나도 도망가려 했지만.

힘없이 고개를 내린 나는 그대로 숨을 크게 내쉬었다.

"모르니까 물어본걸요. 그래서 어디로 가는 건가요?"

"……."

이것도 알려 주지 않을 거라 이거지. 그레이는 이대로 도착한다면 안다고 말했지만 그대로 도착할 생각이 없다.

나는 한창 거꾸로 매달린 채 고개를 숙인 탓에 빨개진 얼굴을 들어 올리는 대신 곰곰이 생각에 잠겼다.

"뭐 좋아요. 같이 가봐요."

일단 그레이를 안심시키는 것이 먼저였다.

△

"골목길이네요. 골목길로 갈 장소인가."

"끙. 아주 틀린 말은 아닙니다. 하지만 수상한 곳은 아니에요."

나는 눈을 가늘게 좁혔다. 떳떳하지 못할 장소란 말이지.

그나 그가 데려가서 만날 사람이 해를 끼치지 않을 거라고 생각하지만 그걸 어떻게 장담하나. 나는 그레이가 보지 않는 사이 미간을 찌푸렸다.

"근데 대체 그 가루에서 어떻게 빠져나온 거예요? 마물용인데……."

"어쩐지. 눈이 지나치게 맵더군요."

"당연하죠. 대★마물용인걸."

"……그걸 제게 쓰셨다고요?"

울상을 짓는 얼굴이 보였다. 급한 순간에 거기까지 생각할 겨를이 있었겠어. 그러게 사람을 대뜸 데려가려 하면 안 되지. 뚱한 표정으로 옆을 보는데, 그레이가 자세를 고쳐 들었다. 빨개진 얼굴을 보며 아차 싶었나 보다. 아. 숨쉬기 편해졌다.

"일단 이렇게 데려가니 그대로 있긴 하는데, 제가 그레이 씨의 말을 전부 믿을 거라는 생각은 하지 마세요. 저희 사이는 제가 그레이 씨에게 놀라 마물용 가루를 쓰는 사이예요. 오랜만에 만난, 타인보다는 살짝 가까운 지인 관계요."

"……에이미 씨."

그렇게 날 바라보며 눈을 글썽글썽해도 말이야. 보쌈해가는 사람한테 친절할 이유가 없는데 말이지.

나는 뚱하게 혀를 찼다. 그가 시무룩하게 중얼거렸다.

"3년 전과는 조금 다른 느낌이시네요."

"그런가요?"

고개를 들고서야 앞을 볼 여유가 생겼는데, 그는 한적한 골목길을 걷고 있었다. 대로로는 가지 않는 건가? 이런 식이면 곤란한데. 지나가는 사람들에게 도움을 청할 수 없을 테니 말이다.

흘끔 그의 얼굴을 보다가 심드렁한 표정으로 입을 열었다.

"3년 전의 그레이 씨는 조금 더 친절한 기사님이었던 것 같은데."

그가 움찔했다.

"기억나지 않으세요? 저는 아직도 그레이 씨가 우리 집에 처음 오시던 날을 기억하는데."

태연하게 말하는 내게 그레이는 아무런 답변도 하지 않았다. 아니, 못하는 것 같았다.

나는 대롱대롱 매달린 상태로 숲속 집에서 지내던 날을 떠올렸다. 리녹과 생활한 지 몇 달쯤 되었을 때였나, 낮의 아이가 언니에게도 경계를 풀고 언니가 밤의 리녹에게 익숙해진 시간쯤이었지.

지금도 눈 감으면 그날이 선연했다. 적어도 그레이가 나타나기 전까지는 조금 평화에 물들었던 것 같다. 솔직히 말하자면 책 내용도 살짝 잊을 만큼?

나는 사실 그때의 일상이 좀 더 오래가리라 생각했다. 그만큼 나와 언니와 그리고 리녹 세 사람이 함께 지내는 것에 익숙해졌다. 가끔은 이렇게 계속 살아도…… 괜찮지 않을까 생각했을 만큼.

그러나 나는 현실을 잘 알았다. 그리고 언젠가는 황태자의 세력이 밤의 숲을, 우리 집을 덮칠 것도 알았고. 그때 나타난 그레이는 신호

탄이었다. 아, 이제 슬슬 원작대로 진행되겠구나 하는. 그때 나는 어떤 생각을 했더라? 그래. 조금. 아주 조금은 아쉽다는 생각도 했던 것 같다.

사람이라면 누구든 자신이 가진 안정적인 것이 깨지는 데 두려움을 가진다. 내게는 그때 숲속 집이 그러했고 언니와 리녹 셋이서 보냈던 평화로운 일상이 그러했다. 물론 그와 보내는 밤이 늘 평화로웠던 것만은 아니었지만……

그건 다 정말 치명적이게 아름다웠던 남자 주인공 얼굴 때문이다. 아, 몸도. 몸이 정말 좋기는 했지.

3년 전 잠 못 이루던 밤을 떠올린 나는 퉁명스러운 표정을 지었다.

"대답이 없으시네요, 저는 그 외에도 많은 걸 기억하는데."

그레이의 걸음이 살짝 느려졌다. 내 말을 듣고 있긴 하나 보네.

"……이렇게 계속 대답 안 하실 거예요? 납치에 이제는 무시까지."

흘끗 그의 얼굴을 보려 애를 쓰니 그레이는 아랫입술을 꾹 깨물고 있었다. 동요한 것 같았다.

하긴 그는 삼 년 전에도 순진하고 선량한 성격이었다.

"이렇게 된 이상 제가 기억하는 걸 모조리 말해야겠네요. 그레이 씨가 저희 집에 잠시 머무르셨을 적에……."

"……네? 머무를 적에라뇨?"

"밥도 많이 드시고 고기도 많이 드시고. 5일 치 식량이 한번에 훅 줄었죠."

"……그건."

"아, 그러고 보니 저 이것도 기억나요."

나는 그레이의 어깨를 톡톡 두드렸다.

"밤의 숲이 무섭다고 우리 집 이불에 오줌도 싸셨죠?"

"……예? 제, 제가 언제 그랬습니까!"

"지도 모양이었나……."

"아니에요!"

"흐응, 맞는데."

"물을 흘린 것이지 않습니까!"

그레이가 걸음을 멈췄다. 나는 그런 그레이를 보며 방싯 웃었다.

"제대로 기억하시네요?"

그레이가 입을 다물었다. 당황한 표정이다. 휘말릴 생각이 없던 거겠지.

"기억력 좋으시네요, 그레이 씨."

그러나 나는 이대로 멈출 생각이 없었다.

"그럼 제가 그레이 씨가 그토록 아끼는 녹스를 구했던 것도, 기억하시겠네요?"

그를 보며 웃었다.

"그런데 어찌 제게 이러세요."

나는 입모양으로 말했다. 납치는 범죄야, 이 양반아.

"저는 그런 그레이 씨를 믿고 목숨을 걸고 녹스를 구했어요. 아, 더는 녹스가 아닌가. 아무튼 대공님을요."

"……."

사실 목숨을 건 건 아니지만 뭐 어때. 리녹을 데려온 것부터 언니와 나의 사활이 걸려 있던 일이었는걸.

잠시 멈춰선 그레이가 "에이미 씨." 하고 나를 불렀다. 고개를 들자 그의 푸른 눈이 따라 움직였다.

"조금만…… 저를 믿어주실 수 없을까요?"

그가 머뭇거리며 말했다.

"기사의 명예를 걸고 에이미 씨에게 해될 행동은 하지 않을게요. 맹세합니다."

나는 끄덕였지만 납득해서는 아니었다. 어차피 이 대쪽 같은 기사님은 어디로 가는지 말해주지 않을 테니 입 꾹 다무는 쪽이 낫다 생각한 거지.

"그래요."

그의 얼굴이 활짝 폈다. 눈에 띄게 밝아진 얼굴을 바라보며 나는 방싯 웃었다. 그러고는 고개를 기울여 입술을 떼어냈다.

"그런데, 드릴 말씀이 있는데요."

"네, 네! 말씀만 하세요!"

"화장실 가고 싶어요."

"……예?"

"화장실요."

당황하는 그를 즐겁게 바라보며 나는 씩 웃었다.

"……죄송하지만 안 됩니다."

그레이가 그답지 않은 단호한 목소리로 고개를 돌렸다. 민망함에 얼굴을 붉힌 것도 같았다. 그러나 시골에서 쭉 살아온 내게 이런 부끄럼이 있을 리 없다. 나는 그의 어깨를 툭 두드렸다.

"그럼 싸요?"

"무, 무, 무슨 숙녀께서 그, 그런 말씀을 제, 제게!"

"그럼 뭐라고 해요?"

"……방뇨한다?"

……바본가.

화들짝 놀라 눈이 커진 그를 바라보며 소리 내어 웃었다.

그는 곧 울상을 지으며 "놀리지 마십시오." 하고 중얼거렸지만.

그러나 그런 그레이에게 진짜라는 듯 그의 어깨를 툭툭 두드렸다.

"진짠데요."

"어, 얼마 안 남았습니다! 조금만 참으세요."

나는 시무룩하게 끄덕이면서도 눈을 깔았다. 그와 동시에 눈을 빛냈다. 얼마 안 남았다는 말이지.

눈을 반쯤 뜨며 앞을 응시한 나는 손을 꼼지락거렸다. 그냥 있을 때가 아니었다. 손을 열심히 움직인 탓인지 꽉 조여 맸던 그의 옷은 어느새 헐렁해져 있었는데, 몰래 손목을 흔들어보고는 고개를 들어 올렸다.

"미리 말씀드리지만 여기까지 와서 피하시는 것은 어려울 겁니다."

"그래요. 여기까지 왔으니 더는 도망이 어렵겠네요. 포기할게요."

나는 체념한 듯 그레이의 어깨에 뺨을 기댔다. 그에게서 낮은 한숨이 튀어나왔다. 대체 어떤 일이기에 내게 말도 안 하고 한숨만 푹푹 쉬는 걸까. 그들의 주인인 리녹은 대로에서 한창 퍼레이드에 열심일 텐데 말이다.

"그레이 씨, 지루하니 그냥 한마디만 할게요."

"네. 듣고 있어요."

온순한 그의 음성이 대꾸했다. 태연한 척하려 하지만 어렵지 않게 미안한 기색을 느낄 수 있었다.

'미안한 일을 하지 않으면 될 텐데.'

이제 와서 도망가지 못할 거라는 생각 때문인지, 아니면 도망가려라도 금세 쫓을 수 있는 것 때문인지 몰라도, 그의 몸이 조금 전보다 이완된 것이 느껴졌다.

"한약이라고 아세요?"

"네?"

일부러 그의 정신을 빼놓기 위해서 엉뚱한 말을 시작했다. 그가 전혀 듣지 못한 말로만 골라다가. 사람이 한곳에 집중하는 동안에 다른 신체 부위는 긴장을 풀게 마련이다.

"제가 살던 곳에 있던 약초를 짓이겨 만든 약이에요. 이거 말고도 침으로 몸 이곳저곳을 찌르는 걸 의술이라 여겼거든요. 이를테면…… 이렇게요."

나는 슬쩍 손을 떼어냈다. 그레이가 잽싸게 내게서 침을 빼앗았지만 이미 주사기 속의 액체가 그에게 들어간 지 오래였다.

"에이미 씨? 윽. 이게 무슨……."

그가 황급히 한쪽 무릎을 꿇었다. 여독 따위를 쓴 건 아니다. 그런 비열한 짓은 나도 싫으니까.

"무리해서 움직이지 말아요."

이 침은 경계의 숲에서만 사는 약초로 독은 아니고 기감이 발달한 사람의 맥(마나길)을 트게 해준다고 한다. 다만 그 과정에서 잠시 마비되는데, 이걸 듣고 나서 바로 준비했다. 언젠가 기사단을 맞닥뜨릴지도 모른다고 생각해서.

그의 옷을 벗어 가지런히 놓아둔 나는 가방을 고쳐 매고는 상체를 세웠다.

"곧 풀릴 거예요. 오래가지는 않으니까."

버려진 강아지처럼 떨리는 그레이의 눈과 마주했다.

"미안해요. 나는 그레이 씨가 날 대공님에게 데려가서 어쩌려는지 모르겠어요."

"잠시만, 잠시만요, 에…… 이미씨, 제, 말을!"

"제게는 대공님을 만나지 못할 이유가 있어요."

가끔은 생각이 나더라도.

"사람에게는 각자의 이유가 있는 법이잖아요. 대공님께 전해줄래요?"

"……."

"3년이나 지났으니, 우리가 함께한 시간보다 더 지나 버렸다고."

납치는 괘씸하긴 하지만 그레이도 뭐 명이 있었으니 이러지 않았을까 싶기도 하고.

쓰러져서도 나를 간절하게 응시하는 눈동자 속에서 부러지지 않을 것 같은 나무를 본 것 같았다. 아주 단단하고 곧은 나무.

책 속 조연에게 미안할 일을 몇 번이나 하는지 모르겠다. 나는 그의 간절한 시선을 바라보다가 쓰게 웃어버렸다. 이 순간에도 그는 무슨 말을 하고 싶은 것인지 고개를 거세게 저었다.

참 이상하지. ……올곧은 시선에서 3년도 더 지난 누군가의 집요한 시선을 떠올리다니.

나를 부르는 소리에서 등을 돌렸다. 외치는 소리를 뒤로한 채 다급하게 뛰었다. 잠시 다리에 피가 돌지 않아서 비틀거렸지만 금방 발을 재게 놀렸다.

어디로 가야 하지? 머리는 이미 뒤죽박죽이었다. 린네에게는 말도 못하고 가는 걸까. 그렇게 생각한 순간 익숙한 길을 발견했다.

저건 숙소잖아? 아마도 거꾸로 뛰며 내가 떠났던 길로 온 것인지 익숙한 숙소의 건물이 보였다.

'일단 여기서 빠져나갈까.'

낡은 외벽을 빙 돌아 대로로 살짝 고개를 내밀었을 때였다.

"에이미?"

놀란 린네의 얼굴이 보인 순간 나는 잠시 멈췄다.

"에이미! 이게 어떻게 된 거야? 난 네가 안 와서…… 찾으러 가려고."

"언니, 대공과 세레나를 봤어요? 아니, 아니지. 언니, 저 지금 떠나요."

리녹은 지금 뭐하고 있냐고 물으려던 나는 세차게 고개를 젓고 미구 말을 꺼냈다.

"떠…… 난다고? 마을로는 아니란 말이니?"

획획 정신없이 쏟아지던 말을 듣던 린네가 얼떨떨하게 고개를 끄덕였다. 나와 비슷한 처지인 사람답게 린네는 곧 차분한 얼굴로 나를 응시했다.

"다신 돌아오지 않는 거니?"

아마도 하고 중얼거리는 목소리에서 그녀도 마지막을 짐작할 것 같았다. 나와 그녀가 살던 마을은 그런 곳이었으니까.

"다들 이렇게 떠나가니까."

웃을 듯 말 듯 끄덕이는 얼굴에서 언니의 얼굴이 겹쳐 보였다. 친구라서 그런지 린네는 언니와 비슷했다. 그래서 더 좋아했지만.

"급한 사정이 있는 거지? 아. 말은 안 해도 괜찮아."

땀으로 젖은 이마를 손수건으로 닦아준 린네가 머리를 귀 뒤로 넘겨주었다.

"린네."

"우리 서로 처지 알잖아. 말 안 해도 알아. 조심해서 가."

그녀는 제 망토를 벗어 리본을 묶어준 뒤에 내게 손을 내밀었다.

'이건 돈주머니잖아?'

린네는 약초를 판 돈이라며 내 가방으로 얼른 집어넣었다. 물론 약초를 판 돈이라기에 지나치게 많았지만 뿌리칠 수는 없었다. 그녀의 말처럼 빈 몸으로 나온 것이나 마찬가지였기에 꼭 필요한 것이긴 했다.

"출발해."

동그래서 앳되어 보이던 그녀의 얼굴이 어른처럼 보였다.

"이 돈 갚을게요."

"됐어."

피식 웃는 린네가 손가락을 들어 올렸다. 상황을 이해한 그녀도 다급한 손짓이었다.

"도시를 빠져나갈 거라면 서쪽 성문 마차를 타고 가. 우리가 내렸던 곳 기억하지?"

"린네."

난 입술을 깨물었다.

"제가 갈 곳은."

"에이미, 그런 건 함부로 밝히는 게 아니야. 내가 나쁜 사람한테 밝히면 어쩌려고 그래. 우리 다 알잖아? 피치 못할 추적을 피해서 숨어 산다는 것쯤은."

린네가 입술을 꾹 누르는 바람에 언니에게 가겠다고 하려던 말은 입안으로 삼켜졌다. 나는 천천히 끄덕였다.

"그럼 어서 가."

언제 다시 누가 쫓아올지 몰라 작별인사도 길지 않았다.

하기야 마을에서 갑자기 사라지는 이가 하나둘이 아니었기에 우린 이런 이별에 익숙했지만. 익숙하다고 슬프지 않은 건 아니니까.

나는 나도 모르게 리녹과 세레나에 관해 물으려 했다가 고개를 저었다. 린네로부터 등을 돌린 나는 다시 뛰기 시작했다. 대로로 가면 사람들로 꽉 막힌다는 린네의 조언에 일단 골목길로 들어와서 뛰었다.

"영웅 만세!"

"만세!"

커다란 함성 소리. 멀지 않은 곳에 모여 있는 사람들을 발견했다. 골목길과 멀지 않은 곳이었다. 리녹과 세레나가 저기를 지나간 것인지 아니면 그저 영웅의 이름을 찬탄하는 것인지 몰라도 나는 얼른 박차고 나갔다.

휙휙 지나가는 풍경을 지나쳐 성문 쪽 방향의 커다란 대로로 가는 길을 발견했다. 벌써 몇 번째로 비슷한 골목을 지나가는 것인지 모르겠지만 이번만은 마지막이란 걸 확신했다. ⋯⋯이런 감은 잘 맞는 법이지. 그럴 거야.

문득 탄시즈는 오지 않는 걸까, 고민했다.

황태자니까 홀로 움직이는데 시간제한이 있는 건가? 아니면 그레이랑 있는 걸 보고 돌아갔나. 어느 쪽이든 나로선 다행이지만.

그가 추적할 수 있는 시간은 하루라고 했으니 오지 못하는 걸지도 모른다. 마법에도 한계는 있을 거고. 오늘만 버텨내면 자유로워지지 않을까.

마침내 나는 광장에 들어섰다.

"여긴⋯⋯."

린네와 처음 이 도시에 들어섰을 때 보았던 동상이 눈앞에 있다. 광장이었다. 돌고 돌아 여기인 걸까.

고개를 절레절레 젓던 나는 입술을 꾹 깨물었다. 차라리 잘됐다. 입구와 멀지 않으니 마차를 잡을 수 있겠지.

돌아보자 과연, 성문이 멀지 않은 곳에 있었다.

"차고, 차고가 어느 쪽이었지……."

나는 손등으로 턱밑을 닦아내고는 고개를 들었다. 성문으로 들어올 때 멀미로 제정신이 아니었던지라 기억이 가물가물했다. 저쪽인가? 방향을 가늠해 보며 눈을 가늘게 좁혔다. 광장은 텅 비어 있었다. 도시의 모든 사람이 퍼레이드로 몰려갔기 때문이었다. 퍼레이드는 영주의 성 앞에서 마무리된다고 들었다.

'지금쯤이면 어디까지 갔을까?'

펑. 그 순간 커다란 소리가 들렸다. 하늘을 수놓는 거대한 불꽃이 보였다. 펑. 퍼펑! 낮의 하늘을 수놓는 고결한 꽃은 이것이야말로 마법이라고 확신하게 했다. 대낮에 선명하고 아름다운 불꽃이라니, 저걸 할 수 있는 사람은……. 세레나뿐이다.

영웅 만세, 찬탄의 환호성은 메아리처럼 이곳 외곽까지 들려왔다. 리녹은 저기에 있구나. 머리를 들어 올려 거대한 동상을 바라봤다. 여전히 빛에 반사되어 얼굴을 보이지 않는 동상이었지만 늠름하고 멋지게 보였다.

당신은 무사히 자라서 마수의 왕을 베고 영웅이 되었구나. 원작처럼 말이야. 이제 그만 거기서 마법만 벗어나 당신이 바라던 행복을 찾으면 좋겠다.

오늘따라 빛이 너무 부셨다. 심장 한쪽이 쿵쾅쿵쾅 뛰었다. 온종일 뛰어다닌 몸은 으슬으슬하고 다리는 떨렸다. 그저 얼른 몸을 뉘고 싶었다. 당장 이 도시를 떠나야지.

감았던 눈을 뜨며 살짝 웃었다.

그래. 언니에게 가는 거야. 언니가 처음 떠나던 시기에는 함께 가지 못했지만. 자리를 잡은 지금이라면 괜찮을 거다. 언니도 슬슬 이사를 권하고 있었고. 이 나라를 떠나는 것만큼은 망설이던 나였지만 어쩐지 이젠 떠날 수 있을 것 같다. 마지막 헤어지던 날이 참 마음에 걸렸다.

나와 헤어지고 당신은 세레나를 만나 행복해질까?

가끔은 못된 마음이 들기도 했다. 금방 지워 버렸지만.

마법에서 풀려나는 것은 보지 못하겠지만 책 속처럼 영웅이 된 당신의 모습에 안심한 걸지도 모른다. 그런데 왜일까. 이유 모를 긴장감이 커졌다. 추격의 여운이 가시지 않은 걸까?

사실 나는 잠깐 리녹의 옷자락 끝이라도 보게 될까 염려했었다. 하지만 우리는 끝내 마주치지 않았고, 마치 이대로 지나갈 인연이라고 책이 알려주는 것 같았다. 당연한 일이었다.

멍하니 동상을 바라보다가 손을 들어 올렸다. 꾹꾹 눈을 누른 나는 그대로 돌아섰는데, 종일 혹사당한 몸이 한순간 비틀거렸다. 그 순간 누군가 내 몸을 붙잡았다. 아니, 넘어진 것을 붙잡아준 것이었다.

"아, 감사합니다."

꾸벅 고개를 숙이고 자연스럽게 허리를 세우는데, 나는 그대로 멈칫했다. 왜 놓지 않지? 아니⋯⋯. 그전에, 언제부터 사람이 있었던 거지?

커다란 품에 갇혀 심장이 쿵쿵 뛰었다. 내가 볼 수 있었던 것은 그저 옷뿐이었지만 그뿐인데도 심장 소리가 귀를 둥둥 울렸다. 아니, 새카만 옷을 바라보며 묘한 기시감이 뒷목을 휘감았다. 벗어나려 했지만 그보다 허리로 파고드는 손이 빨랐다.

"어딜 가려는 거지?"

잊을 수 있을 리가 없었다. 허리를 파고드는 단단한 팔의 감촉은 가끔 꿈속에서 나타나던 그대로였다. 아주 가끔은 몇 년 뒤의 당신을 상상도 해봤던 것 같다.

입술을 깨물고 고개를 억지로 들었다. 기억보다 훨씬 커진 어깨가 있었다. 그가 천천히 상체를 숙였다. 목으로 닿은 숨결에 그대로 모든 동작을 멈춰 버렸다. 역광에 잠긴 얼굴은 표정이 보이지 않았다. 그저 숨만 쎄액 내실 뿐.

"에이미."

얼마나 뛰어온 것인지 숨이 거칠었다. 사납게 단추를 풀어 헤친 그에게서 곧 목 깊은 곳을 긁는 듯 거친 음성이 튀어나왔다.

"넌 나를 버렸지, 냉정하게."

밤을 잘라내 온 것같이 새카만 머리칼이 한들한들 흔들렸다. 그 아래로 수묵화처럼 더욱 진해져 남아 있던 소년스러움이 사라진 눈매가 보였다. 더욱 깊어진 시선과 단단해진 턱선, 숨을 쉴 때마다 떨리는 목울대까지…….

숨이 쉬어지지 않았다.

팔을 잡은 손가락이 부드럽게 내려와 손목에서 멈췄다. 뿌리쳐야겠다는 생각이 들었지만 그보다 나를 잠식한 온기에 옴짝달싹하지 하지 못했다. 고개가 꺾어지고 그가 입술을 손목에 꾹 눌렀다. 이글이글 타오르는 집착 어린 눈으로 나를 바라보면서.

"에이미."

남성미가 더해진 얼굴을 보는 순간 숨을 멈췄다. 매초 심장이 쿵쿵 뛰는 기분이었다. 이대로 주춤 물러나고 싶었으나 그가 빨랐다. 커다랗고 더욱 거칠어진 손이 빠져나가는 손목을 붙잡았다. 거칠어진 숨이 바로 앞에서 느껴졌다.

한참을 숨을 뱉던 그가 천천히 이마를 떼어 냈다. 달빛처럼 요요하다 여겼던 아름다운 자색 눈동자가 차갑게 벼리며 나를 응시했다.

······이럴 수는 없었다. 왜 당신이? 왜 네가? 너는······. 저기 저 불꽃 아래 있어야 힐 사람이 아닌가. 어째서 이곳에 있는 거냐고.

왈칵. 목 끝까지 올라온 것은 아무것도 음성이 되지 못했다. 점차 그의 얼굴이 가까워지며 마치 명장의 그림같이 아름다운 그러나 송곳처럼 싸늘한 미소가 그려졌다.

책 속 페이지로 읽었던 조각 같은 외모가 눈앞에 있음에도 집요한 시선 때문에 아무것도 할 수 없었다. 감탄도 탄성도 놀라움도 그에게 집어 삼켜졌으니까.

거짓말처럼 내게 찾아온 리녹이 입술을 끌어당겼다.

"자유는 즐거웠나?"

나는 그저 그의 얼굴을 멍하니 바라볼 수밖에 없었다. 할 말이 없어서는 아니었다. 수많은 말 중 뭐부터 해야 할지 모르겠어서. 일단 그의 입술부터 떼어놓기 위해 팔을 바르작 움직였으나, 그의 손은 꼼짝도 하지 않았다.

아프게 움켜쥔 것은 아니었는데, 단단한 손은 풀릴 줄은 몰랐다.

"녹스······."

이름을 부른 나는 눈을 동그랗게 떴다. 휘어 올라간 입술이 황홀할 정도로 근사한 미소를 만들어냈다.

"내 이름을 기억하나?"

입술이 다시 한번 손목에 내려앉았다.

"네가 지어준 것이지."

그러고서 뜨여진 눈은 왜 책임을 다하지 않았느냐 묻는 것 같았다. 나는 마주하지 못하고 고개를 돌렸다.

그저 다른 손으로 치맛자락을 꾹 움켜쥐었다.

"대공님."

"……"

얼마 떨어지지 않은 차고를 바라보면서.

△

다각다각.

마차 바퀴가 힘차게 굴러갔다. 마차인가 방인가. 거대한 마차 내부를 바라보고 있노라면, 침이 꿀꺽 넘어갔다. 모르긴 몰라도 아주 고급스러운 마차임은 분명했다.

나는 탈것을 타면 멀미를 심하게 앓았다. 백에 백. 무조건이라 봐도 좋았다. 당연하다. 전생의 탈것에 비하면 아주 형편없었으니까. 그리고 내가 타본 탈것이 좋아 봐야 튼튼한 짐수레에 지나지 않았다는 점도 있지만.

눈이 데구루루 굴러간다. 어떻게 마차인데 거의 소음이 없는 걸까 싶다. 내부는 얼마나 우아한지. 곳곳에 장식된 문양이나 커튼은 은은했지만 결코 커다란 마차 품위에 뒤지지 않았다. 오히려 이런 옷을 입고 타도 되는 건가 싶었으니까.

하아. 나는 참았던 숨을 작게 내뱉었다. 참고 참았던 숨이었다. 그래. 크게 양보해서 이 마차에 올라탄 것까지는 좋다는 거다. 반강제이긴 했지만.

나는 조금 전, 아니 약 세 시간 전의 일을 떠올렸다. 마차가 소리 없이 빠른지라 영지를 벗어난 지 오래였으니. 리녹이 나를 붙잡은 뒤의 일이었다.

"노, 녹스? 녹스. 녹스. 아니, 대공님. 어디 가요? 잠깐 얘기를. 얘기 좀!"

광장에서 그에게 붙잡힌 순간 나는 그와 대화할 여유도 없었다. 그거야 당연했다. 퍼레이드의 특등석에 앉아 있어야 할 사람이 눈앞에 있었으니까. 놀라지 않으면 이상한 거였다. 그래 거기까지는 좋은데. ······왜 안겨서 연행당하는 거지?

나는 내 발로 걷지도 못했다. 그대로 리녹의 품에 안겨서 눈만 깜빡거렸으니까. 그레이에게 안겼던 그때처럼 발버둥 치지 못했다. 숨 막힐 듯 가까운 거리에 있는 몸 때문에 꼼짝도 하지 못했으니까. 그가 안아 올린 자세가 발버둥 치기에 마땅치 않았던 점도 있었다.

그리고 그대로 골목길 끝으로 간 리녹은 한곳에서 멈췄다. 낮인데도 꽤 어둑한 길 끝이었는데, 그곳에는 눈물을 글썽이던 그레이가 있었다.

"대장!"

눈물을 뚝뚝 흘리다 말고 달려온 그레이가 리녹을 쳐다봤다. 그러고는 나를 응시했는데, 그 눈이 꼭 결국······ 사고를 쳤구나, 하고 쳐다보는 것 같았다.

본인도 비슷한 일을 하려 했으면서. 이런 의미를 담아 그레이를 쳐다보자, 표정을 알아챈 건지 그레이가 슬그머니 눈을 돌렸다. 그래, 할 말이 없을 거다.

"돌아간다."

"네? 어, 어디로요? 설마⋯⋯."

"대공저로 간다."

"아니, 잠깐, 녹스, 아니. 대공님 퍼레이드는 어쩌고요!"

황급히 내가 끼어들자, 리녹의 자색 눈이 굴러 나를 향했다. 그대로 움찔했다. 고작 3년이란 시간이 지나 버렸는데 입 밖에 꺼낸 이름이 설익은 과일처럼 느껴지고⋯⋯ 집요하고 냉막한 눈이 낯설었다.

"퍼레이드는 여기가 끝이다. 이미 목적은 달성했어. 그레이, 준비해."

그러나 리녹은 내게 대꾸해 주지 않고 나를 안은 채 마차에 올라탔다. 나는 그제야 새까만 마차를 발견했지만 이미 나를 안은 그가 올라탄 뒤였다.

퍼레이드가 끝이라니, 무슨 소리인 거지? 잠깐 곱씹던 나는 린네의 말을 떠올렸다. 분명 제국 곳곳을 돌고 이곳이 마지막이라고 했지. 이것과 관련 있는 건가? 이 도시가 마지막이라고? ⋯⋯아니, 그렇다고 해도 이대로 멋대로 떠나도 되는 거야?

마차가 그대로 출발했다. 어찌나 소음이 없던지 창밖에 움직이는 풍경이 아니었으면 움직이는 줄도 몰랐을 거다. 그렇게 얼떨떨한 사이 납치 아닌 납치를 당한 나는 그대로 마차에 갇혔다는 사정이다.

그리고 지금이었다. 다각다각. 소음이 거의 없는 마차는 여전히 나를 연행한 채 달린다.

"저, 음⋯⋯."

그를 부르려던 나는 멈칫했다.

어느 쪽으로 불러야 해? 리녹? 녹스? 아니다. 재회한 순간에는 나도 모르게 녹스라 불렀지만. 그래. 그는 이제 리녹이었다. 그에게서 도망치던 날로부터 정한 것이었다. 잠깐 망설이던 나는 천천히 입을 열었다.

"대공님."

그가 움찔하는 것이 느껴졌다. 그러나 나는 아랑곳하지 않고 이어 말했다.

"할 말이 많겠지만. 저……. 꼭 이렇게 있어야 할까요?"

천천히 시선을 내렸다. 그리고 나를 감싸고 있는 그의 손을 바라봤다. 그에게 안긴 그대로 마차에 탄 나는 아직도 그에게 안겨 있었다. 조금 전부터 놓아달라고 했지만, 미동도 안 했지.

계속해서 말했지만 조금씩 변하는 표정에 나도 모르게 입을 다물었다. 이러고 세 시간이나 견딘 나도 대단하지. 작게 한숨을 쉬었다.

"제게 하고 싶은 말이 있으신 건 알겠는데, 이렇게는 좀 아닌 것 같아요."

조금은 무섭지만, 그건 그거고 일단 할 말은 해야겠다. 슬쩍 눈을 올려다보자, 나를 집요하게 응시하는 시선과 마주쳤다.

'……거리가 지나치게 가까운데.'

살짝 버둥거리며 벗어나려 하자 단단한 팔이 나를 품 안에 가뒀다. 나는 미간을 찌푸렸다. 3년 만에 만난 사이가 할 만한 자세는 아니지 않나. 리녹의 팔 밑에서 꺼낸 손가락을 꼼지락 움직여 그를 밀어낼 때였다.

"많이……. 자랐군."

애써 밀어낸 손이 다시 내 손 위로 올라왔다. 슬쩍 밀어보았지만, 꼼짝도 하지 않았다.

"그럼요. 대공님도 많이 변했어요."

잠깐 침묵한 끝에 이어 말했다.

"대공님만 변했겠어요? 저도 변했지."

마음속으로 심호흡을 하며 고개를 들었다. 그의 눈동자를 보려면 살짝 시간이 필요했으니까.

"시간은 공평하게 흐르니까요."

'우리에게는 시간이 흘렀어. 그렇지 않니?'를 돌려서 말했다. 그가 알아서 들어주길 바라면서.

그러나 대꾸하는 대신 내 손을 들어 올린 그는 무례하지 않은 선에서 아프지 않게 거머쥐었다.

"여전히 가녀려."

"……자, 잠깐."

"제대로 먹지 못했나?"

그렇게 쳐다보면 3일 전에 먹었던 것도 체할 것 같은데요.

"자, 잘 먹었는데……. 일단 놓고 얘기하실래요? 이러면 불편해요."

그가 천천히 고개를 숙였다.

"그럼, 허락을 받으면 되나?"

품 안에 갇힌 나와 눈을 지그시 마주친 그의 입술이 느리게 떼어졌다.

"만져도 되겠나."

무거운 듯 깊이 있는 음성이었다.

"그러니까, 그건 이미 만지고 난 뒤에 받는 게 아니라고……. 합."

입을 막았을 땐 이미 늦었다. 고개 숙인 그가 지긋하게 웃었다. 보일 듯 말 듯 나른하게.

"기억하고 있군. 나도 기억하고 있다. 하나도 **빼놓지** 않고."

망했다. 이 마차에 타는 순간부터 그의 분위기에 휩쓸리지 말자고 결심했는데, 그의 눈을 본 순간 이미 늦었음을 알았다. 차라리 모른다고 대꾸해야 했다. 아무것도 기억하지 못한다고. 그냥 스치는 인연이었다고 박박 우기는 건데.

나는 천천히 얼굴을 쓸어내렸다. 그래, 호랑이에게 물려가도 정신만 차리면 산다는데. 이 남자가 설마 나를 잡아먹으려고 잡아 온 것도 아닐 거다. 다부지게 표정을 정돈한 나는 머리를 들어 올렸다. 기억하는 것보다 커진 어깨와 성숙해진 얼굴을 지그시 마주했다.

어차피 피하지도 못할 공간에서 피해 봐야 뭐 하나.

"그래요, 대공님. 절 왜 데려오신 거예요?"

"왜일 것 같나."

3년 전의 나와 지금의 내가 다르다면, 그 또한 3년 전의 그와 지금의 그가 달랐다. 3년 전의 '녹스'였다면 물음에 곧바로 대꾸했을 거다. 무뚝뚝하고 무서울진대 결코 직설적일 정도로 숨김없는 성격이었으니까.

"그럼 달리 물어볼게요. 나를 왜 찾은 거예요? 그레이를 통해서 나를 데려오려고 했던 거죠?"

그가 살짝 웃었다. 부정하지 않는 그를 보면서 역시 그레이를 통해 나를 데려오려 했음을 확신했다.

그의 고개가 기울어지며 스르륵 내려온 새카만 머리칼이 이마를 살짝 덮었다.

"정말 몰라서 묻는 건가?"

아는 걸 굳이 되묻는 취미는 없는데. 차마 말하지 못하고 눈을 내리깔았다.

"나는 네가 왜 모르는지 더 궁금하다."

나는 그제야 깨달았다. 마차에 탄 순간, 아니, 광장에서 만났을 때부터 본능적으로 알았지만 애써 모른 척했던 것. 당신이 정말로 커버려서 책 속 그대로의 모습으로 나타났다는 것을.

묘한 긴장감을 불러일으키는 이 분위기를 피하고 싶었던 걸지도 모른다.

"에이미."

눈을 꼭 감았다. 일단 여기서 작전상 후퇴다. 차라리 마차가 어디에든 멈췄으면 좋겠다고 생각하며, 그가 다시 한번 나를 부를 때였다.

끼익. 작은 진동이었지만 알아차렸다. 마차가 멈췄다. 정지한 풍경을 바라보며 눈을 살짝 크게 떴다.

'정말로 멈췄잖아?'

똑똑.

"대장님!"

노크와 함께 마차의 문이 열리고 처음 보는 얼굴이 쏙 들어왔다.

"이제 저녁 시간이라고 멈췄다 가자는데요!"

진한 금발을 가진 남자는 선량해 보였으나 고동색 눈동자 속에 숨길 수 없는 청량함과 장난기가 가득했다.

"허락 없이 문을 열지 말라고 해뒀을 텐데."

"하지만 대장이 무엇보다 밥을 굶겨서는 안 된다고 강조하셨잖아요. 부대장이 밀고 밀어서 제가 대표로 두드린 건, 아! 부대장 왜 때려요?"

금발 머리의 남자가 투덜거리는 사이, 문이 활짝 열렸다. 그리고 나는 나를 바라보는 수십 쌍의 시선과 마주하곤 그대로 움찔했다.

나를 쳐다보는 사람들은 칼끝에 익숙한 술을 매달고 있었다. 아마도 대공 기사단이겠지. 가슴에 새겨진 금색 늑대만 봐도 알 수 있었다. 직속 기사단이구나.

근데 왜 나만 쳐다보는 거지?

"우와아, 예쁘다."

그때, 또 다른 금발 머리통이 쑥 튀어나왔다.

"엄청, 엄청 예뻐!"

처음에 머리를 들이밀었던 남자와 비슷하게 생겼지만 다른 사람이었다.

"얌마. 예쁘다고 하면 어떡해?"

"그럼 뭐라고 해?"

"아름다우시다!"

"아……!"

나는 잠깐 똑 닮은 두 남자를 번갈아 바라봤다. ……뭐지. 이 익숙한 기분은. 어느새 다른 이들은 각자 자리로 돌아가고 있었다. 같은 사람인가 싶을 정도로 닮은 두 남자만 앞에 있었다.

흘끗, 리녹의 눈치를 봤다. 가만 보니 나머지들은 리녹의 시선에 깨갱 하고 물러난 것 같은데. 얘넨 눈치가 없는 건가.

그러거나 말거나 똑같이 생긴 두 남자는 반갑게 인사했다.

"안녕하세요! 반가워요! 부대장한테 얘기 들었을 때부터 고대했습니다!"

"원래 마차로 모시는 건 저희 역할이었거든요."

당당하게 납치할 예정이었노라고 선언한 두 남자가 이내 자신을 소개했다.

"저는 란트 모시겔입니다!"

"앗! 제가 먼저 소개하려 했는데, 저는 룬타 모시겔, 란트의 형입니다! 저흰 보시다시피 쌍둥이예요."

두 번째로 자기를 소개한 룬타가 해맑게 웃으며 자신을 가리켰다.

"많이 닮았죠? 처음 보는 사람은 이렇게 바뀌면 못 알아보더라구요."

"한번 해 보실래요? 이렇게! 이렇게!"

"야. 한 번 더 바꿔야지!"

아니, 그렇다고 왜 자리를 바꾸고, 가르마를 바꾸는 건데? 나는 잠깐 어처구니없는 눈으로 두 남자를 응시했다.

"맞춰보실래요?"

"모르시겠죠?"

"기권도 있습니다!"

그러나 반짝반짝 빛나는 두 쌍의 눈동자를 외면하지 못하고 입을 열었다.

"아뇨. 알겠어요. 오른쪽이 룬타. 왼쪽이 란트 씨라고 했죠?"

"와! 바로 외우시네요."

……박수는 왜 치시나요, 선생님.

한숨을 꾹 참은 나는 뻑뻑한 두 눈을 비볐다. 지금 잘못 본 게 아니라면, 금발의 두 남자 뒤에서 헥헥거리는 강아지의 형상을 본 것 같은데. 금발이라니. 그럼 이쪽은…… 리트리버인가.

처음 본 두 남자에게서 묘한 기시감을 느낀 채 천천히 고개를 돌렸다. 그리고 눈이 마주치자마자 움찔하는 그레이를 지그시 응시했다. 저 사람이 시베리안 허스키. 저 쌍둥이가 리트리버. ……진짜 이 기사단 갯과만 있는 건가.

"그만해라."

그들은 결국 리녹이 한마디 하고서야 거짓말처럼 멈췄다.

"각자의 자리로 돌아가도록."

"옙!"

리녹이 별말 안 하는 것으로 봐서는 평소에도 이런 사람들인 모양이었다. 덕분에 혼이 쏙 빼긴 나는 리녹의 품 안에 안겨 있다는 사실마저 잊고 말았다.

"추운가?"

"아니. 별로요."

나를 안고 그대로 걸어간 리녹이 나를 모닥불 앞에 내려놓았다. 타닥타닥. 타오르는 불티를 바라보고 나서야 정신을 차렸다.

벌써 저녁인가? 이미 분주하게 움직이는 기사단 사람들이 보였다. 기사단의 수는 열 명 남짓 될까. 사내들의 부산스러운 움직임 속에 끼어들 곳이 없는 것 같다.

어느새 한쪽에서 그레이와 또 다른 남자와 함께 무언가 얘기를 주고받는 리녹을 응시했다. 그러고는 슬쩍 시선을 숲 쪽으로 돌렸다. 막 저녁이 물든 숲은 벌써 어둑했다.

'……도망가긴 힘들겠지?'

고개를 저었다. 장정이 자그마치 열이다. 더구나 리녹의 피지컬은 어떻던가. 기억을 잃었을 때도 나 하나쯤 안고도 너끈히 마물을 해치우던 그다. 마물의 왕을 베고 전성기를 맞은 지금에야 말해 뭐해. 입 아픈 정도겠지.

가장 좋은 방법은 리녹과 차근차근 대화를 나누는 것이겠지만, 조금 전 마차에서 그럴 수 없다는 것을 깨달았다. 그는 나와 대화를 할 생각이 없다. 몇 번이고 말을 걸어도 대꾸하지 않거나 다른 말로 바꿔버렸으니까.

그가 무엇을 원하는지 나는 모른다. 사실 나도 내가 무엇을 원하는지 모르겠다. 하지만 이대로는 곤란했다. 더구나 계속 안겨 가는 것도……. 가슴에 손을 댔던 나는 지그시 입술을 깨물었다.

나는 몰래 입술을 열며 세뇌하듯 되뇌었다. 나는 변태가 아니다. 나는 변태가 아니…… 다…….

……여전히 몸은 좋고 난리야.

얼른 고개를 젓고 머리를 돌릴 때였다. 귀로 부산스러운 대화 소리가 달라붙었다.

"야, 뭔 풀을 이렇게나 뜯어왔어?"

"뭐가 식용인지 몰라서. 넌 잘 알잖아. 식생이 달라서 잘 모르겠어."

"끄응. 나도 모르겠는데……. 남부는 처음이라."

고개를 돌리자 멀지 않은 곳에서 도란도란 얘기를 나누는 이들이 보였다. 그리고 그들 중 하나가 손에 든 풀을 바라본 나는 눈을 가늘게 좁혔다.

저건……. 벌떡 일어난 나는 그들에게 향했다.

"저, 잠깐 도와드려도 될까요?"

"네, 네, 네?! 아, 아. 감사합니다!"

나를 본 기사가 화들짝 놀랐다. 앉아 있던 이들도 벌떡 일어나서 고개를 숙였다.

"영광으로 알겠습니다!"

"……영광으로 아실 필요는 없구요."

눈에 띄게 당황하는 남자들의 반응을 모른 척하며 손가락으로 그들이 들고 있던 풀을 가리켰다.

"지금 야생 허브를 캐오신 거죠? 향신료 대신."

"예! 맞습니다!"

나는 바구니에서 몇 개를 꺼내 그의 손바닥 위에 올려두었다.

"그럼 지금 손에 든 이거랑 그거, 그리고 저걸 사용하세요. 나머지는 가벼운 독이 있으니까 버려요."

"네? 네!"

"그리고 이건 가득 넣어도 돼요. 가장 안전한 허브."

그렇지 않아도 커다란 솥을 본 뒤였다. 스튜라. 야영에 가장 좋은 음식이지. 향신료가 들어가면 더 좋고. 언니와 도피 생활 중에 많이 먹어본 음식이라 잘 알았다.

"저건 버리시고요. 제가 먹어봐서 아는 것이니, 신뢰하셔도 괜찮아요."

내 말에 얼떨떨하게 고개를 끄덕인 이들이 어느새 초롱초롱한 눈으로 나를 응시했다.

"가, 감사합니다!"

살짝 웃으며 그들에게서 등을 돌렸다.

자리로 돌아가서 조금 기다리자 고소한 냄새가 숲 가득 퍼졌다. 보통 이런 냄새는 마물이나 야생동물을 끌어들이기 때문에 지양하지만 이들 정도 되는 이들이 아무 대비를 안 했을 리가 없다. 마물 사냥에는 이골이 났겠지.

"……맛있겠네."

웬일인지 리녹은 내 옆으로 오지 않았다. 조금 전 마차에서까지 딱 붙어 있어 놓고 말이다. 오히려 그는 아직도 다른 기사와 이야기

중이었다. 다행이라 생각하며 불티를 바라보는데 옆으로 조그만 그 릇이 나타났다. 고개를 들자 순한 눈을 휘며 그릇을 내민 금발의 남 자가 보였다.

"드세요. 오늘 당번은 아주 솜씨가 좋아요."

"아, 감사합니다. ……룬타 씨?"

그러자 남자의 눈이 동그랗게 뜨였다.

"어떻게 확신하세요? 제 형제랑 저는 구분이 힘들 건데. 제가 란 트일지도 몰라요?"

"그러고 보니 아까랑 다르게 가르마를 바꾸시긴 했네요."

나를 놀리려고 한 건지도 모르지만.

"그래도 두 분 미묘하게 달라요. 구분하기 어렵지 않아요."

한쪽은 묘하게 눈꼬리가 올라갔고 다른 한쪽은 내려갔다. 미세한 차이이긴 하지만 맨날 약초의 미세한 차이를 들여다보며 살다 보니 관찰력만 좋아졌다.

"우와아!"

그러자 놀란 듯 눈을 말똥말똥하게 뜬 룬타가 눈을 깜빡거렸다. 곧 진지하게 빛나던 고동색 눈동자가 무구하게 휘어졌다. 역시, 하 고 중얼거리는 것도 같았다.

"부단장한테 들었던 말을 알 것 같아요."

"그레이 씨요?"

뭘 들었던 거죠? 묻고 싶지만 듣지 않는 게 나을 것 같다.

"대장님이 할 일이 많은데도 이렇게 하는 이유가 있었네요."

"할 일이 뭔데요?"

"네? 그거야, 결혼이죠?"

나는 멈칫했다. 지금 저 사람이 뭐라고 했지?

그대로 모락모락 김이 올라오는 그릇을 응시했다가 얼떨떨하게 눈을 들어 올렸다. 그러나 제 할 말을 마친 룬타는 그대로 고개를 까딱이고 돌아갔다.

"오래 이야기하면 혼나요."

그러나 그의 말이 귀에 채 들어오지 않았다. 멀어지는 룬타의 등을 바라보다가 고개를 내린 나는 끝내 숟가락을 들지 못한 채 식사를 마쳤다.

식사 시간이 끝나고 나서 그들은 기다렸다는 듯 잠자리를 준비했다. 아무래도 야영을 하는 듯했다. 어째서 대공의 일행씩이나 돼서 도시에 들르지 않는 건가 궁금했지만, 묻지는 않았다. 그리고 리녹이 내준 마차에도 순순히 들어갔다.

"에이미, 아침에 다시 오겠다."

"······."

다행이라 해야 할지 리녹은 유일한 여자인 내게 마차를 내주고, 자신은 기사들 쪽으로 돌아갔다. 왜 아무것도 내게 말을 하려 않는지, 그저 데려가려고만 하는 건지 궁금했지만 그를 다시 붙잡는 대신 작게 숨을 뱉었다.

'마차까지 따라오면 가만두지 않으려 했는데.'

고급스럽게 꾸며진 마차답게 시트는 푹신했다.

"몇 시쯤 됐으려나······."

의자를 펼쳐 침대처럼 꾸며진 마차에 누워 별을 셌다.

아직 자면 안 돼.

밤에 자지 않는 것은 익숙했다. 하기야 낮보다 밤에 이것저것 한 일이 많았으니까.

시간이 얼마나 흘렀을까. 소란스럽던 바깥도 곧 고요해졌다. 다들 잠자리에 든 건가. 그렇게 달이 넘어가고 밤이 아주 깊었을 때 자리에서 일어났다.

무소음이라고 할 정도로 소리 없이 문이 열렸다. 어떤 문이든 간에 소리 없이 여는 일은 익숙했다. 언니 몰래 하는 짓이었지.

고요한 풍경이 나를 반겼다. 타닥타닥. 타는 모닥불 옆에 드러누운 사내가 보였다. 불침번일까? 고맙게도 그는 얼굴에 조끼 같은 것을 푹 뒤집어쓴 채였다. 다른 이들은 작은 야영용 천막 안에 있는지 사방이 쥐죽은 듯 조용했다. 아니, 자세히 들으면 코골이나 숨소리 같은 것이 작게나마 들렸다. 나는 그대로 발걸음을 옮겼다.

언니는 누구보다 기척을 알아차리는데 예민한 사람이었는데, 이는 리녹을 만난 이후로 더욱 발달했다. 그 덕에 몰래몰래 기어나가는 능력만큼는 나였다. 이게 이들에게도 통할지 모르지만. 적어도 내게 하나의 보험은 있었다.

"그리고 이건 가득 넣어도 돼요. 가장 안전한 허브."

가장 안전하다고 추천했던 허브는 사실 강력한 수면제 역할을 하는 약초였다. 그들이 아는 허브와 비슷한 생김새라 깜빡 넘어갔을 거다. 약초를 잘 아는 이들도 혼동하기 쉬운 것이었으니까.

조금 전 식사 시간에 살짝 혀를 찍어 맛보았을 때, 약초의 맛이 고스란히 느껴지더라. 만약 이들이 내 말대로 듬뿍 넣었다면 사자도 기절시킬 양이었을 거다. 물론 이런 자잘한 것을 완전히 믿지는 않지만 어느 정도 운이 함께하길 바랄 뿐이다.

그리고 정말 운이 따른 걸까. 나는 놀랍게도 기사들이 와글와글

한 야영장을 들키지 않고 빠져나왔다. 그렇게 달리고 달려 한참을 뛰었다.

"하아……. 조금만 더."

바로 오늘 한참을 뛰고 나서도 붙잡힌 것을 떠올리니 도무지 발걸음을 멈출 수가 없었다.

사실 리녹을 만나서 반가운 마음도 없지는 않았다. 한 번쯤은 보고 싶다고 생각했으니까. 그렇지만 역시 난 당신이 저주를 벗어나지 못할지도 모를 가능성에 몸을 담고 싶지는 않다. 당신은 반드시 그 마법에서 벗어나야 했다.

그의 염원을 위해서도 훗날 위기에서 벗어나기 위해서도. 무슨 이유에서인지 그에게 내가 필요하다고 해도. 당신의 행복을 뺏어서 무엇하겠어.

달리고 달린 보람이 있었던 걸까. 아니면 처음부터 그리 깊지 않았던 숲이었던 걸까. 마침내 나는 숲의 끝자락에 다다랐다.

그리고 나보다 앞서 와 있던 리녹과 마주했다.

"늦었군."

헉헉, 숨 고를 새도 없이 나는 그대로 멈칫했다. "당신이 왜 이곳에……."라는 말은 나오지 않았다. 나를 보자마자 일어난 그가 크고 단단한 몸을 세울 때까지 그저 멍하니 바라볼 뿐이었다.

다가오는 그림자가 마치 나른한 기지개를 켜고 몸을 일으켜 세우는 커다란 짐승처럼 보였다.

"……기사들이 모를 거라 생각했나."

한걸음 다가올 때마다 한걸음 물렀지만, 거리는 금세 가까워졌다.

"체차리트 약초는 강력한 수면제이지만……. 단련된 기사들은 능히 극복할 수 있지. 특히나 마물의 각종 마취 독에 익숙한 기사라면 더욱."

나는 얼어붙은 채, 붙잡힌 손을 응시했다. 이 순간에도 아프지 않게 잡은 손이었지만 서늘한 손끝이 알려 주는 것 같았다.

이곳에서 오래, 기다렸노라고.

"궁금했다, 에이미. 그저 아무 말도 하지 않고 그대로 기다린다면."

"……."

"너는 또 떠날까."

붙잡은 내 손을 들어 올린 그가 천천히 웃었다.

그 웃음에서 마침내 깨달았다. 그저 3년 전과 조금 달라졌노라고 생각했지만 아니었던 거다. 그는 책 속에서 냉혹하며 정에 흔들리지 않으며 이성적인 대공이었다. 눈앞의 남자는 마수의 왕까지 베어낸 완연한 책 속의 대공이었다.

"초대장이 너무나 초라했던 것 같군. 그렇지 않나."

"노, 녹스, 내 말을 들어줘요. 나는……."

그는 대꾸 대신 붙잡은 내 손을 가져와 손끝에 입을 맞췄다. 그리고는 천천히 올라와 차가운 손과는 다르게 따뜻한 입술을 손바닥에 눌러 붙였다.

"대공가 은인을 위한 초대장을 다시 보내겠습니다."

그 순간 그와 내 발밑으로 기묘한 황금빛이 피워 올랐다.

잠깐. 빛이 떠오르는 방식이 익숙하다고 생각한 나는 금방 이게 무엇인지 알아차리고 경악한 표정을 지었다.

순간이동 구슬!

"녹스! 나는 당신을 따라갈 수 없어요!"

"거절은 나중에 듣지."

순간 그의 얼굴이 점점 가까워졌다.

"대공저에서."

"……."

"은인을 대접한 뒤에."

집요하게 나를 응시하던 눈이 나른하게 휘어졌다. 웃을 듯 말 듯한 얼굴이 어째서 순간이나마 슬퍼 보였을까.

"영원히 듣지 않아도 좋고."

마수의 왕을 베며 성장한 남자가 눈앞에 있다. 나는 침을 꿀꺽 삼켰다. 그가 붙잡은 것을 놓으면 그대로 잡아먹힐 것만 같았다.

이윽고 빛이 우리를 휘감았다.

감았던 눈을 뜨자 거대한 저택이 눈앞에 있었다. 아니, 책 속에서만 읽었던 대공저가.

"환영해, 에이미."

맹수와 함께.

△

이베르크 대공저.

대공 리녹 이베르크. 현 제국에서 이름을 모르는 이가 없는 영웅.

대공의 저택에는 수많은 시중인을 포함해 기사단이 있었다. 헤아려본 적은 없으나 대공저는 저택 자체가 여느 귀족과 전혀 다른 크기를 자랑했기에 결코 적지 않은 숫자가 기거했다.

「귀찮은 자들은 필요 없다.」

사실 이조차 저택을 유지하는 이들치고는 적은 편이었다. 바로 그들의 주인인 대공이 번잡스러운 것을 싫어했기 때문이었다. 그러나 귀찮음과 시끄러움을 좋아하지 않는 이곳의 주인 대공 리녹은 꽤 오랜 시간 동안 자리를 비웠다. 저택의 이들은 여기 남아 주인을 기다렸다. 베이커도 이들 중 하나였다.

"언제쯤 오시려나."

대공저의 마법사인 그는 마법진과 게이트, 그리고 저택에 걸린 모든 마법을 관리했다. 이 중에서 가장 중요한 일을 꼽으려면 저택 서쪽 사역의 탑에 걸린 마법과 순간이동 구슬에 연결된 이동 주문을 관리하는 일이었다. 그게 그의 일의 핵심이라 봐도 좋았다.

"구슬에 걸린 주문은 통 소식이 없고 말이야."

주요 기사단과 그의 주인이 밖을 유람하는 지금, 그는 늘 긴장 태세였다. 주인이 언제 돌아올지 모르기 때문이다. 그의 주인, 대공 리녹 이베르크는 변덕스러운 사람이었다.

이뿐인가. 정 없고 냉혹하기로는 둘째가라면 서러울 정도였다. 고작 몇 년 동안 전쟁에서 그가 베어낸 머리의 숫자라든지 마물의 숫자를 세어내자면 차라리 이 저택의 수저를 전부 세는 쪽이 빠를 것이다. 이는 대공 기사단이라거나 그를 아는 보좌라면 누구나 동의했으나 한 사람만은 달랐다.

"꼭 그런 것만은 아니라니까요? 단장님도 사람입니다. 사람."

대공 직속 기사단의 부단장인 그레이였다. 그는 다른 주장을 펼쳤는데, 이것은 그의 술주정 레퍼토리 1번이기도 했다.

"우리 대장님 사람처럼 굴 때도 있음. 내가 봤다니까? 막 개같이 낑낑대고 간절하게……!"

"너 지금 대장님을 개라고 했냐?"

"아, 아니야! 아무튼 있어! 대장님이 지금같이 안 구는 그런 사람이......."

"부대장 또 취했네. 야 누가 좀 데려가."

"그게 따악 한 사람이라 그렇지......."

그는 자신이 봤다며 많은 이야기를 탈탈 털어내곤 했는데, 털어놓으면 모두가 말도 안 된다고 웃어넘겼다.

'도무지 말이 돼야 믿지. 나 참.'

아무튼 젊은 나이에 대공이란 작위를 짊어질 만큼 뛰어나고 유능했으나, 도무지 정이 없어 보일 정도로 이성적이고 냉막한 사람이었다.

'뭐. 마법사 입장에서는 모시기 쉬운 주인 나리지만.'

마법은 합리와 논리를 추구하는 학문, 보통은 마법을 상상으로 빗대어 표현하지만 현실은 다르다. 고대 마법이 아니고서야 뼈 빠지게 계산이 필요한 학문이니 말이다.

'모쪼록 조금 더 늦게 오시면 좋겠네. 기사단까지 빠지고 저택이 다 조용하니.'

시끌벅적한 기사단을 떠올리며 베이커가 고개를 저을 때였다. 그가 고개를 홱 치켜들었다. 그러고는 눈을 동그랗게 떴다. 달칵. 동시에 문이 열리고 중년 남성이 들어왔다.

"베이커 님, 오늘 서쪽 탑의 보고서......."

"나중에 보겠소, 부집사!"

베이커가 집사를 헤치고 얼른 밖으로 뛰어나갔다.

'허어, 말도 안 돼!'

그가 뛰쳐나간 곳은 정원이었다. 정확하게는 정원과 연무장 사이 그가 그려놓은 마법진 앞이었다.

"아니, 정말 소환주문이잖아?"

베이커, 그는 기사단이 지니고 다니는 순간이동 구슬을 만든 마법사였다. 마탑에 있었다면 장로까지는 아니어도 그 밑까지 했을 실력자란 소리다. 당연하겠지만 리녹에게 지급된 구슬도 그가 만들었다. 모든 귀환주문은 발동 즉시 그에게 신호가 간다. 소환되는 장소에서 그가 받아줘야 하기 때문이다.

'아니, 퍼레이드는 이번 달 말까지 한다고 들었는데?'

의문을 지우지 못한 베이커였으나 손은 착실히 들어 올렸다. 손끝에서 금색 주문이 휘몰아쳤다. 이내 정원 가득 금빛 돌풍이 불었다. 바람이 가시고 두 사람이 정원에 서 있었다.

베이커는 눈을 크게 떴다.

'두 사람?'

사람이 둘이라니? 한 사람은 분명 그의 주인 리녹이지만 다른 사람은? 베이커의 갈색 눈동자가 리녹의 옆에선 여성을 향했다. 그랬다. 분명 여성이었다. 베이커는 눈을 찡그렸다.

'……마물을 토벌하러 나가신 거니 포로는 아닐 거고.'

전쟁을 통해서 포로가 생기는 경우가 있었지만, 리녹은 단 한 번도 포로를 저택으로 데려오지 않았다. 타국에서 리녹에게 미동이나 여인을 바쳐도 마찬가지였다. 오히려 받기는커녕 그대로 돌려보내거나 억지로 안겨주려는 이에게 크게 성을 낸 일도 있었다.

전쟁을 무수히 겪은 마법사는 자연스럽게 주인의 일을 전쟁과 연관 지었다. 베이커가 여성을 보며 포로일까 고민한 것은 비단 상황뿐 아니라 그녀가 상당히 아름다웠기 때문이었다.

'허, 꽤 화사하고 귀여운 아가씨일세.'

정오에 뜬 햇빛을 쪼개다 정성스럽게 녹인 것처럼 가는 주황색 머리칼과 같은 색인 가지런한 눈썹. 가늘게 떴다가 감기는 속눈썹은 나비처럼 팔랑거렸다. 이곳을 확인하는 것인지, 연신 깜빡이는 눈꺼풀 아래에는 꼭 봄에 흐드러진 장미처럼 붉은 눈이 존재했다.

눈을 떠 베이커를 바라보는 눈은 순한 듯 동그란 눈매였다. 하나, 어째서인지 잔뜩 당황한 얼굴을 한 여인은 얼떨떨한 눈으로 베이거와 리녹을 번갈아 봤다.

'당황한 건가?'

그녀의 눈과 마찬가지로 장밋빛 입술이 무어라 할 듯 열렸지만 음성이 나오지는 않았다. 베이커가 침을 꼴깍 삼켰다.

"베이커, 대공님을 뵙습니다."

흘끗 베이커를 바라본 리녹의 입술이 천천히 열렸다.

"오랜만이군."

기나긴 마물 토벌을 떠났으니 근 1년 만이건만 인사는 단출했다. 베이커 역시 그가 이런 사람임을 알았기에 개의치 않았다.

"못 보신 사이에 더 크신 것 같습니다."

"착각은 아닐 거다."

베이커가 실없는 농담을 하는 척하며 눈을 들어 올렸다. 오히려 신경 쓰이는 건 리녹 근처에서 낑낑대는 여인이었다. 아무리 봐도 막 스물이 된 정도로 보였다. 물론 리녹과는 얼마 차이나지 않겠지만. 마물 토벌을 떠난 그가 이 나이 때 아가씨와 어울릴 일이 어디 있겠느냐는 말이다.

"그나저나 대공님."

빠른 시간 내에 그는 판단을 마친 상태였다.

"이제 납치에도 취미를 들이신 겁니까?"

어디로 보나 평민, 그것도 여염집 귀한 따님 같은 여인의 차림새에 베이커는 질린다는 표정을 지어 보였다.

"제가 만든 도구가 전쟁, 마물 토벌에 쓰이는 건 좋지만, 이런 범죄에…… 휘말리는 것은 사양하고 싶습니다만."

대공저 유일한 마법사인 베이커는 대공에게 스스럼없이 말할 수 있는 소수 중 하나였다. 하지만 그런 그도 고개를 들고, 움찔했다. 그도 그럴 것이 차갑고도 미려한 낯이 심상찮았다. 서늘하게 가라앉은 리녹의 눈동자를 마주한 순간 무언가 잘못되었음을 느꼈다.

'어이쿠. ……맛이 가셨잖아?'

베이커는 식은땀을 흘렸다. 아무리 그일지라도 리녹을 건드려야 할 날과 말아야 할 날을 구분했다. 특히나 후자인 건드리지 말아야 할 날엔 유일한 마법사라도 살려두지 않을 것 같은 눈을 했는데, 그게 지금이었다.

베이커를 쳐다본 리녹이 냉정한 음성으로 딱 잘라 말했다.

"납치, 아니다."

리녹이 이를 악물며 중얼거렸다.

"맞잖아요! 이 범죄자!"

이때껏 침묵하던 여인이 입을 열어 외쳤다.

"……."

정원은 잠시 침묵에 잠겼다.

"……맞다는데요?"

"아니다."

"아니긴 뭐가 아니에요?"

리녹의 어깨쯤 올까 싶은 가녀린 여성이 작은 새처럼 조막만 한 입을 열어 말을 토해냈다.

"난데없이 순간이동 해서 본인 집에 데려오면 그게 납치지. 그럼 뭘 납치로 부를래요?"

도대체 그전에 무슨 일이 있었던 것인지, 여성의 눈이 그렁그렁했다. 마치 아주 놀랐다가 막 진정한 사람 같았다. 베이커는 눈을 굴렸다.

맞는 말이긴 했다. 문제는 리녹 이베르크라는 사람은 맞는 말을 해도 그것이 자신에게 '맞는' 말이 아니라면 혈육이라도 가만두지 않을 이였다는 점이었다.

'이거, 이거. 정원에서 시체를 치우기는 싫은데……'

베이커가 이 불쌍한 아가씨를 도와야 할까 고민할 때였다.

"그래. 납치가 맞다."

베이커가 눈을 크게 깜빡였다. 리녹이 여성의 말을 수긍해서가 아니었다. 아니, 수긍한 것도 놀랍지만……. 그 음성이 처음 듣는 부드러운 음성이었기 때문이었다.

"……네 말이 모두 옳다, 에이미. 내가 잘못했다. 그러니까……."

더구나 신기한 건 제 어깨에 올 법한 여인의 말에 리녹이 경청하는 점이었다.

"나를 외면하지는 마라."

여인의 손을 잡은 채 상체를 숙인 리녹이 차마 그녀의 뺨을 건드리지 못한 채 응시하고 있었다. 그 모습이 믿기지 않음은 물론이었다.

'내가 선 채로 졸고 있나?'

황급히 눈을 비빈 베이커가 적어도 선 채로 기절하지 않았다는 걸 확인했다.

"……우는 건가?"

"우, 울지…… 않아요."

리녹의 손을 무례하지 않게, 그렇지만 단호하게 뿌리치는 여성이 눈에 들어왔다. 그녀는 그러고는 한걸음 떨어져서 입술을 앙다물었다. 여기서 베이커는 또 한 번 놀라지 않을 수 없었다.

"숲에서 갑자기 나타나서 놀란 거라고요. 놀라면 눈물이 나니까."

"그랬군. 닦아주고 싶은데, 만져도 되겠나?"

움찔.

여성이 꼼짝하지 못한 채 그의 손에 갇혀 눈을 깜빡거렸다.

"……놀랐다."

베이커가 잘못 본 게 아니라면 리녹은 여전히 화가 나 있었다. 10년 넘게 그를 본 감으로서 알 수 있다. 그러나 그럼에도 차분한 시선과 답지 않은 조심스러운 손에서 알 수 있었다. 지금 화보다 우선시하는 것이 저 여성이라는 사실을.

"일단 피곤할 테니 쉬는 것이 어떤가."

"……."

젊은 여성은 피곤하게 만든 것이 누구냐는 듯한 표정으로 리녹을 보았지만, 곧 그의 말을 수긍했다.

"……지쳐 보인다."

"네. 종일 뛰었으니까요."

리녹의 손이 여성의 손을 아프지 않게 쥐려 하다가 이내 떨어졌다. 그것은, 차마 쥐지 못한 것처럼 보였다.

"부탁이니, 잠깐이라도 이곳에서 쉬어주지 않겠나."

여성의 눈이 잠깐 깜깜한 하늘을 향했다. 의도치 않게 이곳에 왔다고 해도, 베이커가 생각했을 때 당장 저택을 나가는 것은 무리일 성싶었다. 겨울이 긴 이베르크 영지는 날이 조금만 저물어도 깜깜해지곤 했기 때문이었다.

얼마 지나지 않아 집사를 비롯한 눈을 뜬 모든 사용인이 정원에 모이는 것은 순식간이었다. 얼떨떨하게 인사를 받는 아가씨는 거의 넋이 나간 얼굴로 수많은 사용인을 응시했다.

굳이 저 표정을 말로 할 것 같으면 이것들은 다 뭐냐, 라는 말이 하고 싶은 듯 보였는데. 이를 뒤에서 멀찍이 바라보며 진을 수습하던 베이커가 쯧쯧 혀를 찼다.

'저 아가씨……. 혼이 나간 것 같은데.'

아무리 봐도 이 아가씨는 자신이 이곳에 올 거라 생각하지 못한 모습이었다. 그렇다면 저 아가씨는 무슨 경로로 어떤 이유로 이곳에 리녹과 함께 나타났단 말인가? 설마 첫눈에 반하기라도 했나.

그리 생각했지만, 베이커가 아는 리녹은 그럴 만한 인물은 아니었다. 두고두고 시간을 두면서 판단하는 사람이 아니었던가. 부하들도 그렇게 다루고 말이다.

베이커는 그제야 오래전 뇌 속에 묻어둔 바랜 기억을 떠올렸다.

"우리 대장님 미친놈처럼 날뛰지만 이 정도는 아니었어요. 3년 전 그 일만 아니었다면……."

그레이가 술주정으로 매번 한탄하듯이 토해내던 그 말.

"갑자기 미친 이유가 있다니까요!"

베이커는 그 말에 신빙성이 있다는 것을 3년 만에 인정했다.

△

짹짹짹.

소란스럽지는 않지만 귀를 간지럽히는 새소리에 반쯤 눈을 떴다. 나는 채 떠지지 않은 눈을 끔뻑끔뻑 떴다.

'이불이 왜 이리 푹신하지? 꼭 무지 고급스러운 것 같은……'

나는 벌떡 몸을 일으켰다.

이내 다리를 내려 대리석에 발을 디디고, 깃털처럼 포근하던 이불을 어깨에 감고, 바닥에 서고서야 정신을 차렸다. 오래전 외딴집의 내 방을 다섯 개쯤 합쳐야 얼추 비슷할 것 같은 방 크기. 당연하겠지만 꿈이 아니었다. 이곳은 이베르크 대공저였다. 그리고 책 속 주요 장소이기도 하지.

물론 내가 살았던 밤의 숲 외딴집 또한 책의 주요 무대지만 초반부에 스쳐 지나가는 장소인 것과 다르게 여기는 그야말로 핵심, 메인 무대라 할 수 있었다.

슬리퍼도 신지 않고 문으로 걸어가던 나는 몸에 휩싸인 실크 잠옷을 붙든 채로 멈춰 섰다.

"일단 쉬라고 했지."

어제 새벽 그대로 그에게 연행된 거나 마찬가지였다. 눈을 떠보니 저택 앞이었고 마법사로 보이는 남자가 있었다. 그뿐 아니라 리녹은 상상도 못 할 짓을 보여 주었다. 대뜸 저택에 눈을 뜬 시종인들을 전부 정원에 모아서는……. "손님이다."라니. 이건 무슨 미친 짓인 걸까. 정말 그렇게 생각했다. 그래서 얼이 빠진 틈을 타 그가 속삭인 말에 끄덕이고 말았지만.

"일단 피곤할 테니 쉬는 것이 어떤가."

일단 그대로 잠든 이유를 들자면 첫째로 너무 피곤했다.

"부탁이니, 잠깐이라도 이곳에서 쉬어주지 않겠나."

그가 나를 놔주었더라도 힘이 없어서 도망치지 못할 만큼. 어제 내가 주파한 거리를 합치자면 능히 마라톤을 뛴 것이 아닐까.

맞아. 분명 그 정도였어.

"일단 세수를 하고 정신을 차리자."

호랑이 굴에 빠져도 정신만 차리면 된다는 말이 있듯 이곳에서 하룻밤을 보냈다 쳐도 마찬가지다. 얼른 이곳을 빠져나가는 게 먼저겠지.

"당장 할 일은…… 짐을 먼저 찾는 거고."

하지만 어디에도 입고 있던 옷이나 가져온 소지품은 보이지 않았다. 움직이더라도 당장에 현금 정도는 필요할 테니 짐은 찾는 쪽이 좋다. 다행히 씻을 물이 침대 옆에 놓여 있었다. 더군다나 깨끗하고 따뜻했다.

잠시 후 뽀득뽀득 닦은 얼굴을 쓸어내린 나는 그대로 문고리를 잡았다. 그렇게 문을 열었을 때 낯선 얼굴을 마주했다.

"일어나셨습니까?"

"아, 아. 네……."

눈앞에는 인자한 인상의 중년인과 하녀들이 서 있었다.

"노크를 하려 했습니다. 먼저 문을 열어주셨지만."

"아."

"편안한 휴식이 되셨길 바랍니다."

나이가 지긋한 데다 의상만 봐도 집사인 것이 확연히 드러나는 사람이었다. 아니나 다를까, 그가 자신을 소개했다.

"새벽에도 인사를 드렸습니다만, 경황이 없으셨을 테니 다시 인사드립니다. 저택의 부집사 알베르데입니다."

만약 이곳이 대공저만 아니었다면 오오, 만화에서 톡 튀어나온 것 같은 집사 아저씨네. 감탄할 만한 자태였다. 확실히 새벽의 정원에서 이 아저씨가 가장 앞에 서서 무어라 중얼거렸던 걸 본 것 같기는 했다. ……하도 놀라서 기억이 가물가물하지만.

"방은 괜찮으셨습니까? 급하게 준비한 방이라 면목이 없습니다."

"아. 아니요. 편했어요. 아주."

어쩐지 옷차림을 점검해야 할 것 같은 분위기에 아래를 슬쩍 내려다봤다. 가운에 슬까지라. 나쁘기만 한 차림은 아니었다. 적어도 집에서 혼자 자던 몰골보다는 훨씬 낫네.

"저, 제 짐은 어디 있을까요?"

쓸데없는 대화를 나눌 때가 아니었다. 새벽에야 정신이 없었다고는 하지만.

"갈아입으실 옷이라면 옆방에 준비했습니다."

"아니, 그것 말고 제 짐……."

차마 노인분께 소리를 높이지는 못하고 간절하게 쳐다보니 집사님은 인자한 주름과 함께 미소를 보였다.

"손님의 짐도 함께 있습니다."

안내에 따라 옆방으로 갔을 때 나를 반긴 것은 휘황찬란한 드레스였다. 드레스로 뚜벅뚜벅 걸어간 집사님이 손을 부드러이 뻗었다.

"이 드레스가 손님의 것입니까?"

"네? 아, 아니요."

그런 풍성한 드레스는 태어나서 처음 보는데요.

"그렇다면 이 드레스입니까?"

"아니, 아, 아니요. 그렇게 풍성한 옷이 아니에요."

"그렇다면 이 드레스는 어떻습니까?"

"제 옷에는 보석이 달리지 않았어요."

주름이 진 눈과 내 눈이 마주했다.

"어느 것이 손님의 드레스입니까?"

나는 얼이 빠진 채로 집사님을 응시했다.

……뭐야. 금도끼 은도끼야? 내 드레스, 아니, 내 옷이 아닌 걸 골라내면 철 도끼. 그러니까 내 낡고 허름한 옷을 찾을 수 있는 걸까. 정신 차려! 나는 얼른 뺨을 꼬집었다.

"어, 저기 부집사님?"

"예."

내 옷은 낡고 허름하다. 옷을 판 상인에게나, 예쁘게 수선하고 리폼해 준 린네에는 미안하지만 이렇게 표현할 수밖에 없었다. 저 드레스에 비해 내 옷들은 신데렐라가 변신 적에 입었던 누더기라 할 수 있지 않을까? 옷에 관심 없던 나도 하녀들이 들어 올린 호화스러운 드레스에 시선을 빼앗길 정도였으니까.

애써 내 옷을 까면서 정신을 수양한 나는 고개를 들었다.

"그러니까 여기서 제 옷을 찾으면 된다는 거죠?"

"예, 아가씨."

여전히 내 뒤에 대기하고 있던 부집사님이 고개를 끄덕였다.

그나저나 아가씨라니, 묘하게 변한 호칭에 신경이 곤두섰지만 이내 그러려니 하고 고개를 돌렸다.

"갈아입을 수 있게 물러나 있겠습니다. 갈아입는 일은 헬렌이 도와드릴 겁니다."

"잠깐."

고개를 꾸벅 숙인 집사님이 나가고 문이 닫혔다. 나는 조금 황당한 눈으로 문을 응시했다.

아니, 내 옷으로 갈아입는 데 도움은 필요 없는데? 드레스라면 모를까, 내 옷은 일상생활에 적당한 옷이었다. 물론 저 휘황찬란한 옷 사이에서 내 옷을 찾아야 하겠지만.

"저······. 아가씨?"

못마땅한 눈으로 옷들을 응시하는데, 조심스럽게 앞으로 나서는 사람이 있었다.

"저는 하녀장 헬렌입니다. 아가씨께서 옷을 갈아입으실 수 있게 도와드려도 될까요?"

그녀는 도열해 있던 하녀 중 한 사람이었는데, 30대 초반으로 보이는 여성이었다. 딱딱해 보이는 얼굴이 인상적이었다. 그런데 하녀장이라니, 난 조금 신기한 눈으로 그녀를 응시했다.

'보통 하녀장 정도 되는 직책은 나이 지긋한 사람이 하지 않나?'

소설에서는 그렇던데 말이지. 그러고 보니 조금 전 집사님도 자신을 부집사라 설명했다. 보통은 그 연배쯤 되는 분이 총 책임자 같은 얼굴인데 말이다.

책 속이라고는 하지만 대공저 사람들을 일일이 기억하지는 못했다. 시간이 지나다 보니 굵직한 것 말고는 많이 잊기도 했고 말이다. 내가 열심히 책을 기억했던 이유는 언니와 나를 살리기 위해서였으니까. 그래도 다행스럽게 시간을 들여 떠올리면 조연 정도는 생각날 듯했다.

"음, 반가워요, 헤렌 씨."

"편히 헤렌이라 불러주세요."

"그럴 수는 없어요. 저는 여러분과 다를 것 없는 신분인걸요."

리녹의 손님이라 한들 내 신분이 변하는 것은 아니다. 나는 생긋 웃으며 당황하는 헤렌의 어깨를 토닥였다.

"그리고 말씀은 감사하지만, 옷은 혼자 갈아입고 싶어요."

그렇게 말하고는 가운 소매를 걷어붙였다. 저 옷더미 사이에서 짐을 찾으려면 시간이 좀 걸릴 듯하다. 내가 쪼그려 앉아 가장 처음 드레스부터 당기는데 헤렌이 얼른 다가왔다.

"아가씨, 이, 이러시면 안 됩니다."

"네?"

"아니, 아가씨께서 바닥에 이렇게 앉으시면 안 되세요. 방석을 가져오겠습니다."

"아뇨. 괜찮은데."

바닥은 깨끗한 것 같은데. 나는 반질반질한 바닥에서 눈을 떼어내며 고개를 갸웃했다.

"정말 괜찮아요."

나와 눈이 마주친 헤렌이 움찔하더니 고개를 살짝 숙였다. 표정 변화가 거의 없는 얼굴이라 읽기 어려웠다. 그녀는 천천히 말했다.

"알겠습니다. 그럼 옷을 찾으시는 것을 도와드려도 될까요?"

"네? 네…… 으음……."

거절하려던 나는 수많은 옷더미를 바라보다가 끄덕였다.

"그건 고마운 일이죠. 염치 불고하고 부탁드릴게요."

이번 제안은 받아들여서 기쁜 것인지 헤렌의 얼굴이 살짝 펴졌다.

"아루! 로잘린!"

"네! 하녀장님!"

이어 헤렌의 뒤에 서 있던 하녀 두 명도 쪼르르 달려와 옆으로 섰다.

"안녕하세요, 아루입니다."

"안녕하세요, 로잘린입니다. 잘 부탁드립니다."

저택의 하녀라고 소개한 두 사람이 고개를 꾸벅이고, 나도 얼른 마주 꾸벅여 인사했다.

"어, 음. 이미 들으셨겠지만 에이미예요. 성은 없어요."

"헛, 정말 성이 없으신가요? 그럼 혹시……."

"로잘린!"

"아. 죄송합니다, 하녀장님."

갈색 머리칼의 로잘린이 얼른 고개를 꾸벅 숙였다.

로잘린은 20대 중반쯤 되었을까 싶은 인상이었는데, 나이 차가 얼마 나지 않아 보이는 헤렌에게 깍듯이 숙이는 모습이 조금 신기해 보이기도 했다.

"무례를 용서하세요. 함께 사과드리겠습니다."

"아뇨. 아니에요. 별일도 아닌걸요."

"감사합니다."

헤렌이 고개를 돌려 보일 듯 말 듯 웃었다. 어쩐지 전생의 똑 부러진 과대 언니가 저런 느낌이었던 것 같은데.

"아가씨, 말씀드리기 죄송하지만 아가씨의 옷과 짐이 이 드레스 사이에 있다고 한다면, 드레스를 옮기는 것이 먼저일 듯한데 괜찮을 까요?"

그 말에 나는 드레스 더미를 바라봤다. 더미라고 말을 하긴 했지만 나름 정리는 된 모양새였다. 아주 단정한 정리는 아니었다. 옷이 여기저기 겹쳐 있거나 옷걸이가 터질 듯이 걸려 있었으니까.

'만약 저 사이에 내 옷이 있다면 드레스를 하나하나 뒤적거려 봐야겠는데.'

드레스는 하나같이 풍성해서 아래를 직접 들어 올리지 않는 한 보이지 않을 듯했다.

"저희가 드레스를 정리할 테니 아가씨께서 사이사이를 확인하시면 어떨까요?"

"좋아요. 하지만……. 괜히 일이 많아지시는 건 아닌가요?"

"걱정하지 않으셔도 괜찮습니다. 원래 정리가 필요했던 것들입니다."

나는 옷더미를 흘끗 보고는 끄덕였다. 이미 나름 정리를 한 것 같긴 하지만, 옷을 찾기 위해서는 몇 개를 옮길 필요가 있다. 물론 지저분하다는 건 아니고 드레스가 하나같이 풍성해서였다. 종류도 다양하고. 굳이 한마디로 평하자면 잔뜩 모아두기만 한 느낌이었다.

그렇게 하녀들이 합세한 정리 겸 보물찾기가 시작되었다.

"아루, 넌 그쪽 옷들을 크기별로 정리하렴. 로잘린, 너는 아루에게 받은 옷들을 다시 색깔별로 나눠."

"네."

"네! 하녀장님!"

괜히 하녀장은 아닌가 보다. 능숙하게 지시한 헤렌은 아루와 마찬가지로 옷을 익숙하게 분류했다. 분류만은 그들의 일이라며 헤렌이 꼼짝 못 하게 했기에 나는 그저 바라볼 수밖에 없었는데, 새삼 감탄했다.

"정말 많네……."

그 말을 들은 건지 헤렌이 나를 보고는 보일 듯 말 듯 미소했다. 이해한다는 얼굴이었다.

"그렇지요? 주인 있는 옷들이지만요."

그녀는 어째서인지 조금 전과 다르게 반짝반짝한 눈으로 나를 응시했다.

"옷들의 주인을 오래 기다렸습니다."

"주인? 아. 그렇겠네요."

고개를 갸웃한 나는 그대로 끄덕였다. 일단 이곳의 주인인 리녹이 입을 옷은 아닐 테니 말이다.

"거기 계셔도 괜찮습니다. 어렵지 않은 일입니다."

또 한 번 도우려던 시도가 다시 무산됐다. 턱을 괸 채 그들을 응시했다. 빠르긴 빠르네. 저쪽에서 아루와 로잘린이 열심히 분류하는 속도는 헤렌 홀로 움직이는 것과 비슷했다.

나는 가만히 옷들을 들여다봤는데, 참으로 종류가 다양했다. 목 끝까지 잠그는 드레스에서 어깨를 드러낸 모양, 망사가 올려진 모양, 등 쪽에 천이 없는 모양에서 다시 기본형의 풍성한 드레스까지…….

가만 보면 모양뿐 아니라 크기도 다양했다. 헤렌이 분류해서야 알았는데, 같은 모양의 드레스가 크기별로 있기도 했다.

이거, 여러 사람의 옷을 가져다 놓은 것 같은데.

마치 내 생각을 알아채기라도 한 듯 헤렌이 때마침 입을 열었다.

"이건 전부 한 분의 것이랍니다."

"아, 네……. 네?"

"궁금해하시는 것 같아 답변드렸습니다. 방해했다면 죄송합니다."

헤렌은 고개를 꾸벅 숙이고는 다시 분류에 집중했다.

한 사람의 옷이라니. 이 수많은 옷이 한 사람의 것이라면, 당연히 한 사람밖에 없을 터였다.

"이 옷들 전부 대공님이 사신 건가요?"

"네, 대공 각하께서 직.접. 구매하셨습니다, 아가씨."

'직접'이란 말에서 힘주는 헤렌은 기뻐 보였다. 그러고 보면 내공가의 사람들은 리녹을 좋아한다는 표현이 있기는 했다.

이는 리녹이 이들에게 다정하거나 살가워서는 아니었다. 그의 세상은 자기 것과 아닌 것으로 철저히 양분화되어 있었기에 자기 소유로 된 것에는 한없이 무관심했던 탓이었다. 원래 사용인 입장에서는 무심한 주인이 패악을 부리는 주인보다 나은 법이니까.

"그럼 이 옷들은 혹시 대마법사 세레나 님을 위한 것인가요?"

모름지기 공 중 공은 직구가 최고랬다. 굳이 돌려 물을 이유를 찾지 못했다.

"저, 아가씨. 어떤 뜻으로 여쭈시는 것인지. 잘 모르겠습니다."

내 말에 헤렌은 다분히 당혹스러운 기색이었다. 하기야 생각 못할 질문이긴 했지. 그녀를 충분히 이해했다.

"지금 세상에는 대마법사님과 대공님의 사랑 이야기로 떠들썩한 걸요. 이 옷들의 주인은 세레나 님 아닌가요?"

"그건……."

자연스럽게 무어라 말을 하려던 그녀가 돌연 입술을 멈췄다.

"죄송합니다. 알려 드릴 수 없습니다."

그러더니 짐짓 단호한 얼굴을 했다. 하아, 헤렌이 숨을 들이켜는 것 같았다. 무언가를 참는 듯한 얼굴 같기도 했고. 아무튼 간에 더는 질문하기 어려운 얼굴이었다.

"제가 대답해 드릴 수 있는 것이 아닌 것 같습니다."

내 입장에서는 굳이 이렇게까지 여겨질 일인가 싶었지만 난 이내 끄덕였다. 외부인에게 세세히 고할 필요는 없긴 하겠지. 나는 약간의 아쉬움을 떨쳐 내며 고개를 갸웃했다.

"많긴 많네."

크기별로 나열된 옷이 눈앞에 있다면 무엇을 가리킬까? 그건 한 사람의 성장을 가리킬 거다. 하지만 눈앞의 옷들은 그 정도의 시간을 품은 것은 아니었고, 대충 추측하자면 한 사람을 기준으로 살이 찌거나 혹은 빠지거나를 가늠하여 이 정도로 나온 듯했다. 아니면 키가 어느 정도 크고 자람을 포함하거나.

어디 보자, 리녹이 세레나를 만났을 시간을 얼추 포함하면 이렇게 될성싶은데. 옷들을 빤히 바라보던 나는 곧 묘한 감상에 사로잡혔다.

……아니, 그런데 크기야 그렇다 쳐도 허리둘레는 대체 왜 이만큼이나 늘었다가 줄었다가를 반복하는 거지? 심각한 얼굴로 옷들을 유심히 보던 나는 입을 벌렸다. ……세레나가 혹시 요요 현상에 시달리나?

리녹과 세레나는 퍼레이드를 통해 밀월여행의 소문이 돌 정도로 가까운 사이라 했다. 무작정 나를 데려오긴 했어도 그것만으로 세레나에 대해서 판단하기엔 일렀다. 그러니 이 옷들이 그녀에게 대해 판단하는 유일한 단서였다.

"도통 취향을 모르겠네."

"아. 그건 대공님께서 일단 모든 옷을 사들이란 명을 하셨기 때문에……."

어느새 옆에는 헤렌 대신 자그만 다람쥐처럼 생긴 하녀가 있었다.

"로잘린이었죠?"

"네! 네 아가씨!"

그녀는 줄곧 내내 내게 말을 걸고 싶은 기색이었다.

"이건 선물할 예정인가요? 아니면 이미 선물한 쪽?"

세레나가 이 옷들의 존재를 아는가. 긴가민가해서 물어봤더니, 왜 인지 로잘린이 기쁘다는 얼굴로 함박웃음을 지었다.

"아직, 선물드리기 전이에요!"

주인이 세레나일 거란 추측은 얼추 맞은 모양이었다.

나는 흘끗 내 옷차림을 보았다. 이런 대저택, 아니, 흡사 성에 가까 운 저택의 집사일수록 품격을 꼼꼼하게 따질 확률이 높다. 곧 식사 시간이었고, 날 여기 들인 건 식당에 들이기 위해선 그저 그런 옷으로는 안 된다는 뜻이었을 거다. 내가 입은 옷은 잠옷이었으니 더욱이 안 될 말이었을 거고.

그래도 그렇지. 아무리 선물 예정인 옷을 막 입히려고 했단 말이야?

그렇지만 생각해 보면 리녹은 세세한 것에 연연하는 인물은 아니었다. 어렴풋이 생각나는 그의 측근들 또한 마찬가지였다.

한 벌쯤은 괜찮다 허락했으려나. 하나 이렇게 생각하는 한편, 나는 불안한 기운에 몸서리쳤다. 스스로 눈치가 없진 않다 자부하기에 알 수 있는 사실. 아니, 아직은 실마리에 가까운 것이었다. 설마 이 것들의 주인이……. 나?

"혹시 어떠세요? 예쁜가요?"

나는 고개를 돌려 다람쥐처럼 눈을 데굴데굴 굴리는 하녀를 바라봤다. 이어 수많은 드레스를 담으며 고개를 끄덕였다.

"네, 예뻐요."

확실히 예쁘긴 참 어여뻤다. 생전 이런 구경을 또 할까 싶었으니까. 나는 색색의 천들을 재미있다는 듯이 담아두다가 천천히 고개를 돌렸다.

"설마 혼인 준비 중인가요?"

"헉, 그걸 어떻게!"

로잘린의 눈이 동그래졌다. 하지만 여전히 눈치는 보는 듯 목소리는 작았다. 나는 빠르게 이어 말했다.

"녹, 아니, 대공님의 식이죠?"

나도 헤렌에게 들리지 않게끔 함께 목소리를 낮췄다.

"그, 그건……."

"혼인 준비 중인 건 맞나 보네요."

"네에에……."

들은 적 있다. 제국의 북쪽, 그러니까 리녹이 사는 동네에서는 남녀가 결혼할 때 구애하는 측에서 상대에게 수많은 것을 선물한다. 이는 오래전 이들의 조상이 사냥감으로 구애하는 것에서부터 비롯되었다고 했다. 그러니 이 중구난방 취향의 드레스는 여기 해당되는 것일 터다.

"실은, 맞아요!"

순진한 하녀 아가씨는 얼른 고개를 끄덕였다.

"어떻게 준비 중인 걸 아셨나요? 혹시……."

나는 얼른 그녀의 말을 가로채며 말했다.

"이곳에 오던 중에 한 기사님께 들었어요. 비밀인 거죠?"

"네? 네네! 그런데 대체 어느 기사님께 들으셨나요? 극비일 텐데……."

"아는 기사님이 있다고 해둘게요. 비밀 맞구나. 앞으로도 모르는 걸로 해드릴게요."

내가 검지를 입술에 가져다 대며 장난스레 속삭였다.

"앗, 그럼, 그럼. 마음에 드시나요?"

내 감상을 묻는 걸까. 묘하게 더욱 반짝이는 로잘린의 눈동자를 바라보며 고개를 기울였다.

"글쎄요. 그렇다고 해야 하나."

나는 잠깐 망설이다가 말했다.

"네, 그러네요."

리녹의 혼인식. 책 속에서 가장 큰 이벤트 중의 하나다. 물론 나는 그 앞의 약혼 장면 또한 좋아했지만, 이 장면의 임팩트를 따라오지는 못했다고 본다.

리녹과 세레나의 첫 고백은 마물의 피와 살점이 튀는 치열한 현장에서 시작되었다. 이들은 피 튀는 난장 사이에서 마치 장난치듯 약혼을 약속한다. 이후 토벌에서 돌아와 서로의 마음을 재확인하고 혼인식을 올렸다.

"사실 이 퍼레이드가 대공과 세레나의 밀월여행이란 거야."

그리고 린네가 했던 말.

"두 사람의 사랑이 가득 담긴 여행이라니, 낭만적이지 않니? 얼마나 사랑하면 신혼여행으로 전국을 함께 돌아볼까."

린네에게서 두 사람의 퍼레이드 이야기를 들었을 때부터 짐작했다. 생각해 보면, 이 퍼레이드는 원작에 나오지 않은 이야기다. 하지만 작중 토벌에서 돌아온 뒤의 세레나와 리녹. 세레나가 대답하지 않았을 뿐 두 사람의 마음은 이미 통한 것이나 다름없었다.

이 책의 악당 겸 서브남 탄시즈가 마지막 끈을 놓지 못하고 세레나를 한번 흔들어놓으려 했을 뿐.

그 때문에 두 사람의 혼인이 미뤄지는 일이 생겼다. 그래서 원작에 나오지 않은 퍼레이드가 이 탄시즈의 방해에 들어가는 일이 아닐까 했다. 그렇다면 탄시즈가 내 마을에 나타난 이유도 알 수 있다. 리녹과 세레나가 변방 도시에 나타날 예정이었으니 산에서 대기하고 있던 거겠지.

이 생각은 아이러니하게도 대공가 기사와의 대화에서 굳혀졌다.

"대장님이 할 일이 많은데도 이렇게 하는 이유가 있었네요."

"할 일이 뭔데요?"

"네? 그거야⋯⋯. 결혼이죠?"

잘못 들은 것이 아니었다. 장난을 좋아하는 듯하던 기사가 자연스럽게 대꾸할 정도로 당연시된 일이라는 것을 알 수 있었다.

사실 리녹의 입장에서는 고대 마법을 풀지 않으면 훗날 목숨을 잃을지도 모르니 그녀와 원작대로 된 것이 다행이었다. 내가 원한 결과이기도 했다.

하지만 한 가지 물음이 남았다. 그렇다면 왜 나를 데려왔을까? 오랜만에 나를 보며 흔들린 걸까?

로잘린이 양손을 그러모았다.

"아가씨는 정말 눈치가 빠르시네요. 비밀이었는데, 알고 계셔서 놀랐어요."

"저도 들은 거니까 눈치가 빠른 건 아니죠."

"앗 그런가요?"

나도 모르게 웃음을 터트리는데 로잘린이 목소리를 낮췄다.

"실은 저희가 혼인을 준비하는 중인 건 맞는데요. 이게 뭐라고 말씀드려야 할까…… 약혼식 준비와 다르지 않아요."

"약혼식요?"

"네. 준비가 꽤 오래됐거든요."

로잘린은 헤렌을 슬쩍 보더니 몰래 한숨을 쉬었다.

"사실요, 준비 과정이 조금 이상했다고 할지. 약혼은 약혼인데, 할 수도 있고 하지 않을 수도 있다잖아요? 그래서 저희끼리는 라이벌이라도 있나 싶었어요."

"그래요?"

나는 로잘린에게 끄덕여 주었다.

"대공님께서는 허락이 떨어지면 바로 식을 올린다는데……. 그 허락이 언제 떨어질지 모른다고 하시니까요."

음, 자세히 들어보면 내가 알던 세레나와 리녹의 이야기와 크게 다르지 않았다. 다만 뭔지 모를 불안감이 잇따랐다.

"원래 허락이 쉽지 않은 거죠."

"네. 그래서 아가씨께 감사드리는 마음이에요!"

"감사…… 저한테요?"

"네!"

불안감이 더욱 급증했다.

"왜 저한테 감사를 하세요?"

"그야, 당연히 대공님의 오랜 기다림을 받아주셨으니까요!"

잠깐만.

"오해가 있는 모양인데요, 그 약혼식의 상대가 저라고요?"

"네? ……아닌가요?"

내 머릿속에 폭풍이 휘몰아쳤다. 그런데도 입술은 태연하게 움직였다.

"대공님이 그러시던가요? 저와 약혼을 할 거라고?"

그러자 로잘린이 눈에 띄게 당황한 얼굴을 했다. 예상이 완전히 빗겨나간 사람처럼.

"아가씨라고 딱 말씀하시진 않았어요. 그 상대는 대공저에서도 극소수분들만 아시고 하지만……."

"아니에요. 잘못 아셨나 봐요."

로잘린은 혼란에 빠진 모양새였다. 그럴 만도 했다.

"저흰 3년 만에 만났어요."

약혼식 상대가 누군지는 얘기해 주지 않지, 그러다 갑자기 웬 여성을 데려왔지. 나라도 내가 대공의 약혼자라고 오해할 테니까. 게다가 리녹의 성격에 사용인들에게 친절하게 다 설명했을 리도 없고.

하지만 약혼식이란 쌍방의 합의를 통해 치러지는 일이다.

나는 또로록, 등을 타고 흐르는 불안감을 무시한 채 아닐 거라 마음을 다졌다. 나 참, 그래. 당사자도 모르는 약혼식 같은 소리라니. 이게 무슨 얼토당토않은 오해람?

"대공님께서는 대마법사인 동료분이 계시잖아요, 아주 멋진 마법사님요. 세레나 님 아시죠?"

"어머, 네 알죠! 대공님의 아주 가까운 동료시니까요."

"그분이 이곳에 오신 적이 없으세요?"

"어…… 네. 이곳에도 오셨었어요. 좀 되긴 했지만요."

"지금도 친하게 지내시죠? 여성분들 중에서는 유일하게 다정하게 굴기도 하시고요."

"네? 네."

"그럼 그분이시지 않겠어요? 대공님의 약혼녀."

로잘린은 혼란에 빠진 듯 눈을 동그랗게 뜨고 깜빡거렸다. 그러다 이내, '그런가요?' 하고 중얼거렸다.

나는 한숨을 쉬었다. 사용인들도 뒷사정을 잘 모르는 듯한데? 아무리 냉정하다고 해도 그렇지. 이렇게 사용인들이 오해하고 있게 만들면 어떻게 해.

물론 아직도 이해되지 않는 부분은 있었다. 내 입으로 말하긴 좀 아니라고 생각하지만 리녹은 나를 좋아했다. 마지막 순간, 그의 눈에 담긴 감정을 보았으니까.

지금에서라도 원작대로 이어졌으니 다행이지만.

그렇게 믿고 싶었다. 날 데려온 건 나를 보고 흔들린 걸까 생각하면서. 3년이 지난 지금에도 잊지 않았다고는 믿고 싶지 않다. 변하지 않는 건 없으니까.

추억이란 게 참 무섭다. 추억의 가장 무서운 점은 이미 시간이 지나 다시는 그 시간으로 돌아갈 수 없는데도 그 시간으로 갈 수 있는 것처럼 느끼게 한다는 점이다.

리녹이 나와 지낸 숲속에서 조금이라도 편안했다면……. 나를 다시 보고서 흔들리지 않았을까? 그래, 열렬하진 않지만 딱 흔들릴 정도는 되는.

책 속의 리녹이 그렇게 녹록한 인물이라고 생각하고 싶진 않은데. 상황이 그랬다. 따라서 그를 나름 아끼고 행복해지길 바라는 마음과 지금 이 짓은 나쁜 짓이 아닌가 싶은 마음이 마구 부딪쳤다. 물론 이 가정은 세레나와 리녹이 원래 책 속대로의 길을 걸어왔다는 가정에 서다.

사실 원래대로 언니가 죽었거나 언니의 역할을 대신한 내가 죽었다면 있을 수 없는 일이었다. 최소한 리녹이 내가 죽었다고 믿기만 했어도 나를 보고 '닮았구나.' 정도로 생각했겠지 되살아났다고 생각하진 않았을 테니까.

그래도 한때 애정했던 책 속 캐릭터이자 정이 든 사람인데. 묘령의 낯선 여성—나—을 저택에 데려온다거나. 머무르게 하거나. 시정잡배 같은 일을 하게 둘 수는 없다.

이게 다 원작대로 이루어졌을 언니의 죽음이 사라졌기 때문이겠지? 그래. 나의 업보다 업보. 이 책임감도 함께 말이다.

한편으로, 나는 아직 한 가지 가정을 놓지 못했다. 만약에 리녹이 내게 미련이 남은 거라면……. 그의 미련이 떨어지게끔 굴어야 하는 걸까?

"세상에……."

로잘린이 눈을 깜빡거리며 나를 바라봤다.

"아, 아무튼! 아가씨가 이곳에 오셔서 기뻐요. 아가씨의 말씀이 옳을지도 모르지만. 그, 그래도 그날…… 새벽 저택 앞에 나가서 대공님을 보던 순간에는 같은 생각을 했을 거예요."

"무엇을요?"

그날 새벽이면 내가 숲에서 이곳으로 이동했던 날인데?

"대공님의 모습을 본 누구라도 인정했을걸요? 아, 이분이—"

"로잘린."

불쑥 끼어든 목소리가 있었다. 헤렌이었다.

"하, 하녀장님."

"손님께 무례하구나."

헤렌은 하녀장답게 짐짓 엄한 표정으로 이쪽을 응시했다. 헉. 로잘린이 도토리를 빼앗긴 다람쥐처럼 고개를 숙였다. 딱딱해진 헤렌의 표정에 나는 얼른 앞으로 나섰다.

"아, 아니에요, 헤렌 씨."

그러고는 손사래 쳤다.

"저 수다 좋아해요. 엄한 분위기보단 이쪽이 편한걸요. 대화도요."

다행히 거리가 있다 보니 헤렌은 우리의 대화를 듣지 못한 모양이었다. 뭐. 어쨌거나 나는 눈을 접어 웃었다. 보통 언니나 린네는 내가 이렇게 웃으면 어찌어찌 무마되곤 했는데…….

"알겠습니다. 하지만 너무 격식 없이 대하지는 말아 주세요. 아가씨는 대공님께서 명하신 귀한 손님이십니다."

"네. 그럴게요."

아, 통했다. 나는 입술을 너무 당겨서 얼얼한 뺨을 만지며 배시시 웃었다. 헤렌은 고개를 살짝 숙였다.

"저택 아이의 무례함을 자비롭게 넘겨주셔서 감사합니다."

"아. 아니에요. 무례라고 생각하지도 않았는걸요."

나는 얼른 손사래를 치고는 뺨을 긁적였다. 저렇게 정중하게 나올수록 더 어쩔 줄 모르겠단 말이야.

"저택이 오랜만에 손님맞이에 들뜬 모양입니다. 어제 새벽 허둥지둥 나온 것은 기억하시지요? 다들 놀랐답니다."

"아. 그거. 제가 다 죄송하네요."

지난 새벽 리녹이 온 저택 사람을 깨워 밖으로 불렀을 때 분명 헤렌이나 로잘린도 있었겠지. 내가 한 일이 아닌데도 괜히 미안해지는 기분이었다.

"아닙니다. 그런 말씀을 하시게 하려 한 말은 아닙니다. 제가 더 죄송한 말씀을 드렸군요."

헤렌이 고개를 내저었다.

"제가 이 얘기를 꺼낸 이유는 아가씨를 불편케 하고자 한 것이 아니라 실로 저택의 오랜만에 오신 손님이라는 것을 말씀드리고 싶었습니다."

"오랜만에 온 손님이요?"

"예."

나는 순간적으로 세레나에 대해 물으려던 것을 꾹 삼켰다. 일단 여기서 내가 할 얘기는 아니었으니까.

"이 저택은 폐쇄된 성과 다름없었습니다. 오랫동안 방문하는 분이 없으셨지요."

"녹, 아니, 대공님의 명이었나요?"

"예. 그렇습니다."

헤렌은 나를 물끄러미 보더니 보일 듯 말 듯 웃었다.

"아가씨께서는 무려 3년 만의 손님이십니다."

어째서일까. 그 말이 덜컥 다리를 붙잡는 것 같았다. 나는 애써 눈을 돌렸다.

3년이라. 내게는 순간 다른 생각이 들었다. 혹시 그 3년은 세레나가 손님이 아니게 된 시간이지 않을까? 아니면 말 그대로 3년 동안은 이곳에 오지 않은 건 아닐까? 하는.

원작에서 그들은 토벌을 자주 나갔다. 3년간 마물을 토벌하러 다닌 거라면 말이 되긴 하는데.

"각하께서 극진하게 모시라 명하셨으니, 저희는 성심을 다해 따를 겁니다. 그러니 아가씨께서도 부디 편히 계셔주시길 바랍니다."

나는 내게로 기울어지는 단정한 정수리를 바라보며, 눈을 살짝 찌푸렸다.

"그리고 한 가지, 기억해 주실 것이 있습니다."

무어라 묻고 싶었지만 헤렌이 더욱 빨랐다. 나는 물으려던 걸 잊고 헤렌의 말에 호기심을 느꼈다.

"기억할 것이요?"

"예. 여기 있는 동안에 집안 벽 장식을 포함한 장식을 건드리지 말아 주시겠습니까?"

꽤 엉뚱한 요청이었다. 그러나 그녀의 진지한 표정에 나도 모르게 끄덕였다.

"네. 그럴게요. 그런데 어째서……."

"저택 곳곳에 마수를 봉인시킨 봉인석이 있기 때문입니다."

"……봉인석? 그게 뭔가요?"

"마수를 마법적 힘으로 가둬둔 것이라 생각하시면 될 듯합니다."

헤렌이 간단히 설명했다. 아니, 그게 궁금한 게 아니고……. 그것도 궁금하긴 한데. 왜 마수를 가둬나? 집에?

"워낙에 침입자가 잦은 곳이라, 부득이하게 방범 벨로 쓰고 있습니다."

"……방범…… 벨요? 여기서 나올 말은 아닌 듯한데."

……누가 초인종을 그렇게 써요?

"예. 침입자가 잘못 건드려 마수가 나타나면 그곳으로만 가면 되니까요."

태연하게 받아치는 헤렌의 음성에 나는 되물을 의지를 잃었다.

리녹이 적이 많은 거야 알지. 알고 있는데……. 새삼 다시 깨닫는 기분이었다. 덕분에 나는 이 드레스들에 대해 다시 묻는 것도 잊고 말았다.

"저, 헤렌 씨……."

똑똑똑. 그 순간이었다. 나와 헤렌 모두 문 쪽으로 고개를 돌렸다. 눈앞에서 문이 열렸다.

"하녀장님, 식사 준비가 되었습니다."

문을 열고 들어온 사람은 새로운 하녀였다.

"아가씨를 모셔 오시란 대공님의 명입니다."

로잘린, 헤렌과 마찬가지로 단정하게 머리를 틀어 올린 하녀는 고개를 꾸벅 숙이고 밖으로 나섰다.

달칵, 문이 닫히고 누군가 입을 열었다.

"큰일이군요."

헤렌이었다. 그녀가 이쪽으로 고개를 돌렸다.

"식사하러 가셔야 할 텐데……."

"제 옷을 찾지 못했네요."

헤렌과의 대화에 시간을 빼앗겼다.

"면목이 없습니다. 저희가 빠르게 도움이 되지 못하여서……."

"아니에요. 헤렌 씨 탓이 아닌걸요."

시간이 너무 짧았다.

'사실 이 정도로 나오지 않는 걸 보면 작정하고 숨긴 건가 싶기도

한데 말이지.'

이쯤 되면 숨긴 거나 마찬가지다. 누가 그런 허름한 옷을 이 고급스러운 옷 사이에 두냐고.

평소 같으면 리녹을 두고 이런 생각을 하지 못했겠지만, 이젠 리녹은 내 방에 살며 웃통 까던 남자가 아니었다. 새삼스럽게 괘씸하다는 생각이 드는 것도 당연했다.

사람이 목숨을 구해줬으면 좀 행복하게 세레나랑 짝짜꿍 잘 살 것이지. 왜 평화롭게 살던 사람 데려다가 싱숭생숭하게 하는 거야? 나는 한숨을 쉬며 곤란해하는 하녀들을 달랬다.

"쉽게 찾을 수 없을 거란 건 예상했어요. 옷은, 밥 먹고 찾아볼게요."

금강산도 식후경. 사실 배에서 밥을 달라 아우성이었다. 도피 생활에도 최소 두 끼는 꼬박 챙겨 먹었단 말이지. 언니와 나는 언제 어디로 떠날지 몰랐기에 늘 한번 먹을 때 든든하게 먹어두는 버릇이 있었다.

"이쪽입니다. 안내해 드리겠습니다."

안내를 맡은 사람은 헤렌이었다. 이렇게 내 옆에만 있어도 되는지 궁금했다. 보통 하녀장은 바쁜 사람이 아닌가?

"옷은 불편하지 않으십니까?"

"네. 그러네요. 좋은 옷 같아요."

나는 고개를 살짝 숙여 발목에 차랑차랑 스치는 치마를 내려다봤다. 내가 입은 옷은 노란빛 도는 실내용 원피스였다. 원피스라고 했지만 드레스와 원피스에 중간쯤 되어 보인다고 해야 하나. 어쨌거나 그동안 내가 입어온 옷보다는 치맛단이 길다. 매우.

바닥에 쓸릴 것 같아. 더러워지면 안 되는데.

"아가씨, 조금 전에 이야기하다 말았던 부분이 있는데."

"네? 어떤 부분이요?"

"저녁 시간엔 꼭 저나 하녀 하나를 대동해 주시겠습니까? 기왕이면 제가 곁에 있어도 되는지요."

나는 눈을 깜빡였지만 이내 고개를 주억였다. 밤에 함부로 돌아다니지 말라는 건가?

"네 그럴게요. 근데 밤까지라니. 그건 오히려 제가 죄송할 일 같은데."

헤렌이 밤이면 저택 경계가 더욱 삼엄해진다고 말했다. 경계가 삼엄해진다는 게 정확히 어떤 걸 말하는진 몰라도 대충 수긍했다.

"여기입니다."

침묵에 잠긴 동안 어느 문 앞에 다다랐다. 이 거대한 저택에 어울리는 커다란 문이었다. 식당 문이 뭐 저렇게 커? 하기야 나라에 하나뿐인 대공이자 영웅의 저택인데 당연한 건가. 압도될 것 같은 기분을 꾹 누르고 문안으로 들어섰다.

"와……."

식당 안쪽에는 커다란 식탁이 있었다. 직사각형의 식탁은 중세, 근대 유럽 역사책에서 톡 튀어나온 것처럼 고풍스러웠다. 와, 저런 걸 눈으로 직접 볼 날이 올 줄이야.

물론 나도 한때는 귀족이었지만 아주 어릴 적 일이었다. 언니와 도망갈 때가 내가 다섯 살이 되는 해였으니까. 이처럼 귀족 고급 문화를 접할 일은 없다고 봐도 무방했다. 리녹만 아니었다면 평생 못 봤겠지만.

천천히 고개를 들자 거대한 샹들리에가 보였다. 너무 커서 한눈에 담기지도 않는 크기다. 저런 게 떨어지면 무시무시하겠지. 직사각형 식탁 끝부분에는 맛난 음식이 잔뜩 차려져 있었다. 생전 처음 보는 신기한 요리도 있고, 먹음직스러운 스테이크나 칠면조 요리도 있었다.

나는 요리에 시선을 두는 대신 천천히 시선을 들어 올렸다. 그러다 말고 숨을 삼켰다.

'……아니, 왜 저러고 서 있는 걸까?'

식탁 맞은편에는 숨죽인 리녹이 서 있었다. 그는 식탁에 앉아 있지 않고 근처에 서 있었는데, 서 있는 걸로도 화보가 된다는 말이 무슨 말인지 알 것 같다.

'인사를 해야 하나?'

아무래도 집주인인데 완전히 무시할 수는 없겠지. 아니. 납치범한테 인사하는 것도 웃긴데.

팽팽히 양립한 두 생각 속에서 나는 입술을 뗐다.

"안녕하세요, 대공님."

나는 예법 같은 건 잘 모른다. 그렇기에 편안하게 인사를 건넸다. 그러자 잠시 바닥을 향했던 그의 시선이 느릿하게 나를 향했다. 묵직한 시선에 나도 모르게 눈을 굴렸다. 리녹이 움찔했다.

"좋은 아침이군."

나직한 그의 목소리에 나도 모르게 한숨이 섞였다.

"좋은 아침일까요?"

누구 맘대로 내 아침을 좋은 아침으로 만드나. 나는 뾰족하게 대꾸하고는 다시 숨을 내쉬었다.

사실 리녹에게 날카롭게 대하고 싶은 마음은 없다. 굳이 그를 적대하고 싶지도 않고. 물론 납치는 잘못됐다. 그렇다고 해서 리녹이 행복하기를 바란 마음이 바래지지는 않았다. 하니 얼른 나 좀 쫓아내고 혼인해서 해피엔딩을 맞이했으면 좋겠는데 말이지.

말이 없는 리녹에게서 눈을 떼어내고는 식탁으로 향했다.

"이쪽입니다, 아가씨."

의자를 빼주는 사람은 다름 아닌 아까 날 찾아왔던 부집사 알데르데였다.

아니, 잠깐만. 이 자리는 누가 봐도 상석인데요?

"저기……."

나는 얼떨떨한 얼굴로 잘 차려진 차림을 응시했다.

"수저가 하나인데요?"

그랬다. 리녹이 여기 있으니 당연히 같이 식사하는 것인 줄 알았는데, 식기는 한 벌이었다. 물론, 리녹이 옆에 앉으면 얼른 박차고 나갈 생각은 했었지만……. 왜 식기가 하나인 건데?

얼른 알베르데를 바라보자, 노신사는 조금 당황한 눈을 하더니 얼른 침착하게 입을 열었다.

"저, 명받은 것은 아가씨의 식사뿐이었습니다."

나이가 있어서인지 노신사는 노련하게 대처하고는 리녹을 향했다.

"각하의 식사 준비를 하라 이르면 되겠습니까?"

그러나 애써 수습한 상황은 리녹의 대답으로 다시 혼란에 잠겼다.

"생각이 없다."

그러자 베테랑 집사님마저도 당황한 얼굴로 그를 응시했다.

'……식사하지도 않을 거면서 왜 거기 서 있는 건데요?'

부집사님뿐만 아니라 식당에 있는 하인들도 조금 당황스러워하는 얼굴이었다. 태연한 것은 식당을 지키는 기사뿐이었다. 오히려 기사들은 '역시 저래야 우리 대장님이지.' 하는 자랑스러워하는 표정이었다. ……이건 뭐 어떻게 된 저택인지.

리녹이랑 가장 오랜 시간을 보낸 것은 단연 그의 기사단이다. 다시 말해 책 속 리녹의 광기라거나 기행에 적응된 이들이라고도 할 수 있다. 실제로 책 속에서 리녹은 저택에 머무는 일이 길지 않았으니까.

그러니까 리녹의 방문은 원래 예정되지 않았던 건가.

"저기, 대공님. 실례지만……."

모두가 침묵하니 나라도 말을 꺼내야겠다 싶었다. 대공님, 하는 순간 그의 눈이 거짓말처럼 빠르게 나를 담았다.

"식사하지 않으신다면서 왜 거기 서 계신 건가요?"

결국 모락모락 김이 피어오르는 수프를 놔두고 묻고 말았다. 부집사님이 대신 어쩔 줄 모르니, 나라도 나서야겠다 싶은 거였지만.

움찔했던 리녹은 살짝 고개를 떨어트렸다.

"……안 되나?"

놀랍게도 그 모습이 시무룩하게 보여서 조금 놀랐다.

시무룩해? 저 남자가? 그 책 속 대공이?

침울한 시선과 마주한 순간 나는 살짝 어깨를 떨었다. 그러나 리녹은 언제 그랬냐는 듯 털어냈다.

"내가 불편한가?"

그거야, 당연한 일이 아닐까. 특히나 이 상황에서는 말이다. 나는 살짝 고개를 끄덕였다. 살랑 바람이 불어 그의 머리칼을 흔들었다. 그러고 보니 그는 그렇게 단정한 차림새가 아니었다. 흐트러진 검은 머리칼이나, 간편해 보이는 상의와 하의까지.

"식당은 안전하지 않을 수 있다."

"……네?"

잠깐 잘빠진 자태를 구경하다 타이밍을 놓쳤다. 뭐라고요?

리녹이 허리춤에 매달린 칼 손잡이를 잡았다가 놓았다. 그제야 나는 리녹이 무장을 갖췄음을 알았다.

"식사 중에 괴한이 침입할 수도 있다."

……그 괴한이 당신 아니고요?

"혹시…… 대공저의 적이 많다는 말인가요?"

"그래."

"……외람되지만 저도 이야기는 들었어요."

이미 헤렌이 이곳에 침입자가 많다거나 생각도 못한 초인종, 아니, 방범 벨에 대해서도 알려줬다. 하지만.

"상식적으로 이 거대한 대공저에 침입자가 들어온다면 식당은 아닐 것 같은데요."

리녹이 적이 많다는 것은 알고 있다. 전쟁 영웅인 데다가 마물의 왕까지 베어 넘긴 무용은 황가의 위명을 위협할 정도였으니까. 그리고 그 적이 많은 저택에 데려온 게 바로 당신인데 말이지.

"위험하지 않은 곳은 없다."

"네에……."

굳건히 서서 검을 잡은 모습은 꽤 근사하긴 했다. 다만 이유가 어처구니없었을 뿐이지.

"틀린 말씀은 아니지만…… 그 침입자가 노리는 사람은 대공님이 아닐까요. 그럼 제일 안전한 곳으로 가셔야죠."

내 말에 동의하는지 몇몇 하인은 고개를 끄덕이는 이도 있었다. 리녹의 시선이 돌아올세라 얼른 빠릿하게 등을 폈지만.

"그럼 네가 위험해지잖나."

나는 황당한 얼굴로 그를 응시했다.

아니, 진짜 침입자가 나타나리라곤 믿지도 않지만 이유가 너무 엉터리인 거 아닙니까, 대공님.

"그래서 제 안전을 지키기 위해 거기 계시겠다고요?"

리녹이 고개를 끄덕였다.

"내가 직접 지키겠다."

……이런 정중한 납치범을 봤나. 선생님이 가장 위험한데요, 선생님이요. 여기서 내게 가장 위험한 인물을 꼽으라면 단연 저분인데, 걸어 다니는 위험 요소가 나를 지켜주겠단다.

"저를 체하게 하실 계획이었다면 아주 성공적이시네요."

그렇게 배가 고팠는데, 꼬르륵거림이 거짓말처럼 사라졌다. 방금 전까지 먹음직스럽게 보인 고기 수프가 이젠 이끼 수프로 보이는데. 그냥 먹지 말까. 그래, 사람이 한 끼 정도 안 먹는다고 죽는 것도 아니고. 내가 절레절레 고개를 저을 때였다.

"……먹지 않나?"

뜻밖에도 리녹은 당황스러운 얼굴을 보였다. 좀처럼 표정 변화를 보이지 않던 그였는데도.

"먹지 않는 게 아니고 생각이 없어졌어요."

누구누구 덕분에. 사실 먹는 걸 누가 빤히 바라보는 것만큼 부담스러운 일이 어디 있겠어. 상상만 해도 식욕이 사라지는 기분이었다.

슬그머니 고개를 들자 흔들리는 그의 눈동자가 보였다. 그 모습이 커다란 짐승이 시무룩하게 눈을 떨어트린 모습처럼 보이는 건 왜일까. 리녹은 가만히 나를 응시하다가 천천히 보기 좋은 입술을 떼어냈다.

"그럼 좋은 걸 보여 주면 생각이 나겠나?"

"네?"

좋은 거라니. 이 시점에서? 나는 눈을 깜빡거렸다. 뭐 더 맛난 것을 보여 주려고 하나? 근데 웬만한 음식은 다 있는 것 같은데.

그때였다.

"벗을까?"

……예? 나는 얼른 고개를 핵 들어 올렸다.

"……넌 내 벗은 몸을 좋아했지."

리녹은 정말 벗기라도 하는 사람처럼 제 상의 단추를 붙잡고 있었는데, 이미 단추 하나는 벗겨진 뒤였다.

아니, 이게 무슨 소리야.

물론, 3년 전 함께 살 적 그의 몸을 보기 좋다고 생각한 적은 있었다. 아니, 누가 봐도 완벽한 몸이긴 했으니까. 심지어 장작 패는 그의 등 근육을 보고, "녹스는 몸이 참 근사하네요." 하고 말한 적도 있었다. 그때 등 근육은 정말 최고였단 말이야…… 가 아니라. 어디까지나 3년 전의 일이었다.

"자, 잠깐만요. 말 똑바로 못해요? 다들 오해하잖아요!"

아닌 게 아니라 식당에 있던 사람들의 시선이 달라졌다. 굳이 추측하자면 '너희 이미 거기까지 갔니?' 하는 시선인데…….

아니라고!

"왜지? 너는 내 몸을 만지기도 하지 않았나."

그거야 댁이 옷이 없어서였잖아! 어린 리녹이 입을 옷은 있었어도 밤이면 변하는 그에게 맞출 만한 큰 사이즈는 없었다.

"옷을 주지 않았지."

아니, 맞는 말인데. 왜 대화가 이렇게 되는지 모를 일이었다.

리녹은 곰곰이 생각하는 표정이더니 느릿하게 입을 떼어냈다.

"방이 좋은가?"

어느새 침착을 유지하던 부집사님마저도 허허, 웃는 얼굴로 나를 응시했다.

'아니야, 아니라고!'

식당은 이루 말할 수 없이 서늘한 분위기에 잠겼다. 천천히 먹어도 급체할 것 같은 기분이라고 할까. 아니. 분명히 급체한다. 할 거야.

누구도 입을 떼어내지 못할 것 같은 분위기에서 가까스로 말을 꺼낸 사람은 부집사님이었다. 나이가 경륜이라고 편히 드시라며 헛기침과 함께 하인들을 내보내고 본인만 남으셨던 것이다.

쳐다보는 시선이 줄어서 그나마 다행이었지만 이미 고구마 먹은 듯 막힌 속은 뚫릴 줄 몰랐다.

살려줘. 나는 밥이 코로 들어가는지 입으로 들어가지는 모를 기분으로 입안에 있던 것과 포크로 집은 것만 삼켰다. 그러고는 얌전히 놓인 음료잔을 벌컥벌컥 들이켰다. 꼭 얼른 술자리를 빠져나가고 싶어서 술을 들이키는 신입생이 된 기분이지만……. 다를 건 없으니.

컵을 내려놓은 나는 벌떡 자리에서 일어났다.

"저, 아가씨, 실례지만 식사를 마치셨습니까?"

부집사님의 조심스러운 물음에 얼른 끄덕였다.

사실 내 뒤로 여전히 많은 음식이 기다리고 있었고 심지어 김이 모락모락 피어오르고 있었지만. 이 상황에 들어갈 리 없잖아?

나는 흘끗 식당 한쪽을 응시했다가 얼른 고개를 돌렸다. 리녹이 아직 이쪽을 쳐다보고 있었으니까.

"하인을 더 빨리 퇴거시키지 못해 죄송합니다."

"아. 아니에요."

……하인을 내보낼 게 아니라 저분을 내보냈어야 하지 않았을까요.

"스테이크만 먹었더니, 배가 불러서."

한숨을 꼴깍 삼키며 어색하게 웃어 보였다. 잘못은 부집사님이 저지른 게 아니니 말이다.

어째서인지 살짝 눈이 마주친 리녹은 눈썹을 조금 들어 올렸다. 아. 저거 뭔가 불편할 때 버릇인데. 여기까지 생각하던 나는 얼른 고개를 저었다.

"저 이만 쉬러 가봐도 될까요?"

"물론입니다."

부집사님이 멋들어지게 우아한 걸음으로 걸어오더니 들고 있던 냅킨을 자리에 내려놓았다. 대저택의 집사 정도 되면 작은 동작도 멋스럽게 보이는구나. 어쩐지 감탄 어린 눈으로 보던 나는 멋쩍게 웃었다.

"방으로 안내해 드리겠습니다."

"아, 네."

하인들을 모두 내보낸 터라 넓은 식당 안엔 나와 부집사님, 리녹과 식당을 지키던 기사 하나뿐이었다. 의자를 밀어 넣는 기사를 바라보다 고개를 돌리는데, 부집사님이 살짝 헛기침하며 말을 걸었다.

"아가씨, 석찬에는 총집사님이 모시러 올 예정입니다."

"총집사님이요?"

"편히 말씀해 주셔도 괜찮습니다."

그 말엔 슬쩍 고개를 저었지만, 한편으론 의문이 생겼다.

"총집사님은 각하의 보좌를 겸하시는데, 영지 내부의 일로 잠시 자리를 비웠다가 방금 전 도착했습니다."

"그렇군요."

부집사라 하셨으니 그 위가 있겠다 싶었지만. 그럼 총집사란 사람이 더 나이가 많은가? 뭐. 지금 상황에서 아무렴 어떻겠냐마는.

조용히 수긍하자 부집사님도 더는 말을 붙이지 않고 문으로 안내했다.

"저, 부집사님 방 말고 제 옷이 있는 방으로 가고 싶은데요."

"예. 안내하겠습니다."

그렇게 문으로 나서려는데 문 앞을 살짝 가로막는 사람이 있었다. 탄탄한 어깨, 당연하겠지만 리녹이었다.

"각하."

부집사님이 고개를 조아린다. 리녹의 시선은 부집사님의 부름에도 내게로만 꽂혔다.

아. 일부러 모른 척하고 있었는데.

"어디로 가지?"

"아가씨께서 의상방으로 가길 원하셨습니다."

"내가 안내하겠다."

"예."

부집사님이 나와 리녹을 빠르게 번갈아 응시하더니 고개를 숙였다. 잠깐, 잠깐. 그 시선은 뭔가요?

"좋은 시간 보내시길 바라겠습니다."

아니에요. 그런 흐뭇한 미소가 나올 사이가 아니란 말입니다.

당황한 내가 잡거나 해명할 기회도 없이 부집사님은 빠르게 뒤로 사라졌다. 잠시만, 뒷걸음질이 너무 빠른 거 아냐? 눈 깜짝할 사이에 해명할 기회를 놓친 나는 벙찐 얼굴로 복도를 응시했다. 텅 빈 복도에는 간간이 갑옷 장식만 보였을 뿐 아무도 없었다. 이렇게 넓은데 하녀 하나 보이지 않는 게 이상할 정도로.

"가도 되겠나?"

"……."

나는 대답하는 대신 고개를 끄덕였다. 리녹이 그런 나를 물끄러미 보는 것 같았다. 곧 걸음을 옮기는 리녹의 뒤를 따라 걸었다.

'이렇게 걷는 건 오랜만이네.'

3년 전 함께 살았을 때는 언제나 리녹이 앞서 걷거나 내가 앞서 걷곤 했다. 낮의 그는 나를 뒤따르고 밤의 그는 내 앞을 지키고.

새삼 그 밤들이 생각나는 등을 바라보며 나는 숨을 살짝 삼켰다. 더 커졌구나. 3년이란 시간은 나에게만 길었던 것이 아닌 모양이다. 이미 전보다 커진 것은 알았지만, 정신없이 실려 오는 사이에 미처 세세하게 확인하지 못했던 점들이 보였다.

오후의 볕을 반사하는 머리칼은 더 새카매졌다. 남청빛을 띤 웃옷 아래 어깨는 얼마만큼 더 커진 걸까. 나는 가늠하듯 엄지와 검지를 펼쳤다. 오래전에 안겼을 때, 어느 정도로 넓었더라. 으음. 못해도 이 정도는…….

나는 그대로 멈칫했다. 엄지와 검지 사이로 리녹과 눈이 마주친 탓이다. 청명하도록 깊은 자색 눈이 나를 향했다. 집요한 시선에 슬 그머니 손가락을 내렸다.

"대공님, 이런 식으로 바쁜 시간을 제게 할애하셔도 되나요?"

"바쁘지 않다."

"아무것도 아닌 손님에게 시간을 쓰고 계신데요."

"아무것도 아니지 않아."

리녹이 걸어간 걸음만큼 성큼 돌아왔다. 그 만큼 거리가 좁아졌다.

"아무것도 아니지 않다고 말했다, 에이미."

"하긴 저는 손님이 아니죠."

나는 끄덕끄덕 고개를 주억였다. 위기감을 느낀 것인지 리녹의 손이 나를 향했다.

"그럼 무어라 말씀드리면 될까요."

나는 아무렇지 않은 척 손을 뒤로 물리며 걸음을 함께 물렸다.

"저명하신 영웅님, 위대한 공작님이 아니라…… 납치범님?"

그러자 리녹이 충격받은 표정을 지었다. 유효타였나 보다.

……굳이 이렇게까지 말을 하고 싶진 않은데 말이지. 한편으로는 말도 없이 데려와 괘씸하기도 하고. 나도 내가 어쩌고 싶은 건지 조금 애매하다 싶어 고개를 슬그머니 기울일 때였다.

"윽……."

나는 얼른 배를 부여잡았다.

"에이미?"

복부 쪽에서 찌릿한 고통이 느껴졌다. 아니, 고통이라기보단 묵직한 게 얹혀 있는 느낌?

"왜 그러지? 에이미? 에이미!"

속이 좋지 않다. 역시 아까 영 찜찜하다 싶었는데 정말 체한 모양이다. 다행히 고통은 그리 깊지 않았다.

"……괜찮아요."

이 정도면 심한 건 아니고, 가볍게 얹힌 정도인 것 같은데. 배를 살살 문지르며 고개를 든 나는 눈을 동그랗게 떴다.

새하얗게 질린 리녹의 얼굴이 앞에 있었다.

"아픈가? 많이 아픈가?"

"아니, 괜찮, 으."

하얗게 질린 그의 얼굴에 더 놀란 기분이라 나는 고개를 저었다. 리녹이 듣는 것 같진 않았지만.

……왜 저렇게 당황한 거야? 이보다 더한 수라장도 거쳐 왔을 사람인데.

나는 허공을 헤매는 그의 손을 살포시 붙잡았다.

"괜찮아요, 공작님."

잡은 채로 또박또박 말했다.

"저는 괜찮다고 공작님께 말했어요."

차가운 손끝이 고스란히 손바닥에 느껴졌다.

아. 여전히 손끝은 차구나.

리녹이 나를 보는 것 같아 손을 떼어내려 하는데 그보다 먼저 빠져나가는 손을 그가 붙잡았다.

"전혀 당황하실 일이 아닌데. 저 원래 잘 체하는 편이었잖아요. 우리 집에서도."

"안다."

나는 가리는 것 없이 잘 먹었지만 가끔 급체로 고생을 하곤 했다. 언니는 쫓기듯 먹지 마라며 잔소리를 하곤 했지만.

지금 생각해 보면 분위기를 탄 탓이다. 언니에게 리녹의 청년 모습을 들켰을 때나 언니와 싸웠을 때, 그레이가 나타났을 때 자주 체했으니까.

나는 난감한 얼굴로 붙잡힌 손을 응시하다가 살짝 손을 떼어냈다.

"어린 공작님은 어디 있어요?"

필시 마법에서 풀려난 것은 아닐 것이다. 역시나 예상이 맞았는지 리녹 또한 멀어지는 내 손에서 시선을 떨어트렸다.

"보고 싶은가?"

"네?"

"보고 싶은가 물었다."

나는 잠깐 망설이다가 시선을 내렸다.

"음, 글쎄요."

어린 리녹에게는 부채감이 있었다. 소년에겐 끝내 작별 인사도 남기지 못한 이별이었으니까.

"조금 그럴지도 모르겠네요."

끝내 사과하지 못했으니까.

머쓱해 살짝 웃는데, 손이 번쩍 들어 올려졌다.

"리, 아니, 공작님?"

리녹의 몸이 순식간에 낮아졌다. 리녹은 아프지 않게 내 손을 부여잡고는 꼭 상처 입은 짐승처럼 나를 아래에서 위로 응시했다.

"나는?"

그가 한쪽 무릎을 접고 앉았기에 나보다도 아래 있는 얼굴은 너무나 선명하게 보였다.

"나는 보고 싶지 않았나?"

그가 얼굴을 돌리자, 손목과 얼굴의 위치가 비스듬하니 비슷한 선상에 위치했다. 손목에서 더운 숨이 느껴졌다. 그의 손끝이 가는 핏

줄을 쓸었다. 나도 모르게 이상한 소리가 나올 것 같아 입술을 꾹 물었다.

"나는 에이미 너를 그리워했다."

"함께한 시간이…… 웃, 있었으니, 그럴 수 있다 생각해요. 저 말고 저희 언니도 그리우셨죠?"

"……아주 없다고는 못하겠군. 같이 지냈으니. 너와."

그는 손목으로 얼굴을 가까이하면서도 끝내 입술을 가져다 대지는 않았다. 그 대신 눈만 들어 올려 나를 응시했다. 마치, 허락을 받는 이처럼.

"네. 당연하죠. 셋이 같이 지냈으니까."

나는 그의 말을 다르게 되돌려주었다.

리녹의 시선이 가만히 나를 향했다. 어쩐지 햇살이 내리쬐는 공간인데도 밤의 공간같이 긴장감이 느껴졌다. 갈증이 났다.

"글쎄. 그런 것 때문일까?"

왜인지 리녹이 조금 전 내 대답을 고스란히 돌려준 기분이다.

"어, 언니도 공작님을 보고 싶어 했어요. 공작님을 아주 좋아했으니까요."

정확하게는 낮의 모습 쪽을 정말 좋아했었지. 도망치며 이를 갈면서도 언니는 때때로 작은 소년을 그리워하고 안쓰러워했다.

"에이미, 녹스는 잘 지낼까?"

"음."

"아니지. 괘씸한 인간 생각은 하는 게 아닌데 말이지."

"아하하. 아냐."

"그 어린 모습이 자꾸 아른거리니, 나도 참 중증이야."

언니, 지금 내가 그 괘씸한 사람에게 납치를 당했어. 지금도 꽤나 곤란한 상황이야.

"……네 언니는 정이 많은 사람이었지."

"네. 아무에게나 주던 사람은 아니었지만요."

잠시 시선을 피했던 나는 다시 용기를 내 고개를 돌렸다. 집요하리만치 아름다운 시선은 여전히 그 자리에 있었다. 몇 년이 지나 더욱 커지고 아름다워진 남자였다.

감당할 수 없는 짐승을 앞에 둔 것 같은 기분에 숨을 삼켰다. 리녹는 내 손목에 코를 묻을 듯 코끝으로 살짝 건드렸다가 떼어냈다. 그의 숨이 간질간질했다.

"어린아이의 모습은 지금 볼 수 없다. 주기가 아니니."

아. 입술을 벌렸던 나는 그대로 꾹 물었다. 정확한 주기는 모른 척해야지. 아무것도 듣지 못했던 참이었으니까.

"역시 주기가 있었던 모양이네요. 저희 집에 있었을 때도 낮에 지금 모습을 유지하던 때가 있었잖아요."

"그래. 그렇다. 나는 한 달에 15일을 주기로 변한다."

리녹이 그리 말하고는 날 붙잡은 손끝에 살짝 힘을 주었다가 풀었다. 그러더니 천천히 무릎을 펴고는 몸을 일으켰다. 자연히 그와 거리가 가까워지며 나는 주춤 뒤로 고개를 물렸다. 그러나 붙잡힌 이상 한계가 있어 곧 그를 코앞에서 마주했다.

"이걸 알고 있는 건 나와 내 보좌진. 그리고 너뿐이다, 에이미."

"……우리 언니도 있네요."

"그런가."

리녹이 가까워진 채로 눈동자만 굴려 나를 담았다.

"네 언니는 너와의 대화에서 빠지지 않는 기분이군."

"하하하. 가, 같이 살았잖아요? 다 함께⋯⋯."

긴 눈꼬리와 서늘하고도 그윽한 시선에 박제된 기분이었다.

"네 언니보다는 네가 내게 관심을 더 가져주면 좋겠는데."

그건 곤란합니다, 선생님. 선생님께는 저보다 우선시해야 할 사람이 있듯이 저도 그렇지 않겠습니까.

이렇게 사람을 홀릴 것같이 미려한 얼굴이 문제다. 나도 모르게 휘말리니 말이지. 나는 끙, 한숨을 쉬고 싶었지만 한숨이 그대로 리녹의 얼굴로 끼얹어질 것 같아 아랫배를 지그시 눌러 참았다.

언제까지 이렇게 가깝게 있어야 합니까, 선생님.

"에이미."

그런데 리녹이 돌연 조금 심각한 얼굴로 나를 응시했다.

"⋯⋯계속 아픈가?"

리녹의 시선은 어느새 배 위로 올려진 내 손으로 향해 있었다. 정확히는 배와 배 위에 올려진 손 둘 다.

옳거니. 나는 옳다구나 싶어 시선을 흘리며 배를 부여잡았다. 아이고. 그래 이렇게라도 빠져나가야지.

"걷지 못하겠나? 혹시 안아도 되겠나."

"아, 아뇨. 괜찮아요."

리녹이 머뭇거리다가 손을 뻗었다. 뻗어지는 손은 내게 닿지 못하고 머리끝에서 멈췄다.

"얼굴색이 좋지 않다. 내게 안기는 게 싫다면 업⋯⋯."

"다른 기사님께 업힐까요?"

"그건 안 된다."

리녹이 매섭게 고개를 들었다.

깜짝이야. ……왜 갑자기 표정을 굳히세요. 무섭게.

"내가 싫다."

"저, 저도 농담이었어요. 안기지도, 업히지도 않아도 되니까 그만 방으로 가도 될까요?"

의상실로 갈 생각이었지만 그냥 방으로 가고자 마음먹었다. 한데 리녹은 안 된다는 듯이 고개를 저었다. 바로 그때였다.

"에이미."

"……네?"

"잠시, 실례해도 되겠나?"

어쩐지 조심스러운 그의 목소리가 귀에 뚝 떨어질 때였다. 눈을 깜빡인 사이에 시야가 붕 높아졌다.

"뭐, 뭐……. 뭐 하시는 거, 건가요?"

"너는 움직일 수 없지 않나."

"아니, 그래도 사람을 이렇게 번쩍……. 내, 내려주세요."

리녹은 몹시도 가볍게 나를 안아 든 걸로 모자라 한 팔로 나를 지탱하기까지 했다. 무릎 밑에서 고스란히 느껴지는 단단한 팔과 뺨을 스치는 옷자락에 열이 오르는 느낌이었다.

"아니다. 긴급한 상황이다."

"아니, 아니. 저 그렇게 아프지는."

그가 금방이라도 움직일 것 같아 나는 얼른 고개를 내저었다.

"괜찮아요. 정말요."

그는 잠시 나를 물끄러미 내려다보더니 천천히 상체를 기울였다. 그의 얼굴이 가까워지고 반쯤 그림자에 잠긴 낯이 느릿하게 시선을 떨어트린다.

"에이미."

그가 숨을 터트렸다. 조금은 괴롭다는 듯이.

"……내가, 네가 아픈 것을 그냥 두고 보리라 생각했나?"

……표정만 보면 선생님이 아프신 것 같네요.

"네, 느에?"

생각지도 못한 거리에서 생각지도 못한 말에 내가 들어도 이상한 목소리가 튀어 나갔다. 그가 그대로 움직이려 하기에 나는 얼른 그를 붙들었다.

"대, 대공님."

"……."

"저, 움직이면 더…… 아파요."

반쯤 엄살을 섞긴 했지만 진심이었다. 안기며 허리가 안쪽으로 기울어진 것 때문에 아랫배가 조금 전보다 더 찌릿했다. 사실 참을 만했지만, 모른 척 배를 붙잡았다.

곧 바닥에 발이 닿았다. 리녹은 나를 보며 심각하게 생각에 잠겨 있었다. 잘생긴 얼굴에 지어진 주름을 보니 주름마저 잘 어울린다는 엉뚱한 생각이 치켜들었다. 이래서 잘생긴 것도 죄라는 거구나.

실없는 생각을 지우려 얼른 고개를 저을 때였다.

"이대로는 안 되겠군."

"네?"

"의사를 불러오지."

아니. 잠깐만. 그렇게 아프지는……. 안겨 있다가 내려와서 배가 살짝 쑤시긴 했지만, 슬슬 사라진 뒤였다. 어디까지나 상황을 보면

하고자 엄살을 살짝 부렸던 나는 당황한 얼굴로 리녹을 잡으려 했지만 그는 이미 성큼 멀어진 지 오래였다.

아니, 잠깐만. 잠깐! 의사를 데려오면 꾀병이 탄로 나잖아?

따라가려 했지만 어찌나 빠른지 긴 다리로 사라진 그는 복도 어디에도 보이지 않았다. 나는 황당한 얼굴로 입술을 벌렸다.

아니, 뭐 이렇게 빨라? 다리 길이를 보면 빠를 만하긴 한데. 그렇다고 나를 여기 그냥 두고 가면 어떡합니까, 선생님…….

나야 땡큐지요.

뺨을 긁적이던 나는 고개를 들었다. 그러고는 허리를 쭉쭉 폈다. 사실 적극적으로 쫓아갈 생각은 처음부터 없었다. 그저 쫓는 시늉만 하다 인적 드문 복도로 빠질 생각이었는데…….

마침 여기엔 사람이 한 사람도 없었다. 더구나 몸도 조금 전까지 찌릿하고 아팠을 뿐 지금은 멀쩡했다. 나중에 또 어떻게 될지 모를 일이지만 그거야 나중 일이겠지.

나는 좌우를 한 번 더 살폈다.

'일단 여기 아무도 없는 건 확실해.'

이상하긴 하네. 이렇게 넓은데 하인이나 하녀 한 명 다니지 않는 걸까? 누군가 길을 잃으면 어쩌려고. 아. 하긴 저택에 손님이 드물다고 했나.

나는 슬그머니 창문을 보며 시간을 가늠했다. 창문 너머 거대한 탑이 살짝 보였지만, 시선만 주고 말았다. 저 탑이 어떤 탑인지 알지만 지금 내게 중요한 것은 아니었으니까.

솔직히 내가 여기까지 관여해도 되는지도 잘 모르겠다. 물론 관여라고 할 만큼 무슨 행동을 한 건 아니지만. 여기 있는 것 자체가 불편한 일 아니겠나.

"후……."

나는 사실 아침부터 지금까지 나 홀로 남기까지를 기다렸다. 정확하게는 한 가지를 두고 치열하게 고민한 것이지만.

솔직히 이 저택을 벗어나는 일이야 어려운 게 아니었다. 나는 천천히 목을 내려다봤다. 손안에 잡힌 반들반들한 구슬.

"목걸이로 하고 있어서 다행이네, 정말."

보다시피 내게는 순간이동 구슬이 수중에 있었다. 리녹과 그의 저택 이들은 내게 짐을 돌려주지 않았지만 이것만은 몸에 남아 있으니, 사실상 짐이 없더라도 큰 문제는 되지 않았다.

그러나 그럼에도 짐을 버리는 건 내게 있어 큰 문제였다. 아니, 아주 중요한 문제다. 짐 안에는 여러 물건이 있을 뿐 아니라 돈이 함께 있었으니까. 방랑하는 데에 가장 중요한 건 역시 돈이다.

'나, 짐을 버리면 땡전 한 푼 없잖아?'

물론 땡전 한 푼 없이 어디론가 이동해도 어떻게든 먹고살 자신은 있다. 보라. 언니와 기나긴 도피 세월을 겪었다. 어깨너머로 배운 것들은 허투루 배운 것이 아니었다. 그중 하나는 돈이 모든 일에 매우 중요한 요소라는 것이다.

"……지금 옷차림도 좀 문제가 될 것 같긴 하지만."

난 팔랑팔랑 맥없이 흔들리는 하늘하늘한 치마를 바라보다 한숨을 푹 쉬었다. 아니야. 여차하면 지금 하고 있는 머리핀이라도 팔지 뭐. 내 옷과 짐을 가져가는 대신이라 하면 되지 않을까. 저택 사람들도 이 정도는 이해해 주겠지.

정 안 되면 이동한 마을의 용병 길드로 가서 치료사로 지내는 수도 있다. 별로 권장하고 싶은 일은 아니었지만. 내가 가진 치료 능력은 특수해서 탄시즈를 치료했던 것과 같이 나도 모르게 큰 상처를 치료해 버릴 일이 또 언제 발생할지 모를 위험이 있었다.

'그래. 버리자.'

난 말끔히 짐을 포기했다. 아쉬운 물건은 있었지만 원래 지난 일에 미련을 두는 편은 아니었다.

"손에 구슬이 아직 남아 있는 게 제일 행운이지 뭐."

나는 저택의 천장과 복도를 쭉 훑었다. 마지막인데 한 번이라도 더 보고 가자는 생각이었다. 그래도 리녹과 세레나의 무대에 한번은 올라가 보고 가는구나, 세레나는 보지 못했지만.

왜인지, 아프냐고 창백한 얼굴로 묻는 리녹이 떠올랐지만, 고개를 저었다. 어쨌거나 그는 약혼할 사람이잖아. 그의 행복은 머지않았다. 레몬을 삼킨 듯 시큼한 기분을 꿀꺽 삼키며 나는 구슬을 들어 올렸다. 손에 꽉 쥐고 주문을 일으켰다. 그렇게 나는 이동을……. 어?

"뭐야."

나는 눈을 동그랗게 뜨며 구슬을 내려다봤다. 이거.

"왜 안 돼?"

그저 당황스러웠다. 그도 그럴 것이 이것이 한 번도 오작동을 일으킨 적이 없었던 것이다. 다시 구슬을 보았다.

"……미동도 없어."

구동에 시간이 걸리면 걸렸지, 빛조차 나지 않는 건 처음이었다. 나는 아예 목걸이를 벗어 손에 쥐었다. 자세를 바꾸면 다를까 싶어서였다. 그러나 목걸이는 손톱만큼의 기대에도 부응하지 못했다.

"어떡해……."

눈앞이 깜깜했다. 믿을 건 이 목걸이뿐이었다. 리녹에게 붙잡혀 오면서도 마지막까지 태연했던 건, 이 구슬 달린 목걸이가 있었기 때문이란 말이다. 나는 참다 못해 구슬을 마구 흔들었다.

"이익, 제발, 말 좀, 어떻게 좀…… 하란! 앗!"

그 순간이었다. 나는 눈을 왕방울만 하게 크게 떴다. 목걸이가 손에서 미끌어져 그대로 날아갔기 때문이었다.

"안 돼!"

나는 얼른 달려갔다. 구슬이 들어간 곳은 복도의 장식장 뒤편이었다. 그릇이나 작은 액자 따위를 장식해 놓은 유리 장식장이었는데, 좁은 틈 사이로 구슬이 끼어 있는 것이 보였다. 나는 벽을 잡은 채 끙끙댔다. 한 손은 장식장 뒤 틈으로 쭉 뻗은 채였다.

"으으……. 조금 더……."

조금만 더……. 조금 더 뻗으면 닿을 것 같은데!

나는 벽을 짚은 손을 더듬었다. 편하게 잡을 수 있는 게……. 아. 마침 손에 무언가 잡혔다. 손잡이 같은 느낌이었다. 무엇인지는 볼 새가 없었다. 나는 그대로 손잡이 같은 것에 온 체중을 실었다. 그대로 틈 안의 손을 길게 쭉 늘였다.

"아! 닿았! 어?"

마침내 손안에 구슬이 잡혔다. 구슬을 쥐고 몸을 바로 떼어내려 할 때였다.

끼이익―.

소름 끼치는 소리가 들렸다. 이음 부분이 맞지 않는 쇠가 억지로 부딪쳐 난 마찰음 같았다. 톱니바퀴가 억지로 굴러간 느낌이었다.

고개를 드니 내가 무엇을 잡았는지 알 수 있었다.

손잡이? 벽 장식의 손잡이였다. 여기까지는 이게 무엇이지 생각하다 말고 나는 황급히 장식장에서 떨어졌다.

쾅! 내가 있던 자리로 거대한 무언가가 휙 날아갔다.

"뭐, 뭐야!"

고개를 숙인 나는 그대로 숨을 들이켰다. 눈앞에 새카만 털이 보였다. 털? 저게 뭐야. 하나 곧 나는 저것의 정체를 알 수 있었다.

"미친. ······마수잖아."

밤의 숲에서 오래 살아온 내가 모를 리가 없었다. 저건 마수였다. 아니, 그런데 왜 마수가 저택 복도에서 나타나? 알기로 저건 결코 가벼운 등급의 마수가 아니었다.

큐시렌트. 적어도 중급이상의 마수다. 북실북실한 털과 얼핏 쫑긋 귀여운 귀에 속기 싶지만 저 털을 **빳빳**하게 세워 먹이를 다져 먹는 무시무시한 마수였다.

크르르······.

다행히 저놈도 무슨 영문인지 모르기라도 하듯 움직이지 않고 있었다. 그런데 왜 저런 게 저택에 있냐고!

그 순간 머릿속을 스쳐 지나가는 목소리가 있었다.

"그리고 한 가지, 기억해 주실 것이 있습니다."

짐짓 단호하게 설명하던 하녀장 헤렌의 목소리.

"여기 있는 동안에 집안 벽 장식을 포함한 장식을 건드리지 말아 주시겠습니까? 저택 곳곳에 마수를 봉인시킨 봉인석이 있기 때문입니다."

그래. 그런 게 있댔지!

"워낙 침입자가 잦은 곳이라, 부득이하게 방범 벨로 쓰고 있습니다."

악. 그놈의 방범 벨! 나는 순간 억울해졌다. 아니, 대체 누가 초인

종을 이따위로 만드냐고요! 물론, 초인종이 아니었지만 내가 느끼는
바는 비슷했다.

"침입자가 잘못 건드려 마수가 나타나면 그곳으로만 가면 되니까요."

아무래도 내가 그 잘못 건드린 것이 저것이 된 모양이었으니까.

크르르르. 그때였다.

침을 뚝뚝 떨어트리던 것이 머리를 홱 치켜들었다.

"위험해."

나는 곧바로 벌떡 일어났다. 도망자 신세로 숲에서 길들여진 본능
과도 같은 감각이었다. 그와 동시에 쾅! 거대한 소리가 울려 퍼졌다.
아니나 다를까, 내가 조금 전까지 있던 자리에 마수가 몸을 부딪쳤
던 것이다. 이대로 지켜볼 때가 아니었다. 나는 황급히 뒤로 돌아 그
대로 냅다 뛰었다.

"어, 언니야!"

쾅!

"이게, 뭐냐고오!"

쾅! 쾅! 크르르르!

"언니, 으앙, 언니야!"

다행이랄까, 언니와 죽도록 도망 다닌 보람이 있는지 나는 아슬아
슬하게 마수의 공격을 피했다. 복도에 있는 조각상 따위를 적절하게
요리조리 돌아가면서 뛰었기 때문인 듯했지만.

그보다 왜 사람이 쫓기는데 아무도 나타나지 않냐고! 방범 벨이라
며! 초인종이라며! 이 미친 초인종은 뭐냐고!

"사, 살려주……."

쾅! 소리를 막 치는 순간 눈앞에 뿌연 먼지바람이 일었다. 바람이

가라앉은 사이로 검은 형체가 얼핏 보였다. 그리고 나는 입을 더 벌릴 수밖에 없었다.

……두 마리?

그랬다. 눈앞에 마수가 두 마리 있었으니까.

말도 안 돼. 언제 증식한 거래? 아니, 처음부터 겹쳐 서 있던 건가? 아니면 내 뒤에 있어서 보지 못한 건가?

어느 쪽이든 암담하기만 한 건 마찬가지였다. 이놈의 저택은 저게 방범 벨이라면서 왜 아무도 안 나타나? 새삼 리녹과 이 저택 사람들이 원망스러워졌다.

생각해 보니 밥을 먹을 때 일부러 식당 주변의 사용인을 모두 물러나게 했다는 말을 했던 것도 같았다. 그때 기사도 물린 건가? 어쨌거나 이제는 앞뒤로 중급 마수를 두게 된, 최악의 상황이었다.

크르르르.

큐시렌트들은 대치한 상태로 움직이지 않았다. 같은 종이면서도 서로를 견제하는 것 같았다.

'얘네 영역 마수였지.'

마수에 관해서는 차고 넘칠 만큼 기억한다. 저들은 여기서 내가 움직인다면 얼른 발을 휘두를 것이다. 아니면 가시 같은 털로 몸을 들이박거나.

'어떡하지?'

그 순간 나를 구명해 줄 음성이 들렸다.

"아가씨?"

반쯤 귀에 익은 음성에 얼른 고개를 돌렸다. 그곳엔 익숙한 얼굴의, 눈을 동그랗게 뜬 헤렌이 있었다. 내게 이런 상황을 미리 경고해

준 사람.

"헤, 헤렌 씨!"

하나 섣불리 그녀를 부른 건 좋지 못했다. 마수 하나가 내 시선을 따라 머리를 돌렸으니까.

"어머나, 이건······."

나는 얼른 위험하다고 말을 하려 했다. 그러나 헤렌은 고개를 갸웃하더니 그대로 몸을 뒤로 날렸다.

"이런, 꽤 위험한 편인 봉인석이 열렸네요."

날래게 몸을 피한 그녀는 '어쩌다 고르셔도 이런 것을······.' 하는 듯한 눈으로 나를 바라봤다. 지금 기분은 알겠는데 당신이 위험하다니까요! 달려가는 마수를 보고 얼른 입을 열 때였다.

"물의를 빚어서 죄송합니다, 아가씨. 일단, 이것부터 해결하고 사죄의 인사 다시 올려도 될까요?"

"네? 으악!"

막 나를 노리는 마수의 일격을 피해 옆으로 데굴데굴 굴렀다. 마수가 빗겨 친 조각상이 저 먼 복도 끝으로 굴러갔다.

"이런 건 사용인들의 근무 태만이랍니다. 그저 죄송한 마음이네요."

"무슨, 꺄악!"

헤렌이 내게 달려왔다. 그것도 자신을 노리는 한 마리를 뒤에 달고서. 그나저나 사용인? 기사들의 태만이 아니고? 아니, 누구든 간에 선생님, 이쪽으로 끌고 오시면 어떡합니까!

그러나 그 순간이었다. 헤렌이 한 손을 크게 휘둘렀다. 이와 동시에 헤렌의 소매를 고정한 단추에서 큰 빛이 흘러나왔다. 빛이 사그라진 아래 헤렌은 긴 장검을 휘둘렀다. 언니도 일찍이 쓴 바 있는 얇은 검 '레이피어'였다. 하지만 언니는 성격에 맞지 않다고 금방 버렸었지.

찌르기에 특화된 검이 푸욱, 마수의 눈을 정확하게 찔렀다. 헤렌은 그대로 우아하게 돌아 나를 보호하듯 내 앞에 섰다.

'검을 능숙하게 쓰잖아?'

하녀장님의 놀라운 솜씨에 입을 벌리고 있을 때가 아니었다.

"큐렌시트는 미간 사이의 마정석을 깨트리면 쓰러져요!"

나는 밤의 숲에서 언니가 알려준 것 반, 내가 읽었던 것 반을 떠올리며 얼른 소리쳤다.

저 마수는 일반 짐승들과 급소가 달랐다. 눈보다는 약점 한 곳을 노려야 했으니까. 헤렌도 알고 있었는지 고개를 끄덕였다. 하지만 두 마리는 버거울 텐데……

그리 생각한 순간 내게 긴 그림자가 드리웠다.

"네 말이 맞다. 잘 아는군."

이와 동시에 허리로 단단한 무언가가 파고들었다. 이것이 단단한 팔임을 알아차리며, 익숙한 감각임을 느꼈다. 나를 안아 든 사람은 리녹이었으니까. 그는 나를 안지 않은 한 손엔 커다란 검을 들고 있었다.

크롸롸라라락!

"노, 녹스!"

"겁먹지 않아도 된다."

리녹은 그리 속삭이고는 보일 듯 말 듯 입술을 끌어 올렸다. 아주 가까이 있었기에 볼 수 있었다.

"그보다, 간만에 불러 주는군."

"네, 네?"

나는 그제야 그를 명확하게 바라봤다, 정확히는 그의 눈을.

그가 낮은 바람 소리를 냈다.

"녹스라고."

낮고도 근사한 음성이 귀를 적셨다.

"네가 지어준, 단 하나뿐인 이름을."

그 말과 동시에 허리를 붙잡은 손이 의식되었다. 숨을 삼키는 것 조차 잊었다. 다행히 리녹은 이런 나를 눈치채지 못한 것인지, 더는 말을 걸지 않았다.

크롸라라락!!

아니. 마수가 괴상한 울음소리를 냈기 때문이겠지.

리녹이 검을 바로 세웠다.

"털을 세우는데요? 저…… 게 제일 위험해요."

"알고 있다."

그의 검은 몹시도 크고 무거워 보이는데, 한 손으로 가볍게 휘두르는 모습이 경이로웠다.

"먹이를 빼앗겼다는 거겠지."

리녹은 나를 안아 든 채로 뛰어올라 검을 크게 휘둘렀다.

쿵!

분명 녹록지 않은 마수인데도 순식간에 승패가 결정 났다. 나는 그의 일격에 감탄하는 한편, 빠르게 고개를 돌렸다.

'마수는 한 마리가 아니었잖아?'

헤렌이 가벼운 검으로 마수의 손톱과 뾰족한 털을 막고 있었다. 버거워 보이지는 않지만 이대로 두는 것도 좋지 않다는 생각에 버둥

거리려고 했다. 그러나 리녹의 팔이 나를 아프지 않게 꼭 안았다. 마치 괜찮다는 듯이.

그때였다.

"무슨 소란입니까?"

낯선 음성과 함께 헤렌의 검이 퉁 튕겨 나갔다. 헤렌은 당황하지 않았다.

퍽! 둔탁하고도 얼핏 날카로운 파공음이 들리고…….

쿵. 육중한 소리 가운데 하나 남은 마수가 그대로 쓰러졌다. 놀랍게도 마수의 미간 사이에 커다란 단검이 박혀 있었다.

리녹은 아무것도 하지 않았는데?

"왜 이제 오니?"

"상인들의 일로 늦었어."

헤렌은 검을 가볍게 탁탁 털었다. 그녀가 향한 곳에는 처음 보는 사람이 서 있었다. 리녹과 같은 나이대지만 리녹보다는 작은 키의 남자였다, 그것도 연미복을 멋스럽게 차려입은.

나와 눈이 마주치자 남자가 자연스럽게 고개를 숙였다.

"안녕하십니까, 아가씨. 말씀은 전해 들었습니다."

"누구……."

"저택의 총집사다."

대답한 것은 리녹이었다. 나는 반쯤 경악한 낯으로 리녹과 집사의 얼굴을 번갈아 봤다.

'집사라고? 기사 아니고, 집사?'

나는 침을 꿀꺽 삼켰다. 나이는 둘째 치고, 단검으로, 그것도 저 거리에서 마수의 좁은 미간을 맞추기란 여간 어려운 일이 아니었다.

"기사단 훈련 좀 다시 시켜야겠는걸. 그레이 좀 굴려 볼까."

"누나가 알아서 해."

거기다……. 검을 들고 가볍게 휘두르던 헤렌은 분명……. 하녀장이었다. 그렇게 소개했다. 거기다 저 친근한 모습이라니.

그 순간 헤렌이 빙글 고개를 돌렸다. 그녀는 피가 묻은 검을 아무렇지 않게 등 뒤로 돌리며 정중히 허리를 꾸벅 숙였다.

"이 저택의 진짜 모습을 보시게 되었네요, 아가씨."

정중했지만 그보다는 조금 더 친근함이 스민 음성이었다. 그녀가 웃으며 이어 말했다.

"다시 한번, 대공저에 오신 것을 환영합니다."

나는 숨을 들이켰다.

왜일까, 마수의 시체 사이에서 무시무시하게 검을 휘둘러대는 사용인, 그리고 일격에 해치워 버리는 대공님.

어쩐지 저 인사가 이렇게 들렸다.

'쯧쯧. 너는, 도망은 글렀어요.'라고.

> 2권에서 계속

언니가 남자 주인공을 주워 왔다 1

초판 인쇄 2020년 4월 13일
초판 발행 2020년 4월 28일

지은이 문시현
펴낸이 최재호
펴낸곳 주식회사 에이템포미디어

편집 디자인 s:now* **표지 디자인** Limjae
교정 교열 에이템포미디어 출판부

등록번호 2019년 2월 27일 제 2019-000012호
주소 경기도 부천시 부천로 198번길 18, 202동 1101호(춘의동, 춘의테크노파크 2차)
전화 070-4100-0600

전자우편 atempo_media@naver.com
블로그 atempomedia.com
인스타그램 instagram.com/atempomedia_books
트위터 twitter.com/atempomedia

ISBN 979-11-6428-195-4